Daniel Holbe

Die Petrusmünze

atb aufbau taschenbuch

Daniel Holbe, Jahrgang 1976, lebt mit seiner Familie in der Wetterau unweit von Frankfurt. Einem großen Publikum wurde er bekannt, als er in den Romanen »Todesmelodie« und »Teufelsbande« die Figuren des verstorbenen Krimiautors Andreas Franz weiterleben ließ. Zuletzt veröffentlichte er die Bestseller »Schwarzer Mann« und »Der Fänger«.

Avignon heute. Robert Garnier wird unter dem Verdacht, seinen Vater ermordet zu haben, inhaftiert. Er bittet die Historikerin Marlene Schönberg, ihm zu helfen. Die junge Deutsche hat eine Doktorarbeit über die Papstwahl im 15. Jahrhundert verfasst. Garnier ist sicher, dass sein Vater einem großen Familiengeheimnis auf der Spur war: Es geht um eine Münze, die von Papst zu Papst weitergegeben wird. Während des Schismas, als es mehrere Gegenpäpste gab, sollte die Münze enthüllen, wer rechtmäßig auf dem heiligen Stuhl saß. Als Garnier aus Mangel an Beweisen aus dem Gefängnis entlassen wird, macht er sich zusammen mit Marlene auf die Suche nach der Münze. Dann taucht ein Fremder aus dem Vatikan auf und bietet ihnen seine Hilfe an.

DANIEL HOLBE

DIE PETRUSMÜNZE

THRILLER

atb aufbau taschenbuch

MIX
Papier aus verantwortungsvollen Quellen
FSC® C083411
www.fsc.org

ISBN 978-3-7466-3277-3

Aufbau Taschenbuch ist eine Marke der Aufbau Verlag GmbH & Co. KG

3. Auflage 2016

Die Originalausgabe erschien 2009 bei Rütten & Loening,
einer Marke der Aufbau Verlag GmbH & Co. KG
Umschlaggestaltung Johannes Wiebel, punchdesign, München
unter Verwendung von Motiven von Shutterstock.com
Druck und Binden CPI books GmbH, Leck, Germany
Printed in Germany

www.aufbau-verlag.de

»Man verhaftete zuerst Leute, die bekannten, dann auf ihre Anzeige hin eine riesige Menge. Sie wurden nicht gerade der Brandstiftung, wohl aber des allgemeinen Menschenhasses überführt. Die Todgeweihten benutzte man zum Schauspiel. Man steckte sie in Tierfelle und ließ sie von Hunden zerfleischen, man schlug sie ans Kreuz oder zündete sie an und ließ sie nach Einbruch der Dunkelheit als Fackeln brennen.«

Tacitus, römischer Senator und Historiker,
in seinen *Annalen des römischen Reiches*

PROÖMIUM

Im Jahre 31 unserer Zeitrechnung schlug der aufgebrachte Mob vor den Toren Jerusalems nach stundenlanger Peinigung *Jesus den Nazarener* ans Kreuz. Kurze Zeit später wählte sein Jünger *Judas Iskariot* den Freitod, zermürbt von Schuld und Selbstverachtung.

Auch den anderen Aposteln erging es im Laufe der Jahre wenig besser.

Jakobus (der Ältere): enthauptet in Jerusalem im Jahre 43
Matthäus: enthauptet in Syrien um das Jahr 46
Bartholomäus: gehäutet in Armenien im Jahre 51
Jakobus (der Jüngere): gesteinigt in Jerusalem im Jahre 62
Matthias (Nachfolger des Judas Iskariot): gesteinigt in Jerusalem im Jahre 63
Simon Petrus und sein Gefährte *Paulus von Tharsus*: kopfüber gekreuzigt und enthauptet in Rom im Jahre 64
Andreas: gekreuzigt in Patras/Griechenland um das Jahr 65
Judas Thaddäus und sein Gefährte *Simon*: zersägt in Babylon um das Jahr 68
Thomas: in Madras/Indien von Lanzen durchbohrt im Jahre 72

Der Überlieferung zufolge hat man auch *Johannes*, den letzten der Apostel, zweimal zu ermorden versucht. Einmal geschah es durch Gift in Ephesus, wo er im Tempel der Artemis nicht opfern wollte, und ein weiteres Mal versuchte man, ihn in Rom in einem Kessel mit heißem Öl das Martyrium erleiden zu lassen.

Tatsächlich verstarb der Evangelist jedoch im hohen Greisenalter in Ephesus eines natürlichen Todes. Er ist der einzige Apostel und Zeitzeuge, der das erste Jahrhundert überlebte.

PROLOG

Rom, 64 n. Chr.

Von den vierzehn Stadtteilen Roms waren gerade einmal vier von den vernichtenden Flammen verschont geblieben. Das einst so beeindruckende Stadtbild bestand lediglich noch aus ausgebrannten Ruinen und Trümmern. Überall irrten hungernde, kranke Menschen umher; von den riesigen Armensiedlungen aus leichtem Holz war nichts weiter übrig als bitter riechende Asche. Die Senatoren erkannten rasch, dass so schnell wie möglich ein Schuldiger gefunden werden musste. Bald sprach Kaiser Nero aus, was viele von ihnen bereits ahnten: »Die *Chrestianer* haben dieses Unheil über uns gebracht.«

Es dauerte nicht lange, bis die Prätorianer eine große Zahl verängstigter Menschen zusammengetrieben hatten. In den Gärten des Kaisers fanden Hunderte von Christen den Tod. Eingenäht in Schaffelle, warf man sie wilden Tieren zum Fraße vor oder verbrannte sie, als wären sie lebendige Fakkeln.

»Wo ist der, den ihr euren Herren nennt?«

»Wer von euch hat befohlen, Rom in Brand zu stecken?«

»Nennt den Namen eures Anführers!«

So lauteten die Fragen und Forderungen der Peiniger, und es dauerte trotz unsäglicher Qualen sehr lange, bis ein Sterbender, dessen Körper man kopfüber an einen Pfahl gebunden hatte, den Namen des Mannes rief, den Jesus einst Petrus genannt hatte. Der Kopf des Mannes war blutrot, seine

Augen waren bereits hervorgetreten, als man ihm mit dem Schwert den Gnadenstoß gab.

Als man Paulus von Tharsus und seinen Gefährten Simon Petrus kurze Zeit später verhaftete, leisteten sie keinen Widerstand. Ein letztes Mal tauschten die beiden Männer stumme Blicke aus, und bevor man ihnen die Kleider vom Leibe riss, zog Petrus seinen wertvollsten Schatz hervor, den er besaß.

Sie werden es nicht bekommen, dachte er, als er das Metall in seinen Mund schob, und es kurz darauf schmerzhaft seinen Hals hinabglitt.

Die Soldaten zerrten die beiden Männer mit sich, und auf dem Weg in die kaiserlichen Gärten griffen sie rund zwei Dutzend weitere Leidensgenossen auf. Keiner würde diese Nacht überleben, doch niemand beklagte das grausame Schicksal. Während sie Simon an ein Kreuz schlugen, das sie anschließend mit dem Kopf nach unten aufstellten, fand Paulus nur wenige Schritte entfernt den Tod durch Enthauptung.

Die Männer starben schweigend, der eine schnell, der andere langsam. Aber sie fanden den Tod in der tiefen Überzeugung, dass ihre *Sache* nicht verloren war.

ERSTER TEIL

KAPITEL 1

Avignon, Gegenwart

In wenigen Stunden würde ein weiterer heißer Junitag zu Ende gehen. Die tiefstehende Abendsonne tauchte die Dächer der alten Stadt in ein warmes Licht, und die hellen Kalksteinmauern der mächtigen Papstresidenz strahlten in goldgelbem Glanz. Zwischen den Häusern lag der Duft von Kräutern und Lavendel.

Pierre Garnier kniff geblendet seine Augen zusammen. Hinter den kühlen, erhabenen Mauern und in den verwinkelten Gängen des *Palais des Papes* war es um einiges dunkler gewesen, er hatte sich für einen Besuch kurz vor der Schließung entschieden. Als Einheimischer war Pierre mit dem Bauwerk schon seit seiner frühesten Schulzeit vertraut, doch nach intensiven Studien und eigenen Forschungen konnte er zu Recht von sich behaupten, die Residenz nahezu *in- und auswendig* zu kennen.

Pierre Garnier fühlte sich schon beinahe selbst so mächtig, wie es einst die herrschenden Kirchenfürsten empfunden haben mussten. Gleichzeitig spürte er jedoch auch eine gewisse Anspannung. Er wusste ganz genau, *wie* sensibel die Informationen waren, die er mit sich trug. Mit schnellen Schritten bog er links in die abwärts führende Seitengasse ein. Die Mauern des Gebäudekomplexes schienen mit jedem Schritt höher zu werden. Ihn begann zu frösteln.

Aus einem dunklen Winkel löste sich unbemerkt eine Gestalt. Während die zahlreichen freien Plätze der Altstadt mit Straßencafés gesäumt waren und sich hier das ganze Jahr über unzählige Touristen aufhielten, waren Pierre und sein Verfolger in der engen Straße aus grob geschlagenem Kopfsteinpflaster beinahe die einzigen Menschen. An einem der oberen Fenster eines Nachbargebäudes schlummerte eine Katze, irgendwo bellte auch ein Hund. Eine alte Frau mit schwerer Einkaufstasche huschte gebückt vorbei. Ihre Schritte verloren sich hinter der nächsten Straßenecke, danach wurde es wieder still.

Der Angriff sollte von hinten erfolgen, mit einem simplen Nylonstrumpf. Es würde wie ein Raubüberfall aussehen, und die Polizei würde den Vorfall entsprechend behandeln. Doch als der Verfolger die Hände mit dem tödlichen Gewebe über seinen Kopf werfen wollte, bemerkte Pierre Garnier die Gefahr und drehte sich um. Zwei kräftige Hände umklammerten seinen Hals und drückten zu. Er rang wehrlos nach Luft. Das Letzte, was seine Augen wahrnahmen, war der kalte, entschlossene Blick seines Angreifers – ein Gesicht, das ihm nicht fremd war.

Entsetzt formten seine Lippen die stummen Worte: »*Du? Warum ausgerechnet du?*«

Dann verlor Pierre Garnier das Bewusstsein, und sein Körper schlug dumpf auf die harten Pflastersteine auf.

Freiburg im Breisgau, wenige Tage später

Marlene Schönberg schloss die Haustür ihrer Wohnung in der Vorstadtsiedlung auf. Die schönen letzten Tage des Mai hatten viel versprochen, doch seit zwei Wochen fröstelte es sie permanent, wenn sie morgens das Haus verließ. Sie hängte ihre Jeansjacke auf die Garderobe und hörte bereits die vier Samtpfoten ihres Mitbewohners herbeitrappeln. Müde und abgespannt, sehnte sie sich nun nach einem ruhigen Wochenende und freute sich besonders auf die Lektüre ihres neuen Romans. Wenn sie ehrlich war, hatte sie sich ihren beruflichen als auch privaten Alltag etwas anders ausgemalt. Alles hatte so vielversprechend angefangen.

Nach zwei Jahren der *Studienfindungsphase*, so umschrieb sie beschönigend ihr abgebrochenes Studium der Betriebswirtschaftslehre, hatte ihr der Sinn nach Kultur und Geschichte gestanden. Damals hatte sie noch in Regensburg gelebt, und obwohl ihre Eltern auf eine Rückkehr nach Berlin gehofft hatten, war sie im Süden des Landes geblieben.

Das Geschichtsstudium in Freiburg hatte ihr schließlich völlig neue Perspektiven eröffnet. Für die Archäologie jedoch begeisterte sie sich eher theoretisch, da sie beschwerliche Reisen in die unwirtlichen Ecken der Welt gerne anderen überließ. Deutsche Historiker mit ausgeprägten philosophischen und theologischen Stärken dagegen faszinierten Marlene, und je weiter sie im Studium vorantrieb, desto mehr führte ihr Interesse sie in eben diese Richtung. Sie verbrachte ein Semester in England, später sogar eines in Rom. Ihr Vater war sehr stolz gewesen, als sie schließlich ihren Magister erlangt hatte, und ihre Mutter wäre vor Stolz beinahe geplatzt, als vor rund einem Jahr ihre Dissertation veröffentlicht worden war. Dennoch fristete die frisch gebackene *Dr.* Marlene Schönberg momentan ein ziemlich unbefriedigendes Dasein im Archiv eines mittelgroßen Museums. Vor einigen Jahren hatte man mehrere Transporte mittelalterlicher Schriften eingelagert, größtenteils theologische und medizinische Werke. So interessant es in den ersten Wochen gewesen war, diese alten Bücher zu sichten und zu katalogisieren, so langweilig wurde es, als Marlene merkte, dass es sich primär um eher unbedeutende Schriften unbekannter Autoren handelte. Bald kam es ihr vor, alles schon einmal gesehen zu haben, keine Hoffnung auf Neues, *keine Sensationen*.

Als sich in der Vorweihnachtszeit dann auch noch Martin, mit dem sie mehrere Jahre zusammen gewesen war, von ihr getrennt hatte, war das Drama perfekt gewesen.

Brian, der stattliche, weiß-rotgescheckte Kater, musterte die Einkaufstüte. Es war ein Ritual, dass er nach dem abendlichen Eintreffen seiner Hausherrin zuerst frisches Futter bekam. Umso enttäuschter war er, als Marlene schnell die Tüte auf die Arbeitsplatte der Küchenzeile stellte und dann sofort zum Telefon eilte. Bereits beim Betreten des Flurs war ihr der Zähler des Anrufbeantworters aufgefallen, dessen rote Digitalanzeige gleich *vier* Nachrichten ankündigte. Seit Martin auch sein letztes Buch und das letzte Paar Socken abgeholt hatte, war es still geworden, und ihre Eltern sprachen aus Prinzip nicht mit einem Anrufbeantworter.

Während der Kater raschelnd versuchte, ein Stück Käse aus der Folie zu befreien, hörte sich Marlene mit wachsender Enttäuschung an, dass sie lediglich *sofort* eine bestimmte Nummer wählen müsse und mit etwas Glück gehöre ihr ein neuer Porsche Cabrio. Als sie ihrem Anrufbeantworter bereits den Rücken zukehren wollte, knackte es in der Leitung.

Ein *R-Gespräch*?

»*Madame* Schönberg …«, ein lang gezogenes, nasales *E* wies auf die Herkunft der Dame hin, »möchten Sie ein Gespräch aus Frankreich annehmen?« – *Klick*.

Anscheinend hatte die Anruferin ihren Ansagetext falsch interpretiert. Die nächste Nachricht bestand nur aus einem Klicken in der Leitung, vermutlich der zweite Versuch der freundlichen Unbekannten. Gespannt drückte Marlene auf die *Next*-Taste des Apparats.

»Madame Schönberg, bitte entschuldigen Sie die Störung.«

Es war die Stimme eines Mannes.

»Sie kennen mich nicht, doch ich habe Ihre Dissertation gelesen. Ich hoffe daher, Sie können mir in einer persönlichen Angelegenheit weiterhelfen. Bitte rufen Sie mich zurück.« Er nannte seine Nummer. »Man spricht hier auch Englisch. Fragen Sie einfach nach *Robert Garnier.*«

Nach dem abendlichen Imbiss räkelte sich Brian zufrieden auf der breiten Couch an Marlenes Füßen. Da die Mitarbeiter des Museums in der Kantine der gegenüberliegenden Versicherung verköstigt wurden, fielen Marlenes Abendmahlzeiten in der Regel karg aus. Heute gab es zwei Sandwiches mit Thunfisch, sehr zur Freude des Katers. Das Warten hatte sich für ihn gelohnt.

Bevor Marlene die Nummer wählte, überlegte sie, wer sie wohl am anderen Ende der Leitung erwarten würde. Doch das konnte sie nur herausfinden, indem sie sich überwand, den Anruf endlich zu tätigen. Sie strich sich eine lange, kastanienbraune Haarsträhne aus der Stirn. Immer wenn sie nachdachte, kräuselte sie mit ihrem Zeigefinger so lange ein Bündel Haare, bis sie es komplett umwickelt hatten. Nicht selten fasste Brian dies als eine Einladung zum Spielen auf und versuchte, die Strähne zu fangen. Nun jedoch konnte ihn kein Reiz der Welt dazu bewegen, den Platz an Marlenes Füßen zu verlassen.

Es klingelte fünf Mal, bevor ein Rauschen und ein Knakken andeuteten, dass jemand am anderen Ende der Verbindung das Gespräch entgegennehmen wollte.

»Bonsoir, Prison Les Baumettes, Marseille. Vous parlez avec Commissaire Mitron.«

Marlene war mit der berüchtigtsten Haftanstalt Frankreichs verbunden.

Remoulins, 20 Kilometer westlich von Avignon, 27. Oktober 1923

Der Herbst war in diesem Jahr ungewöhnlich warm. Den ganzen Monat über hatte es erst einen kühlen Regentag gegeben, und die zurückliegende Weinlese war bisher die beste des Jahrhunderts. Nun würde es nicht mehr lange dauern, bis Victor Garnier den ersten Wein des Jahres kosten dürfte. Er wusste bereits, dass es ein hervorragender Jahrgang werden würde. Trotz seines Alters und seines beachtlichen Vermögens ließ sich der Großgrundbesitzer weder die alljährliche Weinlese noch die Fahrten in die Genossenschaft nehmen. Er suchte den Kontakt zu seinen Angestellten und erfreute sich allseitiger Beliebtheit. *Maître Vigneron* nannte man ihn, den Winzerkönig von Remoulins. Dabei gehörte der meiste Besitz zur Nachbargemeinde, wo er auch kelterte. Doch sein Herz und sein Heim waren seit eh und je mit der kleinen Ortschaft am Fluss Gardon verbunden.

Zur frühen Stunde des neuen Tages – der erste Hahn hatte noch nicht gekräht – waren die Wiesen saftig und feucht vom Morgentau. Am Horizont versprachen die ersten violetten Streifen einen malerischen Sonnenaufgang. Doch die Idylle trog, und es schauderte Paul, den jungen Knecht von Victor Garnier, bei dem Gedanken daran, *warum* er im Auftrag seines Herrn zu dieser Tageszeit und in seinem besten Anzug die drei Kilometer zum benachbarten Anwesen laufen musste. Am vergangenen Sonnabend hatte der alte *Vigneron* auf dem Markt seinen Nachbarn und Erzfeind Albert Duchont vor etlichen Zeugen derart brüskiert, dass dieser ihm mit einem gekonnten rechten Haken das Auge blau geschlagen hatte. Sieben gestandene Männer waren notwendig gewesen, um die Streithähne auseinanderzubringen. Am Sonntag in der Kirche konnte Victor Garnier den Pfarrer nur mit einem

Auge sehen, dafür sahen alle Anwesenden seine üble Blessur. In dieser Gegend verbreiteten sich solcherart Neuigkeiten wie ein Lauffeuer. Der Winzer wollte diese Schmach nicht ungesühnt auf sich sitzen lassen.

Die Familienfehde zwischen den Garniers und den Duchonts reichte bereits einige Generationen zurück, wie die Ältesten von Remoulins gerne zu erzählen pflegten. Über die genauen Gründe gab es jedoch zahlreiche Spekulationen. Paul allerdings wusste mehr als die Dorfbewohner, doch er würde sich eher die Zunge abbeißen, als sein Wissen auszuplaudern. Nach einem Schäferstündchen hatte ihm Hélène, die Küchenmagd, vor einigen Wochen berichtet, sie habe ein Gespräch belauscht, in dem es um diese alten Geschichten gegangen sei. Vor einigen Jahrzehnten habe demnach ein Urgroßvater der Duchonts zwei Weingebiete der Familie Garnier unter fragwürdigen Umständen in seinen Besitz gebracht. Anstatt jedoch selbst ins Weingeschäft einzusteigen, was ihm niemand – auch nicht die Familie Garnier – verübelt hätte, machte der Ahnherr der Duchonts die teuren Rebstöcke kurzerhand dem Erdboden gleich und legte Spalierobst an. *Pêche* statt *Grenache* – Pfirsichlikör statt Roséwein. Eine unverzeihbare Sünde. Angeblich sollte es auch irgendwo Dokumente darüber geben, doch mehr wusste Hélène leider auch nicht, denn das Gespräch war damals abrupt durch eine schallende Ohrfeige der Köchin beendet worden.

Der Gardon, kurz *Gard* genannte Fluss, trug das ganze Jahr über Wasser aus den Cevennen durch Remoulins und mündete schließlich in die Rhône. Während das Anwesen der Familie Garnier weiter im Hinterland in Richtung Uzés lag, grenzten die Ländereien der Duchonts beinahe direkt an Remoulins. Der kürzeste Weg führte Paul ein Stück entlang des Flusslaufes, er wusste, dass es nach der nächsten Biegung nicht mehr weit war. Er hatte Hélène gut zureden und einen großen Strauß Blumen überreichen müssen, damit sie ihm seinen Sonntagsanzug schon für den heutigen Samstag – eigentlich sogar bereits für den Vorabend – aufbereiten ließ. Mademoiselle Daphne, die alte Hauswirtschafterin, war bekannt für ihre Gnadenlosigkeit, und Hélène hatte sie mit Engelszungen bearbeiten müssen. Daphne ging nie von ihrem Arbeitsplan ab und verachtete Störungen jedweder Art. Für sie gab es keine Notfälle oder sonstige gute Gründe, von ihrem Trott abzuweichen. Doch schließlich hatte sie Pauls Sonntagsanzug herausgeputzt, das weiße Hemd frisch gestärkt und die Sachen Hélène kommentarlos in die Hand gedrückt. Wenn sie in einigen Tagen den Grund dafür herausfinden würde, wollten beide lieber nicht in der Nähe der alten Jungfer sein.

Warum ausgerechnet Paul, ein einfacher Knecht, von seinem Herrn als Sekundant eingesetzt worden war, konnte er sich selbst nicht erklären. Besonders schwer fiel es ihm, nicht darüber zu sprechen. Es sollte kein öffentlicher Akt sein, und selbst die Familie würde erst hinterher davon erfahren. Lediglich Antoine, dem einzigen Sohn der Garniers, hatte man per Eilboten eine versiegelte Depesche zukommen lassen. Er studierte in Avignon. Natürlich konnte Paul das ihm auferlegte Geheimnis nicht vor Hélène verheimlichen, das wollte er auch gar nicht, denn er wusste, dass sie ihn dann noch mehr bewunderte. Eines Tages würde er selbst ein Stück Land besitzen und seinen eigenen Wein keltern, und er würde Hélène zu einer ehrbaren Frau machen. Doch zunächst ging es erst einmal um die Ehre des alten *Maître*.

Obwohl es verschiedene Regelwerke gab, die den Ablauf eines Duells penibel festhielten, scherten sich die alten Rivalen nicht darum. Überall in der Welt kamen Konfrontationen dieser Art langsam aus der Mode, doch der Wunsch nach Satisfaktion war für die beiden *das* Mittel zum Zweck, ihre alte

Familienfehde auszufechten. Angeblich hatte vor langer Zeit bereits einmal ein Duell stattgefunden und sogar tatsächlich mit dem Degen, doch hierzu konnte niemand mehr etwas Genaueres berichten. Wenn es überhaupt noch zwei Männer wussten, dann allein die Duellanten selbst.

Über den wahren Grund der Feindschaft würde nie ein Außenstehender informiert werden, und nur widerwillig hatte Victor Garnier seinen Leibarzt mit folgenden Worten ins Vertrauen gezogen: »Sollte es sich abzeichnen, dass ich diesen Tag nicht überlebe, so halte mich nur lange genug bei Bewusstsein, damit ich Antoine mein Vermächtnis übermitteln kann. Ich brauche dazu nichts weiter als einen klaren Verstand und einige Minuten Zeit.«

Albert Duchont hatte seinen jüngsten Sohn, den sechzehnjährigen Martin, als Sekundanten bestimmt. Da der einzige Arzt des Dorfes von den Garniers hinzugezogen war, hatte er es sich nicht nehmen lassen, den Geistlichen des Ortes herbeizuzitieren. Natürlich lehnte der Prêtre es inbrünstig ab, dass sich zwei Männer duellierten und so der göttlichen Vorsehung zuvorkamen, doch insgeheim wäre er zutiefst enttäuscht gewesen, hätte man ihm dieses Schauspiel vorenthalten. Wo der Tod in greifbare Nähe rückte, durfte ein Priester nicht fehlen.

Nach einem Händedruck, der eisiger nicht sein konnte, wandten sich die beiden alten Herren den Rücken zu. Als demjenigen, den man zum Duell gefordert hatte, war es Duchonts Vorrecht gewesen, die Waffen zu bestimmen; er hatte sich für die Pistole entschieden. Der eine Grund war seine Kavalleriepistole, die auf eine ruhmreiche Vergangenheit im letzten Napoleonischen Krieg zurückblickte, sein liebstes Kleinod. Die Waffe hatte Russland gesehen und auch Leipzig. Nur durch ein Wunder hatte ihr Träger es wieder zurück in die Heimat geschafft. Der andere Grund für diese Waffenwahl war schlicht und ergreifend, dass er sich nicht mehr in der Verfassung fühlte, mit einer Klinge zu parieren.

Die Lichtung, ein langer, schmaler Streifen Gras, lag zwischen dem Besitz der verfeindeten Familien, und das brachliegende Land war ebenfalls eines ihrer Streitobjekte. Irgendwo unter der Grasnarbe lag das Fundament eines alten Gemäuers, das ein Ahnherr der Familie Garnier errichtet hatte. Albert Duchont war es vor einigen Jahren allerdings gelungen, die letzte noch offene Klage der Familie Garnier abschmettern zu lassen – im Gegenzug lieferte er Holz für die neue Dachkonstruktion des Rathauses. In Winkelzügen um neuen Grunderwerb war seine Familie den Garniers schon immer voraus gewesen, eine durchaus schmerzhafte Erfahrung für die Gegenseite, doch alles Land Frankreichs würde den Duchonts nicht das geben können, was den Garniers seit jeher gehörte. Vielleicht aber würde der Verlauf dieses Morgens die Verhältnisse ins Wanken bringen.

Freiburg, Gegenwart

»Aber Lena, wem musst du denn etwas beweisen? Doch höchstens dir selbst?«

Die Telefonate mit ihrer Mutter konnten sehr anstrengend sein. Marlene war früh aus ihrem Elternhaus fortgegangen, und anscheinend gab es noch reichlich mütterlichen Nachholbedarf.

»Mama, Marseille ist doch keine Weltreise!«

»Ja, aber du suchst dort einen gefährlichen Verbrecher auf.«

Während ihre Mutter Luft für einen entrüsteten Monolog holte, nutzte Marlene die kurze Pause, um ihr zuvorzukommen.

»Robert Garnier sitzt lediglich in Untersuchungshaft. Ich habe mich im Internet informiert. Außer ein paar vagen Indizien liegt überhaupt nichts vor.«

Ihre Mutter ließ sich nicht so einfach überzeugen.

»Und warum solltest ausgerechnet du ihm da helfen können? Gibt es in Marseille keine Anwälte?«

»Darum geht es doch gar nicht. Monsieur Garnier hat den Verdacht, dass der Mord an seinem Vater mit seiner Familiengeschichte zusammenhängt. Und diese wiederum berührt Bereiche der Kirchengeschichte Avignons.«

»Verstehe. Und es brauchte also nur einen x-beliebigen Anruf und eine vage Theorie, und du lässt hier alles stehen und liegen?«

»Mein Vertrag im Museum endet im Herbst, und Urlaub hatte ich dieses Jahr noch keinen. In Berlin erwartet man meine Entscheidung, ob ich eine Gastprofessur annehmen möchte. Warum also sollte ich nicht einmal etwas Abstand nehmen?«

Es war pure Taktik, das Thema wie beiläufig auf Berlin zu bringen. Marlenes Großvater hatte in der Hauptstadt bis zum Zweiten Weltkrieg einen bedeutenden Lehrstuhl innegehabt. Er hatte dann jedoch seine Zelte abgebrochen und war mit seiner Frau nach England gegangen. Marlenes Vater war dort geboren worden. Erst in den frühen sechziger Jahren war die Familie wieder nach Deutschland zurückgekehrt. Angeblich auf Drängen von Großmutter Elisabeth, die dann sogar ihre Enkelin noch kennengelernt hatte. Großvater Anton war dieses Glück nicht mehr vergönnt gewesen, er erlag kaum ein Jahr nach ihrer Heimkehr einer Lungenentzündung und hinterließ eine schmerzhafte Lücke. Insgeheim dachte Marlene, dass sie lieber auf *den anderen* verzichtet hätte, ihren Großvater mütterlicherseits. Er war verbittert und grob gewesen, in unverhohlener Trauer um das verlorene Paradies, seinem

Tausendjährigen Reich, dem er treu gedient haben musste. Man sprach nicht über dieses Thema, er musste aber schlimme Dinge getan haben.

Marlene wischte ihre Erinnerungen beiseite. Natürlich waren die Berliner Jahre für sie eine gute Zeit gewesen, doch in einer Familie von Doktoren und Professoren war es einfach wichtig, einen eigenen Weg zu gehen. Deshalb auch ihre eilige Promotion – Marlene brauchte diesen Titel, weil sie dachte, nur auf diesem Wege aus dem Schatten ihrer Familie hervortreten zu können. Und es hatte schließlich funktioniert.

»Hör zu, Mama. Mein Flug geht erst am Montag, und ich habe ihn von Berlin gebucht. Ich würde euch gerne vorher besuchen, auch um noch ein wenig zu recherchieren.«

»Wir freuen uns auf dich, und wenn du hier bist, können wir auch noch einmal ausführlich über alles reden.«

Der Vorschlag klang insofern akzeptabel, als dass Marlene ihr gebuchtes Ticket bereits mit nach Berlin nehmen würde. Sobald sich ihre Mutter damit abfinden würde, dass es an Marlenes Reiseplänen nichts mehr zu diskutieren gäbe, könnte es in der Tat ein tolles Wochenende werden.

KAPITEL 2

Remoulins, 27. Oktober 1923

Victor Garnier blickte gen Norden, ging bedächtig zehn Schritte in Richtung seines stolzen Besitzes. Sollte er in diesem Zweikampf fallen, so würde es für das sein, was seine Familie in all den Generationen hier geschaffen hatte. Ähnliche Gedanken gingen auch Albert Duchont durch den Kopf, während er Position einnahm. Er blickte auf sein Anwesen und konnte die Rauchfahne sehen, die hinter dem nächsten Hügel vom Haupthaus aufstieg. Ob man die Schüsse dort hören würde?

Acht, neun, zehn.

Gleichzeitig schwangen die Oberkörper der Männer herum. Ihre rechten Arme, in deren Händen sie die schussbereiten Pistolen umklammerten, schnitten schwungvoll durch die Luft. Während der *Maître* sich jedoch links herum wandte, um den Kontrahenten möglichst präzise anzupeilen, bevor er abdrückte, schwang sein Gegenüber in einer rechten Hüftbewegung zuerst seinen ausgestreckten Arm nach hinten und drückte bereits ab, als er Garnier gerade im Augenwinkel erkannte. Dem donnernden Knall des ersten Schusses folgte unmittelbar der zweite, und kurz bevor Albert Duchonts Hals von der Kugel des Winzers zerfetzt wurde, sah er seinen Erzfeind mit schmerzverzerrtem Gesicht zusammenzucken. Sein schnelles, wenn auch risikoreiches Manöver hatte Erfolg gehabt, und selbst wenn es sein eigenes Leben kostete, so würde auch der andere kaum überleben. Die Sekundanten sprangen zu den regungslos im Gras liegenden Körpern und nahmen die Schusswaffen an sich. Ebenso eilten der Arzt und der Geistliche hinzu.

Blutige Auseinandersetzungen standen in Remoulins nicht auf der Tagesordnung, Duelle mit doppelter Todesfolge schon gar nicht. In den vergangenen Jahren hatte sich die Tätigkeit Docteur Renards mehr auf schwierige Geburten oder langwierige Infekte beschränkt, und zwar sowohl bei Menschen als auch bei Tieren. Doch obwohl er es lange nicht mehr gemacht hatte, traute Renard sich durchaus noch zu, eine Kugel aus den Rippen zu schneiden. *Wenn* sie tatsächlich zwischen den Rippen steckte. Der Arzt kniete neben seinem alten Freund Garnier nieder.

»*Docteur*«, stammelte Victor Garnier, und der kalte Schweiß rann ihm dabei von der Stirn. »Du wirst mich doch nicht hier im feuchten Gras verrecken lassen? Auf einer *Duchont*-Wiese …«

»Ich kann dir nichts versprechen, *mon ami*, zuerst muss ich sehen, wo die Kugel eingedrungen ist.«

Mit diesen Worten klappte Renard sein Rasiermesser auf und schnitt das Hemd des Alten entzwei. Als er den blutgetränkten Stoff von der Wunde zog, verkrampfte sich Victor und stöhnte auf. Sein Atem ging flach, er hustete, kein gutes Zeichen. Tatsächlich sah die Wunde danach aus, dass die Kugel zwar zwischen zwei Rippen ins Fleisch eingedrungen war, jedoch hatte sie hier keinen Halt gemacht, sondern war bis zur Lunge vorgedrungen. Docteur Renard ergriff die Hand des alten Mannes und sah ihm tief in die Augen. Noch bevor er etwas sagen konnte, hatte Garnier bereits verstanden.

»Jetzt liegt es an dir, Docteur«, hauchte er mit letzter Kraft. »*Du* musst es ihm sagen.«

Renard nickte, er wusste Bescheid.

Von Vater zu Sohn. Seit 500 Jahren.

Als der Alte seinen letzten Atemzug ausgehaucht hatte, erhob der Doktor sich. Er sah lange auf den *Maître Vigneron* Victor Garnier III. hinab, den großen Grundbesitzer und Winzerkönig, der zusammengekrümmt am Boden liegend, von einer Kugel Albert Duchonts niedergestreckt, plötzlich gar nicht mehr so großartig wirkte.

Als sich der Arzt schließlich von ihm abwandte, murmelte er: »Es tut mir leid, mein Freund.«

Der gräulich weiße Camargue-Hengst dampfte in der kalten Morgenluft vor Schweiß. So schnell es das unwegsame Gelände zugelassen hatte, war Antoine querfeldein geritten. Doch er kam zu spät. Er wusste es, seit er vor Minuten die kurz aufeinander folgenden Schüsse vernommen hatte. Er war im Sattel zusammengezuckt, und auch das Pferd hatte kurz gezittert. Das Tier war wenige Wochen nach seinem zwölften Geburtstag geboren worden, und er liebte es über alles. Dennoch spürte er, dass es langsam müde wurde, viele gemeinsame Jahre waren schon ins Land gegangen.

Antoine stapfte die letzten Meter durch das kniehohe Gras. Hätten ihn seine Reitstiefel nicht geschützt, wäre seine Hose bereits nach wenigen Schritten vom Tau durchnässt gewesen. Hinter den alten Platanen erkannte er Paul. Er war es, der ihn herbeigerufen hatte. »Antoine!« Die sonst so kräftige Stimme zitterte.

»Salut, Paul.« Er zog sich den rechten Handschuh aus und streckte dem Knecht die Hand zum Gruß entgegen. »Was ist geschehen?«

»Er hat Duchont sauber erwischt, soviel ist sicher. Doch es hat ihm nichts genutzt. Euer Vater wurde ebenfalls tödlich verwundet. Der Arzt ist bei ihm. Es tut mir leid.«

Antoine hatte Docteur Renard bereits gesehen, wusste jedoch nicht genau, bei wem er dort kniete. Außer dem Arzt und Duchonts Sohn, den er keines Blickes würdigte, war nur noch der Pfarrer anwesend. Prêtre Foulland stand etwa zwanzig Schritte weiter entfernt bei dem anderen Leichnam.

Solange der Bastard wenigstens ebenfalls tot ist, dachte Antoine und trat neben den Arzt.

»Monsieur Garnier.«

Docteur Renard reichte dem jungen Mann seine rechte Hand. »Es tut mir leid. Ich konnte nichts mehr für ihn tun.«

Berlin, Gegenwart

Das Wochenende verlief angenehmer als erwartet und doch schwieriger als erhofft. So langweilig Lena ihren Job im Museum auch finden mochte, ihren sorgenvollen Eltern kam er gerade recht. Weder Vater noch Mutter Schönberg waren überzeugt von der Reise nach Südfrankreich und hatten große Bedenken.

Karl Schönberg, der Sohn des bekannten Altertumsforschers Anton Schönberg, hatte es stets vorgezogen, zu Hause zu arbeiten. Dort verfasste er einige Veröffentlichungen zu den Karolingern, die seine europäischen Kollegen sehr beeindruckten. Marlenes Gebiet wiederum waren die Verknüpfungen zwischen den weltlichen Herrschern und dem Papsttum. Schon sehr früh hatte sie das Dilemma zwischen *Gottkaisern* als Nachfolger der Cäsaren und den Päpsten genauer erforscht sowie die Frage, welche Strategien die Kirche seit jeher zur Sicherung der eigenen Macht verfolgt hatte. Ihr Traum war es, eine Art Enzyklopädie der Päpste im direkten Bezug zu ihren weltlichen Gegenspielern zu erstellen. Doch noch mehr lockte sie nun die Möglichkeit, in den Tiefen des avignonesischen Papsttums zu forschen.

»Wie kam dieser Garnier denn ausgerechnet auf dich?«, fragte ihr Vater.

Marlene lächelte stolz. »Es mag daran liegen, dass meine Dissertation so aktuell ist – jedenfalls findet man mich mit den entsprechenden Suchbegriffen ganz oben in den Suchmaschinen.«

»Und du stöberst also für ihn in den Archiven, während er im Gefängnis sitzt?«

»Im Prinzip schon. Monsieur Garnier möchte kein Aufsehen erregen. Sein Anwalt meinte, er könne vorläufig niemandem trauen. Deshalb fiel die Wahl auf jemanden, der nicht aus Frankreich stammt.«

»Auf dich.«

Marlene spürte, dass sie bald die Geduld verlieren würde. Seit jeher fühlten sich die Gespräche mit ihrem Vater an, als stünde sie vor der Inquisition.

»Macht es mir doch nicht so schwer, verdammt! Ich habe zugesagt, im Auftrag eines Inhaftierten geschichtliche Nachforschungen anzustellen, von denen er sich erhofft, dass sie das Mordmotiv an seinem Vater enthüllen. Um die Täter kann sich dann die Polizei kümmern. Ich werde für meine Arbeit gut bezahlt, und mir steht es frei, nach dem ersten Treffen den Auftrag abzulehnen.«

Vatikanstadt

Es war ein trüber Vormittag. Seufzend blickte Kardinal Montanelli aus seinem Fenster auf die erwachende *Ewige Stadt* hinab. Es würde ein schwüler Sommer werden.

Die Stimme seines Sekretärs krächzte verschüchtert »Monsignore, Telefon« durch die Gegensprechanlage, so, als ob sich dieser selbst durch die schwere Eichentür nicht in ausreichender Sicherheit wähnte, die das Vorzimmer vom Amtszimmer seines jähzornigen Chefs trennte.

Der Kardinal nahm den Hörer ab, doch anstatt wie gewöhnlich wütend hineinzubellen, war seine Stimme außergewöhnlich ruhig.

»Ja, bitte.«

»Monsignore, entschuldigen Sie die Störung, aber ich muss Ihnen dringend etwas berichten!«

»Leopold?«, entfuhr es Montanelli erstaunt. »Ich wähnte Sie auf einer Pilgerreise in der Provence. Was gibt es denn?«

Die Stimme am anderen Ende der Leitung sprach in wenigen, präzisen Sätzen.

Als er das Gespräch beendet hatte, ließ Montanelli sich, noch immer erstaunlich ruhig, mit einem hausinternen Apparat verbinden. Sobald die Gegenseite abgenommen hatte, sagte er nur: »Wir bekommen in Südfrankreich möglicherweise ein Problem. Genauer gesagt in Avignon.«

Die Stimme am anderen Ende der Leitung seufzte. Aus dieser Stadt konnte man im Vatikan offensichtlich nichts anderes erwarten.

Marseille

Als der Airbus mit leichtem Rucken auf der Landebahn des *Aéroport de Marseille Provence* aufsetzte, spürte Marlene, wie die Anspannung langsam nachließ. Sie liebte das Fliegen, insbesondere das unbeschreibliche Gefühl des Beschleunigens von dem Start, jedoch waren ihr die Landungen nicht ganz geheuer.

Nach dem endlos erscheinenden Procedere der Gepäckausgabe zog Marlene ihren Wagen durch den Ausgang des Terminals, um sich ein Taxi zu rufen. Sie hatte ein Hotel in der Innenstadt gebucht und würde sich dort einen Mietwagen organisieren. Zuerst wollte jedoch geklärt sein, ob und für wie lange sie mit einem Aufenthalt rechnen musste.

Für einen frühsommerlichen Junitag waren die Temperaturen im Außenbereich des Terminals recht angenehm – nicht zu heiß, aber bedeutend wärmer als in der Heimat. Noch bevor Marlene sich für eines der zahlreichen Taxis entscheiden konnte, trat aus dem Schatten einer Eingangssäule ein Fremder auf sie zu. Sein Teint war südländisch, er war von stattlicher Statur und sprach sie mit einer beinahe beängstigend tiefen Stimme an.

»Docteur Schönberg?«

Es ließ sich am Klang nicht erkennen, ob die Anrede in Französisch, Englisch oder Deutsch gehalten war, und etwas verunsichert antwortete Marlene: »Ja, ich bin Marlene Schönberg.«

Ein Lächeln zeichnete sich auf dem Gesicht des Fremden ab.

»Ich komme im Auftrag von Robert Garnier«, sagte er in akzeptablem Deutsch. »Geben Sie mir ihr Gepäck! Ich fahre Sie in die Stadt. Und morgen früh hole ich Sie ab und bringe Sie ins Gefängnis.«

Bevor Marlene etwas erwidern konnte, hatte der Mann bereits ihren Koffer vom Wagen gehoben. Er eilte zwischen der Reihe parkender Taxis durch zu einem dunkelgrauen Renault. Mit gekonnten Handgriffen lud er ihre Habseligkeiten in den Kofferraum und öffnete die Beifahrertür.

»In welches Hotel darf ich Sie bringen?«

»*Hôtel Mistral*, in der Nähe des Hafens.«

Wenige Minuten später raste der Wagen auf der Zubringerstraße in Richtung Innenstadt.

Remoulins, 31. Oktober 1923

Das Haus war in düsteres Schweigen gehüllt, der Patriarch war tot und sein Kontrahent ebenfalls. Der Familie blieb nur die Trauer. Victor Garnier hatte es so gewollt, und niemand hätte es ihm ausreden können. Gleich nach seinem Eintreffen an dem Ort des Duells hatte Antoine Paul zum Anwesen zurückgeschickt. Es war dem jungen Knecht zugefallen, die traurige Kunde zu überbringen, denn immerhin war *er* es gewesen, den der Vater zum Sekundanten gewählt hatte. Als Antoine schließlich zusammen mit dem Arzt auf dem Hof eingetroffen war, den Toten eingehüllt über dem Pferd hängend, wurden sie von jammernden Bediensteten und einer still trauernden Hausherrin empfangen.

Nach drei Tagen hatte man Victor Garnier beerdigt, einen Tag nach seinem Erzfeind, dessen Tod nur wenige Augenblicke vor seinem eigenen eingetreten war. Also war Duchont zuerst an der Reihe, es gab zwei separate Andachten und auch zwei Feiern. Man hielt die Termine gezielt auseinander, die Gäste waren allerdings größtenteils dieselben.

Das Arbeitszimmer im oberen Geschoss des Hauses lag dunkel da. Durch die zur Hälfte geöffnete Tür drang schwaches Licht herein, draußen vor den Fenstern wich bereits das Zwielicht des Abends der tiefen Dunkelheit der Nacht. Antoine entzündete eine Kerze nach der anderen, und schließlich erhellten fünf Flammen flackernd den Raum. Sein Vater hatte oft im Widerschein des fünfarmigen Silberleuchters an seinem Schreibtisch gesessen, eine Pfeife rauchend.

»An deinem 25. Geburtstag werde ich dir unser Familienvermächtnis offenbaren.«

Wie oft hatte Antoine als Kind diese Worte gehört, wenn ihn der Vater mit ins Arbeitszimmer genommen und ihm, auf seinem wippenden Knie thronend, von *früher* erzählt hatte.

Sobald der Blick des Winzers diesen besonderen Glanz bekam und in unendlich weite Ferne zu gleiten schien, hatte Antoine gewusst, wie viel ihm dieses Vermächtnis bedeuten musste. Vor kurzem hatte er seinen 24. Geburtstag gefeiert und stand nun plötzlich als unwissender Halbwaise da. Sein Vater musste ihm vor dem Duell *irgendwo* in diesem Raum einen Hinweis hinterlassen haben.

Antoine erhob sich, ging langsam die Bücherregale entlang und dachte nach. In seinen Kindertagen war es ihm streng verboten gewesen, das Arbeitszimmer allein zu betreten. Er durfte seinen Vater zwar ab und an hierher begleiten, den Raum jedoch nie ohne Aufsicht aufsuchen. Einmal – es musste sein siebter oder achter Geburtstag gewesen sein – hatte er sich hinter einem der schweren Vorhänge verstecken wollen. Die entsprechende Tracht Prügel war ihm bis heute deutlicher in Erinnerung als der leckere Schokoladenkuchen, den Mademoiselle Daphne ihm stets an seinen Geburtstagen gebacken hatte.

Nachdenklich kehrte Antoine an den Schreibtisch zurück und öffnete die obersten beiden Schubfächer. Es handelte sich um einen eigens angefertigten Sekretär mit jeweils vier Schubladen auf jeder Seite und einer beweglichen Deckplatte. Man konnte auf diese Weise die Arbeitsfläche schräg anwinkeln, eine faszinierende Technik. Unterhalb der Schubfächer befanden sich außerdem je ein Ablagefach links und rechts. Die Schubladen lagen voller Papiere, und es brauchte einen Augenblick der Überwindung, bevor Antoine bereit war, den Inhalt auf die Arbeitsfläche zu entleeren.

Nach zehn Minuten war ihm klar, dass er außer Belegen, Rechnungen und Aufträgen nichts finden würde.

KAPITEL 3

Hôtel Mistral, Marseille, Gegenwart

Drei Sterne in Frankreich entsprechen nicht immer dem Standard, den man in Deutschland voraussetzt.

Wie recht Karl Schönberg mit dieser Aussage gehabt hatte. Die weisen Vorahnungen ihres Vaters bewahrheiteten sich leider viel zu oft, das hatte Marlene schon in ihrer Jugend widerwillig einsehen müssen. An ihrer Unterbringung gab es zwar im Grunde nichts auszusetzen, doch der bauliche Zustand des Gebäudes sowie die ungünstige Lage zwischen zwei Hauptverkehrsstraßen der Stadt trübten den positiven ersten Eindruck, den man von den ausgesprochen vorteilhaften Aufnahmen auf der Buchungsseite des Internetportals vermittelt bekam. Marlenes Zimmer lag in der zweiten Etage auf der Rückseite des Hauses und war über einen Aufzug bequem zu erreichen. Es gab keine Minibar, doch eine Klimaanlage ratterte in dem ernsthaften Bemühen, möglichst viel von der stickigen Stadtluft draußen zu halten.

Ihr Fahrer hatte sich ihr als Charles vorgestellt, einen Nachnamen zu nennen hatte er nicht für nötig gehalten. Er sei ein Vertrauter der Familie Garnier und kümmere sich während Roberts *Unabkömmlichkeit* um seine Angelegenheiten. Robert dürfe eigentlich überhaupt nicht unter diesen Bedingungen einsitzen, er sei das Opfer einer üblen Verleumdung, und die Justiz werde das schon bald erkennen.

So viel wusste Marlene bereits selbst, und sie brannte darauf, mehr zu erfahren. Doch Charles hatte ihr unmissverständlich zu verstehen gegeben, dass sie erst am kommenden Tag mit weiteren Informationen rechnen dürfe. Dann endlich werde sie Robert Garnier persönlich sprechen und sich selbst von seiner Geschichte überzeugen können.

Marlene liebte Südfrankreich seit ihrer Kindheit, und wenn Robert seine Sache gut machte und es hier tatsächlich etwas Interessantes zu erforschen gab, so würde sie den Auftrag dankbar annehmen und bleiben.

Remoulins, Januar 1924

Der Winter hatte wenige Tage nach Neujahr etwas Schnee gebracht. In dieser Region war das beinahe eine Sensation, und das ausgelassene Lachen von Kindern klang aus allen Höfen und Gärten. Doch es konnte die trübe Stimmung der beiden alten Familien nicht aufhellen. Sowohl die Duchonts als auch die Garniers hatten die Weihnachtsnacht ohne ihren Patriarchen gefeiert. Man war in Schwarz zum Gottesdienst erschienen und hatte die Familie des Erzfeindes mit keinem Blick bedacht.

Zehn Tage nach der Beerdigung hatte Antoine Garnier den Erstgeborenen der Duchont-Söhne aufgesucht und ihm eine Art Friedensangebot überbracht. Darin hieß es unter anderem, dass es keine offene Fehde und keine Intrigen mehr geben würde. Gleichermaßen würden sämtliche gemeinsamen Aktivitäten stillschweigend so organisiert, dass die Familien keine Berührungspunkte mehr hätten. Angefangen bei Kirchgängen und Ortsfesten, der Mitarbeit in Gemeindegremien, aber auch die Einhaltung der Grenzen des Besitzes sollte neuen, strengen Regeln unterliegen. In Abstimmungen würden, sofern die Stimme eines Duchont gegen die eines Garnier stünde, beide als Enthaltung gezählt. Alles war genau festgelegt, und zur Erleichterung aller ließ sich der Duchont-Clan darauf ein, und beide Familien hielten sich daran.

»Wie oft sollen wir das denn *noch* durchgehen?«

Docteur Renard seufzte und ließ seinen Kopf zurück in das Polster des Ohrensessels fallen. Es war eine lange, düstere Januarnacht. Der Kamin erhellte das Arbeitszimmer nur notdürftig. Seit dem Tod seines Vaters hatte Antoine Garnier zahlreiche Treffen mit dem Arzt und anderen Vertrauten der Familie gehabt.

»Ich bedaure, aber mir bleibt keine andere Wahl«, erklärte Antoine Garnier.

Er bemühte sich, höflich und gefasst zu bleiben. Doch in Wirklichkeit war es ihm zutiefst zuwider, dem Arzt als verzweifelter Bittsteller gegenüberzutreten.

»Schauen Sie sich um! Gehen Sie die Regale entlang, und versuchen Sie sich an *irgendetwas* zu erinnern! Ich würde Sie nicht so bedrängen, wenn Sie nicht meine einzige Hoffnung wären.«

Der Doktor schüttelte den Kopf. Natürlich verstand er die Verzweiflung des jungen Mannes. Der Sohn des alten Garnier fühlte sich um sein Erbe betrogen, weniger um das Materielle als um *das andere*. Der alte Winzer hatte keine Brüder und nur einen Sohn, er hatte also gewusst, dass das Vermächtnis einem vorgezeichneten Weg folgen würde. So wie seinerzeit er selbst hatte er sich daher dazu entschlossen, seinen Sohn an dessen fünfundzwanzigsten Geburtstag ins Vertrauen zu ziehen. Die Kugel Duchonts war diesem Termin zuvorgekommen, und nun suchte Antoine verzweifelt nach Antworten.

Niemand konnte das besser verstehen als der Arzt, denn *er* kannte das Geheimnis. Doch zu dem Zirkel Auserwählter, die es mit ihm teilen durften, würde Antoine niemals gehören.

Dampfend trat Marlene Schönberg aus der Duschkabine. Seit sie eine kurze Frisur trug, blieb ihr morgens deutlich mehr Zeit in der Dusche. Doch nun musste sie sich beeilen; das Frühstück wartete, und anschließend würde sie ihren geheimnisvollen Auftraggeber endlich in Augenschein nehmen können.

Die Klimaanlage hielt das Fahrzeuginnere auf angenehmen Temperaturen, während die Junisonne viel stärker als am Vortag auf die Stadt brannte. Genau so hatte Marlene den französischen Sommer in Erinnerung.

Charles erwartete sie bereits vor dem Hotel, es war beinahe so, als stünde er der Deutschen exklusiv rund um die Uhr zur Verfügung. Marlene wählte den Platz neben ihm, obwohl er ihr zunächst die Tür im Fond angeboten hatte. Nachdem Charles sich in den dichten Verkehr eingefädelt hatte, hielt sie es für angemessen, einige Fragen zu stellen.

»Sie sind also der Anwalt und Mittelsmann meines Auftraggebers. Haben *Sie* mich Monsieur Garnier empfohlen?«

Charles löste seinen Blick nicht von der Straße. »Robert gab mir den Hinweis auf Sie, und ich habe lediglich das Internet bemüht.«

»Wo beginnen wir mit der Arbeit, wenn wir Ihren Klienten besucht haben?«

Charles räusperte sich. »Madame, ich möchte nicht unhöflich sein, doch ich bitte Sie, sich noch bis zu Ihrem Treffen mit Robert zu gedulden. Er wird Ihnen alle Fragen beantworten, und ich möchte ihm nicht vorgreifen, d'accord?«

Marlene nickte. »Aber nach dem Treffen gilt diese Ausrede nicht mehr!«

»Bien.«

Charles lächelte unverbindlich, dann konzentrierte er sich

wieder auf den Verkehr, und beide schwiegen. Zehn Minuten später bogen sie in die Zufahrtsstraße zu dem riesigen Gefängniskomplex ein. Charles begleitete Marlene durch die Prozedur der Leibesvisitation, Passkontrolle und Rechtsbelehrung und nahm nach einer schier endlosen Tour durch Sicherheitstüren und kameraüberwachte Gänge in einem kleinen Warteraum Platz. Er deutete auf die Stahltür am hinteren Ende des rechteckigen Raumes.

»Hinter dieser Schleuse wartet Robert auf Sie. Er möchte alleine mit Ihnen sprechen.«

Villeneuve-lès-Avignon, eine Woche zuvor

Robert Garnier stapfte durch das weiche, liebevoll gepflegte Blumenbeet an die Hauswand heran. Das für den Einstieg ausgespähte Fenster lag zurückgesetzt zwischen zwei Mauervorsprüngen. Robert konnte den breiten Sims beinahe aus dem Stand berühren. Die groben Natursteine, aus denen das Haus gemauert war, gaben seinen Füßen ausreichenden Halt. Mit wenigen ruckartigen Zügen erreichte er sein Ziel.

Robert entriegelte das gekippte Fenster, ließ es vorsichtig nach innen schwingen und stieg dann so leise wie möglich in den dunklen Raum. In die Erleichterung darüber, so problemlos in das Haus gelangt zu sein, mischte sich Beklommenheit, denn nun gab es keinen Weg mehr zurück.

Robert schlich sich durch den hohen Raum der Villa – es musste sich um eine Art Salon handeln – und verließ ihn durch die gegenüberliegende Tür. Zu beiden Seiten erstreckte sich eine Galerie, die an ihren Enden jeweils in einen geschwungenen Treppenaufgang aus dem Erdgeschoss mündete. Gesäumt war sie von einem alten Geländer aus schwerem Holz. Robert nahm sich eine Minute Zeit, um von oben auf den pompösen Eingangsbereich zu blicken, der sich im unteren Geschoss auftat. Die Herrschaften hatten ein beeindruckendes Anwesen. Vor vielen Jahrhunderten hatten hier während der Kirchenspaltung hohe kirchliche Würdenträger gelebt.

Robert zwang sich weiterzugehen. Die nächste Tür zu seiner Rechten sollte, wenn seine Informationen stimmten, zu Arbeitszimmer und Bibliothek führen. Also wandte er sich um und drückte wenige Augenblicke später die Türklinke hinunter. Robert befürchtete, dass die hohe hölzerne Doppeltür ein lautes Knarren von sich geben würde, doch zu seinem Erstaunen schwang sie ebenso geräuschlos auf wie das Fenster, durch das er eingestiegen war.

Die Aufteilung des Raumes überraschte Robert, er hatte ein Arbeitszimmer mit hohen Bücherregalen erwartet. Im hinteren Teil des Raumes, mittig zwischen zwei großen Fenstern, befand sich ein Schreibtisch. Ihm gegenüber standen zwei Stühle für Besucher, außerdem gab es eine Sitzecke mit einem niedrigen Tisch, gerade ausreichend für Tee und Gebäck. Die andere Hälfte des Raumes war über eine offene Wendeltreppe mit dem Untergeschoss verbunden, und von dort ausgehend ragten die Regale bis hinauf zur oberen Decke. In dem Bereich, den man von oben betreten konnte, standen ebenfalls Regalreihen. Robert wagte es nicht zu schätzen, wie viele Bücher sich hier befinden mochten. Irgendwo hinter den unzähligen Buchrücken steckte die Information, die er suchte.

Vorsichtig leuchtete Robert mit einem von seiner Hand abgeblendeten Lichtstrahl der Taschenlampe die erste Reihe entlang. Bevor er systematisch suchen konnte, musste er zunächst das Ablagesystem des Besitzers verstehen. Man konnte historische Bücher nach ihrer Herkunft, ihren Epochen oder ihren Titeln oder Autoren sortieren.

Robert überflog die Buchrücken, bis er im zweiten Regal fündig wurde. Er studierte die Titel, die auf sein Ziel hinzuweisen schienen.

Papsttum in Avignon … Architektur der päpstlichen Residenz … Genealogie der französischen Kirchenfürsten …

Irgendwo in diesen Reihen musste das gesuchte Werk zu finden sein. Leider hatte der Besitzer anscheinend sehr viele Bücher zu genau diesen Themen. Robert blieb nichts anderes übrig, als sich Titel für Titel vorzuarbeiten.

Könige und Päpste Frankreichs … Templer, Katharer und Hugenotten …

Ein Geräusch ließ ihn zusammenzucken. Irgendwo im Haus hatte sich etwas bewegt. Robert wusste, dass es kein Personal gab, das hier wohnte, und die Hausherren befanden sich außerhalb Avignons. Doch *irgendjemand* musste hier sein. Er spürte, wie sich Schweißperlen auf seiner Stirn bildeten, schaltete hastig die Taschenlampe aus und schlich sich an den Fenstern entlang in Richtung des Schreibtisches. Ein Blick durch die Scheiben ergab, dass sich hier keine Fluchtmöglichkeit bot. Auf der Treppe waren Schritte zu vernehmen. Der Unbekannte kam nach oben.

In diesem Moment bereute Robert es zutiefst, die Tür der Bibliothek nicht wieder geschlossen zu haben, und er wünschte sich, unsichtbar zu sein.

Marseille, Gegenwart

Mit einem metallischen Quietschen öffnete und schloss sich die Tür. Vor Marlene stand ein acht Meter breiter Tisch, der den Raum in zwei Hälften teilte. In seiner Mitte befand sich eine Scheibe Sicherheitsglas, und zu beiden Seiten gab es je fünf Sitzplätze. Ihr Begleiter, ein älterer Wachbeamter mit grauen Haaren und einem beachtlichen Bauch, nahm auf einer Bank neben der Tür Platz. Auf dem einzigen Stuhl jenseits der Glasscheibe, in der Mitte des Tisches, saß ein Mann. Er wirkte deutlich jünger, als Marlene es erwartet hatte, und trotz seiner graublauen Einheitskleidung schien er hier irgendwie fehl am Platz zu sein. Sie nahm auf dem gegenüberliegenden Stuhl Platz und nickte ihm freundlich zu.

»Bonjour, Madame Schönberg. Vielen Dank für Ihren Besuch.«

»Bonjour«, erwiderte Marlene, »keine Ursache. Ihr Anliegen klang interessant. Ich möchte gern Näheres erfahren.«

Unter den prüfenden Blicken der Wache und getrennt durch die dicke Glasscheibe hatte das Zusammentreffen eine beklemmende Atmosphäre.

»Gerne. Ich nehme an, dass Charles Ihnen noch nicht viel erzählt hat.«

Als Marlene nickte, fuhr Robert fort: »Dies bitte ich zu verzeihen, doch ich möchte Sie gerne selbst informieren. Ich schlage Ihnen vor, zunächst etwas von mir zu erzählen, und danach beantworte ich Ihre Fragen. Unsere Zeit ist leider stark begrenzt, daher habe ich mir für morgen einen zweiten Besuchstermin genehmigen lassen.«

»In Ordnung, dann lassen Sie uns keine Zeit verlieren.«

Robert Garnier hatte zunächst von seinem Vater erzählt, war dann auf die Familiengeschichte eingegangen und kam schließlich auf einige Verbindungen zu den Avignoner Kirchenfürsten zu sprechen. Seiner Vermutung nach war sein Vater bei seinen jüngsten Nachforschungen auf etwas Bedeutsames gestoßen. Robert wusste nicht, was es genau war, doch er vermutete, dass es in Verbindung mit dem Mord an seinem Vater stand, für den man nun ihn verantwortlich machen wollte. Er wollte ausführlicher auf seinen Einbruch zu sprechen kommen, als sich der Wachmann räusperte und sich langsam von seinem Stuhl erhob.

»Ich fürchte, unsere Zeit für heute ist um.« Robert seufzte und stand ebenfalls auf. »Bitte lassen Sie sich von Charles die Zeitungsartikel von letzter Woche geben. Er hat ein entsprechendes Kuvert. Ich hoffe, wir sehen uns morgen wieder!«

Marlene nickte mit einem freundlichen Lächeln.

»Ich werde da sein. Schließlich muss ich Ihnen ja noch meine Fragen stellen.«

»Merci bien, au revoir!«

Sie blickte den beiden Männern noch nach, bis sie durch die Stahltür verschwunden waren. Dann verließ auch Marlene den Raum, froh, endlich wieder ins Freie zu gelangen. Es waren in der Tat noch viele Dinge zu klären, und sie hoffte, dass Roberts Anwalt nun etwas gesprächiger sein würde.

Als Charles eine Viertelstunde später den Motor des Renaults anließ, drehte er sich zu ihr herum und reichte ihr einen unbeschrifteten Umschlag.

»Bitte entschuldigen Sie, dass ich Ihnen vorhin nicht mehr über die Angelegenheit sagen wollte. Robert wollte Sie unbedingt erst persönlich sprechen. In dem Kuvert befinden sich einige Pressemeldungen, sowohl über den Mord als auch über den Einbruch.«

»Vielen Dank.«

Ohne Zögern öffnete Marlene den Umschlag und zog die ausgeschnittenen Artikel des *Midi libre*, der größten regionalen Zeitung, hervor.

Avignon. Bei einem Einbruch in zwei Villen in der Vorstadt wurden wertvolle Einrichtungsgegenstände beschädigt und zerstört. Zahlreiche antiquarische Bücher, kostbares Porzellan so-

wie antike Möbel gingen zu Bruch. Von den Einbrechern fehlt jede Spur, man vermutet jugendlichen Vandalismus.

Avignon. Der mutmaßliche Einbrecher in zwei Villen wurde, wie die Polizei uns mitteilte, am gestrigen Nachmittag gestellt. Er widersetzte sich massiv seiner Verhaftung, zwei Beamte wurden verletzt. Einer von ihnen musste mit schweren Stichverletzungen ins Krankenhaus eingeliefert werden. Zu den Vorwürfen äußerte sich der Verhaftete nicht direkt, er leugnete jedoch, die Polizisten angegriffen zu haben, und unterstellte, dass man ihm eine Falle gestellt hätte. Forensische Untersuchungen wiesen seine Anwesenheit an beiden Tatorten zweifelsfrei nach.

Avignon. Der Anwalt des inhaftierten mutmaßlichen Einbrechers hat nun erstmals zu den Vorwürfen Stellung bezogen. Es handele sich um eine Verschwörung von Medien und High Society, denen sich sein Mandant hilflos ausgeliefert sehe. Ein anerkannter Psychologe hingegen stellte eine hohe psychische Instabilität mit gewalttätiger Neigung bei dem Inhaftierten fest.

Marlene schob die drei Zeitungsausschnitte zurück in das Kuvert und betrachtete nachdenklich die vorbeiziehenden Vorstadthäuser. Nach einer Weile blickte sie Charles an. »Ich habe das Gefühl, der Presse scheint dieser Einbruch ziemlich wichtig zu sein. Oder irre ich mich?«

Charles schüttelte den Kopf. »Nein, Sie haben recht. Deshalb sollten Sie die Berichte auch erst nach Ihrem Treffen lesen. In der öffentlichen Meinung bagatellisiert man den Tod von Roberts Vater als einfachen Raubmord, Beschaffungskriminalität vielleicht. Den Einbruch wiederum stellt man als Kapitalverbrechen dar, und offiziell sitzt Robert deshalb auch im Gefängnis. Verhaftet allerdings wurde er wegen dringendem Mordverdacht – es wirkt alles sehr konstruiert, wenn Sie verstehen, was ich meine.«

Marlene hielt ein weiteres Papier in den Händen. Angewidert betrachtete sie das Foto eines attackierten Beamten, den man blutüberströmt in den Krankenwagen schob. Der Schnappschuss hatte zwar nicht den Weg in die Zeitungen, wohl aber Verbreitung im Internet gefunden. Eine Online-Quelle ging deutlich schonungsloser mit Robert um als die Zeitung *Midi libre*, das begann bereits mit der vollen Nennung seines Namens. Die beiden Fälle, Sohn und Vater, Einbruch und Mord, waren miteinander verknüpft, das zumindest stand für den unbekannten Verfasser auf der Website fest.

»Ich glaube«, begann Marlene nachdenklich, »hier liegt tatsächlich einiges im Dunkeln. Doch wie kann ich Ihnen beiden nun helfen?«

»Was halten Sie davon, wenn wir essen gehen und ich Ihnen ausführlich Rede und Antwort stehe? Ich denke, das wäre auch in Roberts Sinn«, erwiderte Charles.

KAPITEL 4

»Es freut mich, dass Sie sich entschieden haben zu bleiben.«

Mit diesen Worten hatte sich Charles am Vorabend von Marlene verabschiedet. Für die junge Deutsche war es nach ihrem Gespräch keine allzu schwierige Entscheidung gewesen. Robert Garnier hatte kein offensichtliches Motiv, seinen Vater zu ermorden. Den Einbruch hatte er zwar begangen, doch beharrte Charles darauf, dass er sich nicht anders zu helfen gewusst hatte. Bevor Robert verhaftet worden war, hatte er selbst die Nachforschungen angestellt, die Marlene nun übernehmen sollte. Es gab eine Spur in die Vergangenheit, über die sie beide in wenigen Minuten sprechen würden.

Marlene ließ erneut sämtliche Prozeduren über sich ergehen, bis sie endlich in dem beklemmenden Besucherraum ankam. Erneut wartete vor der Tür der Anwalt auf sie, und wieder war der mürrische Aufpasser zugegen. Robert Garnier jedoch fehlte. Marlene stellte sich vor, wie er durch lange, enge Korridore geführt und vor dem Betreten der Besucherzelle einer strengen Leibesvisitation unterzogen wurde. Vor dreißig Jahren war in diesen Hallen der letzte Delinquent hingerichtet worden. Endlich öffnete sich die Stahltür. Robert trat ein. Die Wache nickte dem Wärter zu, und Robert nahm auf seiner Seite der Scheibe Platz.

»Salut, Madame Schönberg. Bitte entschuldigen Sie, aber

ich hatte wichtige Termine. Ich bin ein gefragter Mann hier drinnen.« Robert lächelte gequält.

Marlene entschloss sich, sich nicht aus dem Konzept bringen zu lassen. Es gab einiges zu besprechen.

»Salut. Ich habe es schon gehört – der Staatsanwalt war im Haus. Nach allem, was ich über Sie gehört und gelesen habe, könnte ich Sie für den Staatsfeind Nummer eins halten.«

»Und tun Sie das?«

»Ich denke, nicht. Ihr Anwalt hat mir gestern einige Fragen beantwortet, und ich bin bereit, Ihnen zu helfen. Dafür müsste ich allerdings meinen genauen Auftrag kennen.«

Roberts Gesicht erhellte sich. »Ich freue mich, das zu hören. Wir können sofort anfangen!«

Marlene hatte einige Fragen vorbereitet. Sie holte tief Luft und versuchte erneut, sich nicht von der tristen Atmosphäre ablenken zu lassen.

»Sagen Sie mir doch zunächst, *wer* ein Interesse daran haben könnte, Sie in solche Schwierigkeiten zu bringen.«

Robert schürzte seine Lippen und ließ die Luft pfeifend entweichen. »Das ist eine ziemlich gute Frage, zugegeben, doch leider kann ich Ihnen genau das nicht so leicht beantworten. Lassen Sie mich Ihnen einen Vorschlag machen: Ich erzähle der Reihe nach, und diesmal verspreche ich Ihnen, dass noch genügend Zeit für Fragen bleibt.«

Remoulins, Oktober 1973

Beinahe 100 Jahre. Eine stolze Leistung.

Docteur Frédéric Renard verbrachte seit zwei Jahren die meiste seiner Zeit liegend. Kein Möbelstück in seinem leeren Haus hatte ihm noch nicht als Stütze oder Bettstatt gedient, doch er weigerte sich vehement, in eine Seniorenresidenz umzusiedeln.

»Dafür bin ich zu alt!« So schnauzte er denjenigen an, der sich wagte, ihm einen Vorschlag in diese Richtung zu machen. Er konnte sich diesen Luxus auch leisten, er hatte die Wirtschaftskrise am Ende der zwanziger Jahre ebenso elegant überstanden wie zwei Weltkriege. Irgendwann in dieser Zeit jedenfalls musste er zu beachtlichem Kapital gekommen sein, denn die Ältesten wussten zu berichten, dass er keiner reichen Familie entstammte.

Prêtre Bricolet verbrachte pro Woche mehr Zeit an Renards Bett, als dieser in seinen besseren Jahren der Kirche zugemessen hatte. Der alte Arzt zeigte kaum Spuren geistigen Verfalls, lediglich sein Körper verweigerte ihm zunehmend den Dienst. Renard wollte sterben, er hatte bereits vor einem Jahr diesen Wunsch geäußert. Und so beteten die beiden Männer mehrmals pro Woche, sie entzündeten Kerzen, und zweimal bereits hatte der Doktor sein Haus- und Pflegepersonal nach dem Priester gesandt, um die letzte Ölung zu vollziehen. Beide Male war es falscher Alarm gewesen, es war noch nicht an der Zeit, und je mehr der Alte darüber nachdachte umso deutlicher wurde ihm der Grund.

Er musste noch *eine Sache* erledigen, bevor er gehen konnte.

Antoine Garnier saß am Esstisch, als Prêtre Bricolet unerwartet das Haus betrat. Die beiden Männer hatten sich seit Monaten nicht gesehen, da Garnier außer zu den üblichen Feiertagen kein Kirchgänger war und selbst dann keinen Kontakt zu dem Geistlichen suchte. Früher hatte er hingegen kaum eine Eucharistiefeier versäumt, doch seit den Vorkommnissen vor fünfzig Jahren hatte die Familie Garnier sich sehr zurückgezogen. Die Duchonts hatten Remoulins nach dem Krieg verlassen, als der Familienerbe nicht von der Front heimgekehrt war. Von ihnen hatte man nichts mehr gehört und gesehen, angeblich wohnte ein Teil der Sippe jedoch in Avignon. Wer Remoulins einmal verließ, den sah man nicht wieder.

»Monsieur Garnier, entschuldigen Sie die späte Störung.«

»Setzen Sie sich, Prêtre«, brummte Antoine. »Haben Sie schon zu Abend gegessen?«

Bricolet schüttelte den Kopf.

»Non. Ich habe den ganzen Nachmittag bei Docteur Renard verbracht.«

Der alte Docteur Renard – wann würde er nur endlich sterben können?

»Na dann greifen Sie zu«, forderte Garnier ihn auf, »und erzählen Sie mir, wie es dem alten Halunken geht!«

Es war Freitag. Eine kräftige Fischsuppe bildete das Hauptgericht, dazu gab es Weißbrot. Nach einigen Löffeln sagte der Prêtre noch mit halbvollem Mund: »Wir sollten zu ihm gehen.«

»*Mais pourqoui?* Wieso sollten wir das tun?« Garnier war erstaunt. Er war selbst nicht mehr gut zu Fuß. Seit er das Studium an den Nagel gehängt hatte, um den Betrieb des Vaters zu leiten, waren fünf Jahrzehnte harter Arbeit vergangen. Er hatte es dem alten Winzer gleichgetan und sich keine noch so niedere Arbeit abnehmen lassen.

»Docteur Renard hat es mir als eine Art letzten Wunsch aufgetragen, Sie zu holen. Er sagte, dass er erst in Frieden sterben könne, wenn er Sie noch einmal gesprochen habe. Mehr weiß ich nicht.«

Antoine Garnier ließ mit erstarrter Miene den Löffel fallen und sprang im nächsten Augenblick so schnell von seinem Platz auf, dass ihm schwindelig wurde. Bevor der Priester verstand, wie ihm geschah, war sein Gegenüber bereits zu ihm gehastet und packte ihn unsanft am Arm.

»Kommen Sie, Hochwürden! Wir haben einen Termin, und ich möchte nicht zu spät kommen!«

Eine Stunde später entschlief Docteur Frédéric Renard friedlich mit erleichtertem Gewissen. Er war nicht stolz darauf, den Sohn des *Maître Vigneron* seinerzeit im Dunkeln gelassen zu haben. Doch seine Habgier hatte damals obsiegt, er hatte die Gelegenheit nutzen wollen, um selbst Ruhm und Reichtum zu erlangen. Die Garniers und auch die Duchonts hatten mehr als genug davon. Leider hatte ihm das sogenannte Erbe nichts genutzt. Und so gab er wenige Augenblicke vor seinem Tod die Worte weiter, die Antoine Garniers Vater ihm vor fünfzig Jahren anvertraut hatte.

Trotzdem verschied der Arzt nicht ohne ein Geheimnis. Er verschwieg dem Erben geflissentlich, dass er das verloren geglaubte Wissen und mit ihm einen Teil seiner Seele bereits vor dreißig Jahren weitergegeben hatte. Und auch damals, während der Kriegsjahre, hatte er ins Angesicht des Todes geblickt.

Marseille, Gegenwart

Robert machte eine Pause. Er redete nun seit einer guten Viertelstunde ununterbrochen. Marlene wurde von seinen Worten gefesselt. Es war beinahe, als wäre sie selbst Zeuge der Geschehnisse im Hause Garnier gewesen.

»Im Herbst 1923 duellierten sich also mein Urgroßvater und sein Erzfeind aus dem Hause Duchont in der Mitte zwischen ihren beiden Anwesen. Niemand außer den beiden wusste, worum genau es bei der alten Fehde ging, doch angeblich hatte es mit irgendwelchen Urkunden zu tun.«

Er blickte auf, um sicherzugehen, dass Marlene ihm noch aufmerksam zuhörte.

»Es muss sich dabei um *sehr alte* Dokumente handeln, um genau zu sein aus der Zeit der Kirchenspaltung. Damit kommen Sie ins Spiel, Marlene. Ich hatte bislang keinen Erfolg und könnte außerdem mit irgendwelchen historischen Unterlagen nur wenig anfangen.«

Das klang alles sehr vielversprechend, denn das große abendländische Schisma des vierzehnten Jahrhunderts war Marlene in der Tat bestens vertraut. Als sie sich heimlich vorstellte, hier, in Avignon selbst, Dokumente aus der frühen Glanzzeit der Stadt aufspüren und sichten zu dürfen, wurde sie tatsächlich neugierig.

»Haben Sie denn auch eine Vorstellung, *was* diese Dokumente beinhalten oder aussagen könnten?«, fragte sie.

Robert spürte, dass er ihr Interesse nun endgültig geweckt hatte. Er lächelte. »Nein, um ehrlich zu sein, habe ich nur eine Ahnung. Es muss sich um eine Erbfrage drehen.«

»Eine Erbfrage?«

»Der Ahnherr meiner Familie ist *Bernard Garnier* … auch bekannt unter seinem päpstlichen Namen Benedikt XIV.«

Villeneuve-lès-Avignon, eine Woche zuvor

Der Fremde stapfte auf schweren Sohlen die letzten Treppenstufen hinauf und näherte sich dem Eingang der Bibliothek. Obwohl außer dem matten Mondlicht und dem entfernten Glanz einer Straßenlaterne kaum ein Lichtschein auf den Gang fiel, musste der Fremde die halboffene Tür bereits bemerkt haben; er würde in wenigen Augenblicken den Raum betreten.

Robert Garnier blickte sich suchend um, er musste eine Möglichkeit finden, sich zu verbergen. Sein Blick wanderte von der Sitzecke über den Schreibtisch hin zu den Bücherregalen, wo er kurz zuvor noch gestanden hatte. Dann erinnerte er sich. *Die Treppe.* Mit Sicherheit würde der Fremde zuerst zwischen den Regalen nachsehen; für Robert bedeutete die Wendeltreppe die einzige Fluchtmöglichkeit. Blieb nur zu hoffen, dass sich keine weiteren Männer im Untergeschoss des Hauses aufhielten.

Beim ersten Schritt bereits gab eine hölzerne Diele ein lautes Knarren von sich. Robert schauderte es, doch er blieb nicht stehen. Fünf mutige große Schritte retteten ihn auf einen Teppich, der jeden Laut zu verschlucken versprach. Tatsächlich konnte Robert auf ihm den halben Raum durchqueren, ohne weitere verräterische Geräusche zu verursachen. Drei Meter vor den Regalen endete der Teppich jedoch wieder, und bis zu der Wendeltreppe galt es noch mindestens zwei weitere Schritte Holzdielen zu meistern. Während der Fremde außerhalb der Bibliothek nun jeden Moment die Tür durchqueren musste, setzte Robert zum Sprung an. Er konnte es schaffen, mit nur einer Berührung den Holzboden zu überwinden, um anschließend hinter Dutzenden von Büchern zu verschwinden. Er sprang. Roberts Schatten glitt durch den Raum, und noch bevor er das dumpfe Ächzen des Holzes vernahm, das ihm deutlich leiser erschien als erwartet, bewegte er sich weiter in die vermeintliche Sicherheit der hohen Regale.

»*Arrêtez-vous!* Stehenbleiben!«

Das Licht flammte auf, ein grelles Funkeln zweier Kronleuchter, die wie riesige Eiszapfen von der hohen Decke des Raumes hingen. Das Licht der Glühbirnen wurde durch Dutzende geschliffener Glassteine gebrochen und erreichte jeden noch so entfernten Winkel der Bibliothek. Robert fühlte sich wie auf dem Präsentierteller, als er halb geduckt für einige endlose Sekunden innehielt. In der aufgestoßenen

Tür stand ein Mann, der offensichtlich nicht zum Hauspersonal gehörte, denn er trug einen schlichten schwarzen Overall und eine Taschenlampe. *Ein weiterer Einbrecher?*

Besonders beunruhigend fand Robert den Gegenstand in der rechten Hand des Fremden – eine auf ihn gerichtete Pistole. Ihm blieben nicht viele Möglichkeiten, und er entschied sich zur Flucht. Während er die ersten Stufen der eng gewundenen Treppe nahm, wartete er auf den ersten Schuss, auf Bleiprojektile, die so schnell durch die Luft zischen würden, dass jeder Versuch, ihnen auszuweichen, vergeblich sein würde. Doch der Fremde schoss nicht, er schien ihm nicht einmal zu folgen. Robert selbst blieb keine Zeit, sich über die Strategie des anderen Gedanken zu machen. Er musste schnellstmöglich einen Ausgang erreichen.

Am Fuß der Treppe blickte er sich um. Bevor der Lichtschein von oben erlosch, nahm er eine Tür auf der einen und ein Fenster auf der anderen Seite wahr. Unsicher, ob in der Eingangshalle weitere Gefahren lauerten, entschied sich Robert, den direkten Weg nach draußen zu nehmen. Wenn seine Erinnerung ihm keinen Streich spielte, würde er sanft in frischem Torf landen, und mit besonders viel Glück würde ihm sogar das Rosenbeet erspart bleiben. Als sich die Schritte des Fremden dem Ende der Stufen näherten, zerschlug Robert das zweihundert Jahre alte Glas des Fensters und sprang gerade rechtzeitig über das Sims, als er tatsächlich einen Schuss vernahm. Er landete weich in einem Beet und eilte in großen Schritten um die nächste Ecke des Gemäuers. Hier befand er sich außer Sicht.

Wenige Augenblicke später ertönte die Alarmglocke, doch Robert stahl sich bereits durch das Gartentor davon in die schützenden Schatten enger Gassen. Irgendwo in der Ferne vernahm er Motorengeräusche.

Als sein Puls sich wieder beruhigt hatte, wog Robert ab, ob

nach dem Erklingen des Hausalarmes und dem Eintreffen der Polizei das Risiko nun größer geworden war, in dieser Nacht in ein weiteres Anwesen einzudringen. Er spürte, dass er der Wahrheit in der nächsten Stunde ein ganzes Stück näherkommen würde, wenn ihn niemand mehr störte.

Dann sah Robert das Blaulicht und hörte die Sirene.

Marseille, Gegenwart

Gedankenverloren saß Marlene in dem abgenutzten Plüschsessel ihres Hotelzimmers. Die Informationen waren noch immer äußerst dürftig, es würde nicht leicht sein, etwas Brauchbares zu finden. Robert hatte ihr am Ende des zweiten Treffens empfohlen, sich zunächst in der Bibliothek von Aix-en-Provence kundig zu machen. Doch für bestimmte Unterlagen benötigte man eine besondere Genehmigung, was allerdings Zeit brauchen würde. Robert hatte, da er kein Wissenschaftler war, gar keine Erlaubnis bekommen.

Während sich Charles um verschiedene Angelegenheiten kümmern wollte und daher keine Zeit hatte, blieb für Marlene im Augenblick nichts weiter zu tun, als auf den nächsten Termin mit Robert zu warten. Bis dahin würde sie die Zeit nutzen, um ihre Gedanken zu ordnen und sich die eine oder andere Passage ihrer Dissertation wieder ins Gedächtnis zu rufen. Sollte es tatsächlich eine Verbindung der Familie Garnier zu den französischen Päpsten geben, wäre dies eine aufregende Entdeckung.

Marlene mietete sich einen dunkelroten Renault Mégane, ein sportlich ausgestattetes Cabriolet, und entschied sich für eine Fahrt die Küste hinauf. Die *Col de la Gineste*, eine parallel zwischen Autobahn und Felsküste entlangführende Landstraße, brachte sie in das kleine Fischerdorf Cassis. Marlene parkte ihren Wagen in einer schattigen Straße am Hang und schlenderte in den alten Ort hinunter. Außer dem kleinen, ausgesprochen sehenswerten Hafen und einem schmalen Badestrand war Cassis nahezu vollständig an die steil ansteigenden Hänge gebaut. Mittlerweile gab es dort oben die gleichen Touristenfallen wie andernorts, sogar ein Casino hatte man gebaut, doch unten am Hafen schien die Zeit stehen geblieben zu sein.

Ganz in der Nähe der Anlegestellen, wo unzählige Holzboote auf den Wellen schaukelten, fand Marlene ein gemütliches Restaurant. Sie nahm Platz, und wenig später standen eine kleine Karaffe Roséwein aus der Region und ein Schälchen Oliven und Weißbrot auf dem Tisch.

Ganz in der Nähe nahm ein ebenfalls allein reisender Fremder Platz. Er wählte seinen Tisch genau wie Marlene mit Blick auf den Hafen – und konnte so außerdem die Deutsche unauffällig im Auge behalten. Er lehnte beim Ober dankend die Menü-Empfehlung des Tages ab und bestellte lediglich einen leichten Wein.

Der Mann war nicht zum Essen hergekommen.

KAPITEL 5

Marlene hatte nach einem doppelten Espresso die Rechnung verlangt und dem ausgesprochen höflichen Kellner ein gutes Trinkgeld hingelegt. Sie erinnerte sich einige Jahre zurück. Ihre Eltern hatten einen Urlaub in genau diesem Dorf geplant. Marlene war damals sechzehn oder siebzehn Jahre alt gewesen, und es hatte einige lautstarke Auseinandersetzungen darüber gegeben, ob es angemessen sei, eine *beinahe Erwachsene* mit in den Urlaub zu *zwingen*. Schließlich hatte man Marlene vor die Wahl gestellt, zwei Wochen Südfrankreich zu genießen oder bei einer senilen Tante unterzukommen. Die Rebellin in ihr konnte eine Niederlage nicht ertragen, und die Tante badete in den folgenden vierzehn Tagen das aus, was die elterliche Sorge ausgelöst hatte.

Ein Lächeln zog sich über ihr Gesicht. Wenige Meter hinter der Hafenmauer begann der kleine Strand, der bereits nach etwa hundert Metern an einer hohen Felsformation endete. Cassis war in beide Richtungen von einer beeindrukkenden Steilküste umgeben. Marlene zog ihre Schuhe aus und watete vorsichtig in die sanfte Brandung. Wie erwartet, bekam sie zuerst eine Gänsehaut, so kalt war das Wasser noch um diese Jahreszeit, dann jedoch genoss sie die leichte Bewegung rieselnder Steinchen unter ihren Füßen, wenn die Brandung sich zurückzog. Es war nahezu windstill, die Luft über dem Mittelmeer war so klar, dass man das dunkle Blau bis zur

Linie des Horizontes überblicken konnte. Marlene wusste, warum sie diesen Landstrich so liebte.

Auf einem gemütlich anmutenden Felsen am Rande der Bucht nahm sie Platz und zog ein Buch aus der Tasche. *Die Papstwahl in Konstanz – Machtdemonstration oder Akt der Verzweiflung?* Mit diesem Titel hatte Marlene im vorigen Jahr einiges Aufsehen in Fachkreisen erregt. Sie blätterte eines der mittleren Kapitel durch, bis sie eine bestimmte Stelle gefunden hatte. *Benedikt XIV. alias Bernard Garnier.*

In der damaligen Zeit war es nicht nur in Adelsfamilien, sondern auch unter Kirchenfürsten durchaus üblich gewesen, dass sie ihre Nachfolger selber zeugten oder ihre Ämter an enge Verwandte weitergaben. Es gab sogar einen Fachbegriff dafür – *Nepotismus.*

Marlene ließ ihren Blick über den Horizont gleiten und lächelte. Vielleicht würde es bald neue Aufregung geben.

Zwei Stunden später folgte der Mietwagen der sich stetig bergauf windenden Straße, und Marlene entschied sich, auf dem Rückweg die besser ausgebaute Nationalstraße zu nehmen. Der abschüssige Rand der alten Küstenstraße war nur äußerst lückenhaft abgesichert, und der Nachmittagsverkehr nahm bereits zu.

Marlene fädelte sich in den monoton fließenden Verkehr ein und schaltete den Tempomaten ein. Während ihr Blick abwechselnd über das linker Hand bis zum Horizont reichende, tiefblaue Meer und wieder zurück wanderte, bemerkte sie die dunkle Limousine nicht, die sich ihr von hinten näherte. Erst als der Wagen plötzlich beschleunigte und das kalte Licht aufgeblendeter Xenon-Scheinwerfer einen grellen Reflex über den Innenspiegel huschen ließ, schreckte Marlene auf. Doch es war zu spät, das Fahrzeug, dessen Fahrer sie nicht zu erkennen vermochte, scherte bereits aus und setzte zum Überholen an. Ein heftiger Ruck drückte Marlenes Oberkörper nach hinten.

Er hat nicht überholt – er hat mich gerammt!

Der klobige Renault war nach dem Aufprall etwas zurückgefallen. Zwischen ihm und den sich weiter hinten nähernden Fahrzeugen lag ein ganzes Stück freier Strecke, und auch der Wagen vor Marlene hatte sich entfernt. Ihr Gegner spielte mit ihr, soviel war sicher, und er würde schnell zu einem neuen Angriff übergehen. Niemand würde ihr zu Hilfe eilen.

Marlene steuerte den Wagen in die Fahrbahnmitte, so konnte er sie wenigstens nicht überholen. Mit beiden Händen fest am Steuer war sie bereit für einen weiteren Aufprall. Der Renault kam schon bedrohlich schnell näher. Einer plötzlichen Eingebung folgend trat Marlene kurz, aber mit Druck auf die Bremse, als sich ihr Gegner schätzungsweise noch eine Fahrzeuglänge hinter ihr befand. Während der Fremde instinktiv ebenfalls auf die Bremse trat, drückte sie ihr Gaspedal bereits wieder durch und konnte so den Aufprall abdämpfen, der dann folgte, als der Renault sie erneut rammte. Im Rückspiegel sah sie den Renault schlingern, während ihre Hände das Lenkrad eisern umklammerten und der rechte Fuß noch immer das Pedal nach unten drückte. Marlene schickte ein Stoßgebet zum Himmel.

Ein Hinweisschild kündigte einen Parkplatz an. Sie schaltete einen Gang zurück und jagte dann mit allem, was der kleine Motor ihres ramponierten Cabrios hergab, auf die schmale Ausfahrtspur zu. Zwischen niedrigen Olivenbäumen und spitz geschnittenen Zypressen nahm Marlene drei Sitzgruppen wahr. Außerdem parkten in der Nähe des gemauerten Toilettenhäuschens zwei LKW und – etwas weiter entfernt – ein verbeulter Kombi.

Ein kurzer Blick in den Rückspiegel verriet Marlene, dass auch der Feind seinen Wagen wieder unter Kontrolle hatte und schnell aufholte. War es eine gute Idee gewesen, die Straße zu verlassen? Marlene konnte weder einen der LKW-Fahrer noch sonst einen Menschen ausmachen. Sie entschied sich, die Hupe zu betätigen, schlug dazu dreimal kurz und verzweifelt auf ihr Lenkrad. Währenddessen bremste sie ab, bereit, eine Flucht zu Fuß zu riskieren. Doch noch bevor das Cabrio zum Stehen kam, sah sie im Augenwinkel den dunkelblauen Wagen ihres Verfolgers am Parkplatz vorbeirauschen.

Vielleicht dreht er und kommt zurück?

Während sich die Beifahrertür des am nächsten stehenden LKW öffnete und der verschlafene Fahrer mürrisch etwas murmelte, eilte Marlene im Laufschritt unter den Bäumen hindurch und dann einen abschüssigen Hang hinab. Als sie sich nach mehreren Minuten – atemlos und außer Sichtweite der Straße – endlich erlaubte, Rast zu machen, sank sie erschöpft in die Knie und übergab sich zitternd.

Noch bevor sie sich wieder sammeln konnte, vibrierte in der Innentasche ihrer Weste das Mobiltelefon.

»Madame Schönberg?«

Es war die Stimme von Charles, Roberts Anwalt und getreuem Handlanger. Marlene versuchte, ihre Stimme ruhig zu halten, doch ihr Atem raste.

»Gut, dass Sie anrufen. Ich …« Sie schluchzte.

»Mon Dieu, Sie sind ja völlig außer sich! Was ist denn los?«

»Man … jemand … hat versucht mich von der Straße zu drängen.«

Stille am anderen Ende. Doch dann kamen die unvermeidbaren Fragen. *Wer, warum, wo, wie?* Dabei wusste Marlene keine Antworten. Einmal mehr wurde ihr klar, wie wenig sie eigentlich wusste.

»Und Ihnen geht es wirklich gut?«

Zum wiederholten Male versicherte Marlene, dass alles in

Ordnung sei, und Charles klang erleichtert, als er sagte: »Bleiben Sie, wo Sie sind. Ich bin in zwanzig Minuten bei Ihnen.«

In der kurzen Zeit, die sie ihn kannte, hatte Marlene kaum eine Gefühlsregung bei Charles wahrnehmen können. Er hatte das Cabriolet begutachtet, das Verdeck geschlossen und einige Worte mit den beiden LKW-Fahrern gesprochen, die anschließend wieder in ihre Kabinen zurückgekehrt waren. Gemeinsam hatte er mit Marlene dann in seinem Wagen den Parkplatz verlassen.

Schweigend blickte er auf die Straße.

»Warum kam eigentlich keine Polizei?«, fragte Marlene. »Ich hätte gedacht, Sie kommen gleich mit einem halben Dutzend Einsatzfahrzeugen.«

Charles schüttelte den Kopf.

»Alles, nur das nicht! Und ich bin heilfroh, dass die beiden Trucker mir nicht dazwischenfunkten.«

Plötzlich bemerkte Marlene, wie angespannt und nervös Charles auf einmal war.

»Sie klingen auf einmal so anders, irgendwie … *aufgeregt*. Ist noch etwas passiert heute?«

Charles verlangsamte seine Fahrt und nickte. »Ich habe vor zwei Stunden erreicht, dass Robert per richterlichem Eilbeschluss entlassen wird. Heute noch.«

Das war in der Tat eine Überraschung. Für einen Augenblick gelang es Marlene, den Schock des Anschlages zu verdrängen.

»Aber das ist doch großartig! Ich bin froh, wenn ich nicht mehr in diese schreckliche Zelle muss, um ihn zu befragen.«

»Hören Sie mir zu! Im Gefängnis war Robert vielleicht aus dem Verkehr, doch dafür war er auch rund um die Uhr bewacht. Wir müssen untertauchen – alle drei – zumindest für eine Weile.«

Marlene schluckte.

»Sie meinen … ich … *wir…*«

»Oui, es sieht leider so aus, als befänden *Sie beide* sich in Gefahr.«

Mont d'Alion, südliche Pyrenäen

Lucien ließ seinen Blick über den Horizont gleiten, wo der schmale Feldweg, an dem er saß, sich verlor. Es war einer der zahlreichen inoffiziellen Pfade des *Chemin de Saint Jacques*, des Jakobswegs über die Pyrenäen. Auch heute hatte er beinahe ein Dutzend Menschen gezählt, die auf den Spuren des heiligen Jakobus wandelten. Es war Hochsaison, und immer mehr Pilger entflohen dem Andrang auf den bekannten Routen in die Idylle der einsamen Höhenzüge.

Das faltige, von Wind und Wetter gezeichnete Gesicht des Mannes verzog sich zu einem Lächeln. Lucien erinnerte sich an eine Gruppe von Managern, mit denen er vor vielen Jahren ein Wochenende auf einer Berghütte verlebt hatte. Damals suchte man die Abgeschiedenheit der Natur zur Selbstfindung, heute wagte man sich auf eine Odyssee nach Santiago de Compostela. Wem dies zu anstrengend war, dem vermietete ein freundlicher Anlieger einen Esel, und es gab besonders findige Chefs, deren Chauffeure ihnen das Gepäck von Hotel zu Hotel fuhren, inklusive Aktentasche und Notebook.

Als die Sonne zwischen zwei der Gipfel versank und den nackten, rauen Fels mit flammend rotem Glanz zum Glühen brachte, erhob Lucien sich. Die Herde würde wie gewohnt im Freien bleiben, denn es waren weder Unwetter angekündigt, noch hatte es in den vergangenen Jahren ernst zu nehmende Verluste durch wilde Tiere gegeben. Hirte zu sein war in diesen Tagen mehr ein Hobby für Romantiker, zumindest behauptete man das unten im Dorf. Außer Lucien und einigen Milchbauern hatte jeder Mann einen *richtigen* Beruf in der Stadt. Früher hatte es weitaus mehr Bergbauern und Viehhirten gegeben, es waren Berufsstände mit bedeutenden Rollen innerhalb der Gemeinschaft, ebenso wie die Fischer und die Handwerker.

Lucien stieg in den Landrover und fuhr hinab ins Tal. Genau mit dieser Art von wichtigen Mitgliedern seiner *besonderen Gemeinschaft* würde er sich heute Abend treffen.

Wenn nicht gerade eine Etappe der Tour de France durch Ax-les-Thermes führte, war das Dorf mit seinen 1500 Seelen eine verschlafene Gemeinde mit all dem Charme, den ein Dorf im tiefen Süden Frankreichs nur aufweisen konnte. Früher einmal, als König und Papst unweit von hier eine mächtige Einheit gebildet hatten, waren die Zeiten weitaus bewegter gewesen. In der Nachbargemeinde Montaillou hatten sich die der Kirche so verhassten *Cathares* beinahe ein ganzes Jahrhundert nach ihrer vermeintlichen Ausrottung durch die Inquisition gehalten. Ein aus der Gegend stammender Bischof, der später als Benedikt XII. den Heiligen Stuhl bestieg, hatte sie dann aufgespürt und verraten. Den Zauber ihres Glaubens hatten die Flammen der Scheiterhaufen jedoch nicht vernichten können.

In dem steinernen Gutshaus vor den Toren der kleinen Badestadt waren die Läden fest verschlossen. Nur aus engen Ritzen fiel das flackernde Licht des Kaminfeuers hinaus in die Dunkelheit. Bedienstete gab es nicht, ebenso wenig wie elektrischen Strom oder gar Telefon. Das Haus gehörte vor Hunderten von Jahren einer mittlerweile ausgestorbenen Adelsfamilie, und heute befand es sich in Privatbesitz. Ein schweres Eisentor in der Zufahrt entmutigte neugierige Touristen bereits im Vorbeifahren, und wer dennoch einen Blick wagen wollte, den schreckten die unmissverständlichen Warnschilder ab, die auf bösartige Wachhunde hinwiesen. In Wahrheit gab es gar keine Hunde, doch bei bestimmten Versammlungen hatte man sich einen oder zwei Wächter engagiert. Heute allerdings waren die drei Männer ganz unter sich.

Luc saß am weitesten von dem lodernden Feuer entfernt. Auch wenn die Nächte hier oben selbst im Juni empfindlich kalt werden konnten, war er als Bergschäfer weitaus Schlimmeres gewöhnt. Marc, der von der Küste herauf den längsten Anfahrtsweg gehabt hatte, suchte hingegen ein wenig Wärme. Er verdiente seinen Lebensunterhalt als Fischer auf dem Mittelmeer, seine Gesichtshaut war beinahe ledern von Hitze und Wind. Im Gegensatz zu dem fast hageren Luc, der ihn zudem um einen ganzen Kopf überragte, war er ziemlich rundlich. Luc schätzte Marc auf Ende fünfzig, doch über ihr wahres Alter hatten sich die Männer noch nie ausgetauscht.

Der dritte Mann im Bunde war zugleich der Initiator des Treffens. Sein Name war Henry, er war der sechste Sohn einer einfachen Familie von ortsansässigen Handwerkern und Tagelöhnern. Sein Vater hatte zwei weitere Kinder durch die Grippe verloren und all seine Ersparnisse dafür aufgewendet, dass Henry das Priesterseminar besuchen konnte. Doch nach einer kurzen Zeit in einer Gemeinde in der Nähe von Narbonne war Henry ins Dorf zurückgekehrt und hatte nach dem plötzlichen Tod des Vaters den Betrieb übernommen. Er und zwei seiner Brüder besaßen daher ein solides kleines Familienunternehmen.

Ein Hirte, ein Fischer und ein Zimmermann – *genau so hatte es auch damals begonnen.*

Die Schönheit alter französischer Häuser besonders in dieser Region hatte Marlene schon immer beeindruckt. Es war keine Seltenheit, zweihundert Jahre alte Gebäude aus einfachem Bruchstein genau in dem Zustand vorzufinden, in dem sie ihre Erbauer einst errichtet hatten. Das Anwesen der Garniers, das sogar noch weitaus älter war, bildete da keine Ausnahme. Natürlich gab es Anbauten und Erweiterungen, die neue, moderne Kelterei etwa. Der Vorhof war nach drei Seiten hin offen, und zwischen den Hallen hindurch führte der Weg zu dem etwas höher gelegenen Herrenhaus. Ein Hain von Zypressen und niedrig geschnittenen Obstbäumen sorgte für eine gewisse Privatsphäre.

»Mein Urgroßvater hat hier noch alles selbst gemacht«, wusste Robert stolz zu berichten. »Dann war dieses unselige Duell, und mein Großvater, damals als Student mit Flausen im Kopf, musste den Betrieb von einem Tag auf den anderen übernehmen.«

»Und was ist mit Ihnen?« Marlene fand diese Frage berechtigt, wenngleich ihr sofort der erst kürzliche Verlust von Roberts Vater einfiel und sie sich am liebsten auf die Zunge gebissen hätte. Doch Robert nahm die Frage nicht persönlich. Er zuckte mit den Schultern und ging langsam weiter in Richtung des Hauses.

»Sehen Sie, wir haben uns bereits vor vielen Jahren mit Partnern zusammengetan. Der Name und die Leitung liegen zwar weiterhin in meiner Familie, doch läuft der Betrieb ganz gut ohne mich. Mein Vater sah das ähnlich, denn er hatte eben auch noch andere Interessen.« Sein Blick war plötzlich trüb geworden, und Marlene entschloss sich, nichts weiter zu sagen.

Vor gut drei Stunden hatte sie sich mit Charles vor dem

Gefängniskomplex getroffen, und nach Erledigung der nötigen Formalitäten war Robert Garnier als freier Mann in die grelle Sonne getreten. Sein Hemd war verschwitzt gewesen, als er sich auf der Rückbank des Renaults niedergelassen hatte. Charles hatte den Wagen glücklicherweise gut klimatisiert. Entsetzt vernahm er den Bericht über das Attentat auf Marlene und erkundigte sich mehrmals, ob wirklich alles in Ordnung sei. Marlene versicherte den beiden, dass es ihr gutgehe, schließlich sei sie ja nicht verletzt worden. Dennoch entschieden sich die drei, einen neuen Wagen zu mieten.

Auf einem Autobahnrastplatz schließlich waren Robert und Marlene dann in den neuen Wagen gestiegen, und nachdem man sich sicher gewesen war, keine Verfolger zu haben, hatten sich die beiden von Charles getrennt. Der Anwalt sollte in die Stadt fahren und sich dort mit dem Wagen so auffällig wie möglich bewegen. Marlene und Robert hingegen fuhren in Richtung Remoulins, denn obwohl es riskant sein mochte, musste er auf dem Anwesen verschiedene Dinge erledigen.

»Warten Sie hier auf mich! Ich bin gleich wieder da.«

Robert wies auf ein paar Sessel in der Eingangshalle. Marlene verharrte mit fragendem Blick. Als er ihre Unsicherheit bemerkte, hielt er inne.

»Keine Angst. Als ich verhaftet wurde, hat Charles die Hausangestellten bis auf weiteres in Urlaub geschickt. Es ist also niemand hier. «

Er lächelte die Deutsche an, dann verschwand er in der Dunkelheit eines Flures. Die dicken Steinwände hielten die Temperatur im Inneren des Anwesens kühl, beinahe schon kalt, und Marlene fröstelte. Zum ersten Mal seit dem Vorfall in Cassis war sie alleine mit sich selbst und sie verschränkte die Arme, als könne sie damit das lauter werdende Pochen in ihrer Brust verbergen. Für einen Moment schloss sie die Augen und versuchte, sich ihr Wohnzimmer vorzustellen, das Sofa, den schnurrenden Kater, doch immer wieder drängte sich das dröhnende Motorengeräusch ihres Verfolgers dazwischen.

Marlene zwang sich dazu, ruhig und gleichmäßig in ihr Zwerchfell zu atmen, und suchte rationale Gedanken. Wenn schon keine Polizei, dann musste sich eben Charles um diese Angelegenheit kümmern. Er hatte bestimmt entsprechende Verbindungen. Jedenfalls erschien es Marlene trotz entsprechender Gedanken als keine echte Alternative, einfach wieder abzureisen. Nicht, bevor diese *Sache* hier geklärt war; sie würde zu Hause sonst keine ruhige Minute mehr finden.

Als Robert das Arbeitszimmer seines Vaters betrat, überlief ein Schauer seinen Rücken. Er war sich nicht sicher, ob seine Beklommenheit ausschließlich mit der plötzlichen Erinnerung an den schmerzlichen Verlust zu tun hatte. Aber vielleicht hatte sich auch ein Verdacht in ihm geregt: Wer immer seinen Vater auf dem Gewissen hatte, war unter Umständen bereits hier gewesen.

Oder er würde noch kommen.

Robert erschauerte erneut. Nach allem, was er gehört hatte, war sein Vater ausgesprochen brutal erdrosselt worden. Vorne im Flur saß eine unbeteiligte Wissenschaftlerin, die nur auf sein Wort hin nach Frankreich gekommen war, und niemand hatte das Anwesen im Auge und wusste, dass sie jetzt hier waren.

Wir müssen uns beeilen und sofort von hier verschwinden, dachte Robert, doch noch bevor er sich wieder vollständig zur Tür gedreht hatte, sah er bereits den bedrohlichen Schatten. Hier im Haus gab es weder eine Wendeltreppe, noch war ein Sprung aus dem Fenster möglich.

Mitten im Türrahmen versperrte ein lautlos eingetretener Fremder den einzigen Fluchtweg.

KAPITEL 6

Ax-les-Thermes

»Er ist also wieder auf freiem Fuß.«

Nachdem die drei Männer lange schweigend in das Feuer geblickt hatten, ergriff Henry erneut das Wort. Die Tagespresse würde die Meldung zwar erst am kommenden Vormittag bringen, doch Henrys Informanten hatten es bereits gewusst, noch bevor Robert Garnier die letzte Stahltür durchquert hatte.

Luc, der Besonnene, den so schnell nichts aus der Ruhe zu bringen vermochte, runzelte die Stirn. »Könnte er uns denn überhaupt schaden? Ich meine – er weiß ja nicht einmal, dass es uns gibt.«

»Gewiss kann er unserer Sache schaden«, wandte Marc ein.

»Immerhin ist er der einzige Erbe«, pflichtete Henry bei.

Luc nickte. Roberts Vater war ihnen in den vergangenen Wochen gefährlich nahe gekommen, deshalb hatte man ihn liquidieren müssen. Die Frage war nun, ob sein Sohn ihnen ebenfalls auf die Spur kommen könnte.

»Robert Garnier hat nichts in der Hand. Er hat weder die Stammtafel, noch wird er sie irgendwo finden. Es gibt nur ein Exemplar davon. Wie es mit der Zeichnung aussieht, die sein Vater dabeihatte, weiß ich allerdings nicht.«

»Der junge Garnier ist immerhin in die Villa eingebrochen. Also muss er etwas ahnen. Es wäre besser gewesen, ihn noch ein paar Wochen einzusperren.«

»Wir können ihn aber nicht auch noch beseitigen. Das würde auffallen, zumal er sich diese Deutsche ins Boot geholt hat.«

Als die drei sich trennten, war das Feuer heruntergebrannt. Henry blieb vor der Glut sitzen, bis sie vollständig zerfallen war. Er hatte sein Mobiltelefon eingeschaltet und verschiedene Anrufe getätigt. Von manchen Partnern hatte er Informationen erhalten, wieder anderen hatte er Instruktionen erteilt. Obwohl es nie eine formelle Wahl gegeben hatte, so war Henry doch der führende Kopf der Gemeinschaft, die weitaus größer und mächtiger war, als ein unbeteiligter Beobachter den drei alten Herren zutrauen würde.

Remoulins

Robert war sich sicher, dass der Fremde ihn genau anvisierte, tastete dennoch im Halbdunkel nach einem Gegenstand, der beweglich genug war, um ihn mit einer Hand schwingen zu können und mit dessen Hilfe er sich ein paar wertvolle Sekunden Vorsprung verschaffen könnte. Roberts Finger wanderten von einem Brieföffner über das Holz der Arbeitsplatte schließlich eine kühle Metallröhre hinauf.

»Lass die Lampe stehen, Robert!«

Es klickte, das Deckenlicht flammte auf, und Charles tat einen langen Schritt in den Raum hinein. Robert spürte, wie ihm schwindelig wurde. Er taumelte zu dem Bürosessel und ließ sich keuchend fallen. Ein erleichtertes Lächeln huschte über sein Gesicht, als Charles sagte: »Man könnte fast meinen, du würdest Gespenster sehen.«

Eine Frauenstimme erklang. »Was ist denn hier los?«

Während Robert seine Augen langsam wieder öffnete,

hörte er seinen alten Freund leise mit Marlene sprechen, die ins Zimmer getreten war.

»Das Ganze hat ihn mehr mitgenommen, als ich gedacht habe.«

»Kein Wunder. Ich habe die ganzen Unterlagen gelesen und möchte nicht mit ihm tauschen«, sagte Marlene.

»Ich gehe in die Küche und hole ihm ein Glas Wasser.«

Roberts Räuspern ließ die beiden wieder auf ihn aufmerksam werden.

»Dort drüben zwischen den Regalen ist der Schrank mit dem Weinbrand.« Er wies in Richtung Bücherwand. »Wenn ihr mir etwas wirklich Gutes tun wollt, dann vergesst die Küche und das Wasser!«

»Wir sollten nicht länger bleiben als nötig«, gab Charles zu bedenken. Während Robert noch immer hinter dem Schreibtisch saß, hatte Marlene es sich auf dem gegenüberliegenden Stuhl bequem gemacht. Charles saß auf der Ecke des Tisches, das eine Bein angewinkelt und das andere auf den Boden gestemmt. Er wirkte sehr angespannt.

»Wer auch immer hinter all dem steckt – er wird dir folgen. Vielleicht kommt er auch hierher, das läge am nächsten. Wo hast du schon überall nachgesehen?«

Robert grinste gequält. »Bevor ich auch nur *irgendwo* suchen konnte, hast du mich ja zu Tode erschrecken müssen.«

Charles stand langsam auf. »Doch selbst wenn jemand vor uns hier war, wird er nicht jedes Versteck gefunden haben.«

Mit diesen Worten wandte er sich nach rechts und schritt langsam auf den Spirituosenschrank zu.

»Noch mehr Cognac?«

Robert schüttelte den Kopf, schob die Flaschen beiseite und griff hinter der Aufhängung der hölzernen Klapptür in eine kleine Vertiefung. Das schmale Brett löste sich knarrend, und seine Finger glitten in den nur wenige Zentimeter breiten Hohlraum. Es war tatsächlich genau so, wie sein Vater es ihm beschrieben hatte. Zum Vorschein brachte er einen Metallzylinder, der einst einer Zigarre als Verpackung gedient hatte.

Robert verschloss den Schrank wieder, wandte sich um und ging zu den beiden anderen zurück.

»Voilà!«

Am Schreibtisch angekommen, drehte er den Schraubverschluss ab, und es lag der vermeintliche Duft süßen Tabaks in seiner Nase, als er den Inhalt des schmalen Zigarrenbehälters auf die Tischplatte entleerte. Von metallischem Klang begleitet, glitt ein altmodischer Schlüssel hinaus, außerdem ein zusammengerolltes Stück Papier.

Marlene staunte. »Was steht darauf geschrieben?«, fragte sie voller Neugier.

Robert entfaltete den verknitterten Bogen, das Papier war nicht viel größer als eine Postkarte und wirkte noch nicht besonders alt. Er legte es nach einem kurzen Moment mit fragendem Blick auf den Schreibtisch. Marlene und Charles waren bereits aufgestanden und beugten sich vor. Keine Worte – eine Bleistiftskizze befand sich auf dem Papier, nicht besonders detailliert, aber doch eindeutig das Bild einer Medaille oder eines runden Amuletts.

»Was ist das?«, fragte Marlene und durchbrach das Schweigen. Sie selbst hatte keine Ahnung, was sie da vor sich sah.

Robert löste seinen Blick langsam von der Skizze, die sein Vater ihm hinterlassen hatte. Gefasst und dennoch mit einem sanften Beben in der Stimme antwortete er: »Es handelt sich um die Zeichnung einer alten Münze. Und diese Münze war der Grund, warum mein Vater sterben musste.«

Rom, 65 n. Chr.

Linus kroch schwer atmend durch den feuchten, dunklen Gang. Er war als Einziger noch übrig von der engen Gemeinschaft, deren Anführer vor Jahr und Tag ihren grausamen Tod gefunden hatten. Im Gegensatz zu ihnen und einigen anderen, die damals übers Meer gekommen waren, waren Linus und die meisten seiner Brüder römische Bürger. Auch Paulus hatte diesen Status erhalten, doch letztlich hatte es ihm nicht viel genützt. Das Leben tagsüber konnte die nächtlichen Treffen nicht immer ausreichend tarnen, zu eng war das Netz von Spionen, und schließlich glaubte ganz Rom nach wie vor, dass die Chrestianer schuld an dem verheerenden Brand gewesen waren.

Das System der Stollen, die oft nicht höher als drei Ellen waren, bildete in diesem Bereich der Stadt die größte Nekropole, die man sich vorstellen konnte. Irgendwo mussten die Toten ja schließlich hin. Mehr als einmal hatten Linus oder einer seiner Brüder sich im vergangenen Jahr vergewissert, dass ihre Toten noch an Ort und Stelle ruhten. Der Geruch von Verwesung und die Schatten lichtscheuen Gesindels, dem man hier unten öfter, als einem lieb war, begegnete, machten diese Aufgabe nicht angenehmer.

Unweit von hier hatte Linus damals im Morgengrauen den Körper von Petrus von dem kopfüber stehenden Kreuz genommen. Den enthaupteten Leichnam des Paulus hatte der Pöbel davongetragen. Doch wenigstens eine Handvoll der ermordeten Gefährten sollte eine angemessene Bestattung bekommen. In dem weitverzweigten System unterirdischer Gänge hatten Linus und einige Helfer einen Platz gefunden, wo sie die Toten einbalsamieren und in Tücher gewickelt ablegen konnten. Nun war ein Jahr vergangen, und ihnen stand die Aufgabe bevor, die Knochen in Ossuare zu betten.

Linus tastete mit beiden Händen an der Wand entlang, bis er zwei verborgene Mulden erspürt hatte, in die er seine Finger gleiten ließ. Mit einem kurzen Ruck öffnete er die Steinplatte, die den spitz zulaufenden Gang für den Unwissenden wie eine Sackgasse erscheinen ließ. Hinter der Öffnung tat sich eine Höhle auf, in deren Wänden ein gutes Dutzend längliche Vertiefungen geschlagen waren. Auch wenn diese Kammer kaum fünf Schritte im Durchmesser maß, bot sie doch einen sicheren Raum für jene Männer, die nur um ihres Glaubens willen den Tod gefunden hatten. Die Wand war nur notdürftig bearbeitet worden und an keiner Stelle gleichmäßig. Es handelte sich um eine uralte, natürlich entstandene Grotte, von deren Existenz kaum jemand wusste. Und so sollte es auch bleiben.

Nachdem Linus den Eingang von innen wieder verschlossen hatte, entzündete er an seiner winzigen Öllampe eine größere, und im flackernden Schein trat er auf eine der in Schulterhöhe befindlichen Grabstätten zu. Der Geruch war beinahe unerträglich, doch es wäre eine Entehrung der Toten, sich darüber zu beklagen. Der Mensch war aus Staub entstanden, und es gehörte zu seinem Weg, diesen Kreis nach dem Dahinscheiden seiner Hülle wieder zu schließen. Linus schlug die Tücher zurück, um die Knochen des Fischers zusammenzulesen, dessen größte Reise ihn hier in Rom ins Verderben geführt hatte. Da es Linus an Erfahrung fehlte, ließ er sich Zeit – er wollte keinen Fehler machen.

Ein Glänzen inmitten der Knochen ließ ihn erschaudern. Obwohl er alleine war, sah er sich nach allen Seiten um, bevor er seine zitternde Hand langsam in Richtung des Gegenstandes schob, von dem der Glanz auszugehen schien. Seine Finger schoben sich langsam unter dem Knochengitter des Brustkorbes entlang, bis er schließlich mit der Hand das kleine, kühle Metall umklammern konnte. Ein runder

Gegenstand, nicht breiter als sein Daumen. Schon bevor er sich den Gegenstand im Widerschein der Kerze genauer betrachte konnte, wusste Linus, dass es sich um eine Münze handelte.

Eine ganz besondere Münze.

KAPITEL 7

Remoulins, Gegenwart

»Lasst uns endlich von hier verschwinden!«

Charles drängte die beiden zur Eile.

Robert dachte jedoch nicht daran zu verschwinden. In seinen Händen hielt er den alten Schlüssel.

»Ich gehe hier weg, wenn ich es für richtig halte. Immerhin ist es *mein* Haus!« Er glich einem trotzigen Kind, doch Marlene verstand auch seine Gefühle. Das Elternhaus war alles, was Robert von seiner Familie noch geblieben war.

»Haben Sie denn eine Ahnung, wo der Schlüssel passen könnte?«, fragte sie.

Robert war im Geiste die Räume des Hauses durchgegangen. Für eine Geldkassette war der Schlüssel zu groß, und sämtliche Schubladen des Arbeitszimmers hatten völlig andere Schlösser. Schlüssel für Türen sahen anders aus, und die beiden hauseigenen Tresore, hier und im Schlafzimmer, waren unlängst gegen jüngere Fabrikate ausgewechselt worden und besaßen Zahlenschlösser. Doch es gab da noch etwas anderes. Robert versuchte sich zu erinnern.

Es musste kurz nach seiner Einschulung gewesen sein, denn dieses Ereignis war Roberts früheste und intensivste Erinnerung an seinen geliebten Großvater. Danach gab es nicht mehr viele gemeinsame Bilder in seinem Kopf, denn *grand-père* war kurz nach Heiligabend im selben Jahr gestorben. Gemeinsam hatten sie die Mysterien des *Pont du Gard* erkundet, jenem zwei Jahrtausende alten römischen Aquädukt, welches nur einen kurzen Fußmarsch vom Anwesen der Garniers entfernt lag. *Familienmonument* – so hatte der Großvater das beeindruckende Bauwerk genannt.

In dem letzten gemeinsamen Herbst also musste es irgendwann gewesen sein, da hatte Antoine Garnier seinen Enkel mit hinab in die alte Kellerei genommen. Inmitten von ausgemusterten Metallröhren, Bögen und rissigen Schläuchen hatte er Robert von den frühen Tagen der Winzerei erzählt und ihn in eines der morschen Eichenfässer kriechen lassen. Robert erinnerte sich, wie beeindruckt er damals gewesen war, als er sich vorstellte, dass man dieses Fass einst Jahr um Jahr mit jungem Wein gefüllt hatte.

Mit dem feuchten, schweren Duft eines Weinkellers in der Nase und in den Kleidern hatte er später am Tag beim Großvater gesessen, und der alte Mann hatte ihm von vergangenen Jahrhunderten berichtet, als man Trauben mit den Füßen stampfte und Pferde- oder Ochsengespanne die Fässer in die Stadt brachten. Im Palast der Päpste hatte man den Wein der Garniers zu schätzen gewusst, das war *grand-père* besonders wichtig zu erzählen gewesen. Er hatte Robert sogar die Zeichnung eines Baumes gezeigt, auf dem bunte Wappen und Symbole neben unleserlichen Schriftzeichen abgebildet waren.

Plötzlich wusste Robert, wo er suchen musste.

»Kommt mit! Wir müssen in den Keller!«

Er eilte zurück in den Flur, und Marlene und Charles folgten ihm. Der im Haus liegende Zugang zu dem alten Gewölbe befand sich unterhalb des geschwungenen Treppenaufganges in die obere Etage. Robert schlug den staubigen Wandvorhang beiseite. Niemand benutzte diesen Zugang mehr, und der außen liegende Kellereingang diente als Lagerort für alle möglichen Dinge, die im Laufe der Zeit in einer

Winzerei anfielen. Rohre, Kessel und Maschinenteile wurden großzügig eingelagert – man hatte immerhin genügend Platz dafür, selbst wenn sicher war, dass nie wieder jemand etwas mit diesen Dingen anfangen würde.

Die hölzernen Stufen waren schmutzig und knarrten bei jedem Schritt. Drei der fünf Glühbirnen, die an einem Kabel an der Decke entlang gespannt waren, funktionierten nicht mehr.

»Halten Sie sich gut fest! Es ist sehr steil und ein langer Weg nach unten«, sagte Robert, an Marlene gewandt.

Als sie endlich durch eine weitere Holztür traten und ihre Füße auf den steinernen Boden setzten, flackerte summend ein halbes Dutzend Leuchtstoffröhren auf.

»Willkommen im Familienbetrieb Garnier, der größten Winzereigenossenschaft diesseits des Gard!«

Robert lächelte und wies in das Gewölbe, an dessen Wänden sich riesige Holzfässer befanden.

»Wir müssen noch ein Stück weiter. Passen Sie auf! Der Boden ist sehr uneben.«

»Wohin führen Sie uns?«, fragte Marlene.

Charles nickte. »Genau, Robert. Was können wir hier unten finden außer morsches Holz?«

Robert hielt triumphierend den Schlüssel in die Höhe. »Ich weiß, wo das Schloss ist, das ich hiermit öffnen kann!«

Es musste eine Art Probierstube sein, ein kleiner Raum inmitten der Fässer, ausgestattet mit einem schlichten rechteckigen Holztisch, zwei Stühlen und einigen verstaubten Utensilien. Marlene erschrak, als sie knirschend auf die Scherben eines zerbrochenen Glases trat. Überall standen leere Flaschen und sonderbare Behältnisse herum. Diesen Raum schien seit Jahrzehnten niemand mehr betreten zu haben.

»Irgendwo hier muss es sein«, keuchte Robert und schob

Holzkisten hin und her, welche die hintere Wand fast vollständig verbargen.

»Fass mal mit an!« Robert schob seinem Freund drei übereinander gestapelte Kartons entgegen, die Charles in Empfang nahm und weiter zur Seite schob. Schon kam der nächste Stapel. Staub wirbelte auf, und Robert musste kräftig niesen. Auch Marlene spürte ein heftiges Kribbeln in der Nase, dann vernahm sie einen freudigen Aufschrei: *»Hier ist er – ich habe ihn gefunden!«*

Ax-les-Thermes

Henry hatte Glück. Das ganze Haus schlief bereits, er konnte also ungestört die notwendigen Dinge einpacken, und niemand würde ihm Fragen stellen. Er war ein miserabler Lügner und hätte seine überstürzte Abreise kaum plausibel begründen können.

Wenngleich Henry nur noch ein Priester außer Dienst war, hatte er eine Heirat nie wirklich in Betracht gezogen. Er war stets ein Einzelgänger gewesen, ein Stubenhocker und Eigenbrötler, wenn man seinem strengen Vater Glauben schenkte. Er hatte wenig mit einem Sohn anfangen können, der zudem zwei linke Hände zu haben schien.

In einer kurzen Notiz hinterließ Henry seinen Brüdern, dass er sich spontan zu einer Reise in die Provence entschieden habe. Dies war im Grunde noch nicht einmal gelogen. Er wolle, so hatte er sich weiter ausgedrückt, ein wenig abschalten und den Kopf frei bekommen, da die Migräne ihn plötzlich wieder heimsuche. Diese Ausrede funktionierte immer, denn tatsächlich hatte Henry während der Pubertät unter derart schlimmen Migräneanfällen gelitten, dass der Arzt ihm nach unzähligen erfolglosen Therapieversuchen nur noch die frische Seeluft zu empfehlen gewusst hatte. Die kurzen erholsamen Reisen in kleine Küstenstädte entlang des *Golfe du Lyon* hatte Henry sich stets als Fluchtmöglichkeit offengehalten, und schließlich war es auch eine solche Reise gewesen, die ihm vor vielen Jahren die Freundschaft mit Marc beschert hatte.

Während Henry der Route National 20 in Richtung Toulouse folgte, schmiedete er Pläne für seinen Aufenthalt in der Provence. Sein Gastgeber war bereits informiert, doch man erwartete ihn erst am Vormittag. Es bestand zwar kein Grund zur Eile, aber er entschied sich, die schnellere Strecke der langsameren vorzuziehen. Er würde erst bei Carcassonne auf die A 61 fahren und so runde 40 Kilometer sparen. Während fast ganz Frankreich schlief, würde er den Frieden und die Einsamkeit der Stunden nach Mitternacht nutzen, um seine Rückkehr in den Dienst der Kirche zu planen.

Endlich würde dann auch sein Vater stolz auf ihn sein, denn Henry würde sich nicht mit einer einfachen Priesterrobe zufriedengeben.

Remoulins

Auf das besorgte Drängen von Charles hin hatten sich die drei dazu entschlossen, den Inhalt des Geldschrankes andernorts zu studieren. Roberts Schlüssel hatte das Schloss mit ein wenig Kraftaufwand tatsächlich entriegelt. Hinter der schweren Tür des gewiss hundert Jahre alten Tresors hatten sie eine Kassette mit Papieren gefunden, außerdem ein vergilbtes Buch. Eine Schriftrolle mit farbigen Wappenbildern jedoch war zu Roberts Enttäuschung nicht darin verborgen gewesen.

Irgendwann um den Jahrtausendwechsel herum hatte die Kleinstadt Remoulins sowohl einen starken Zuwachs an

Ferienwohnungen als auch an Industrieansiedlungen erlebt. Die Zufahrtsstraße, die vom knapp 20 Kilometer entfernten Avignon kam und über die Brücke inmitten des Dorfes in Richtung Alès weiterführte, war vor dem Ortseingang durch einen zweispurigen Kreisel erweitert worden, an dessen Ausfahrten sich Autohändler mit ihren Werkstätten sowie ein großes Einkaufszentrum niedergelassen hatten. Sogar einen von Lavendel umsäumten McDonald's gab es seit einigen Jahren. Da keiner der drei es mehr bis zur nächsten Autobahnraststätte aushielt und sich um diese nächtliche Zeit kaum eine andere Möglichkeit bot, einen Kaffee zu bekommen, steuerten sie das Fast-Food-Restaurant an.

Auf dem Anwesen der Garniers hatten die beiden Männer den Renault und den Mietwagen in einer Halle hinter einigen Landmaschinen abgestellt. So fielen die Fahrzeuge nicht jedem ins Auge, und bei passender Gelegenheit würde Charles seinen Wagen abholen und sich außerdem um die Rückgabe des ramponierten Cabriolets kümmern. Zunächst erschien es allen am sinnvollsten, mit einem nicht bekannten Fahrzeug zu reisen. Hierfür hatte Robert den Kleinbus ausgesucht, da der Pickup nur zwei bequeme Sitzplätze enthielt und außerdem mit dem Namen und Logo der Winzerei bedruckt war. Eine entsprechende Verzierung für den Minivan war noch in Planung, denn das Fahrzeug war erst vor kurzem angeschafft worden.

Der weiße Peugeot 807 parkte abseits der aufgemotzten Kleinwagen später Disko-Heimkehrer. Während Charles ausgestiegen war, um sich um drei große Becher Kaffee und etwas zu essen zu kümmern, zog Robert die Dokumente aus seiner Tasche.

»Sind das die Aufzeichnungen, die Ihnen Ihr Großvater als Kind gezeigt hat?«, fragte Marlene.

Während der Fahrt hatte Robert von seinen Erinnerungen

erzählt, und Marlene wollte nun mehr über Antoine Garnier erfahren.

»*Non*. Ich erinnere mich an eine Art Stammbaum oder etwas in der Art. Diese Papiere hier sind mir völlig fremd. Es scheinen auch nur alte Rechnungen und Tabellen zu sein.«

»Und das Buch?«

Alle Hoffnungen ruhten nun auf dem alten Buch. Robert ließ die in Leder gebundenen Seiten durch seine Hand gleiten. Es war zu gut erhalten für ein klassisches historisches Werk, aber abgegriffen genug, um mindestens aus dem vorletzten Jahrhundert zu stammen.

»Was ist es denn für ein Buch?«, fragte Marlene.

Charles öffnete die Tür und stellte die Papiertüte und den Becherhalter auf dem Sitz ab. Einen der Becher zog er heraus und streckte ihn Marlene entgegen.

»Madame Schönberg, bitte. Ihr Kaffee!«

Marlene aber interessierte sich nicht mehr für Essen oder Kaffee. Sie blätterte in dem sonderbaren Werk, das weder ein gedrucktes Buch noch ein Notizbuch im herkömmlichen Sinn war.

»Sehen Sie nur! Es ist eine Abschrift!«, rief sie.

Im achtzehnten und neunzehnten Jahrhundert war es keine Seltenheit gewesen, gedruckte Bücher handschriftlich zu duplizieren, meist auszugsweise, um die Inhalte andernorts zur Verfügung zu haben. In einem ordentlich gebundenen Zustand waren solche Duplikate weitaus sicherer als lose Blätter.

Robert und Charles warteten auf eine Erklärung. Sie konnten sich nicht vorstellen, warum eine unbekannte Abschrift die junge Deutsche derart in Aufregung versetzen konnte.

»Es handelt sich um ein handschriftliches Duplikat eines historischen Buches. Verfasst hat es ein gewisser Maximin Garnier.«

Plötzlich verstand Robert. Er atmete schwer und ging im Kopf die Jahrzehnte des neunzehnten Jahrhunderts durch.

»*Mon Dieu.* Das könnte ein Vorfahr meines Großvaters sein, der zu Zeiten von Napoleon gelebt hat.«

Marlene verstand Altfranzösisch nicht gut genug, um das Papier übersetzen zu können, doch es gab lateinische Passagen, anscheinend Teile des abgeschriebenen Textes.

»Warten Sie, ich glaube, ich kann es Ihnen gleich sagen.« Marlene kam eine Idee. »Geben Sie mir bitte einmal die Zeichnung!«

Robert zog das Papier aus der Zigarrenhülse, der er es entnommen und in der er es wieder verborgen hatte.

Marlene hielt das Papier an eine Seite des Buches. »Größe und Alter stimmen überein. Irgendwo in diesem Buch wurde diese Seite säuberlich herausgetrennt.«

»Was bedeutet das für uns?«, fragte Robert.

»Nun, es ist ein Hinweis darauf, dass es wichtig zu sein scheint, und außerdem erkenne ich nun, dass es etwas … *Kirchliches* an sich hat. Lassen Sie mich sehen, ob ich einen Index oder einige Überschriften finde.«

Etwa in der Mitte des Buches fiel Marlene eine Abbildung ins Auge. Sie hatte sie bereits zweimal überblättert, doch nun lag die über zwei Seiten gehende Replik einer Zeichnung vor ihnen.

Roberts Augen weiteten sich, als er sagte: »*Das* ist die Ahnentafel, die mein Großvater mir einst gezeigt hat!«

Fein säuberlich hatte Maximin Garnier in fünfzehn mit Ornamenten verzierten Kästchen Namen und Daten verzeichnet. Mit dem Finger fuhr Robert die verschnörkelte Linie entlang, welche die Kästchen wie Perlen auf einer Schnur verband. Ganz unten auf der Doppelseite hatte Maximin seinen eigenen Namen eingetragen, ebenso seinen Geburtsort und das Datum. *Remoulins, 1. mars 1783.* Mit Bleistift hatte jemand, wahrscheinlich Großvater Antoine, einige Namen ergänzt.

Guillaume, 1813–1894

Jean, 1839–1908

Victor, 1867–1923

Antoine, 6 septembre 1898

Wenn Robert richtig gerechnet hatte, war Maximin sein Ururururgroßvater gewesen. Er deutete mit dem Zeigefinger auf das oberste Feld.

»Sehen Sie – hier steht es.«

Marlene sah es schwarz auf weiß vor sich. Dort war der Urahn der Familie verzeichnet. *Bernard Garnier, 1370–1433.*

KAPITEL 8

Rom, 76 n. Chr.

Predige das Wort, halte darauf in gelegener und ungelegener Zeit!

Dies waren die Worte, die stets wiederholt wurden. Petrus und Paulus hatten sie unzählige Male in ihren einfachen, doch fesselnden Ansprachen zitiert, und sie beinhalteten das höchste Gebot ihrer geheimen Gemeinschaft.

Unter der Herrschaft des Kaisers Vespasian lebten sie zwar noch lange nicht in Sicherheit und Frieden, jedoch hatte der Herrscher andere Interessen als die gnadenlose Verfolgung der Anhänger Christi. Aber der Kaiser war alt, ebenso alt wie auch Linus es war. Vielleicht würde auch der Herrscher bald sterben, und sein Sohn galt als ebenso machthungrig und gnadenlos, wie Nero es einst gewesen war.

Im Schein der Kerzen hatte Linus seine Gefährten um sich geschart. Er lag auf einer notdürftig aus Stroh und grob gewebten Decken gerichteten Bettstatt, und es duftete nach Heilkräutern und würzigen Ölen. Der Kellerraum des verfallenen Gebäudes war hoch, er hatte vor dem Brand als Lager für das darüber gelegene Warenhaus gedient. Da niemand Anspruch auf die Ruine des Hauses erhoben hatte, erwarben zwei Stadtbürger das Recht an dem Grundstück und verbargen den Zugang zu der unteren Etage. Keiner der Senatoren und selbst keiner der Nachbarn ahnte, dass die Mutter der beiden Brüder einen weiteren Sohn hatte, der den Namen Linus trug.

Ein halbes Geschoss unterhalb des hohen rechteckigen Kellergewölbes befand sich ein großer, in den Fels geschlagener Keller für Wein und Lebensmittel. Man erreichte ihn über acht grobe Stufen, die im hinteren Teil des Gewölbes hinabführten. Ein Regal verbarg diesen Zugang, denn er diente als Zuflucht für den Notfall. Man musste in diesen Tagen trotz des vermeintlichen Friedens auf alles gefasst sein. Nach dem Ausbau des Haupthauses zu einem unscheinbaren Wohnhaus hatte man das verbleibende Baumaterial dazu genutzt, um in eben diesem verborgenen Keller einen Altar zu errichten – eine Stätte des Glaubens, ein Ort des Friedens und der Verbundenheit mit den in Jerusalem verbliebenen Gefährten.

Als Linus spürte, dass er sich von seiner Schwäche nicht mehr erholen würde, hatte er seinen Brüdern aufgetragen, so viele der *verborgenen Jünger Christi* Roms wie möglich zusammenzurufen. Drei Tage später hatten sie ihm von ihren Erfolgen berichtet, und für die kommende Nacht erwarteten sie die Gäste in ihrem Versteck. Von den rund drei Dutzend Informierten, die wiederum weitere Glaubensbrüder ausfindig machen sollten, erwarteten sie, dass sie sich gegen Mitternacht bei ihnen einfanden. Als Zugang war ihnen der Garten genannt worden, da er am Ende des Anwesens in eine Seitenstraße der Armensiedlung mündete und sich dort des Nachts niemand aufhielt.

Einige trafen bereits lange vor Mitternacht ein, und nach dem sechsten Dutzend hatte Linus aufgehört zu zählen. Ein Lächeln lag auf seinem Gesicht, denn er spürte, dass all seine Gefährten das Gleiche verband: die Liebe zu Jesus Christus, der ebenso wie die meisten seiner Jünger das Martyrium und einen qualvollen Tod erlitten hatte. Dennoch hatte er auch im letzten Atemzug für die Menschen gebetet, für alle von ihnen – das war das Beeindruckendste an der Überlieferung.

Die Götter Roms waren nur Götter der Herrscher – Kriegs- oder Jagdgötter, ja sogar der Kaiser selbst war einer von ihnen. Deshalb fürchteten die Mächtigen die Worte Jesu, denn er unterwarf sich ihrer Allmacht nicht. Und genau aus diesem Grund waren alle Anwesenden in dem versteckten Keller so begeistert von ihm.

»Brüder!«, sagte Linus und erhob seine Hand, um Schweigen zu gebieten. Mit schwacher Stimme und doch für alle gut zu verstehen fuhr er fort: »Die meisten von euch kannten Simon Petrus und Paulus. Sie kamen mit ihren Gefährten von Jerusalem und brachten uns eine Kunde, die Hoffnung und Kraft verleiht. Dafür starben beinahe alle von ihnen in Neros Gärten oder wurden von den Prätorianern und dem Pöbel auf den Straßen der Stadt getötet. Es liegt an uns, ihr Vermächtnis zu den Menschen zu bringen, uns zu organisieren und unser Fortbestehen zu sichern.«

Zustimmendes Raunen erfüllte den Raum. Linus war ein römischer Chrestianer der ersten Stunde, er wusste, wovon er sprach. Deshalb hatten Petrus und Paulus ihn zum *Vicarius*, ihrem Stellvertreter, berufen. Nachdem er sich der breiten Zustimmung vergewissert hatte, fuhr Linus fort.

»Als ich nach einem Jahr die Gebeine unseres Hirten Petrus aus der geheimen Gruft holen wollte, um sie gemäß der Tradition in ein Ossuar zu betten, entdeckte ich inmitten der Knochen eine goldene Münze. Bei genauerem Hinsehen stellte ich fest, dass es sich um einen Sesterz handelte.«

Linus schwieg und griff in einen kleinen Lederbeutel, der an seinem linken Handgelenk hing. Er ließ die Münze durch seine Handfläche gleiten. Dann nahm er das Metall zwischen seine Finger und hielt es für alle sichtbar in die Höhe.

»Erst als ich wieder zu Hause war, untersuchte ich die Münze, und hört, was ich feststellte: Während auf der Vorderseite – wie auf den Sesterzen üblich – das Gesicht des

Schlächters Nero abgebildet ist, befindet sich auf der Rückseite etwas Besonderes. Seht es euch nur in Ruhe an!«

Es dauerte eine geraume Zeit, bis der Sesterz durch die unzähligen Hände gegangen war. Man hatte von dem Gerücht gehört, dass die Gefährten aus Jerusalem sich mit Geheimzeichen wie speziellen Münzen oder Parolen zu erkennen gaben. Hier in Rom verwendete man die Technik von Kleingruppen, die jeweils nur einen Kontaktmann zu einer anderen Gruppe kannten. So blieb die Gefahr gering, eine andere Gruppe verraten zu können, selbst wenn ein Mitglied gefasst und gefoltert werden würde. Mit besonderen Zeichnungen an markanten Positionen konnte man außerdem Ort und Zeitpunkt eines Zusammentreffens ausdrücken. Statt der üblichen zwei Pferde waren ein Laib Brot und ein Fisch in die flache Rückseite der Münze geprägt. Links und rechts davon waren außerdem die Buchstaben X und P eingeritzt – das Christogramm aus den griechischen Anfangsbuchstaben des Namens Christus. Die Münze war die einzig verbliebene Verbindung zu den ersten Jüngern Jesu Christi. *Er* selbst hatte in Jerusalem ähnliche Erkennungszeichen benutzt. Nur wer mit den Wundern des Messias vertraut war, erkannte in dem Bildnis eine tiefere Bedeutung. Hier in der Fremde hatte die Münze eine umso wichtigere Funktion gespielt – als geheimer Schlüssel von Petrus und seinem Vertreter Paulus, den beiden Leitern der ersten römischen Gemeinde.

»So wie ich einst diese Münze im Grabe fand und sie gewissermaßen auch mich gefunden hat, so übertrage ich sie symbolisch an meinen Nachfolger, den ich heute bestimmen möchte. Treu begleitet er meine Brüder seit Jahr und Tag, und er soll die Gemeinde vom heutigen Tage an leiten«, erklärte Linus mit fester Stimme.

Das erregte Murmeln der Anwesenden wollte nun nicht mehr abnehmen, denn die meisten wussten nicht, wem die

Ehre zuteil werden sollte. Doch der Erwählte war sich seiner Berufung bereits bewusst und bahnte sich den Weg zu Linus' Ruhestätte. Der Alte lehnte schwach in seinen Kissen, das Reden hatte ihn müde gemacht. Die letzte Zeremonie aber würde er im Stehen abhalten, und während seine Brüder Linus aufrichteten, kniete Cletus vor ihm nieder, bereit, die Insignie zu empfangen.

Remoulins

»Warten Sie, das geht mir alles zu schnell!«

Charles hatte das Steuer des Peugeot übernommen und lenkte den Wagen ohne große Eile über die kaum befahrene Landstraße. Um seinen Protest zu unterstreichen, hob er seine rechte Hand. Er war Anwalt und kein Historiker. Während Robert und Marlene sich ausschweifend über Familien- und Kirchengeschichte ausließen, wusste er weder mit Altfranzösisch noch Kirchenlatein etwas anzufangen. Die beiden entschuldigten sich, und Robert begann zu erzählen.

»Du weißt doch noch, warum ich ausgerechnet Madame Schönberg bei mir haben wollte?«

Charles nickte.

»*Bien*. Es hat etwas mit ihrem Buch über das Konzil von Konstanz zu tun. Kein anderes Buch ist so aktuell und gut recherchiert, vor allem, was die verschiedenen Machtbewegungen angeht«, erklärte Robert.

Marlene lächelte verlegen. Sie hatte vonseiten der Kirche eine verhaltenere Beurteilung bekommen, äußerte sie doch in ihrer Dissertation berechtigte Zweifel an dem universalen Machtanspruch der damaligen Konzilsbeschlüsse. Doch hier in der Provence verbarg sich unter Umständen eine spektakuläre Bestätigung ihrer Theorien.

»Jedenfalls«, fuhr Robert fort, »gibt es nicht erst seit Marlenes Arbeit gewisse Anzeichen dafür, dass die Päpste aus Avignon nur um des Friedens willen zurück nach Rom geholt wurden. Der Adel hatte dort immerhin Generationen dieser Kirchenfürsten hervorgebracht und dirigiert, also waren die Amtszeiten in Avignon ein nicht unerheblicher Machtverlust für die weltliche Elite.«

Marlene mahnte zur Vorsicht. »Trotzdem – das dürfen Sie nicht vergessen – standen die Päpste in Avignon ja auch unter dem Druck des französischen Königs. Denken Sie nur an die Templerprozesse. Wenn die Päpste hier tatsächlich so machtlos waren, dann tat ihnen der glanzvolle Rückzug nach Rom letzten Endes doch ganz gut.«

»Stimmt zum Teil«, erklärte Robert, »doch diese Dinge geschahen in den ersten Jahren. Die späteren Päpste waren unabhängiger und erfreuten sich im Gegensatz zu den römischen auch einer großen Beliebtheit bei der Bevölkerung.«

»Da haben Sie wiederum recht.«

Marlene schätzte es, dass Robert bereit schien, mit wissenschaftlichem Kalkül an die Geschichte heranzugehen. In den Reiseführern der Provence glorifizierte man die Avignoner Päpste. Umso wichtiger war ein möglichst objektiver Blick.

»Der letzte in Avignon ernannte Gegenpapst starb jedenfalls im spanischen Exil in der festen Überzeugung, rechtmäßiger Oberhirte der katholischen Kirche zu sein.« Robert nickte, und Marlene fuhr fort: »Er ernannte vier Kardinäle, von denen drei sich in Abwesenheit des vierten für einen Nachfolger aussprachen, dem der Gegenpapst selbst nicht zugestimmt hatte. Sie wählten den Zeitpunkt ganz bewusst so, dass der vierte Mann im Ausland war. Dieser wiederum, in seiner Funktion als engster Vertrauter des verstorbenen Papstes, ernannte den eigentlich geplanten Nachfolger im Alleingang zum Papst.«

Nun war es an Robert, die entscheidende Verbindung herzustellen.

»Dieser Papst – oder Gegenpapst – trug den bürgerlichen Namen Bernard Garnier.«

Charles musste aufpassen, dass er vor Überraschung nicht die Kontrolle über den Wagen verlor. *Bernard Garnier* – das war der Name, den er keine zehn Minuten zuvor an der Spitze der Ahnentafel gelesen hatte.

»Dein Vorfahr war also ein Papst …?«, stammelte er.

Robert nickte und hielt das Buch hoch. »So steht es hier zumindest geschrieben.«

Avignon

Im Osten dämmerte bereits in ersten rötlichen Grautönen der Morgen. Selbst in der kühlen Nachtluft, einsam der *Autoroute* A 9 in Richtung Orange und Lyon nach Nordosten folgend, konnte Henry den einzigartigen Duft der Provence wahrnehmen. Hier, weit weg von den rauen Bergen, fand er sich plötzlich in einem ganz anderen Land wieder. Mandel- und Feigenbäume, Sonnenblumen und Lavendel, Olivenhaine und natürlich Wein – endlose Gebiete fruchtbarer Weinstöcke. Es wunderte ihn nicht, dass sich in dieser Region die Päpste niedergelassen hatten.

Über 600 Jahre war es nun her, seit ihre Inquisitoren in den Dörfern von Henrys Heimatregion die *Cathares* zusammengetrieben und ausgelöscht hatten. Ein ganzes Volk, beinahe vollständig ausgemerzt.

Er verließ die A 9, auf Straßenkarten *La Languedocienne* genannt, an der Ausfahrt Nr. 23. Zum dritten Mal während der Fahrt durchfuhr er einen *Poste de Péage* und entrichtete für die letzte Etappe Autobahn Maut. Die Schalterangestellte lächelte Henry müde zu und wünschte ihm *bonne route* – eine gute Weiterfahrt.

Bevor Henry seinen Wagen durch den Kreisel in Richtung Avignon lenkte, musste er einem weißen Peugeot-Kleinbus Vorfahrt gewähren, der aus der entgegengesetzten Richtung kam. Henry erinnerte sich an den Namen des Ortes. *Remoulins.*

Rom, 88 n. Chr.

Lenke deine Schritte in die Richtung des Fisches. Folge ihm!

Wo immer ein entsprechendes Symbol auftauchte, befand man sich auf einem geheimen Weg. Doch man musste die Zeichnungen begreifen. War dem Fisch ein großes Auge gemalt oder ein Netz über ihm, so war der Weg nicht sicher. War er übermalt oder verblichen, so galten Ort und Zeit nicht mehr, und man musste nach neuen Zielen Ausschau halten. Das verborgene Leben eines Christen unter dem wachsamen Blick der Obrigkeit war aufregend und gefährlich zugleich.

Cletus spürte bereits seit geraumer Zeit, dass ihm das Amt des *Bischofs* von Rom nicht mehr all zu lange vergönnt war. Er hatte das Amt ebenso lange bekleidet wie sein Vorgänger, und nun war es an der Zeit, vor den Schöpfer zu treten. Da die Gemeinde mittlerweile gut organisiert war, wäre ein Gesamttreffen wie seinerzeit bei der Übergabe der Münze zwar möglich gewesen, doch Cletus hatte sich bereits während seiner aktiven Amtszeit für ein anderes Vorgehen entschieden. Zum einen war die Gemeinde viel zu stark angewachsen. Es brauchte nur einen Verräter, und die brutalen Truppen des Tyrannen Domitian würden wie Raubtiere über sie herfallen. Zum anderen lag es an ihrem Glauben selbst. Jesus Christus war ihr Hirte, er verband alle Brüder im gesamten Reich, und es bedurfte keiner weltlichen Organisation. Der Bund war für die Ewigkeit geschmiedet, und er, Cletus, war nur ein kleiner Teil des Ganzen. Jede Gruppierung der römischen Gemeinde hatte einen Koordinator, Anführer, spirituellen Leiter oder eine vergleichbare Amtsperson. Diese Versammlung – es waren rund ein Dutzend Männer – hatte nach einem Vorschlag Cletus' drei Stellvertreter gewählt, die nach seinem Tode die Petrus-Insignie einem Nachfolger überreichen sollten. Dieser sollte einstimmig gewählt sein und nicht zum Kreise der drei gehören, danach würden sie die Gemeinde über den Wechsel informieren.

In der Nacht seines Todes hielten die drei Männer bis zum Morgengrauen Wache. Bevor die Salbungs- und Begräbnisrituale vollzogen wurden, schnitten sie den mit Lederriemen am Handgelenk befestigten Beutel ab und übergaben ihn mitsamt dem Inhalt an Clemens, der sich umgehend in den geheimen Lagerkeller zurückzog und einen Tag und eine Nacht im stillen Gebet verbrachte. Er war der letzte Schüler des Paulus gewesen, gerade sechzehn Jahre alt, als dieser den Tod fand. Vielleicht hatte man ihn deshalb ernannt, denn die Zeitzeugen starben langsam aus und mit ihnen die Erinnerung an die römische Urgemeinde.

KAPITEL 9

Avignon, Gegenwart

Trotz seiner gut vierstündigen Reise ließ Henry es sich nicht nehmen, über die Rhônebrücke *Pont Daladier* ins alte Stadtzentrum zu fahren und die erhabene Stadt im ersten Licht des neuen Tages zu sehen. Diese Momente hatten ihn einst während des Priesterseminars begleitet, er wusste einfach, dass die Menschen ihr Dasein nicht allein auf ihrem Planeten fristeten, und die schönen Momente bewegender Naturereignisse riefen ihm dieses Gefühl zurück.

Doch die Menschen waren schwache Glieder eines großen Ganzen, getäuscht und fehlgeleitet von einer Institution im Herzen des verblichenen römischen Weltreiches. Nach so vielen Jahren, so vielen Generationen hatte *er* nun die Chance, Veränderungen herbeizuführen. Henry fuhr in die Richtung zurück, aus der er gekommen war. Der Gastgeber erwartete ihn auf der anderen Seite des Flusses. Sein Blick streifte noch einmal die goldene Marienstatue, die auf dem höchsten Turm des päpstlichen Palastes über der Stadt wachte.

Bald, dachte er. Es dauert nicht mehr lange.

Charles drehte den Schlüssel in dem alten Schloss herum. Sie befanden sich in einem schmalen, kühlen Flur, gesäumt von je drei weiteren alten Türen auf jeder Seite. Sie betraten nacheinander die am Kopfende des Korridors gelegenen Räume. Ein muffiger Geruch lag in der Parterrewohnung, sie erinnerte

Marlene sofort an die Wohnung ihrer Großeltern mütterlicherseits. Alte Damen richteten sich so ein: Sofas und Sessel mit pastellfarbenen Samtkissen und Spitzendeckchen auf barocken Möbeln.

»Etwas Besseres konnte ich auf die Schnelle nicht auftreiben«, sagte Charles, als wenn er sich rechtfertigen müsste.

»Ist doch gut«, entgegnete Robert, »wir haben drei Betten, liegen verhältnismäßig zentral, und das Beste ist, dass uns niemand hier vermuten würde.«

Während der letzten Kilometer ihrer Fahrt hatte Charles von seinen Bemühungen berichtet, einen sicheren Unterschlupf in der Gegend zu organisieren. Angeblich hatte er aus der Not heraus einer in Kur befindlichen Großtante eine Gefälligkeit entlockt – Marlene konnte dem schnellen Französisch nur schwer folgen. Ihr Kopf hatte an der Scheibe gelegen, und für ein paar Minuten hatte sie sogar der Schlaf übermannt. Hinterher hatte sie sich noch viel erschöpfter gefühlt. Wenn sie nicht bald ein paar Stunden ruhen könnte, würde sie bestimmt im Stehen einschlafen.

»Madame, hier hinein bitte.«

Charles öffnete eine schmale, weiß lackierte Holztür mit zahlreichen Ornamenten. Dahinter befand sich ein Gästezimmer, vollgestopft mit allen möglichen Möbelstücken. Die alte Dame musste einen sehr ausgefallenen Geschmack haben. Doch es gab ein breites, einladendes Bett – und ein Dutzend Zierkissen.

Marlene trat ein und bedankte sich. Sie wünschte den beiden Männern eine gute Nacht und schloss dann die Tür. Es mochten weniger als fünf Minuten vergangen sein, als sie bereits friedlich in den weichen Laken schlummerte.

»Salut, Henry! Wir haben uns ja eine Ewigkeit nicht mehr gesehen.«

Tatsächlich waren beinahe zehn Jahre vergangen, in denen die beiden Zimmergenossen aus dem Priesterseminar sich zwar telefonisch oder schriftlich ausgetauscht, sich jedoch nie zu Gesicht bekommen hatten.

»Salut, Claude!« Henry legte beim herzlichen Händedruck seine Linke auf den Unterarm seines Kameraden. Es hatte sich nie eine innige Freundschaft zwischen den Männern entwickelt, doch ihre Beziehung war geprägt von gegenseitigem Vertrauen.

»Es ist soweit – wir haben gestern Abend erfahren, dass die Sache nun richtig in Bewegung gekommen ist. Deshalb bin ich hier. Danke, dass du mich hier so spontan empfängst.«

Claude führte Henry ins Haus.

»Hast du Gepäck oder etwas, um das ich mich kümmern soll? Ich nehme an, du wirst dich eine Weile ausruhen wollen?«, fragte Claude.

Henry nickte und spürte erst jetzt, wie müde er war.

Das Sonnenlicht fiel grell durch den Spalt der schweren orangefarbenen Vorhänge. Marlene drehte ihren Kopf zur Seite und versuchte, eine Uhr auszumachen. Es war Viertel nach zehn, sofern die Wanduhr richtig eingestellt war. Ihre Gedanken ordneten sich, brachten ihr die Erinnerungen an die Avignoner Stadtwohnung von Charles' Großtante zurück, in die sie in den frühen Morgenstunden geflohen waren.

Als Marlene das Wohnzimmer betrat, fand sie Robert allein an einem reichhaltig gedeckten Tisch sitzen. Nachdem er sie bemerkt hatte, winkte er ihr auffordernd zu.

»Bonjour, Madame. Haben Sie sich ein wenig erholt? Charles war so nett, uns mit einem vernünftigen *petit déjeuner* zu versorgen.«

Marlene ließ ihren Blick durch das Wohnzimmer streifen, bevor sie Robert gegenüber Platz nahm.

»Ihnen auch einen guten Morgen. Ich sehe Ihren Freund gar nicht, wo ist er?«

»Charles hat sich vorerst verabschiedet. Er muss ins Büro, einige Dinge erledigen – was ein Anwalt eben so tut.«

Marlene nickte und begann zu frühstücken. Nach einigen Minuten des Schweigens fragte sie: »Und was haben *wir* heute vor?«

Robert deutete auf einige Papiere, die vor ihm lagen.

»Nun, ich habe einige Unterlagen vorbereitet. Können Sie mit Ihrem Notebook kabellos ins Internet?«

»Ja, ich denke schon.«

»Bien. Dann sollten wir einige Dinge recherchieren, denn wir kommen momentan nicht an die Bücher, die ich gerne einsehen würde. Doch ich kenne einige brauchbare Online-Adressen.« Robert schob eine Broschüre vor Marlenes Teller. »Und das hier sollten Sie sich ansehen.«

Vor ihr lag ein Reiseführer des *Palais des Papes* in deutscher Übersetzung. Zweifelsohne hatte Charles die Broschüre am Morgen im Shop des Palastes gekauft.

»Ich kenne die Papstresidenz«, erklärte Marlene. »Worauf genau soll ich denn achten?«

Robert wartete mit seiner Antwort, bis Marlene fragend zu ihm aufblickte.

»Nun, wir werden heute am Abend den heiligen Hallen unsere Aufwartung machen.«

»Von mir aus können wir auch sofort aufbrechen. Ich bin ausgeruht und zu beinahe jeder Schandtat bereit.«

Robert lehnte sich zurück. »Gut zu wissen. Doch unser Besuch wird erst heute Abend *nach* der regulären Öffnungszeit stattfinden.«

Während das Leben in Avignon immer mehr zu pulsieren begonnen hatte, saßen die beiden Männer nun schon seit Stunden auf der Terrasse des Anwesens auf der gegenüberliegenden Seite der Rhône und blickten auf den Palast. Sie schwiegen und wandelten in Gedanken auf den Spuren alter Überlieferungen und Legenden.

Schon Jahre vor dem Einzug des ersten Papstes hatte König Philipp IV. hier in Villeneuve-lès-Avignon eine Festung in Auftrag gegeben und mit ihr den über allem thronenden Turm, in dessen Schatten auch Claudes Anwesen lag. Der *Tour Philippe le Bel* – in seinem Namen auch Philipps Beinamen Rechnung tragend – zog die Touristen ebenso an wie Avignons Altstadt und die berühmte unvollendete Brücke *Pont St. Bénézet*. Damals hatte diese Brücke die beiden Orte miteinander verbunden, und angeblich hatte man sogar einmal versucht, hier einen Tunnel unter dem Flussbett hindurchzutreiben.

Sieben Päpste hatte die Stadt gesehen – sieben reguläre Päpste, deren Amtszeit legitim und anerkannt war. Der erste von ihnen kam noch als Marionette Philipps des Schönen, doch schnell etablierte sich das an Macht und Ansehen gewinnende Papsttum in Avignon zu einer eigenständigen Institution. Deshalb schließlich waren die Päpste auch geblieben – auch wenn sie zum Schluss nur noch als Gegenpäpste residierten.

»König Philipp hätte die Templer und die Juden in Ruhe lassen sollen. Dann wäre vieles anders gekommen.«

Claudes Worte beendeten das lange Schweigen der zwei Männer.

»Meinst du, man hätte sein politisches Bestreben in Rom dann anders beurteilt? Er war doch auch vorher überall als machthungriger Querkopf bekannt.«

»Das waren die deutschen Kaiser auch.«

Henry konnte Claudes Einwand durchaus nachvollziehen. Immerhin hatten auch die Katharer unter den Verfolgungen gelitten, und ebenso wie von den Templern war heute nichts mehr von ihnen übrig.

»Er hat der Kirche immerhin einen großen Gefallen erwiesen. Alle Besitztümer fielen an sie zurück. Diesen Vorteil kann der Vatikan selbst heute nicht beschönigen.«

»Philipp hat mit der römischen Kurie letzten Endes nur gebrochen, um sie unter seinen Einfluss zu bekommen. Vorher stand sie immerhin lange genug unter dem Regiment des italienischen Adels. So gesehen war es doch völlig in Ordnung – die Päpste hatten hier bei uns so viel Macht wie seit Generationen nicht mehr.«

König Philipp hatte es seinerzeit tatsächlich geschafft, eine neue legitime Kurie außerhalb Roms zu schaffen, und beide – sowohl Henry als Claude – waren äußerst zufrieden mit der Art und Weise dieses Geniestreiches. Genau wie damals könnte es auch heute wieder funktionieren.

Rom, zweites Jahrhundert n. Chr.

Die Kirche Gottes, die Rom als Fremde bewohnt, an die Kirche Gottes, die Korinth als Fremde bewohnt: Gnade und Friede möge euch vom allmächtigen Gott durch Jesus Christus in Fülle zuteil werden!

Clemens Romanus hatte seinen Vorgängern gegenüber einen entscheidenden Vorteil. Er war gebürtiger Römer, kannte sich in den Kreisen der Mächtigen aus und war gleichzeitig Schüler des Paulus und damit ein wichtiges Bindeglied zur ersten, nun vollständig verstorbenen Generation der Apostel. In den Jahren seines Vorsitzes der christlichen Gemeinde hatte Clemens nicht nur römische Bürger von dem *einzig wahren* Glauben überzeugen können, er nahm auch Kontakt zu den Gemeinden in anderen Teilen des Reiches auf. Dies hatte ihm mehr als nur einmal ernste Schwierigkeiten eingebracht, denn die Machthaber der Stadt begegneten ihm ausgesprochen argwöhnisch. Man sagte, lediglich sein großer Einfluss rette ihn vor der Verfolgung. Nie war ihm eine Verbindung nachzuweisen, denn die für die Gemeinde gewonnenen Christen waren loyal und verschwiegen.

Als Clemens seine Zeit gekommen sah, ließ er seinen Nachfolger *Evaristus* durch seine drei Ältesten salben und übergab ihm feierlich die *Münze des Fischers.*

Evaristus' Nachfolger war *Alexander*,
dessen Nachfolger wurde *Sixtus*,
und diesem folgte *Telesphorus.*

Telesphorus' Nachfolger war *Hyginus*,
dessen Nachfolger wurde *Pius*,
und diesem folgte *Anicetus.*

Seit dem Märtyrertod des Petrus und seiner Gefährten waren bald einhundert Jahre vergangen. Ebenso wie in Rom waren auch in den anderen zerstreuten Gemeinden apostolische Nachfolger bestimmt worden. Johannes selbst hatte kurz vor seinem Tode seinen Schüler Polykarp zum Bischof von Smyrna ernannt, und erstmals seit vielen Jahren fand unter strengster Geheimhaltung ein solch wichtiges Treffen statt.

Die Truppen des neuen Kaisers Marcus Aurelius waren gefürchtete Männer, denen nur selten ein Verfolgter entkam. Bereits in den ersten Tagen seiner Amtszeit hatten mehrere Dutzend Christen den schnellen Tod gefunden – ein besonderes Zeichen von unnachgiebiger Härte des neuen Kaisers. Es durfte keinen Gott neben ihm geben. Als Zeichen seiner Gnade sollten jedoch alle Christen, die entlarvt wurden und sich sofort öffentlich zur Reue und Umkehr bekannten, verschont bleiben.

Sie saßen zu zwölft bei Brot, Wein und Fisch – genau wie es bei den Abendmahlen der Apostel gewesen war. Polykarp und Anicetus mochten zwar als Bischöfe den Vorsitz ihrer Gemeinden haben, dennoch saßen sie gleichberechtigt mit zwei ehemaligen Sklaven, einigen Handwerkern und auch Kaufleuten am Tisch. Christus hatte sie gelehrt, dass sie vor Gott einst alle gleich sein würden und nur das redliche Handeln zählte.

Polykarp erhob das Wort. Vor dem Essen hatten die Männer sich in einer endlosen Diskussion um die korrekte Feier des Osterfestes verloren, dabei würde man diese Streitfrage auch bei diesem Treffen nicht erschöpfend klären können. Doch es gab weitere Dinge zu besprechen.

»Rom ist trotz aller Widrigkeiten ein wichtiger Ort für uns. Als Machtzentrum eines großen Reiches kann es uns auf die eine oder andere Weise dienlich sein«, erklärte Polykarp.

Die Männer nickten, zustimmendes Raunen folgte.

»Nehmt unsere Korrespondenz zum Beispiel. Briefe von hier zu uns nach Ephesus sind bedeutend schneller als jene, die wir etwa von Ephesus nach Korinth senden. Und bedenkt die deutlich geringere Entfernung.«

Anicetus nickte erleichtert. Er hatte befürchtet, dass es zu Machtkämpfen zwischen den Gemeinden kommen würde. Während er in Rom eine Aufteilung der verschiedenen Bezirke in Erwägung zog, da sich täglich neue Gefährten zu ihnen gesellten, bildeten die näher an Jerusalem gelegenen christlichen Enklaven eher kulturelle Stützpunkte. Dort gab es einen höheren personellen Austausch, und man hatte kürzere Wege, doch die Gemeinden glichen viel mehr kleinen, unabhängigen Inseln. Irrlehren und Scharlatane verunsicherten die Mitglieder, da sich niemand mehr auf Zeitzeugen berufen konnte. Wenn das Christentum das zweite Jahrhundert überleben wollte, brauchte es klare Strukturen.

»Ich erkenne euer Ansinnen, und wir werden uns dieser Aufgabe stellen«, erklärte Anicetus. Er hatte dazu bereits einige Ideen. »Während ihr euch weiterhin als Missionare naher und auch entlegener Regionen widmet, werden wir verstärkt den Kontakt zu bestehenden Gemeinden herstellen. Jeder Vorsteher muss wissen, wie er das Wort verkünden soll und in welcher Form Feste zu begehen sind. Nur mit einheitlichen Regeln können wir uns so vor fremden Strömungen schützen.«

Genau dies hatte Polykarp erreichen wollen. Klare Regeln und Zuständigkeiten und trotzdem Autonomie in den Details. Das Osterfest jedenfalls würde er nach wie vor am Tage des Pessachfestes feiern, egal, was Anicetus davon hielt.

Anicetus wiederum wusste das, und es war ihm, solange der österliche Tag selbst gemäß der Liturgie abgehalten würde, eigentlich auch gleichgültig. Es gab keine Zeitzeugen mehr, die man hätte fragen können.

Als Polykarp Rom verlassen hatte, besuchte Anicetus das Grab des ersten Apostels. Während er dort, die goldene Münze fest in seiner Hand umschlossen, betete, entschied er sich, der letzten Ruhestätte des Petrus eine ganz besondere Ehre zu erweisen.

Im dritten Jahrhundert begannen Menschen aus allen Teilen des Reiches zum Grab des Petrus zu pilgern. Dabei nahmen sie das Risiko von Verfolgung und Tod bereitwillig auf sich.

Im vierten Jahrhundert schließlich waren die Christen Roms zum ersten Mal frei von Verfolgung. Sie bekamen unter Kaiser Konstantin die Erlaubnis, sich öffentlich zu ihrem Glauben zu bekennen. Außerdem ließen der Kaiser und der damalige Bischof von Rom, Silvester, über dem Apostelgrab die erste Basilika errichten. Zu deren Einweihung im Jahre 324 trug Silvester als Insignie erstmals die in Gold gefasste *Petrusmünze* an einem edel bestickten Band um den Hals.

KAPITEL 10

Marlene spürte eine gewisse Nervosität. Die Wanduhr zeigte beinahe 17 Uhr.

»Wann geht es los?«, fragte sie.

Robert, der dabei war, verschiedene Gegenstände in einem Rucksack zu verstauen, sah auf seine Armbanduhr.

»In einer Stunde können wir aufbrechen. Bis dahin sollten wir noch einmal die wichtigsten Punkte durchgehen.« Robert entfaltete eine große Zeichnung auf dünnem, zerknittertem Papier. Zweifelsohne handelte es sich um Baupläne.

»Soll ich fragen, woher Sie diese Pläne haben? Oder möchte ich das vielleicht lieber nicht wissen?« Marlene stellte diese Fragen mit unverhohlener Ironie und setzte dann lächelnd hinzu: »Immerhin sind Sie, sofern man die Tagespresse aufmerksam verfolgt, einschlägig bekannt für Ihre Diebestouren.«

Robert räusperte sich. Tatsächlich hatte Charles die geheimen Pläne für ihn besorgt, nachdem er in der besagten Nacht nicht mehr dazu gekommen war.

»Zum Teil liegen Sie richtig. Doch im Gegensatz zu mir hatte Charles die Möglichkeit, diese Baupläne anderweitig zu organisieren. Ohne Einbruch, wenn Sie verstehen.«

Damit hatte Robert Marlenes Frage zwar beantwortet, doch gleichzeitig ein weiteres Thema angesprochen, das sie beschäftigte.

»Sagen Sie, dieser Charles … Welche Rolle spielt er eigentlich genau für Sie? Er entspricht nicht gerade dem Bild, das ich von einem klassischen Strafverteidiger habe.«

Robert räusperte sich. »Er ist ein Freund, ein sehr enger Freund. Aber das erzähle ich Ihnen ein anderes Mal, okay? Wir müssen uns erst einmal auf unseren Einbruch vorbereiten. Ich möchte nicht wieder im Gefängnis landen.«

Marlene stimmte zu und versuchte, sich auf die verworrenen Linien der Zeichnung zu konzentrieren.

»Sehen Sie hier.« Robert deutete mit seinem Finger auf ein relativ freies Feld. »Neben diesem Platz führt der reguläre Besucherpfad vorbei. Wenn wir unbemerkt diese Stufen hinabkommen, wird uns beim Abschließen niemand bemerken. Das Ganze dauert etwa eine halbe Stunde, dann sind wir alleine und ungestört.«

»Und was genau erwartet uns dann im Inneren des Palastes?«

Robert seufzte. »Wenn ich das nur so genau wüsste! Mein Vater erwähnte lediglich einen geheimen Fluchttunnel, der direkt in die höchsten päpstlichen Gemächer führen soll. Diesen Tunnel wollte er erforschen.«

Das klang ausgesprochen vage, und Marlene wollte ihre Zweifel äußern, als Robert zu dem alten Buch mit der Stammtafel griff und ergänzte: »Außerdem habe ich das hier gefunden.«

Er schob das aufgeschlagene Buch zu Marlene herüber und legte seinen Zeigefinger auf eine Zeichnung.

Sie runzelte die Stirn. »Was ist das?«

»Wenn wir Glück haben, ist das ein Hinweis auf die Lage eines päpstlichen Geheimverstecks. Ich habe es auch erst nicht erkannt, aber sehen Sie die Markierung in der Mitte?«

Langsam erkannte Marlene zwischen den krakeligen Linien das Schema einer einfachen Karte wieder. Robert zog den Grundriss des Palastes neben das Buch. Er deutete zuerst auf den Plan, dann auf das Buch.

»Wenn das hier die beiden nördlichen Türme sind, dann könnte der Gang irgendwo dort in eine geheime Kammer führen.«

Marlene nickte. »Möglich. Doch meinen Sie, wir finden dort noch etwas?«

»Nun, einen Zugang von innen hat man nie entdeckt, jedenfalls ist er auf keinem der neuen Pläne verzeichnet, und auch auf diesem alten Plan gibt es keinen Hinweis. Mein Vater zumindest schien davon überzeugt zu sein, dass es sich lohnt, es genauer zu erforschen.«

Marlene spürte, dass Robert seinen Plan nicht aufgeben würde. Sie bewunderte den Optimismus des Franzosen. Doch ebenso erstaunt war sie über sich selbst, über ihren Abenteuerdrang und dass sie bereit war, dafür eine Straftat zu begehen. Doch die Aussicht auf eine bedeutende historische Entdeckung überdeckte jeden Zweifel.

»An welcher Stelle verlassen wir die Residenz denn wieder? Wir müssen doch hoffentlich nicht bis morgen früh dort verweilen?«

»Nein, keine Angst. Es gibt sogar zwei Möglichkeiten. Entweder benutzen wir den regulären Ausgang, jedoch mit der Gefahr, einen Alarm auszulösen. Oder sollte die Tür nicht so leicht zu öffnen sein, können wir ein niedriges Fenster nehmen. Dies wird den Alarm dann aber in jedem Fall auslösen, doch damit können wir leben.«

Die Sonne stand bereits sehr tief, als die beiden über den *Place du Palais* eilten. Mit seinen Zinnen und Schießscharten ähnelte das Bauwerk mehr einer Burg als einer päpstlichen Residenz. Nicht ohne Grund hatte der Palast im frühen 19. Jahrhundert als Munitionslager und Unterkunft des französischen

Militärs gedient. Seinen erhabenen Glanz hatte der weiße Kalksteinbau, dessen Mauern allabendlich im Sonnenschein golden erglühten, jedoch nie verloren.

Der letzte Einlass erfolgte eine halbe Stunde vor Schließung, und die müde wirkende Museumsangestellte wies Robert darauf hin, dass er und seine Begleiterin die Uhrzeit im Auge behalten sollten.

Als Marlene und Robert den beeindruckenden Innenhof betraten, schlug irgendwo in der Nähe eine Kirchenglocke.

»Halb sieben. Wir sind genau richtig«, kommentierte Robert. Er deutete an die gegenüberliegende Mauer, wo sich ein Bogengang verlief. »Gehen wir unauffällig in den Schatten der Bögen. Von dort haben wir alles im Blick, und ich zeige Ihnen, wo unser verborgener Zugang liegt.«

Marlene nickte und folgte ihm. Mit ihren kleinen Rucksäcken über die auf rauem Felsgestein ausgelegten Pontons eilend, mussten sie tatsächlich wie echte Touristen wirken. Die Pontons waren eine permanente Ausstattung des Innenhofes, seit hier alljährlich Theateraufführungen stattfanden. Neben der reinen Touristenattraktion hatte sich das historische Gemäuer nun auch für Einheimische zur interessanten kulturellen Begegnungsstätte entwickelt.

Als sie wenig später durch einen Bogen auf die einige Meter unter ihnen liegende Treppe blicken konnten, deutete Robert hinab.

»Dieser Innenhof trennt den alten und den neuen Palast voneinander. Wir sind durch den Haupteingang, das Champeaux-Tor, gekommen. Diese Wand gehört bis zum Eckturm zum neuen Palast, ebenso wie die drei südlichen Türme. Wir stehen nun in einem Gang des alten Palastes, also des Gemäuers, das Johannes XXII. seinerzeit an der Stelle des alten Bischofspalastes errichten ließ.«

Marlene blickte um sich. Den Mauern war nicht anzusehen, ob sie dem alten oder neuen Palast angehörten. Doch wenn sie Roberts Beschreibung folgte, dann waren die Nord- und Ostmauern die beiden älteren.

»Also liegt unser Zugang im neuen Teil des Palastes?«, folgerte sie. »Ich dachte, wir wollen in den alten Konsistorial-Flügel.«

»Stimmt beides. Kommen Sie! Ich zeige Ihnen unseren ganz persönlichen Weg.«

Demselben Weg folgend, den sie bereits hinaufgekommen waren, stiegen Marlene und Robert wieder hinab in den Palasthof. Ähnlich einem Kreuzgang hatten die Kardinäle seinerzeit den Innenhof trockenen Hauptes umrunden und das Geschehen jederzeit durch die unzähligen Bogenfenster beobachten können. Da sich der Palast bereits leerte, begegneten ihnen lediglich zwei weitere Besucher auf dem Weg hinab zum Innenhof. Die meisten Touristen verließen nach ihrem Rundgang das Gemäuer entsprechend der Beschilderung durch einen Seiteneingang, der sie unweigerlich durch den Laden führte, in dem sie überteuerte Andenken erstehen konnten. Hier hatte Charles die Broschüre besorgt und nicht weniger als fünfzehn Euro dafür bezahlen müssen.

»Wo werden wir eigentlich ihren Freund Charles nachher treffen?«, raunte Marlene dem eilig nach unten schreitenden Robert zu. Sie musste sich Mühe geben, Schritt zu halten, ohne dabei zu stolpern.

»Wenn alles gut läuft, erwartet er uns im Haus seiner alten Tante, und wir können verschwinden. Wir sollten nicht länger in Avignon bleiben als nötig.«

Marlene runzelte die Stirn. »Klar – und wenn es nicht gut läuft, wird er als Anwalt ja als Erster davon erfahren.«

Robert blieb stehen. »Es tut mir leid, Madame Schönberg, ich wollte Sie nicht verunsichern. Glauben Sie mir bitte, wenn wir einem ernsthaften Risiko ausgesetzt wären, dann hätte ich Sie nicht mit hineingezogen. Ich brauche aber Ihre historischen und archäologischen Kenntnisse, und wir sind hier nach Einschluss wirklich völlig ungestört.«

Marlene nickte, bereit, dem Franzosen zu vertrauen. Er hatte keine Mühen gescheut, sie von seinem Anliegen zu überzeugen. Seine Argumente waren schlüssig, und er hatte außerdem die Chance verdient, den Mörder seines Vaters zu finden. Eigentlich war es auch nur dieser Mord, der Marlene die ganze Zeit über störte. Die kirchenhistorische Seite lockte ungemein zum Weiterforschen, doch der Gedanke an das Verbrechen und einen offensichtlichen Zusammenhang mit ihren Nachforschungen ließ ihr einen kalten Schauer über den Rücken fahren.

Die groben Stufen lagen im Schatten der Mauern. Niemand nahm die beiden wahr, als sie über die Absperrung stiegen und in der Dunkelheit verschwanden. Das erste Stück der Treppe führte sie steil hinab in eine Art Gewölbe. Links und rechts lagerten hinter weiteren Absperrungen Geräte und Baumaterial. Die meisten Gegenstände waren mit Planen abgedeckt. Ein einfaches Vorhängeschloss sicherte die ihnen gegenüberliegende Holztür, die provisorisch in dem schiefen Durchgang angebracht war. Überall waren breite Ritzen, durch die beinahe ein Kopf passte. Doch man konnte nichts sehen als tiefschwarze Finsternis. Robert nestelte nervös einen Schüssel hervor, und tatsächlich gelang es ihm schnell, das Schloss zu öffnen. Knarrend glitt die Tür auf.

»Schnell, gehen Sie hinein, aber machen Sie noch kein Licht!«, raunte Robert ihr zu.

Marlene glitt an ihm vorbei, die Hände schützend ausgestreckt, um nirgendwo anzustoßen. Robert zog die Tür zu und krempelte sich anschließend den linken Hemdsärmel hoch. Dann führte er seine Hand zwischen Tür und Felsgestein hindurch, verrenkte sich dabei auf abenteuerliche Weise und keuchte.

»Was tun Sie da?«, fragte Marlene

»Ich muss versuchen, das Schloss wieder zu schließen. Wenn jemand beim Rundgang die Tür unverriegelt vorfindet, könnte er Alarm schlagen.«

Während sich auf Roberts Stirn leichte Schweißperlen bildeten, vernahm Marlene die Geräusche seiner Hand auf der anderen Seite der Tür. Endlich rastete der Bügel laut klickend in den Messingkörper des Schlosses ein, und die Tür lag wieder so da, als hätte sie schon lange niemand mehr durchschritten. Robert zog seine Hand zurück und rieb sich den leicht aufgescheuerten Unterarm.

»Hoffen wir, dass es sich auf dem Rückweg wieder öffnen lässt.«

Er schaltete seine Taschenlampe ein, dämpfte das Licht mit der Hand und lächelte in Richtung seiner Begleiterin.

Marlene atmete tief durch und versuchte, im kargen Licht den Weg zu erkennen. »Gehen wir weiter!«, sagte sie.

»Bien. Doch passen Sie auf, der Boden ist hier unten aus nacktem Felsgestein geschlagen und äußerst uneben.«

»Hat man nicht gerade deshalb damals an dieser Stelle gebaut?«

Marlene erinnerte sich an etwas, das sie gelesen hatte. Demnach war der Fels hier so massiv, dass keine Angriffe durch Tunnel möglich waren. Viele Burgherren hatten im Mittelalter diese Schwachstelle mit ihrem Leben bezahlen müssen, doch die Avignoner Architekten schienen das bedacht zu haben.

Robert lächelte. »Sie haben recht. Man hätte sich für ein unterirdisches Eindringen wahrscheinlich im wahrsten Sinne des Wortes zu Tode gegraben. Trotzdem gibt es hier Tunnel und Gänge im Fels – einen davon werden wir in wenigen Minuten betreten.«

Eine weitere Ansammlung von Holzkisten, Bohlen und restaurierungsbedürftigen Möbelstücken versperrte den beiden den Weg. Auch hier hatte man große Planen darübergeworfen. Hätte Robert nicht auf einen schmalen Durchgang gedeutet, wäre Marlene vor diesem Hindernis stehen geblieben.

»Der Beschreibung zufolge geht es hier durch.«

Marlene schaute Robert argwöhnisch an. Endlich war die Zeit, eine Frage zu stellen, die sie schon die ganze Zeit beschäftigte.

»Woher wussten Sie eigentlich das mit dem Vorhängeschloss, und wer hat Ihnen den Durchgang beschrieben?«

Robert war schon halb hinter dem Gerümpel verschwunden, doch er hielt inne. »Können Sie ein Geheimnis für sich bewahren? Mein Vater hat mir alles verraten, was er wusste. Während ich meine beiden Einbrüche plante, wusste ich, dass er ebenfalls auf Streifzug gehen wollte.«

Plötzlich verstand Marlene. »Und niemand weiß davon?«

»Non, nicht einmal Charles – und ich möchte auch, dass das vorerst so bleibt.« Als Marlene Robert fragend anblickte, ergänzte er: »Niemand kann ihn zwingen, etwas zu verraten, was er nicht weiß.«

Die kühle Luft roch feucht und nach Schimmel. Seit die beiden die schmale Passage durch das Gerümpel genommen hatten, befanden sie sich tief im Fels. Der Weg war uneben und voller scharfer Kanten. Außerdem schien der Gang stets enger zu werden. Glücklicherweise bestand nun keine Gefahr mehr, entdeckt zu werden. Robert konnte den Weg hell ausleuchten. Das Gefälle hatte bereits seit einiger Zeit aufgehört, sie liefen also parallel zur Oberfläche in eine bestimmte Richtung.

»Wenn die Pläne stimmen, müssten wir jeden Moment ans Ende gelangen«, erklärte Robert.

»Und wenn nicht, bleiben wir spätestens nach dreißig Metern endgültig stecken.«

Marlene hatte keine Probleme mit engen Räumen, doch sie würde ein baldiges Ende des Tunnelgangs durchaus begrüßen. Ihrem Eindruck nach marschierten sie schon so lange, dass sie jeden Moment in die Rhône fallen konnten.

Kurz nach der Passage mit dem Gerümpel waren sie auf eine Kreuzung gestoßen, die Robert in Erstaunen versetzt hatte. Auf seinen Plänen war sie nicht vermerkt gewesen. Doch er war unbeirrt weiter geradeaus gestapft, und tatsächlich erreichten sie das Ende des unterirdischen Ganges.

»Voilà – wir sind da!«

Der Kegel der Taschenlampe glitt von der niedrigen Tunneldecke in einen wesentlich höheren Raum und verlor sich an der gegenüberliegenden Wand. Robert und Marlene betraten ein hohes Gewölbe, dessen Decke sie auf den ersten Blick nicht auszumachen vermochten. Robert leuchtete den Raum Stück für Stück aus. Er war nahezu rund und maß am Boden etwa drei Meter im Durchmesser. An der Wand befanden sich Stufen, grob in den Fels geschlagen. Die Stufen waren keinen Meter breit und zogen sich spiralförmig nach oben. Marlene fühlte sich an das wohl bekannteste Gemälde *Turmbau zu Babel* erinnert. Pieter Bruegel hätte diesen Treppenaufgang als äußerst inspirierend empfunden, wies sein Turm doch dieselbe Bauweise auf.

»Eine beeindruckende Konstruktion – finden Sie nicht?«

Marlene überlegte kurz. »Es zeigt uns, dass der Zugang von oben gegraben wurde.«

Robert musste erst darüber nachdenken, doch die Bauweise der nach unten enger werdenden Spirale ließ kaum einen anderen Schluss zu.

»Denke ich auch. Außerdem ist ja hier der älteste Teil des Palastes, und vor dessen Zeit stand bereits ein Kloster an dieser Stelle.« Er lächelte und deutete in Richtung der ersten

Stufen. »*Alors*, lassen Sie uns sehen, ob uns die Stufen noch immer in den Weinkeller der Mönche führen.«

Während Marlene Schönberg nach Robert Garnier die Wendeltreppe hinaufstieg, öffnete inmitten alten Gerümpels ein fremder Verfolger das Vorhängeschloss jener Tür, die den Einstieg in den Tunnel versperrte. Bevor der Fremde sich ebenfalls in die feuchtkalte Schwärze des alten Geheimganges begab, wählte er auf seinem Mobiltelefon die Nummer eines Anschlusses auf der anderen Seite des Flusses.

KAPITEL 11

»Attendez! Seien Sie bloß vorsichtig.«

Robert stolperte die letzten Stufen hinauf. Hier oben, in gut sechs Metern Höhe, war der Stein ausgetreten und glitschig. Kein Geländer schützte sie, es gab lediglich vereinzelte Griffmulden. Auch Marlene kam mit einem letzten großen Schritt oben an, ließ den Lichtstrahl ihrer Lampe sogleich um sich herum gleiten. Sie befanden sich in einem Kellergewölbe, die Wände waren zum Teil abgestützt, doch das meiste war Fels. Wenige Meter entfernt befand sich die einzige vollständig gemauerte Wand, und in ihr lag eine hölzerne Tür.

Marlene eilte sofort hin, leuchtete den Rahmen aus und ließ dann ihren Arm mit der Lampe enttäuscht nach unten sinken.

»Die Tür ist verschlossen. Was machen wir nun?«

Robert untersuchte die Tür ebenfalls, ging mit dem Licht die breiten Ritzen zwischen den Holzbrettern entlang.

»Auf der anderen Seite scheint eine Stahltür angebracht zu sein.«

An ein Aufbrechen war also nicht zu denken. Durch diesen Zugang war schon sehr lange niemand mehr gegangen, und es sah auch nicht so aus, als würde sich daran in absehbarer Zeit etwas ändern.

Jenseits der Rhône kehrte Claude zurück auf die Terrasse und legte das drahtlose Telefon zurück auf den Tisch. Er wartete schweigend, bis seine Hausangestellte zwei Gläser und eine Flasche Rotwein aufgetragen hatte und blickte ihr gedankenverloren nach. Henry war zwar neugierig, was der Informant zu melden gehabt hatte, übte sich aber in Geduld. Er kannte Claude gut genug, um zu wissen, dass er es nicht schätzte, gedrängt zu werden. Schließlich wurde das Warten belohnt.

»Sie haben den Geheimgang erreicht, ohne vom Museumspersonal entdeckt zu werden. Wahrscheinlich stehen sie bereits in dem alten Gewölbe.«

»Bien. Und wie geht es nun weiter?«

Claudes Mundwinkel zuckten amüsiert. »*Nun* öffne ich einen sagenhaften *Rouge*, den du unbedingt probieren musst.«

Henry runzelte die Stirn. Er hatte nicht die Ruhe seines alten Kommilitonen und hatte alles andere im Sinn, als untätig in der Abenddämmerung zu sitzen.

Langsam goss Claude den beinahe schon schwarzen Wein durch einen Dekantieraufsatz in die Gläser. Ein kräftiger, schwerer Duft stieg in Henrys Nase, und er musterte seinen Freund aufmerksam.

»Komm schon, Henry, entspanne dich ein wenig. Wer weiß, ob wir in nächster Zeit noch einmal eine solche Gelegenheit bekommen werden. Heute können wir nichts anderes tun, als zu warten. Das Telefon wird klingeln, sobald es etwas Neues gibt.«

Während es langsam Nacht wurde, blickten die beiden Männer schweigend auf die Stadt hinab und tranken gemeinsam eine Flasche des vorzüglichen Weines, den bereits ein halbes Dutzend Päpste einst zu schätzen gewusst hatte.

Marlene ließ sich resigniert auf eine Holzkiste sinken. Nach all den Mühen standen sie nun vor einer verschlossenen Tür. Ihr graute bereits vor dem langen Weg zurück durch den stikkigen, engen und irgendwie unheimlichen Tunnel. Wie viele

Männer hatten wohl einst ihr Leben für den Bau dieses Fluchtweges gelassen?

Robert trat irgendwo aus dem hinteren Bereich des Raumes zu ihr und legte seine Hand auf ihre Schulter. Auch er gönnte sich einige Augenblicke des Verschnaufens, bevor er sprach: »Wollen wir bald weitergehen?«

Marlene verstand nicht,

»Zurück meinen Sie? Ach, lassen Sie uns noch ein wenig ausruhen. Ich bin noch nicht bereit für einen zweiten Gang durch den Stollen.«

»*Mais non*, ich meine weiter nach oben!«

Marlene fuhr herum und funkelte Robert an. »Soll das heißen, es gibt noch einen zweiten Weg?«

»Der ganze alte Palast ist voller verwinkelter Geheimgänge. Die Tür würde uns über alte Lagerräume in den damaligen Küchentrakt führen. Da wollen wir aber gar nicht hin, und der Fluchttunnel wurde nicht für die päpstlichen Köche in den Fels getrieben. Es gibt eine verborgene Treppe im Gemäuer des Trouillas-Turmes, die hier unten in einem alten Weinfass endet.«

Marlene war erleichtert und ungläubig zugleich.

»Und dieses Fass habe ich soeben gefunden!«

Triumphierend schob Robert das Eichenholz zur Seite und legte einen schmalen Durchgang frei. Er mündete in einen schmalen Gang. Obwohl die Mauern durch ihre geradlinige Bauweise weniger bedrohlich wirkten als der grobe Stollen, so rückten die Wände an mancher Stelle doch unangenehm nahe zusammen. Marlene stellte sich im Stillen vor, wie fettleibige Kardinäle wohl hier ins Schwitzen gekommen wären. Doch es hatte in den siebzig prunkvollen Jahren des Papsttums in Avignon keine Angriffe und Belagerungen gegeben, und so hatte sich wohl nie ein Würdenträger hierhin verirrt.

Etliche Male änderte der Gang seine Richtung, und immer

wieder überwanden sie steinerne Stufen. Bald hatte Marlene erneut völlig die Orientierung verloren und war nicht mehr in der Lage, einzuschätzen, wie viele Höhen- und Längenmeter sie bereits bewältigt hatten.

»Taschenlampe aus!«, zischte es plötzlich, und beinahe wäre sie in den abrupt stehengebliebenen Robert gelaufen. Ihre Augen suchten im plötzlichen Dunkel nach einer Erklärung. Nach langen Sekunden vernahm Marlene einen matten Lichtschein.

»Sehen sie dort?«, raunte Robert. »Eine Öffnung.«

Langsam tasteten sich die beiden an die in Augenhöhe befindliche offene Stelle des Mauerwerks. Welcher Raum verbarg sich wohl dahinter?

Die Öffnung war gerade groß genug, um den Kopf hinauszustecken, doch bereits zu eng für die Schultern. Als Marlene hinter einer Schleierwolke fahles Mondlicht schimmern sah, wusste sie, dass es sich nur um eine der Außenwände in Richtung Süden oder Osten handeln konnte. Robert kam ebenfalls zu diesem Schluss.

»Ich sehe keine weiteren Wände des Palastes und auch keine Türme. Leider reiche ich nicht hoch genug, um auf die Stadt zu blicken. Es kann aber eigentlich nur die Ostseite des Trouillas-Turmes sein.«

Er schaltete seine Taschenlampe wieder ein und leuchtete weiter den Gang entlang. Weitere Stufen folgten, diesmal jedoch bergab. Dann kam eine weitere Biegung.

»Bien. Da vorne geht es nach links. Wir sind genau richtig. Mein Vater hatte in allem recht. Er hat den Zugang in dem alten Weinfass entdeckt – Gott allein weiß, wie lange er danach gesucht haben muss.«

Marlene bewunderte ein weiteres Mal, dass Pierre Garnier sich in eigener Regie so viel geheimes Wissen erschlossen hatte. Natürlich hatte selbst der Touristenführer von den

Zwischenetagen und Hohlräumen gewusst, doch die Existenz von Geheimgängen, vor allem im harten Gestein des Domfelsens, hatte die Fachwelt stets als Gerücht abgetan.

»Im Laufe der Zeit sind mit Sicherheit die Stollen und Gänge erkundet worden«, meinte Marlene. »Immerhin wurden an dem Gemäuer über Generationen hinweg ständig Veränderungen vorgenommen.«

Robert ließ sich nicht beirren. »Möglich, doch es sind eben nur leere Geheimgänge. Niemand hat hier gezielt nach etwas Bestimmtem gesucht, und darin besteht unsere Chance.«

»Nur wissen wir ja selbst nicht, *wonach* genau wir Ausschau halten müssen. Hat sich Ihr Vater hierzu nicht vielleicht doch geäußert?«

»Non, ich bedaure. Aber nachdem er als regulärer Besucher das Innere des Palastes erfolglos auf Hinweise durchsucht hat, bleibt uns nichts anderes übrig, als seinem Hinweis auf den Geheimgang nachzugehen. Er selbst kam ja leider nicht mehr dazu. Und gerade deshalb ist dies hier heute so wichtig für mich. Kommen Sie, lassen sie uns weitergehen!«

Ein weiteres Mal begab sich Marlene unter die Führung des Franzosen.

Nach der Abbiegung endete der Gang abrupt nach wenigen Schritten. Eine Wand bildete das traurige Ende eines langen, mühsamen Weges. Keiner der beiden sprach, die zwei Lichtkegel glitten rundherum, als tasteten sie jeden Zentimeter nach Unregelmäßigkeiten ab. Plötzlich hielt Marlene inne, ließ den Lichtstrahl, so langsam und ruhig sie konnte, zurückgleiten und trat dann einige Schritte zurück, bis sie mit dem Rücken an der kalten Mauer lehnte.

»Monsieur Garnier!«

»Nennen Sie mich doch einfach Robert.«

»Nun, Robert, kommen Sie bitte einmal zu mir. Ich glaube, ich habe etwas entdeckt.«

»Was? Wo?«, keuchte er aufgeregt.

Während Marlene ihr Licht erneut auf die gegenüberliegende Wand richtete, fuhr sie mit dem Zeigefinger in der Luft eine Kontur nach.

»Sehen Sie diese Rundung?«

»Oui! Sie sind gut!«

Roberts Stimme bebte. Ihm war klar gewesen, dass der Geheimgang nicht wie in englischen Kriminalfilmen hinter einem Wandteppich enden und in die Teestube der Kardinäle führen würde. Doch eine derart karge Sackgasse hatte er ebenfalls nicht erwartet. Hoffnungsvoll musterte er die Kontur, die er nun immer deutlicher zu erkennen vermochte. Zwei senkrechte Linien und ein leicht gebogener Sturz.

»Ein Türbogen vielleicht?«

Es konnte einfach nichts anderes sein.

»Anzunehmen, ja. Doch sie ist zugemauert, beinahe sogar versteckt.« Robert kam ein weiterer Gedanke. »Warten Sie! Wenn ich mich nicht vollkommen verschätze, dann müsste der Zugang in den Konsistoriums-Saal eigentlich hier in der anderen Wand liegen.«

Er deutete auf die Mauer rechts von dem vermeintlichen Türbogen.

»Denn links ist ja die Außenwand – das ist seit dem Blick aus dem kleinen Fenster ganz sicher.«

»Meinen Sie, es handelt sich um keine Tür, sondern um ein zugemauertes Fenster?«

Robert kniete sich vor die Mauer und fuhr mit seinen Händen über das kalte Gestein.

»Finden wir es heraus!«

Er ließ seinen Rucksack zu Boden sinken und entnahm ihm einen scharfen Meißel und einen beachtlichen Hammer.

»Sehen Sie hier unten?« Er zeigte auf eine Stelle in Bodennähe, deren Verputz sich von ihrer Umgebung unterschied.

Als der Hammer auf die Stelle schlug, klang es anders als einen Meter daneben und einen Meter darüber.

»Leichte Ziegelsteine – sehr effektiv, um schnell eine Öffnung zu schließen und kaum zu unterscheiden von einer massiven Wand.«

»Es sei denn, man hat einen Hammer dabei«, erklärte Marlene. »Ihr Freund Charles hat Ihnen ja einen gut sortierten Rucksack gepackt, Respekt.«

»Ja, er weiß immer, was zu tun ist. Hauptsache, er muss sich dabei selbst nicht zu weit von seinem Schreibtisch entfernen. Charles erlebt Abenteuer lieber im Schutze seiner Aktenschränke.«

Marlene erwiderte nichts, denn sie hatte stets eine ähnliche Einstellung gehabt – bis sie Robert kennengelernt hatte.

Der Meißel grub sich ohne Probleme in den weichen Mörtel. Es dauerte nicht lange, bis Robert den ersten Stein gelöst hatte. Obwohl er die Schläge des Hammers mit einem Tuch zu dämpfen versuchte, hallten sie dennoch unangenehm laut und verloren sich in der Finsternis des Ganges.

»Zum Glück gibt es hier keine Palastwachen mehr«, murmelte er. »Seitdem der Palast renoviert wurde und Besuchern zugänglich ist, hat man seine Zugänge lückenlos unter Kontrolle – deshalb wurde der Nachtwächter eingespart.«

»Unser Glück.«

Der zweite Ziegel war locker, und Robert löste einen dritten. Er wollte es nicht riskieren, dass die Steine nach innen fielen und etwas beschädigten. *Oder am Ende doch noch einen Alarm auslösten.*

Vorsichtig zog er den mittleren der Steine heraus.

»Löschen Sie das Licht!«, bat er Marlene.

Dunkelheit umgab sie, und Marlene kniete sich neben Robert auf den Boden, um einen Blick durch die kleine Öffnung zu werfen. Obwohl er vor Neugier zu platzen drohte, ließ er ihr den Vortritt.

»Und? Was sehen Sie?«

Marlene strengte ihre Augen an, doch sie konnte nichts erkennen.

»Tiefe Finsternis – sonst nichts.«

Robert schob seinen Kopf vor die Öffnung.

»Non! Das darf nicht sein, wir müssen in der Halle sein.«

Er ließ sich zurückfallen und griff wieder zu seiner Lampe.

»Es gibt überall eine Nachtbeleuchtung, ich verstehe das nicht.«

Es war gerade genug Platz, um mit dem Lichtstrahl neben seinem Kopf vorbeizuleuchten. Alles, was Robert zu erkennen vermochte, war jedoch eine weitere, kaum zwei Meter entfernte Wand. Auch wenn er an dieser Stelle des Ganges noch nicht damit gerechnet hatte, schien es nur eine logische Erklärung zu geben.

»Wir haben, wie es scheint, soeben die geheime Kammer entdeckt!«

Von Claude förmlich zur Entspannung genötigt, hatte Henry sich schließlich auf ein weiteres Glas Wein eingelassen. Er schätzte den einheimischen Rotwein sehr und hatte es in all den Jahren nie für notwendig erachtet, mit dieser Tradition zu brechen. Die einzige Ausnahme hatte er damals in Rom gemacht.

Bevor Claude sich selbst einschenkte, läutete das Telefon. Mit einem Mal verflog Henrys Ruhe wieder, und angestrengt versuchte er, der Stimme am anderen Ende zu folgen. Doch mehr als gedämpftes Murmeln vermochte er nicht wahrzunehmen. Das Gespräch dauerte nur wenige Augenblicke, die einzigen Äußerungen von Claude bestanden in verschiedenen Brummlauten. Abschließend sagte er: »Bien, bis später. Und sei vorsichtig!«

Dann legte er das Telefon zurück auf den Tisch zwischen die Weinflaschen und die Schalen mit Oliven und Brot und schaute Henry an.

»Sie scheinen etwas gefunden zu haben.«

Henry schnellte in eine aufrechte, angespannte Haltung. »*Was* haben sie gefunden?«

Seine Stimme klang so erregt, wie Claude es von ihm nicht kannte.

»*Je ne sais pas.* Beruhige dich! Sie hämmern irgendwo hinter dem Konsistoriumssaal Löcher in die Wand.«

Henry wusste, dass es noch immer nichts zu tun gab als abzuwarten. Wenn sich etwas ergab, würde ihr Informant sich sofort melden.

Marlene kratzte mit der scharfen Kante des Meißels zwei weitere Fugen auf. Der Putz war bereits nach den ersten Schlägen in großen Stücken heruntergebrochen, und die Ziegel lösten sich nun, da die ersten Steine bereits entfernt waren, leicht aus ihrer Formation. Sie hatten sich darauf geeinigt, das Hämmern so weit wie möglich zu vermeiden. Robert saß in einer Ecke und studierte Auszüge der alten Pläne.

Beinahe gleichzeitig riefen die beiden erleichtert »Geschafft!« und »Ich habe es!« aus. Während Marlene sich darauf bezog, die Öffnung ausreichend erweitert zu haben, um hindurchzukriechen, erfreute sich Robert, dass es sich offensichtlich tatsächlich um die gesuchte Kammer handelte. Nachdem sie sich beide durch die Mauer gezwängt und die Zelle ausgeleuchtet hatten, die fensterlos war und jeweils nur runde zwei Meter Seitenlänge hatte, erklärte er seine Gedanken.

»Möglicherweise hat Clemens VIII. diesen Fluchtweg genommen, als man den Palast nach seiner Absetzung durch das Konzil belagerte und so zum Abdanken zwingen wollte.

Er hatte keine Getreuen außer seinem Kämmerer, und wäre er geblieben, so hätte man ihn wahrscheinlich vom Balkon gestürzt.« Robert machte eine kurze Pause. »Auch wenn wir den eigentlichen Zugang vom Konsistoriumssaal zu diesem Tunnel nicht gefunden haben, so ist dieser Raum noch viel besser. *Hier* hat er seine persönliche Habe, alles von Wichtigkeit und Wert untergebracht.«

»Sie meinen eine frühe Form des Wandtresors?«

»So ähnlich. In dem Konsistorialflügel hielt man sämtliche Treffen mit hohen Würdenträgern ab. Neben einer Kapelle befinden sich das Gemach des Kämmerers und in der Nähe das Revestarium, wo der Papst sich für seine Treffen prunkvoll einkleidete. In diesen Räumen wurden immerhin die wichtigsten und höchsten kirchlichen Entscheidungen gefällt.«

Marlene runzelte die Stirn. Sie hatte von Bekleidungsgemächern und Schatzkammern gelesen, jedoch lagen diese ihrer Erinnerung nach in anderen Etagen.

»Was genau soll aber Ihrer Meinung nach hier im Geheimen gelagert worden sein? Es gab doch eine beachtliche Schatzkammer – noch dazu mit unzähligen Geheimverstekken.«

Robert schaute sie an. »Natürlich gibt es keine absolute Sicherheit, aber lagern Sie Ihren wertvollen Schmuck oder Ihren Reisepass irgendwo im Keller? Oder haben Sie Ihre wertvollen Dinge nicht lieber in der Nähe sicher deponiert? Wenn Clemens vor seiner Flucht etwas Persönliches zu verstecken gehabt hätte, dann doch wohl hier.«

Marlene bückte sich nach dem Hammer und streckte ihn Robert auffordernd entgegen.

»Bitte. Hoffen wir, dass Sie recht haben.«

Robert begann in einer Ecke der hinteren Wand und arbeitete sich systematisch weiter. In der Zwischenzeit suchte Marlene im außen liegenden Gang seinen ursprünglichen Zugang. Als sie beinahe sechs Meter entfernt auf einige Unebenheiten in der Mauer stieß, steckte Robert den Kopf aus der Öffnung.

»Kommen Sie zurück! Ich habe eine hohle Stelle entdeckt!«

Marlene legte ihren Rucksack an die Stelle, um sie schneller wiederzufinden, und kroch anschließend zurück in die Kammer. Mit einigen gezielten Schlägen durchbrach Robert eine in Brusthöhe liegende Steinplatte, die sich nach außen hin durch nichts von den anderen Steinen zu unterscheiden schien.

Als Robert die Trümmer der Platte entfernt hatte, blickten die beiden in eine rechteckige Öffnung von etwa vierzig Zentimetern Seitenlänge. In dem vom Licht der Taschenlampe erleuchteten Hohlraum lag eine Schatulle, versiegelt mit Wachs.

Keiner von beiden sprach ein Wort.

KAPITEL 12

Rom, Dezember 1377

Der Kirchenstaat befand sich in Aufruhr. Ohne die Präsenz einer geistlichen Führung kam es zu erbitterten Machtkämpfen der umliegenden Provinzen untereinander und gegen die geistliche Obrigkeit.

»Die Ewige Stadt braucht mich.«

Es war kein leichter Entschluss gewesen, doch mit diesen Worten hatte Pierre Roger de Beaufort, den man sieben Jahre zuvor in Avignon als Papst Gregor XI. ernannt hatte, sein folgenschweres Vorhaben besiegelt. Wenige Tage später war er nach Rom aufgebrochen, weder eine angenehme noch ungefährliche Reise. Nun war er bereits beinahe ein Jahr in Rom, ein Jahr voller Intrigen und Bedrohungen. Gregor XI. spürte, dass seine Kräfte ihn verließen und er ohne die meisten seiner Kardinäle, die ihm geschlossen und eindringlich von seiner Reise abgeraten hatten, nicht mehr viel ausrichten konnte. Rom hatte sein Ziel erreicht, der Papst war zurückgekehrt, doch was hatte die Mutter Kirche von dieser Verbindung? Es waren noch immer dieselben alten Familien, die sich untereinander in ewigen Fehden befanden und dem Papst nur gehorchten, solange er ihre wahren Heiligtümer nicht bedrohte: Geld, Ländereien und Macht.

Im flackernden Schein des Kaminfeuers, ganz nahe an den wärmenden Flammen, lag der Heilige Vater, von einer schweren Erkältung heimgesucht, und zog ein Resümee seines Pontifikates. Wenn er den Jahreswechsel nicht überlebte, würde die Nachwelt ein gespaltenes Andenken bewahren: Friedensstifter in den großen Provinzen und grausamer Tyrann in der Ewigen Stadt. Er seufzte und fragte sich insgeheim, ob es all das wert gewesen war. In den Schatten der prunkvollen Gemächer wurden bereits Nachfolger diskutiert, einer schlimmer als der andere, und Gregor wusste, dass es zum blutigen Konflikt käme, wenn nicht wieder ein Bürger Roms zum Oberhirten ernannt werden würde.

Der Papst nickte dankbar, als Jean, sein Neffe, ihm einen Teller heißer Suppe reichte.

»Merci, mein treuer Gefährte. Nicht mehr viele sind es, derer Treue ich mir sicher sein kann. Wenn meine Zeit gekommen ist, so ist es an dir, dich um alles zu kümmern.«

Jean du Cros war ein Kardinal der ersten Stunde von Gregors Pontifikat, und obwohl man seinem Onkel Vetternwirtschaft vorgeworfen hatte, so waren es ausschließlich Ehrenmänner, auf die man sich verlassen konnte. Einer von ihnen – allerdings kein Familienmitglied – sollte Gregors Nachfolger werden.

»Weder ein Franzose noch ein römischer Adeliger«, hatte Gregor festgelegt, »und kein Fürst einer anderen einflussreichen Macht soll es sein.«

Sämtliche Kardinäle, ja sogar der französische König hatten dieser Haltung zugestimmt.

»Es wird kein Leichtes sein, dies durchzusetzen.«

Gregor nickte erneut. Jean hatte recht, wahrscheinlich war es sogar unmöglich.

»Ich habe Vorkehrungen getroffen. Du musst einen Boten nach Avignon entsenden und Kardinal de Luna informieren. Er und alle verbliebenen Kardinäle sollen nach Rom aufbrechen.«

Jean erhob sich. »Ich werde ein Schreiben aufsetzen.«

»Warte, mein Sohn!« Gregor erhob schwach seine Hand und winkte Jean ganz nah heran. Dann flüsterte er ihm zu: »Die Kardinäle müssen sich vorsehen. Egal, was auch geschehen mag – die Münze darf nicht in falsche Hände geraten!«

Ein gutes Vierteljahr später stürmten die aufgebrachten Bürger Roms das Konklave, das am zwölften Tage noch immer keinen neuen Papst ernannt hatte. Man munkelte von einer manipulierten Wahl, unlauteren Absprachen und verdächtig großem Einfluss von außen. Tatsächlich präsentierten die überrumpelten Kardinäle der Menge zwar einen greisen Kandidaten, der den Fischerring letztlich jedoch nie tragen würde. Eigenmächtig bestieg der Leiter der päpstlichen Kanzlei, Bartolomeo Prignano, als Urban VI. und 203. Papst den Thron.

Als erster Papst seit Petrus trat er sein Amt ohne jene Münze an, die all seinen Vorgängern glanzvoll die Verbundenheit mit Jesu erstem Stellvertreter und damit ihre unanfechtbare Würde bescheinigte.

Palais des Papes, Avignon, Gegenwart

Wie zwei erwartungsvolle Kinder am Heiligabend waren Marlene und Robert zu Boden gesunken und hatten das Kästchen durch ihre Hände gleiten lassen. Es war aus schlichtem Holz, mehr zweckmäßig als prunkvoll, und der Deckel war mit rotem Siegelwachs verschlossen.

»Wer auch immer hier etwas eingelagert hat – er wusste nicht, wann er zurückkommen würde.«

Robert nickte, soweit hatte Marlene recht. Wenn es tatsächlich Clemens' Kästchen war, dann stand er möglicherweise ganz kurz vor dem Ziel seiner Suche. Er klappte sein Taschenmesser auf und fuhr mit der kleinen Klinge vorsichtig durch das brüchige Wachs. Erst als er auch die letzten Zentimeter entfernt hatte, konnte er den Deckel knarrend anheben. Marlene konnte die jahrhundertealte Luft förmlich riechen. Bislang hatte sich ihre Arbeit darauf beschränkt, alte Dokumente zu indexieren. Doch den erhabenen Moment des *Auffindens* eines solchen hatte sie noch nicht erfahren – bis jetzt, denn im Inneren der Schatulle lagen zwei säuberlich eingerollte Pergamente.

Mit zitternden Fingern löste Robert die Schnüre, die um die erste Schriftrolle geschlagen war. Er rollte das brüchige Papier einige Zentimeter auf, dann gab er es in einer unerwarteten Geste an Marlene weiter.

»Sie sind die Expertin für historische Schriften. Bitte öffnen Sie die Papiere!«

Marlene lächelte. Robert schien Angst zu haben, die Rollen zu beschädigen. Doch wegen der intakten Wachsversiegelung war das Papier verhältnismäßig weich geblieben.

»Danke, aber das sind keine uralten Papyri wie die Rollen aus Qumran. Es kann also nichts passieren.«

Die erste Schriftrolle war etwa vierzig Zentimeter lang und dreißig Zentimeter breit. Unter etlichen krakeligen Worten prangte ein beeindruckendes Siegel.

Marlene runzelte die Stirn. Robert, der sie gespannt beobachtete, fragte: »Was gibt es denn? Können Sie etwas entziffern?«

»Nun ja, an meinem Latein soll es nicht scheitern, doch ist es verfälscht vom regionalen Schriftbild und altfranzösischer Grammatik. Oftmals verschmolzen früher das reguläre Latein und die jeweilige Muttersprache einer Region. Außerdem muss der Verfasser es eilig gehabt haben, denn die Schrift ist alles andere als ordentlich. Ich muss es also in aller Ruhe übersetzen, doch auf den ersten Blick erkenne ich bereits einige interessante Aspekte.«

Marlene fuhr mit dem Zeigefinger über das Papier und murmelte Worte, die ihr ins Auge sprangen, während Robert ihr gebannt lauschte und ihr das Licht zum Lesen hielt.

Insignia … sicher verwahrt vor der [Ab]reise … zur Kenntnisnahme der breiten Unterstützung durch das Kardinalskollegium … Konsistorium … falscher Papst … Aragon … Karl …

»Es muss etwas mit dem *falschen Konklave* zu tun haben!«

Marlene schien sich ihrer Sache ganz sicher zu sein und erklärte Robert in wenigen Worten, was sich seinerzeit bei der Ernennung Urbans VI. zugetragen hatte. Sie leuchteten das päpstliche Siegel am unteren Rand der Seite aus, ebenso die zahlreichen Unterschriften von Kardinälen und anderen Würdenträgern, deren Ränge und Positionen vermerkt waren. Das doppelte Siegel – zwei Abdrücke in einem großen Flecken Wachs – zeigte spiegelverkehrt das Christusmonogramm, X und P, außerdem etwas, das mit etwas Phantasie als Brot und Fisch erkannt werden konnte. Daneben war das reguläre päpstliche Siegel zu sehen.

»Erkennen Sie das linke Siegel?«, hauchte Robert, »Das zeigt die Medaille, von der wir gestern die Skizze gefunden haben.«

Marlene versuchte noch immer, die Worte des lateinischen Satzes zu begreifen.

»Warten Sie, ich glaube, es handelt sich eher um eine *Münze*. Hier steht zumindest etwas von einer Münze als Erkennungszeichen.«

Robert überlegte kurz. »Eine Münze – wieso eine Münze?«

Mit einer Geste bat Marlene ihn um einige weitere Augenblicke der Konzentration. Dann fasste sie ihre Gedanken zusammen: »Nach Jesu Tod und Auferstehung verteilten sich die Apostel in alle Teile der Welt. Aber es gab Korrespondenz, einen regen Austausch von Briefen. Petrus, dessen besondere Stellung ja in den Evangelien hinlänglich belegt ist, fiel in Rom eine Sonderrolle zu, die mit großer Hoffnung belegt war. Er und Paulus, das ungleiche Paar, Männer wie Tag und Nacht, verkörperten die ganze Macht des Glaubens – der eine von beiden die Wunder, der andere die weltliche Botschaft. Im Hintergrund gab es dann außerdem noch Johannes in Ephesus, der alles niederschrieb. Die meisten Apostel waren zu diesem Zeitpunkt bereits tot – ermordet von ihren Gegnern. Es war also kaum jemand übrig, doch diese Männer gaben alles dafür, ihrer Aufgabe gerecht zu werden. Als sterbliche Menschen mussten sie Nachfolger bestimmen und entsprechende *Regularien* erschaffen.«

Robert kratzte sich am Kopf. »Regularien? Sie meinen so wie das Ritual des Konklaves?«

Marlene schüttelte den Kopf. »Das Konklave gibt es erst seit dem 13. Jahrhundert, und das auch nur, weil es zu dieser Zeit einmal eine dreijährige *Sedisvakanz* gegeben hat, da der Papst starb, ohne einen Nachfolger zu bestimmen. Das ist aber eine andere Geschichte. Laut Überlieferung oblag es stets dem Papst selbst, seine Nachfolger zu benennen – getreu der Tradition.«

»Welches Regularium ist aber dann gemeint?«

Marlene suchte mit dem Zeigefinger die betreffende Zeile. »Wenn ich es richtig verstehe, so handelt es sich um eine römische Münze, deren Vorderseite das Bildnis Neros trägt und deren Rückseite allerdings mit den Initialen oder Symbolen Christi versehen wurde. Ein Unikat aus dem Besitz des Apostels selbst.«

Robert erstarrte. »Sie meinen also, der Abdruck neben dem päpstlichen Siegel …«

»… ist ein Abdruck *dieser einen* Petrusmünze.«

Das zweite Dokument war in altem Französisch verfasst, sie würden es später übersetzen. Hier musste Marlene passen und würde ganz auf Roberts Hilfe und ein altes Wörterbuch angewiesen sein.

Während die beiden den Raum, so gut es ging, wieder mit den losen Ziegelsteinen verschlossen, unterhielten sie sich über die Bedeutung ihres Fundes. Clemens VII., den die Welt als Gegenpapst kannte, war in einem ordentlichen Konklave gewählt worden, weitaus ordentlicher jedenfalls als sein Gegenspieler Urban VI. Sein Vorgänger hatte in weiser Vorahnung zwar Hirtenstab, Fischerring und Mitra mit nach Rom genommen, die Münze des Petrus jedoch in seinem Geheimversteck belassen.

»Urban muss außer sich gewesen sein vor Wut. Die heilige Münze des Petrus spurlos verschwunden – das konnte ihm in seiner angefeindeten Lage durchaus zur Gefahr werden. Letzten Endes jedoch setzte er seine neue Macht gnadenlos durch und ließ mit unglaublicher Brutalität zahlreiche Kardinäle foltern und ermorden, die gegen ihn gestimmt hatten. Der Preis für seine Macht waren Tod und Verderben, und die in Rom verbliebene Kurie musste sich ihm fügen. Für Urban stand einiges auf dem Spiel, und obwohl das Volk ihn hasste, blieb er bis zu seinem Tode in Amt und Würden.«

Robert war erstaunt, wie präzise Marlene über die damaligen Verhältnisse Auskunft geben konnte.

»Eine anschauliche Zusammenfassung. Warum hat aber niemand etwas gegen ihn unternommen?«, fragte er.

»Was sollten sie denn machen? Es gab ja eine Alternative – Papst Clemens VII. Die Mehrzahl der Kardinäle – und nicht nur die französischen – erklärten die Papstwahl für ungültig. Immerhin war Urban nicht einmal Kardinal, und er war obendrein nicht ordnungsgemäß gewählt worden. Er nahm sich die Macht einfach, und das Volk musste es akzeptieren. Immerhin hatten sie einen Landsmann bekommen, was für viele ausreichend war. Mit einem weiteren fernen Papst in Avignon konnte man in Rom jedenfalls nichts anfangen.«

Robert runzelte die Stirn. Was er von Marlene hörte, war zwar nicht alles völlig neu für ihn, doch in diesen schlichten Fakten ausgedrückt, konnte selbst er als Laie die Möglichkeiten entdecken, die in diesem fragwürdigen Pontifikat lagen.

»Wenn wir nun neben den Hinweisen auf Clemens VII. tatsächlich auf die Spur der Münze kämen …«, begann Robert,

»… dann gelangen wir am Ende womöglich zu einem nahtlosen Beweis dafür, was Ihre Vorväter Ihnen zu vermachen gedacht haben«, beendete Marlene seinen Gedanken.

Doch Robert hatte noch etwas anderes im Kopf. Wer auch immer ihn ermordet hatte, musste etwas von den Nachforschungen seines Vaters gewusst haben. Also musste er auch ein Interesse daran gehabt haben, ihn an seiner Arbeit zu hindern – um es vorsichtig auszudrücken.

Avignon, 8. April 1379

Heimgekehrt in den Papstpalast, trat Kardinal de Luna nach vorn, und der neue, rechtmäßige Papst Clemens VII. beugte erwartungsvoll sein Haupt. Unter dem tosenden Jubel des Volkes empfing er die in reich besticktes Samtband gebettete Insignie des ersten Oberhirten der katholischen Kirche.

Fünf Monate nach der für ungültig erklärten Ernennung des Urban zum Pontifex hatte das Kardinalskollegium sich im September 1378 erneut zusammengefunden. Die Kardinäle hatten ihre von dem grausamen Tyrannen verschleppten und ermordeten Brüder betrauert und anschließend das im April unterbrochene Konklave fortgesetzt. Obwohl sich der vom verstorbenen Papst Gregor als oberster Interessenvertreter eingesetzte Kardinal Pedro de Luna selbst zunächst im Zweifel befunden hatte, musste er schließlich erkennen, dass nicht nur die Avignoner Kardinäle auf den Gegenkandidaten setzten.

Feierlich traten die drei obersten Kardinäle in ehrfürchtiger Haltung vor den neuen Heiligen Vater. *Ihren* Heiligen Vater. Es war eng auf der kleinen Terrasse über dem Champeaux-Tor, dem neuen Haupteingang des prächtigen Palastes. Unten auf dem freien Platz hatte sich jubelnd beinahe die gesamte Stadtbevölkerung eingefunden. Was auch immer in Rom geschehen war – die Avignoner Bürger hatte ihren eigenen Papst zurückbekommen. Auf den Tag genau ein Jahr nach der Selbsternennung Urbans VI. glänzte die Petrusmünze fern ihrer einstigen Heimat unter der Sonne der Provence auf der Brust seines Widersachers.

Avignon, Gegenwart

Robert setzte die Steine zurück in die Öffnung. Auch wenn er den Durchbruch in der Wand nicht vollständig verschließen konnte, so sollte er zumindest wieder getarnt sein.

Man hat ihn seinerzeit sicher nicht ohne Grund verschlossen, dachte Robert. Marlenes Rufen ließ ihn aufhorchen.

»Ich glaube, ich habe hier einen möglichen Zugang entdeckt!«

Sie kauerte wenige Meter entfernt vor der glatten Wand und tastete sie im Schein der Taschenlampe auf Unebenheiten ab.

Robert überlegte kurz. »Möglicherweise ist es der Zugang in den Saal, zumindest muss es ja irgendwo hier einen gegeben haben.«

»Wollen wir es herausfinden?«

»Ich bin mir nicht mehr so sicher, ob wir unbedingt ein Loch in die Wand brechen sollten. Wir haben, was wir wollten.«

Marlene nickte. Nur zu gerne hätte sie zwar einen weiteren Geheimgang freigelegt, doch dann würde bald ganz Avignon von Einbruch und Vandalismus im Papstpalast reden.

»Stimmt, lassen Sie uns unbemerkt verschwinden. Niemand muss erfahren, dass wir heute Nacht hier eingedrungen sind.«

»Sie glauben gar nicht, *wie* recht Sie damit haben.«

Erschrocken fuhren Marlene und Robert in Richtung der fremden Stimme herum. Ihre Lichtstrahlen trafen einen ganz in Schwarz gekleideten Mann, dessen silberner Pistolenlauf in ihre Richtung deutete und bedrohlich kühl glänzte.

KAPITEL 13

Keuchend stolperte Marlene durch den engen Felsstollen. Das Tuch, das der Fremde ihr unsanft in den Mund geschoben hatte, hatte einen salzigen, chemischen Geschmack. Eigentlich hatte Marlene insgeheim gehofft, einen anderen Rückweg nehmen zu können, doch nun war der lange, beklemmende Marsch durch das unwegsame Dunkel ihr geringstes Problem. Der Fremde hatte kein Geheimnis daraus gemacht, dass er keinerlei Skrupel hatte, von seiner Waffe Gebrauch zu machen. Er hatte sie mit Tüchern geknebelt und nur wegen des unebenen Bodens auf Handfesseln verzichtet. Wo sollten die beiden auch hin?

»Sagen Sie doch einfach, was Sie von uns wollen.«

Robert versuchte einmal mehr sein Glück, er hatte das Tuch so lange gekaut, dass er undeutliche Worte von sich geben konnte. Marlene, die vorneweg lief, verlangsamte ihre Schritte und drehte sich um. Unmittelbar darauf vernahm sie bereits das dumpfe Geräusch der Faust des Fremden, die Robert genau auf die Nieren traf.

»*Silence!* Weitergehen!«

Unsanft stieß der Fremde Robert an, und sie trotteten weiter. Marlene fragte sich, ob Robert auch an die Möglichkeit dachte, den Feind in dem engen Durchgang mit dem alten Gerümpel abzuschütteln. Irgendwie musste sie ihm zu gegebener Zeit ein Zeichen geben.

Als der Weg sich endlich weitete und Robert zu Marlene aufschließen konnte, hielt Marlene es für einen guten Zeitpunkt. Doch bevor sie mutig zu flüstern beginnen konnte, gab der Fremde bereits einen neuen Befehl.

»An der Kreuzung links.«

Links?

Sowohl Robert als auch Marlene zögerten überrascht, blieben jedoch nicht stehen. Sie erreichten die Kreuzung, die sie bereits auf dem Hinweg passiert hatten. Der enge Raum mit dem Gerümpel lag in greifbarer Nähe und doch unerreichbar fern.

»Links in den Gang hinein! Meinen Sie etwa, ich marschiere mit Ihnen durch den Haupteingang und löse Alarm aus?«

Enttäuscht sahen die beiden sich an und verstanden auch ohne Worte, dass sie die gleiche Hoffnung geteilt hatten.

Nach etwa dreihundert Schritten auf abschüssigem Grund erreichten sie ein schweres Eisengitter. Es war rostig und mit Sicherheit mehrere hundert Jahre alt, doch gehalten wurde es von neuen Scharnieren, und es hatte ein schweres Edelstahlschloss. Die Luft schmeckte kühler und weniger modrig – es musste sich in unmittelbarer Nähe ein Ausgang befinden.

»Stopp!«, rief der Fremde.

Sie hielten inne, und der Unbekannte schob sich mit vorgehaltener Waffe an Ihnen vorbei. Er drückte Marlene einen Schlüssel in die Hand.

»Aufmachen!«

Sie blickte zu Robert, der ihr auffordernd zunickte. Ihr blieb ohnehin keine Wahl, und die Aussicht, wieder an die Oberfläche zu gelangen, war trotz der neuen Umstände noch immer verlockend.

Der Schlüssel drehte sich leicht, es klickte, und der Riegel schob sich zurück. Als Marlene die Tür aufdrückte, schwang sie mit einem lauten Quietschen nach außen. Der Fremde winkte Robert vorbei und ließ Marlene dann das Gitter wieder verschließen. Nach wenigen Metern erreichten sie einen viereckigen Raum, an dessen gegenüberliegender Seite metallene Sprossen in die Wand eingelassen waren. Sie führten nach oben in die Dunkelheit.

»Dort, in die Ecke!«

Der Fremde wies sie an, sich weit genug von den Sprossen entfernt aufzustellen, damit er unbehelligt nach oben klettern konnte. Er hatte an alles gedacht, wusste, dass auch Robert und Marlene keine Wahl hatten, als ihm zu folgen.

»Sie kommen, wenn ich rufe – die Frau zum Schluss. Tun Sie das nicht, verschließe ich den Zugang, und Sie können hier unten sitzen, bis Sie schwarz werden.«

Mit diesen Worten sprang er auf die vorletzte Sprosse und erklomm die Wand in einer atemberaubenden Geschwindigkeit. Selbst wenn Robert gleich losgesprungen wäre, hätte er ihn nicht mehr ergreifen können. Trotzdem hielt Marlene seinen Arm, mit der anderen Hand lockerte sie ihren Knebel.

»Lassen Sie uns nichts riskieren! Wenn er uns hätte töten wollen, dann wäre der Geheimgang doch geeigneter gewesen als alles andere.«

Robert nickte und zog sich ebenfalls das Tuch aus dem Mund, dann hallte schon die Stimme des Fremden zu ihnen herab.

»Allez!«

Über ihnen gab eine runde Öffnung ein Stück des Nachthimmels preis. Es musste sich um eine Art Kanaldeckel handeln, einen Einstieg in die Unterwelt Avignons. Marlene schauderte, sie wollte keine Minute länger bleiben als unbedingt nötig. Noch bevor Robert die oberste Sprosse erreicht hatte, machte auch sie sich auf den Weg nach oben.

Roberts Hand streckte sich ihr entgegen, als sie die letzte der kalten, von Rost zerfressenen Sprossen griff.

»Kommen Sie, ich ziehe Sie herauf.«

»Danke«, keuchte Marlene, und noch bevor sie nach einem kräftigen Schwung mit beiden Füßen auf festem Boden stand, sog sie die kühle Nachtluft ein. Sie blickte sich um und erkannte, dass sie sich in einem kleinen Park befanden, einer alten, gepflegten Gartenanlage. Es musste sich um die Palastgärten handeln. Der Zugang in die Katakombe wurde durch eine nun danebenliegende, stark bemooste Betonplatte gesichert. Kratzspuren deuteten darauf hin, dass außerdem üblicherweise eine schwere Blumenwanne darübergezogen wurde. Auch dieser Steinkübel stand in unmittelbarer Nähe. Dem unwissenden Auge war dieser Zugang also in der Regel verborgen.

»Hände auf den Rücken!« Der Fremde winkte mit der Pistole, in der linken Hand hielt er zwei Kabelbinder, von denen er den ersten mit surrendem Geräusch um Roberts Handgelenke zog, dann wandte er sich Marlene zu.

»Ich gehe keinen Meter weiter, bevor Sie mir nicht sagen, was Sie von uns wollen!« Robert klang mehr verärgert als verängstigt.

Der Blick des Fremden ließ Marlene das Blut in den Adern gefrieren. Er schob ihr ein neues Stück Stoff in den Mund und wandte sich dann kühl und gefasst an Robert.

»*Jemand* möchte sich mit Ihnen unterhalten. Mehr müssen Sie nicht wissen.«

Mit diesen Worten schob er auch Robert einen dicken, verknoteten Stofffetzen in den Mund.

»Ich wähle mir meine Gesprächspartner selbst …«

Der Rest von Roberts wütenden Worten wurde durch den Knebel unverständlich gemacht.

Mit einem eisigen Lächeln wies der Fremde in Richtung einer entfernten Straßenlaterne.

»Gehen wir endlich! Und wenn Sie nicht kooperieren wollen, kann ich Sie auch gerne an die untere Sprosse im Verlies sperren. Während ich mit Ihrer Kollegin weiterfahre, können Sie sich dann dort unten mit den Ratten vergnügen.«

Marlene wurde bleich und gebot Robert mit einer beschwichtigenden Geste, kooperativ zu sein. Um nichts in der Welt wollte sie von ihm getrennt werden.

Als sie den Park verlassen und in einer dunklen, eleganten Limousine auf der Rückbank Platz genommen hatten, legte der Entführer ihnen obendrein noch Handschellen an. Er wählte hierfür Marlenes rechte Hand – sie saß rechts im Wagen – und Roberts linke; das war sehr unbequem, da er Roberts Arm zudem hinter dessen Rücken gelegt hatte. Ein Sprung aus dem fahrenden Wagen war so höchst unwahrscheinlich. Weiterhin zog der Mann zuerst Robert, dann auch Marlene eine schwarze Kapuze über, die er mit einem Band verknotete.

Robert folgte den Bewegungen des Wagens. Er kannte die Altstadt Avignons nur halbwegs, versuchte dennoch, die zahlreichen Richtungswechsel zu deuten. Nach holprigem Kopfsteinpflaster fuhr der Wagen bergab, bremste für eine sehr enge Kurve fast auf Schrittgeschwindigkeit herunter und fuhr dann langsam über einige Bodenwellen. Überall in der Stadt versuchte man, dem Verkehr Herr zu werden. Es gab außer diesen Bodenwellen noch zahlreiche Radarfallen und unzählige Einbahnstraßen, deren Richtung man zudem noch alle paar Jahre änderte. Robert musste sich sehr bald eingestehen, dass er nicht mehr mit Gewissheit sagen konnte, wo sich der Wagen befand. Sein Kopf neigte sich nach links – eine lange und sanfte Bewegung.

Ein Kreisverkehr! Sie passierten einen weitläufigen Kreisverkehr, wie es sie nur am Ufer der Rhône oder ein gutes Stück außerhalb des Stadtkernes gab. Wenn er nun gut aufpasste, könnte Robert vielleicht wieder ihre Position erraten.

Marlene hatte ihren linken Arm aus ihrer unangenehmen

Sitzposition befreit und nestelte mit der Hand am Rand ihrer Kapuze entlang. Der Knoten war jedoch zu fest, als dass man ihn mit nur einer Hand lösen konnte, und Robert gab ihr mit einem Brummen zu verstehen, dass ihre Bewegungen ihm Schmerzen bereiteten. Auch wenn er Marlene nicht verständlich machen konnte, dass er sich konzentrieren musste, so erreichte er doch die gewünschte Reaktion, und sie entspannte sich, so gut es ihre Lage erlaubte.

Eine lange Gerade, ein Bogen, eine scharfe Rechtskurve.

Robert war sich beinahe sicher. Entweder würden sie in Kürze die Schnellstraße zu dem kleinen Verkehrsflughafen *Aéroport d'Avignon* erreichen, oder aber sie kämen nach Villeneuve-lès-Avignon.

Immer wieder Villeneuve.

Villeneuve-lès-Avignon

»Madame Schönberg, Monsieur Garnier – schön, dass wir uns endlich kennenlernen!«

Freundlich streckte der elegant gekleidete Mann, der soeben den Raum betreten hatte, Marlene die Hand entgegen. Robert erhob sich und wollte sie beiseiteschlagen, doch der Mann trat schnell einen Schritt zurück.

»Bitte, so beruhigen Sie sich doch.«

»*Beruhigen?* Sie lassen uns mit vorgehaltener Waffe entführen, und wir sollen uns beruhigen?«

Marlene folgte dem schnellen Schlagabtausch auf Französisch, von dem sie erstaunlich viel verstand. Schneller als sie es erwartet hatte, fasste sich Robert jedoch wieder. Er wechselte auf Englisch, als er sich zurücklehnte und mit gefasster Stimme sagte: »Nun, dann sagen Sie uns endlich, warum wir hier sitzen.«

Sie befanden sich in einem fensterlosen Raum, allem Anschein nach ein Kellerbüro. Das Zimmer war nicht besonders üppig eingerichtet, doch es gab einen großen Schreibtisch und eine Menge Bücher. Viele von ihnen waren eingeschweißt, außerdem war der Raum klimatisiert. Möglicherweise handelte es sich um einen Arbeitsplatz für besonders alte und empfindliche Bücher und Dokumente. Die Luft roch abgestanden und irgendwie klinisch. Marlene vermochte nicht zu unterscheiden, ob der Geruch von einem Lösungsmittel oder einem ätherischen Öl stammte.

Wie zwei Bittsteller saßen Marlene und Robert auf zwei Schemeln, während ihr Gastgeber den Schreibtisch umrundete und in dem Ledersessel Platz nahm. Anscheinend hatte er es hier unten sonst nicht mit Gästen zu tun.

»Ich möchte mich zunächst für Bertrand entschuldigen. Er ist ein vorzüglicher Chauffeur, doch mit anderen Menschen kommt er nicht besonders gut zurecht.« Marlene zuckte zusammen. Ein *Chauffeur*. Bereits während ihres Weges zurück durch den Tunnel hatte sie die Möglichkeit in Betracht gezogen, dass ihr Entführer auch verantwortlich für den Anschlag mit dem Wagen sein könnte. Doch entschied sie sich, zu schweigen, während sich der Gastgeber nach vorne beugte und beinahe geheimnisvoll mit gedämpfter Stimme ergänzte: »Er war in der Fremdenlegion – Sie verstehen?«

Robert zuckte verächtlich mit den Achseln. »Ihr Handlanger interessiert mich nicht. Um ihn wird sich die Polizei kümmern«, schnaubte er.

Mit einem beinahe schon selbstgefälligen Lächeln sank der elegante ältere Herr zurück ins dunkle Leder seines Sessels. »Mein lieber Monsieur Garnier, das wiederum halte ich für nicht besonders ratsam. Doch bevor wir uns erneut anfeinden, lassen Sie mich Ihnen mein Anliegen erläutern. Ich möchte Ihnen ein Geschäft vorschlagen.«

Die Männer waren wieder ins Französische zurückgefallen, doch Marlene wollte die Konversation nur ungern unterbrechen. Robert hatte sich gerade genug gefangen, um wenigstens zuzuhören, und es war unschwer auszurechnen, dass Kooperation ihr einziger Ausweg war. Der Fremde wirkte – im Gegensatz zu seinem *Chauffeur* – wie ein gebildeter und kultivierter Mann. Bei aller Angst und Ungewissheit, die sie trotzdem verspürte, kam er ihr zumindest nicht wie ein Mörder vor.

»Monsieur Garnier, ich bin kein Freund von langen Vorreden. Sie besitzen etwas, an dessen Erwerb ich sehr interessiert bin.«

Robert und Marlene hatten seit ihrem Marsch durch die Dunkelheit keinerlei Zweifel, dass ihre Entführung mit den gefundenen Dokumenten zu tun hatte.

»Die Schriftrollen hätten Sie doch längst haben können. Wozu die Entführung?«, wollte Robert wissen.

»Monsieur Garnier, es ist weniger das Aneignen der Dokumente als vielmehr Ihre Kooperation, die wir anstreben. Hier kommt zudem Ihre attraktive Kollegin ins Spiel.«

»Was wollen Sie von mir?«, warf Marlene ein.

Der Gastgeber drückte auf einen Knopf der modernen Telefonanlage, die überhaupt nicht zu dem antiken Schreibtisch passte.

»Du kannst jetzt zu uns kommen«, sagte er, während er seinen Kopf in Richtung des Gerätes neigte.

Noch bevor eine Antwort kam, ließ er den Knopf wieder los. Nur wenige Augenblicke später betrat ein weiterer Mann den Raum, ebenfalls etwa Ende sechzig und in legerer Kleidung.

Mit einer einladenden Geste winkte Claude den Besucher hinein.

»Ich möchte Ihnen meinen alten Freund Henry vorstellen.«

KAPITEL 14

Henry war zu Claude hinter den Schreibtisch getreten, und nach einem kurzen, unverständlichen Tuscheln der beiden wandte er sich in einem nahezu akzentfreien Englisch an Marlene und Robert.

»Madame, Monsieur, bitte verzeihen Sie die Umstände, unter denen wir uns kennenlernen. Ich bitte Sie um einen Vertrauensvorschuss von fünf Minuten, um Sie in meine Geschichte einzuführen.«

Marlene wandte sich links herum zu Robert, der die Augenbrauen hob und ihren Blick erwiderte. Sie zuckte die Schultern, danach nickten sie kurz.

»Bitte, wir hören«, sagte Robert.

Als Henry in monotoner Stimme zu sprechen begann, fühlte sich Marlene beinahe zurückversetzt in ihre Studentenzeit. Auch ihr alter Professor hatte solche Monologe gehalten.

»Bis vor siebenhundert Jahren lebte mein Volk, meine Familie, friedlich und unbehelligt in den Bergen. Sicher ist Ihnen als Kirchenhistorikerin die frühe Christianisierung Südfrankreichs bekannt. Über dreizehn Jahrhunderte hinweg wahrten wir unsere Traditionen. Bis uns schließlich die Inquisition mit all ihrer Grausamkeit traf.«

Henry stützte sich mit beiden Händen auf den Schreibtisch und vergewisserte sich, dass er noch immer die volle Aufmerksamkeit hatte. Marlene wie auch Robert lauschten gespannt.

»Die letzte Siedlung, hoch oben in den Pyrenäen, blieb verschont bis zu dem Tag, als ein Geistlicher uns aufspürte. Statt uns jedoch zu verraten, lebte er mit uns, nahm an der Gemeinschaft teil und lernte sie kennen. Erst als er alle Verstecke kannte, kamen seine Schergen, und kaum eine Handvoll unserer Gemeinde überlebte die Folterungen und Scheiterhaufen. Der Geistliche verschwand mit unseren Schätzen, und in diesen Tagen ging unsere letzte Festung unter.«

Robert machte nicht den Eindruck, dass er die Bedeutung dieser Geschichte begriff. Es waren keine Namen gefallen, doch Marlene wusste auch so, worum es ging.

»Sie sind also ein Nachkomme der *veri christiani*?«

»Oui. Ich bin einer von den wenigen Verbliebenen, die man früher allgemein als *Katharer* bezeichnete«, erwiderte Henry.

Einen Moment lang herrschte Stille. Marlene wagte als Erste eine Frage zu stellen.

»Katharer, nun gut. Doch was hat das mit uns zu tun oder mit den Nachforschungen, die wir anstellen?«

Claude hob seine Hand. »Moment. Es gibt noch ein Kapitel hinzuzufügen. Dann wird vielleicht einiges klarer. Henry, möchtest du fortfahren?«

»Oui, merci.« Henry richtete seine Worte wieder an die beiden. »Der verräterische Geistliche war ein Bischof mit Namen Jacques Fournier. Sie kennen ihn vielleicht unter dem Namen Benedikt XII., den er keine zehn Jahre später als dritter Avignoner Papst führte. Die von ihm erbeuteten Güter wanderten in die päpstliche Schatzkammer. Einige Jahre später verwendete man dieses Blutgeld zum Kauf des gesamten Terrains der Stadt Avignon, das bis dato Königin Johanna von Neapel unterstanden hatte.«

Plötzlich begriff Marlene. »Sie erhoffen, *Ansprüche* erheben zu können? Sitzen wir deshalb hier?«

Henry schüttelte seinen Kopf und lächelte. »Nun, ganz so einfach ist es nicht. Es ist allerdings belegt, dass tatsächlich unsere Güter nach Neapel wanderten. Nicht dass man nicht über genügend Geld verfügte, doch man wollte in der päpstlichen Schatzkammer keine *Beute* lagern, da kam der Kauf der Stadt gerade recht. Die Rückkehr der Kurie nach Rom und die folgenden Jahrhunderte brachten viele Veränderungen mit sich, doch wenn es tatsächlich einmal berechtigte Forderungen an den Vatikan geben sollte, dann möchten wir nicht außen vor bleiben.«

Nun ergriff Claude das Wort und richtete seinen Blick dabei fest auf Robert.

»Ihr Vater hat eine sehr alte Spur aufgenommen, die viele von uns für verloren hielten. Wir möchten nun sehen, wohin seine Hinweise Sie heute Nacht geführt haben.«

Robert wollte aufspringen, doch zwei kräftige Hände legten sich auf seine Schultern und drückten ihn zurück. Er war rot vor Wut und keuchte: »Haben *Sie* ihn ermordet? Und wagen Sie es ja nicht zu lügen!«

Marlene legte ihre Hand auf seinen Unterarm. »Robert, beruhigen Sie sich – bitte.«

Tränen der Wut rollten über Roberts Wangen. Henry trat dicht neben ihn. Mit sanfter Stimme sagte er: »Monsieur Garnier, ich gebe Ihnen mein Ehrenwort, dass wir mit dem Tod Ihres Vaters nichts zu tun haben.«

Während Robert langsam zurück auf seinen Schemel sank und apathisch ins Leere blickte, war es nun an Marlene, das Gespräch wieder aufzunehmen.

»Ich schlage vor, wir kommen nun endlich zum geschäftlichen Teil. Nehmen Sie die Dokumente, sagen Sie, was Sie sonst noch wollen, und lassen Sie uns endlich gehen.«

Claude lächelte bitter. »Liebe Madame Schönberg, ganz so einfach ist das nicht.«

»Was ist denn noch?«

»Nun, es ist ja kein Geheimnis zwischen uns, dass die Familie Ihres Begleiters unter Umständen beim Vatikan gewisse Ansprüche geltend machen könnte. Wir möchten, dass Sie sich dahingehend zurückhalten und uns das Feld überlassen.«

»Niemals!« Roberts Stimme zitterte vor Wut.

Claude starrte ihn mit eisiger Miene an. »Sie sollten eines nicht vergessen: Die Polizei hält Sie noch immer für verdächtig, Ihren Vater getötet zu haben. Wir liefern den Behörden gerne jederzeit den entscheidenden Beweis, der Sie als den Mörder Ihres Vaters identifiziert.«

Robert wurde bleich. »Das wagen Sie nicht«, flüsterte er. »So einen Beweis *gibt* es nicht.«

Marlene jedoch war sich sicher, dass dies für die Männer kein Hindernis darstellen würde.

Remoulins

Da es am vergangenen Abend in den Niederungen ungewöhnlich kühl geworden war, stieg in der Morgendämmerung sanfter Nebel am Ufer des Flusses auf. Schon vor hundert Jahren hatte Urgroßvater Garnier seinen Knechten aufgetragen, einen breiten Uferstreifen der Natur zu überlassen. Unzählige Vögel, die im Gestrüpp nisteten, dankten es ihm und hielten im Gegenzug Insekten, besonders die heimtückischen Stechmücken, fern.

Obwohl das Anwesen ein ganzes Stück vom Ufer entfernt lag, spürte man, wie rundherum das Leben erwachte. Auch im Haus tat sich etwas – auf dem Sofa des Arbeitszimmers schlug Marlene die Augen auf, und unweit von ihr, in einem alten Ohrensessel, hob auch Robert seinen auf die Brust gesackten Kopf.

Marlene schüttelte den Kopf und bereute diese hastige Bewegung sofort, als ein stechender Schmerz in ihren Schläfen ihr die Tränen in die Augen trieb.

»Robert?«

Die Stimme erklang sanft und deutlich, doch nur in ihrem Kopf. Marlenes Zunge brachte keinen Laut hervor, klebte trocken in ihrem Mund. Hilflos wanderte ihr Blick in Richtung Sessel. Robert schob unbeholfen seinen rechten Fuß von sich, um sich abzustützen.

Sie haben uns ein Betäubungsmittel verabreicht.

Eine andere Erklärung gab es nicht, und nach diesem ersten Aufbäumen gegen die unbekannte Substanz, die man ihr verpasst hatte, fiel Marlene erneut in einen tiefen Schlaf. Sie nahm nicht einmal mehr wahr, dass es Robert ähnlich erging.

»Marlene?«

Eine Hand lag auf ihrer Schulter, hielt sie sanft umfasst und wippte leicht hin und her. Es war beinahe wie an einem Wochenende in Freiburg, wenn Martin sie mit einem Frühstück im Bett überrascht und sie liebevoll aus ihren Träumen in einen beinahe ebenso traumhaften Morgen geführt hatte. Völlig schlaftrunken und doch glücklich lächelnd führte Marlene ihre Hand in Richtung Schulter, um seine Finger zu greifen und ihn zu sich heranzuziehen. Sie wollte seine Augen sehen, als erster Eindruck des Tages nichts anderes wahrnehmen als seine wundervollen kornblumenblauen Augen.

Robert sah das Blinzeln und auch das Lächeln. Dann jedoch schnellte Marlene mit weit aufgerissenen Augen hoch.

»Wo, wie …?«

Es dauerte einige Augenblicke, bis sie sich orientiert hatte. Sie befanden sich im Wohnzimmer des Anwesens der Familie Garnier, und Marlene hatte nicht die geringste Ahnung, wann und wie sie hierhergekommen waren.

»Sie haben einen ziemlich gesunden Schlaf.« Robert lächelte sie an.

Marlene ließ ihren Blick durch das Zimmer gleiten. Sie erkannte den Raum wieder – hier hatten sie gesessen, als Robert den Wandtresor geöffnet hatte.

Als noch alles in Ordnung gewesen war.

Es war ihr zutiefst peinlich, was eben geschehen war, selbst wenn Robert kaum etwas bemerkt haben dürfte. Marlene fühlte sich noch nicht bereit, zu sprechen oder sich zu bewegen, ihre Schläfen hämmerten, und ein Blick auf Robert verriet ihr, dass es ihm nicht viel besser ging. Er ließ sich neben ihr auf die Lehne der Couch sinken, während sie ihren Blick gedankenverloren durch den Raum wandern ließ. Das Bücherregal war bis auf den letzten Zentimeter angefüllt mit dicken, in Leder gebundenen Werken. Keines davon wirkte jünger als 150 Jahre.

Ihr Blick wanderte weiter.

Unheimlich, beinahe schon beängstigend wirkte der erhabene, für Marlenes Geschmack jedoch zu durchdringend gewählte Blick des in Gold und Purpur gekleideten Mannes, dessen Porträt das wuchtige Ölgemälde über dem Kamin zierte.

Robert bemerkte ihren Blick. »Als Kind hatte ich Alpträume wegen dieses Mannes. Seine Augen verfolgten mich überall.« Er musste unwillkürlich lächeln. »Er war der einzige Zeuge, als ich eine wertvolle Vase zerschlug, die meiner Großmutter sehr viel bedeutet hatte.«

Marlene versuchte sich den kleinen Robert vorzustellen, gerade einen Meter hoch und mit schwarzen Knopfaugen und verwuscheltem dunklem Haar. Auch sie musste unwillkürlich lächeln.

»Und – hat er Sie verraten?«

Robert hob seinen Zeigefinger wie ein alter Oberlehrer

und sagte theatralisch: »Nein, er hat mich viel schlimmer bestraft. Er hat mich jeden Tag und jede Nacht an meine Sünde erinnert, so lange, bis ich es nicht mehr aushielt und es meinem Großvater gebeichtet habe.«

Marlene sah das Bild erneut an. »Ein guter Hirte also, der Sie zur Reue und Buße bekehrt hat.«

Sie hatte auf den ersten Blick nicht erkannt, ob es sich um einen kirchlichen oder weltlichen Edelmann handelte. Tatsächlich trug der füllige Mann eine Art Tiara, doch weitaus weniger prunkvoll, als man sie von anderen Darstellungen kannte.

Robert nickte, gab sich sogar etwas beeindruckt.

»Tatsächlich habe ich es *so* noch nie betrachtet, doch Sie haben damit weitaus mehr recht, als Sie vielleicht annehmen. Es handelt sich nämlich um einen ganz besonderen guten Hirten – um *den Oberhirten* sogar.«

Marlene hatte es beinahe geahnt. »Benedikt XIV.!«

Triumphierend klatschte Robert in die Hände und stellte sich dann unter das Porträt. Er streckte seine Hand nach oben, als wolle er dem Kirchenfürsten die Hand reichen.

»*Exactement.* Wenn ich Ihnen vorstellen darf: Bernard Garnier, Ahnherr dieses Hauses und zudem der mutmaßlich rechtmäßige Papst von 1425 bis etwa 1432.«

Nun hob Marlene ihren Zeigefinger und rümpfte die Nase. »Letzteres, *werter Kollege*, wäre erst noch zu beweisen.«

Mit zwei schnellen Schritten war Robert wieder zurück. Mit weit aufgerissenen Augen und einem entschlossenen Blick sagte er: »Und genau dies gedenke ich auch als Nächstes zu tun! Helfen Sie mir dabei?«

Marlene stöhnte plötzlich. Das Pochen in den Schläfen kehrte zurück. »Woher nehmen Sie nur die ganze Energie? Ich fühle mich ja nicht einmal kräftig genug, um aufzustehen…«

Nachdenklich nickte Robert. Beide hatten es bisher geschafft, die Erlebnisse des Vortages nicht anzusprechen. Doch zwangsläufig suchten sich die unverarbeiteten Eindrücke ihren Weg ins Bewusstsein zurück. Er sah Marlene fragend an. »Können sie sich an irgendetwas erinnern?«

Ihr Blick wurde sehr kühl. »Man hat uns bedroht, entführt, bestohlen und erpresst. *Daran* erinnere ich mich!«

»Oui. Doch was war dann? Seit der Herausgabe der Pergamente fehlt mir jegliche Erinnerung.«

»Ich vermute, man hat uns etwas gespritzt. Ich fand zwar keinen Einstich, doch wir haben nichts getrunken, und in der Luft kann es ja nicht gelegen haben. Diese Schweine!«

Plötzlich musste sie heftig schluchzen, und in ihrem Hals begann sich ein dicker Kloß zu lösen.

Schweigend trat Robert hinter sie und legte seine Hände auf ihre Schultern. Marlene wand sich zur Seite und umklammerte seine Hüfte. Die Tränen wollten nicht mehr aufhören über ihre Wangen zu rinnen, und sie schämte sich nicht einmal dafür.

»Halt mich bitte ganz fest«, flüsterte sie nur zwischen zwei Schluchzern.

Robert blieb noch immer schweigend bei ihr stehen und gab ihr Halt. Auch ihm war plötzlich sehr beklommen zumute. Er sah seinen Vater vor sich stehen, mit fragendem Blick, was er nun zu tun gedachte.

Villeneuve-lès-Avignon

»Hast du den Inhalt schon entziffert?«

Henry setzte sich ungeduldig neben seinen alten Freund. Claude saß bereits seit einer Stunde über das lateinische Pergament gebeugt und blickte lediglich auf, um sich Notizen zu machen. Von einer professionellen Übersetzung konnte allerdings keine Rede sein, und er gebot Henry mit einer Geste, noch etwas auszuharren.

Henry erhob sich wieder und streckte seine müden Glieder. Die Nacht war kurz gewesen; seit Bertrand die beiden ohnmächtigen Forscher nach Remoulins gefahren hatte, waren kaum sechs Stunden vergangen.

»Ich gehe nach oben und lasse uns einen Kaffee bereiten. Beeile dich! Ich will wissen, ob es eine neue Spur gibt«, erklärte Henry.

Eine weitere halbe Stunde war verstrichen, als Henry endlich Claudes Schritte vernahm. Er saß bereits bei der dritten Tasse Café au lait, stellte sie jedoch hastig beiseite, als Claude das Wohnzimmer betrat.

»Und?«

Claude schüttelte seinen Kopf. »*Rien*, nichts. Es ist lediglich ein Schreiben des Gegenpapstes, das wahrscheinlich für seinen Rivalen im Vatikan bestimmt war. Er beruft sich auf seine wahre Legitimität, bezeugt durch seine Kardinäle, und nennt die Familien und Herrscher, die ihm bereits Anerkennung zollen. Darunter befinden sich bereits die spanischen Provinzen und Schottland – es muss also ein recht spätes Schreiben sein.«

»Warum wurde es dann eingemauert und nicht versendet?«

Claude runzelte die Stirn. Diese Frage hatte er sich auch schon gestellt. »Vielleicht fehlte es an vertrauensvollen Boten. Oder es ist von *so* spätem Datum, dass es keine Verwendung mehr fand. Es waren bewegte Zeiten in Avignon. Wer weiß, wie viele Todfeinde der Papst in seinem eigenen Palast wähnte.«

»Gibt das zweite Schreiben vielleicht darüber Auskunft?«

»Ich hoffe es doch sehr.« Er reichte Henry ein Blatt Papier.

»Hier, ich habe es einmal kopiert. Wir können es also gemeinsam lesen, da es auch *nur* in altem Französisch verfasst wurde.«

Henry nickte und warf einen Blick auf die undeutlichen Buchstaben. Die meisten Zeilen schienen wenig bedeutsame Anweisungen zu enthalten, sie lasen sich wie ein Protokoll für besondere Anlässe.

»Man könnte meinen, es sei eine Art Regieanweisung für den Empfang hoher Würdenträger«, murmelte Claude.

»Nun, du weißt ja, wie pompös die heiligen Herren ihre Zeremonien hier abhielten. Aber warum sollte jemand ein solches Dokument verstecken?«

Plötzlich jedoch, inmitten einiger besonders unleserlicher Zeilen, tauchten interessante Begriffe auf, die beide Männer aufmerksam werden ließen.

Ein Kardinal unter vielen – bestimmt durch den Papst – so wie es Jesus einst dem Petrus getan – Hüter und Überbringer der heiligen Münze …

»Schon wieder diese Münze.«

Claude atmete plötzlich schneller und überflog erneut die Zeilen.

Auch Henry beugte sich über die Fotokopie. »Es beschreibt eine Art Krönungsszene …«, überlegte er laut, »oder noch besser: die letzte Phase des Konklaves, das in die Ernennungszeremonie übergeht. Ein Vertrauter des scheidenden Heiligen Vaters legitimiert den von der Versammlung gewählten Nachfolger.«

Alles schien zu stimmen und erinnerte trotz allen Pomps an die schlichten Worte der Heiligen Schrift, welche Petrus' Berufung durch Jesus beschrieben.

Henry seufzte.

»Erinnerst du dich an die Geschichte mit diesem alten Arzt? Selbst wenn wir mit unseren Vermutungen richtig liegen, kommen wir mit diesen Hinweisen allein nicht weiter.«

Claude nickte. Er streckte sich und gähnte, müde und verspannt von den vergangenen, ziemlich anstrengenden Stunden.

»Du hast recht. Wir brauchen diese Münze … *und ihren Erben noch dazu.*«

Remoulins

Marlene lag auf dem Sofa und blickte ins Leere. Ihr Körper war müde, doch sie fand keine Ruhe. Zu viele Dinge waren geschehen. Robert hatte ihr während des Frühstückes signalisiert, dass er völliges Verständnis dafür hätte, wenn ihre Zusammenarbeit hier und jetzt enden würde. Marlene hielt dies jedoch für etwas voreilig und wollte zuerst hören, was Charles von all dem hielt. Der Anwalt und Freund war bislang nicht zu erreichen gewesen. Zum dritten Mal hatte Robert es auf dessen Mobiltelefon versucht und ihm eine Nachricht auf die Mailbox gesprochen.

»Charles wird hier anrufen oder gleich herkommen, sobald er es abhört. Ich habe ihm mitgeteilt, dass wir das Anwesen bis auf weiteres nicht verlassen«, erklärte Robert und fügte hastig hinzu: »Zumindest ich nicht – Ihnen steht es natürlich frei zu gehen.«

Marlene lächelte. Er wollte ebenso wenig, dass sie ihre Zelte abbrach wie sie selbst. Auch wenn das Weitermachen noch keine beschlossene Sache war, so wäre es jetzt falsch, alle weiteren Möglichkeiten und Ereignisse zu ignorieren.

»Was werden *die* denn tun? Ob sie tatsächlich Mittel und Wege haben, die Forderungen nach Entschädigung an geeigneter Stelle geltend zu machen?«

Robert schüttelte verächtlich den Kopf. »Nie im Leben. Das haben schon ganz andere versucht. Wenn jedes Opfer kirchlicher Willkür der vergangenen zwei Jahrtausende Regressansprüche formuliert hätte, dann gäbe es den Vatikan schon lange nicht mehr. Denen geht es noch um etwas anderes. Da bin ich ganz sicher.«

Nachdenklich schweigend saßen beide inmitten der weichen Samtkissen der weit geschwungenen ledernen Couch.

»Danke übrigens wegen vorhin.«

Robert musste erst überlegen, dann schüttelte er den Kopf. »Keine Ursache, mir ging es doch ähnlich.«

Marlene seufzte und ließ sich ein Stück nach links fallen, so dass sie schon fast Roberts Schultern berührte.

»Manchmal können wir unsere Gefühle eben nicht unterdrücken. Und so sehr wir auch gegen sie ankämpfen, kommen sie doch zum Vorschein.«

»Warum auch kämpfen?«, fragte Robert. »Schämen Sie sich etwa dafür?«

Marlene musste unwillkürlich schlucken. Einer ehrlichen Antwort wich sie nur all zu gerne aus.

»Ich denke … schon. Manchmal zumindest. Niemand möchte eine Heulsuse haben, und einem Felsen tut so schnell nichts weh.«

Robert ergriff sanft ihre Hand. »Für einen Granitblock allerdings haben Sie viel zu zarte Hände.«

Beide sahen sich an und lächelten. Marlene versuchte, Roberts Blick zu ergründen, seine unendlich tiefen, dunklen Augen. Doch sie vermochte nichts zu erkennen, er ließ sich nicht in die Karten schauen.

Vorsichtig hob sie ihre Hand und glitt mit ihren Fingern über die Bartstoppeln auf seiner Wange.

»Danke«, flüsterte sie.

Noch bevor Robert sich fragen konnte, wofür genau ihm der Dank galt, legten sich Marlenes Lippen zärtlich auf seinen Mund.

ZWEITER TEIL

»Sofortige und bedingungslose Abschaffung sämtlicher Religionsbekenntnisse nach dem Endsieg mit gleichzeitiger Proklamierung Adolf Hitlers zum neuen Messias. Der Führer ist dabei als ein Mittelding zwischen Erlöser und Befreier hinzustellen – jedenfalls aber als Gottgesandter, dem göttliche Ehren zustehen.«

Auszug eines Sitzungsberichtes vom 14. August 1943
zur Vorlage an Adolf Hitler

KAPTITEL 15

Rom, 10. Februar 1939

Pax christi in regno christi – Friede Christi in Christi Reich!

All seine Protestschreiben waren ohne Beachtung geblieben, niemand schien aus den Erfahrungen des schrecklichen Krieges gelernt zu haben, der gerade einmal zwanzig Jahre zurücklag. Noch immer trauerten europaweit Witwen um ihre Männer, Mütter um ihre Söhne und Kinder um ihre Väter. Die Kirchen waren voll wie schon lange nicht mehr.

Es hatte vor beinahe einem Jahr begonnen, als Österreich dem Deutschen Reich angegliedert worden war. Vorher war es schon das Saargebiet gewesen, und zurzeit errichtete man den neuen Reichsgau Sudetenland.

Seit er 1922 zum Papst berufen worden war, hatte Pius XI. viel erreicht. Der wesentliche Erfolg bestand nach sieben Amtsjahren darin, mit Mussolini endlich zu einer Einigung in der *Römischen Frage* gekommen zu sein. Es würde sich am morgigen Tage zum zehnten Mal jähren, seit der Vatikan zu einem souveränen Stadtstaat geworden war.

Vier Jahre später, im Jahr 1926, hatte Pius XI. auch das Deutsche Reich endlich so weit gehabt, entsprechende Verträge zur Souveränität der katholischen Kirche und ihrer Geistlichen zu schließen. Viel zu lange hatte das Bürgerliche Gesetz die Priester geknebelt, doch seit dem Ende des Weltkriegs waren die Karten neu gemischt worden. Der Apostolische Nuntius im Deutschen Reich, Eugenio Pacelli, direkter

Gesandter und rechte Hand des Papstes in Berlin, war seit Jahren zwischen den Regierungen hin- und hergereist, um ein Abkommen auszuhandeln. Die Machtübernahme durch die Nazis hatte die Verhandlungen zunächst ins Stocken geraten lassen, doch auf Drängen der deutschen Bischöfe hin unterzeichnete der Nuntius das mühsam ausgehandelte Abkommen am 20. Juli 1933.

Der Heilige Vater hatte ihn zu sich gebeten, und Pacelli saß bereits seit zwei Stunden auf dem Sessel neben dem Krankenbett. Die meiste Zeit hatte der Papst geschlafen, doch nun war er wach und richtete sich langsam auf.

»Wie lange gehen wir bereits gemeinsame Wege?«, hauchte er.

»Ich habe aufgehört, die Tage zu zählen«, antwortete sein Freund.

»Meine Zeit ist nun bald gekommen. Doch du musst mir vorher etwas versprechen.«

Pacelli seufzte, denn er wusste, was ihn erwartete. »Wie könnte ich dem Heiligen Vater einen Wunsch abschlagen?«

Der Papst blickte ernst und holte tief Luft – ein letztes Aufbäumen.

»Zu viel steht auf dem Spiel, also lass es nicht auf diese Weise enden! Findet das Grab, bevor es zu spät ist.«

Pius XI. erlebte den nächsten Morgen nicht mehr.

Einige Kilometer nördlich von Dijon, 19. Juni 1940

Der Pulverdampf des seit Tagen andauernden Gefechtsfeuers lag unter den dicken Regenwolken wie eine Dunstglocke über dem Land. Es war ungewöhnlich kühl. Selbst in den wenigen Pausen, den seltenen Momenten der Ruhe oder des Schlafes war der modrig-beißende Geruch allgegenwärtig und erinnerte die Männer mehr an den Krieg als der Dreck, der Schweiß und das Blut. *Das viele Blut.*

Hitler sprach bereits stolz von dem größten Erfolg, den das erste Kriegsjahr bringen würde: die Kapitulation Frankreichs, das seine militärische Stärke offenbar sträflich überschätzt hatte.

Zitternd löffelte der Gefreite Johann einen zweiten Teller dünne Suppe. Die Frontlinie verlief gerade weit genug entfernt, dass er sich nicht in Schussweite wähnen musste. Trotzdem zuckte er bei jedem Schuss erschrocken zusammen. Vor drei Tagen hatte ihn eine Granate verletzt, er war in einer schlammigen Mulde zu sich gekommen, mit einem stechenden Schmerz in seiner rechten Seite. Der hartnäckige Nieselregen dieses grauen Tages hatte seine Kleidung völlig aufgeweicht, und durch den kalten, nassen Stoff hatte er das warme Blut gespürt, das unerbittlich nach außen drang. Glücklicherweise jedoch hatte sich nach dem schmerzhaften Ablösen der Fetzen aus den zahlreichen Wunden herausgestellt, dass es sich lediglich um ein halbes Dutzend kleiner Splitter gehandelt hatte, die ihn verletzt hatten. Ein Bauchverband und eine große Portion Salbe waren alles, was Johann zu erdulden hatte. Viel größer wog das Geschenk einer Einsatzpause, und wenn man den aktuellen Meldungen Glauben schenken durfte, stand ein Ende der Kampfhandlungen unmittelbar bevor.

Johann stammte von einem Gutshof in Ostpreußen, zwei seiner Brüder waren ebenfalls eingezogen worden, der älteste von ihnen war in der ersten Woche in Polen gefallen. Ohne viel Verständnis für Hitlers Krieg erfüllte der 23-Jährige seine Pflicht und überlegte, ob er in seinem nächsten Brief nach Hause seine Verletzung überhaupt erwähnen sollte. Um seine Mutter zu schonen, würde er es wohl unterlassen.

Sein Kamerad Friedrich trat von hinten an ihn heran.

»Sei froh, dass du heute nicht dabei warst. Es ist die Hölle da draußen in den Gräben.«

Der Regen hatte endlich aufgehört, doch der Boden war überall feucht und unwegsam.

»Kann ich mir vorstellen. War gerade Ablöse, oder hat es dich etwa auch erwischt?«

Johann musterte Friedrich, konnte jedoch keine Verwundung erkennen. Doch er wusste nur zu gut, dass man die schwersten Verletzungen oft nicht auf den ersten Blick sah. Ihm war, als würde sein Kamerad unsicher auf den Beinen stehen.

Friedrich ging in die Hocke, schaute zu den zwanzig Meter entfernten Zelten der Krankenstation und der Feldküche. Niemand war in der Nähe. Erst nachdem er sich versichert hatte, dass sie allein waren, antwortete er mit gedämpfter Stimme: »Ich wurde vor drei Stunden von der Truppe abgeschnitten und musste mit Georg in einen Wald fliehen.« Er deutete auf seine Leistengegend und verzog das Gesicht. »Der Arme hat es nicht geschafft – ein glatter Durchschuss.«

Johann nickte verständnisvoll und versuchte krampfhaft, sich den Schmerz nicht zu bildlich vorzustellen. Es war ein verbreiteter Reflex unter Soldaten, sich in Verletzungen hineinzufühlen, um sich dann zu fragen, wie man selbst mit ihnen umgehen würde. Das eigene nackte Überleben war alles, was in diesen Tagen zählte.

Friedrich neigte den Kopf, um Johanns Augen zu fixieren. »Hans, wir kennen uns erst seit zwei Wochen, doch ich wüsste niemanden, dem ich sonst trauen könnte. Ich habe da im Wald … *etwas* gefunden.«

Johann nickte. Daher wehte also der Wind. Immer wenn der kräftige Blonde aus der Eifel ihm etwas Wichtiges mitzuteilen hatte, appellierte er an ihre Vertrautheit.

»Na, dann erzähl es mir!«

»Ich kann es dir nur zeigen. Fühlst du dich kräftig genug für einen kleinen Spaziergang?«

Trotz des am Nachmittag besonders durchdringenden Lichtes der hellen Junisonne boten die niedrig gewachsenen Bäume mit ihren dichten Kronen Schutz vor unerwünschten Blicken. Da der Wald zu klein und uneben war, um dort Fahrzeuge und Munition zu lagern, gehörte er nicht zu den umkämpften strategischen Punkten. Außerdem lag er mittlerweile tief genug auf der deutschen Seite der Front. Der letzten Depesche zufolge stießen die ersten Verbände der Wehrmacht bereits auf Lyon vor.

Johann war es völlig gleichgültig, ob Deutschland sein Terrain verdoppelte oder verzehnfachte. Er sehnte sich zurück in die masurische Heimat, an die Seen und scheinbar endlosen Felder. Doch vorerst musste er mit einem französischen Wald vorliebnehmen. Seine Wunden spannten unter dem engen Verband.

»Wir haben es schon fast geschafft!«, rief Friedrich, der kaum noch zu sehen war. Wenige Minuten später winkte er dann hinter einem großen Busch hervor.

»Komm schnell, Hans, hier ist er!«

Er?

Der linke Arm des Mannes lag in einem völlig unnatürlichen Winkel vom Körper gestreckt. Er war von stattlicher Statur, musste jedoch deutlich älter sein als die beiden jungen Deutschen. Johann schätzte ihn auf über fünfzig Jahre. Die Uniform, *eine französische Uniform*, war in einem erbärmlichen Zustand. Die Ärmel der Jacke und ein Teil des Futters fehlten, waren in Bahnen gerissen und um den rechten Oberschenkel gebunden. Ein Bein des Franzosen war blutverschmiert, eine große, offene Wunde klaffte oberhalb des

Knies, notdürftig gereinigt und verdeckt. Der Rest der Jacke deckte den reglosen Körper zu. Ebenfalls bandagiert war der Kopf, auf dessen Stirn sich das Blut bereits durch die verschiedenen Lagen des Stoffes gebahnt hatte. Ein Stahlhelm und zwei große Holzscheite hielten den verwundeten Feind in einer Art provisorischer Seitenlage. Durch das Schweigen vernahm Johann sein schwaches Röcheln.

»Wer zum Teufel ist das? Und was machen wir hier?«

Friedrich schaute ihn an. »Ich habe keine Ahnung, wer das ist. Aber wir dürfen diesen Mann nicht den SS-Schwadronen überlassen. Er hat einen deutschen Soldaten erschossen, und wenn sie ihn hier finden, dann sind die Qualen seiner Verletzung sein geringstes Problem.«

Johann wurde wütend. »Und was sollen *wir* nun mit ihm anstellen? Willst du ihn etwa ins Lazarett schleifen?«

»Nein, er möchte nichts dergleichen. Er bat lediglich darum, die Beichte ablegen zu dürfen.«

Johann traute seinen Ohren nicht. Er wusste zwar, dass Fritz ihn um seinen Glauben beneidete. Gerade deshalb war er empört, dass sein Kamerad von ihm dachte, er würde sich als Feldpriester ausgeben und einem Todgeweihten ein Sakrament vorgaukeln.

»Habe ich mich deshalb hierhergeschleppt? Nur um einen alten, verwundeten Franzosen zu quälen?«

Friedrich zog Johann beiseite. »Du weißt noch nicht alles«, raunte er. »Georg war mir einige Schritte voraus, ich sah ihn erst, als er triumphierend über dem Franzosen stand. Der Mann muss schon länger hier gelegen haben, hat sich anscheinend selbst verarztet. Seinen Abzeichen nach müsste er einer medizinischen Einheit angehören. Georg jedenfalls sah, dass er noch am Leben war, und zog sein Messer. Er hasste die Franzosen – sie haben seinen Vetter auf dem Gewissen. Dieser Verwundete hätte grausam gelitten, wäre Georg auf ihn losgegangen, doch noch bevor ich die beiden erreichte, erschoss der Fremde ihn. Ich habe Georg begraben, er hat es nicht leicht gehabt in diesem Krieg, und ich hoffe, dass er nun seinen Frieden gefunden hat.«

Johann legte die Hand auf seine bandagierte Seite. Als Friedrich weitersprach, klang aus seinen Worten eine verblüffende Menschlichkeit.

»Wir glauben doch an denselben Gott, das sagst du selbst immer«, fuhr Friedrich fort, »und wer weiß, vielleicht hätten der Franzose und wir in Friedenszeiten sogar Freunde sein können. Niemand verdient es, auf diese Weise zu krepieren. Lass diesen Mann in Würde sterben.«

Johann kniete schließlich nieder und nahm dem Mann die Beichte ab. Die Worte des Franzosen klangen verwirrt, fiebrige Phantasien, von denen Johann kaum etwas verstand. Friedrich, dessen Französisch weitaus besser war, übersetzte ihm. Der Franzose nannte seinen Namen und Dienstrang. Er war Feldarzt und hatte sich tatsächlich selbst versorgt. Im Angesicht des Todes vertraute er den beiden Deutschen ein Geheimnis an, das er seit beinahe zwanzig Jahren mit sich trug. Obwohl sie seine Feinde waren, musste er es ihnen erzählen, denn wenn er starb, würde es mit ihm für immer begraben werden.

Doch das Schicksal ließ Frédéric Renard an diesem kühlen Junitag noch nicht sterben. Wenige Stunden nach seiner Beichte erwachte er umgeben von französischen Soldaten und war sich im darauffolgenden Moment nicht sicher, ob es Freude oder Verzweiflung war, die ihn zu überwältigen drohte.

KAPITEL 16

Lausanne, 19. September 1943

Seit vier Jahren wütete die Wehrmacht unter Hitlers Befehl überall in Europa.

Anton Schönberg nahm das einfache Drahtgestell seiner Brille von der Nase und legte sie behutsam vor sich auf den Tisch. Er schloss seine Augen und ließ sich tief in den Ohrensessel sinken. Seine Professur der Geschichte und Altertumsforschung in der Hauptstadt war bereits 1938 quasi über Nacht zu einer Farce geworden. Die Nazis verbreiteten unsinnige Dinge über das Ariertum und die Notwendigkeit von Rassenerhalt und stützten sich dabei auf eine Handvoll Aufsätze, die keiner wissenschaftlichen Prüfung standhalten konnten. Und während der angestachelte Pöbel Jagd auf Juden und Kommunisten machte, brachte die Presse manipulierte Meldungen über ruhmreiche Siege der Wehrmacht an allen Fronten.

Nicht mehr lange, dachte der Professor.

Nachdem Elisabeth, seiner Frau, wegen einer jüdischen Großmutter, die sie nie kennengelernt hatte, der Ariernachweis verwehrt worden war und sie nicht mehr an ihrer Schule unterrichten durfte, hatte sich das kinderlose Paar dazu entschlossen, der Heimat den Rücken zu kehren. Ein befreundeter Kollege in Cambridge hatte Anton Schönberg bei der Suche nach einer Wohnung in einer kleinen englischen Küstenstadt unterstützt. Es hatte jedoch beinahe zwei Jahre in

Anspruch genommen, bis alle Vorbereitungen endgültig getroffen worden waren, denn Anton Schönberg selbst stand unter Beobachtung der Gestapo. Seine Aussage, er sei Wissenschaftler und kein Werkzeug, hatte dazu genügt.

An einem nebligen Abend schließlich, kurz nach Ostern 1941, hatte das Paar einen Tipp erhalten. Ein Kollege und Freund Anton Schönbergs – einer der wenigen, denen man noch trauen konnte – hatte vor der Wohnung gestanden und ihnen geraten, möglichst schnell zu verschwinden. Mit dem nötigsten Gepäck gelangten der Professor und seine Frau im Wagen des Freundes aus der Hauptstadt gen Norden, wo sie an einem kleinen Bahnhof Fahrscheine nach Hamburg lösten. Statt nach Hamburg jedoch fuhren die beiden einige Ortschaften weiter und erreichten von dort aus mit einem Nachtzug schließlich Hannover, später Kassel. Über Würzburg und Ulm gelangten sie bis in die Nähe von Konstanz. Dort setzten sie in der Abenddämmerung mit einer Fähre über in die neutrale Schweiz, dem vorläufigen Ziel ihrer Odyssee.

Im Sommer 1941 hatte der Russlandfeldzug begonnen, im Herbst war die Verordnung gekommen, dass alle Juden gelbe Sterne zu tragen hatten, und die Grenzen – auch zur Schweiz – wurden nahezu hermetisch abgeriegelt. Anton Schönberg hatte erkennen müssen, dass sie sich in der Tat im letzten Augenblick abgesetzt hatten. Die Monate vergingen, Anton arbeitete als Hilfskraft in einem Lausanner Forschungsinstitut, und im Sommer 1943 schließlich teilte Elisabeth ihm mit, dass sie schwanger war. Trotz erheblicher Schwierigkeiten hatten die beiden sich dann für eine Abreise nach England entschieden. Ihr Kind sollte in geregelten Verhältnissen geboren werden. Umso schmerzlicher war es jedoch, dass Anton seine Frau zunächst alleine ziehen lassen musste, versteckt auf einem isländischen Frachter, der von

Genua aus seinen Heimathafen ansteuerte. Es hatte Wochen gedauert, bis er endlich einen Brief erhielt, in dem Elisabeth ihm ihre Ankunft mitteilte.

Anton Schönberg seufzte. Seine Reisedokumente lagen vor ihm auf dem Tisch, ein Fahrplan, ein Ausweis und ein Umschlag mit Geld. Neben dem brandneuen italienischen Pass war das dicke Kuvert mit Schweizer Franken seine Garantie für eine sichere Überfahrt. Diese Papiere waren alles, was er noch besaß, aber auf den einundvierzigjährigen Wissenschaftler wartete, wenn er Glück hatte und das Angebot nach der langen Zeit noch galt, in Cambridge eine – wenn auch nicht besonders üppig ausgestattete – Professur.

Es klopfte kurz an der Tür, dann schwang sie bereits auf. Die Hauswirtin steckte ihren Kopf hinein. »Herr Schönberg? Telefon für Sie!«

Anton Schönberg trat hinaus in den Flur und nahm den Hörer.

»Professor Schönberg?« Die Stimme klang kratzig und sehr weit weg.

»Ja, am Apparat. Und wer sind Sie?«

»Ich möchte diese Frage erst zu einem späteren Zeitpunkt beantworten, wenn Sie damit einverstanden sind. Sollten Sie mein Angebot ablehnen, so möchten ich und meine Auftraggeber gerne anonym bleiben.«

Hatte man ihn doch noch aufgespürt? Für Geheimagenten des Deutschen Reiches galten weder Grenzen noch Konventionen. Es schauderte ihn. Anton Schönberg brauchte dringend einen neuen Namen. Während seine Frau bereits als Meredith Clover abgereist war, kannte man ihn noch nicht unter Vittorio Lugani, den Namen, den sein Pass auswies.

Unwillig antwortete Schönberg dem Anrufer: »Nun gut. Sagen Sie mir, was ich für Sie tun kann. Meine Zeit ist begrenzt.«

»Signor Schönberg, Sie sollten zunächst einmal wissen, dass wir sehr gut informiert sind. Wir kennen Ihre Pläne für die Überfahrt am kommenden Wochenende.«

Anton Schönberg spürte, wie ihm der Atem stockte. Wer auch immer sich hinter dem Anruf verbarg – er wusste Bescheid und schien dennoch nicht der SS oder einem deutschen Tötungskommando anzugehören. Man hatte ihn mit *Signor* angeredet. Ihm blieb kaum eine andere Wahl, als sich auf das Spiel einzulassen.

»Nennen Sie Ihre Forderungen!« Er würde nur das Nötigste von sich preisgeben.

»Innerhalb der nächsten Stunde wird Ihnen ein Bote einen Umschlag bringen. Darin finden sie eine Bordkarte für eine Chartermaschine nach Rom. Der Luftraum Ihrer Route ist absolut sicher. Ihre Reise nach England sollten Sie bis auf weiteres verschieben, doch nach Abschluss Ihrer Arbeit haben Sie unsere Garantie, Ihrer Frau nachfolgen zu können. Mit einem Koffer voller Geld und einer neuen Identität, wenn Sie das wünschen. Doch eines nach dem anderen. Erwarten Sie später weitere Instruktionen.«

Ein Klicken beendete die Verbindung, und Professor Schönberg schritt mit weichen Knien zu seinem kleinen Spirituosenschrank.

Die Umwege hatten ihn mehr Zeit gekostet, als er dafür eingeplant hatte. Doch seit dem Verlassen seines Hauses hatte Professor Schönberg sich beobachtet gefühlt. Mit keinem Wort war in den knappen Reiseinstruktionen sein Auftrag erwähnt worden, ebenso wenig das endgültige Ziel noch der Name eines Begleiters oder Ansprechpartners. Er fühlte sich wie ein Verräter, und wenn ihn seine Umwege den Flug gekostet hätten, so wäre es ihm auch recht gewesen.

Als Anton Schönberg endlich das Rollfeld betrat, liefen die

drei BMW-Motoren der Junkers 52 bereits in monoton dröhnendem Takt. Gemeinsam mit einem Dutzend weiterer Passagiere würde er ohne Zwischenlandung nach Rom fliegen, dabei die gefährlichen Höhen der Alpen passieren, und das alles in einer Geschwindigkeit von über 200 Kilometern pro Stunde.

Während der Professor die Maschine betrat, wusste er nicht, welche dieser Vorstellungen ihn am meisten beunruhigte.

Der geräumige Innenraum überraschte Schönberg. Es gab acht Sitzreihen mit jeweils zwei bequem anmutenden Plätzen. Fünf davon waren unbesetzt, doch waren auf den hinteren Sitzen verschiedene Sperrgüter untergebracht. Der freie Sitz auf der rechten Seite lag in der fünften Reihe und bot ihm einen Blick auf den Propeller und die Tragfläche. Beim Hinsetzen spürte er den tadelnden Blick einiger Mitreisenden, die offensichtlich ungehalten über seine Verspätung waren. Die Einstiegsluke wurde geschlossen, und wenige Augenblicke später setzte sich die Maschine in Bewegung.

Nach dem überaus sanften Start, den Anton Schönberg tief versunken zwischen den ledernen Armlehnen und doch unablässig auf die zitternde Tragfläche starrend hinter sich gebracht hatte, entspannte er sich bei einem tiefen Schluck aus dem silbernen Flachmann, den er für Notfälle in seinem Jakkett verborgen hielt. Noch während er die Flasche wieder verschloss, legte sich eine Hand auf seine rechte Schulter und ließ ihn zusammenzucken.

»Drehen Sie sich nicht um, und machen Sie um Gottes willen keine Szene. Sämtliche Mitreisenden sind schon mehr als genug auf Sie aufmerksam geworden«, raunte ihm eine männliche Stimme zu.

Schönberg versuchte sich zu erinnern, wie das Gesicht des Mannes aussah, der hinter ihm saß. Doch der Einstieg war so übereilt gewesen, dass sich kein klares Bild eingeprägt hatte.

»Nehmen Sie den Umschlag!« Ein großformatiges Kuvert aus grauem Papier wurde zwischen Sitz und Fenster nach vorne geschoben, und der Professor nahm es schweigend entgegen.

»Lesen Sie, und dann reichen Sie die Unterlagen wieder zurück *ohne* sich umzudrehen. Beeilen Sie sich!«, zischte die Stimme.

Ungeduldig riss Schönberg das Kuvert auf und zog mehrere Seiten heraus, die er rasch entfaltete. Es handelte sich um zwei Grundrisszeichnungen, er vermutete eine Art Kanal- oder Tunnelsystem. Die Pläne waren durch eine Menge handschriftlicher Notizen ergänzt. Zwar waren einige der undeutlich geschriebenen Worte auf Englisch, doch einen Reim darauf konnte der Professor sich nicht machen. Er erkannte aber genug, um zu vermuten, dass es sich um einen archäologischen Auftrag handeln musste. Er faltete ein weiteres Dokument auseinander, dieses Mal eine Kopie aus einem alten Buch, ebenfalls ergänzt durch Notizen.

Als er einige Zeit später wieder alles ordentlich gefaltet nach hinten reichte, war Anton Schönberg sehr zufrieden. Sollte er mit seinen Vermutungen richtig liegen, so bräuchte er sich keine Sorgen zu machen. Dem heftigen Drang widerstehend, sich wenigstens kurz umzudrehen, entschloss sich der Professor, ein wenig zu schlafen. Selbst der unruhige Flug über die mächtigen, schneebedeckten Gipfel der Alpen konnte ihm nun kaum mehr zusetzen, und während sich Anton Schönberg so entspannt wie schon lange nicht mehr in seinen Sitz sinken ließ, sank auch sein Hintermann zusammen – ausgelöst durch die neurotoxische Wirkung des Schlangengiftes, das in dem Pfeil in seinem Hals steckte.

»Weißt du eigentlich, warum ich überhaupt angefangen habe, Geschichte zu studieren?«

Eingehüllt in die Tagesdecke der Couch, lag Marlenes Kopf auf Roberts leicht behaarter Brust. Sie spielte mit einer Haarsträhne und kicherte, wenn er unter der Berührung der Spitzen zusammenzuckte. Mit seinem kräftigen linken Arm hielt Robert Marlenes Taille umschlungen und fuhr mit den Fingern der anderen Hand zärtlich ihren Hals und ihre Schulter entlang.

»Wegen deines Vaters, nehme ich an. Oder weil du Lehrerin werden wolltest. Das wollt ihr Frauen doch fast alle, oder?«

Marlene gab sich empört und stieß sanft ihren Ellbogen nach hinten.

»Und ich dachte, ihr Franzosen seid galant. Da habe ich wohl ein schlechtes Exemplar erwischt.«

Beide sahen sich an und lachten.

»Nein, aber im Ernst. Mein Großvater war damals einer der Wissenschaftler, die das Petrusgrab freilegten. 1946 oder so. Leider konnte ich ihn nie fragen, da er lange vor meiner Geburt starb. Von meinem Vater hingegen habe ich die Veranlagung, lieber innerhalb vier Wänden zu forschen. Expeditionen liegen uns beiden nicht so besonders.«

»Hmm, da habe ich ja richtig Glück gehabt«, raunte Robert.

»Ja, und was für eines«, gab Marlene zurück und schlang ihre Arme erneut um ihn.

Rom, 21. September 1943

»Reden Sie, Signor, Sie *müssen* etwas gesehen haben!«

Der übergewichtige Polizeibeamte war gut einen Kopf kleiner als der stattliche Professor, und doch machte er ihm Angst. Er wirkte unberechenbar, wie ein in die Enge getriebenes Tier. Vor einer halben Stunde war die Ju-52 in Rom gelandet – eine ebenso sanfte und anmutige Erfahrung wie der Start in Berlin –, und kaum hatte sie das Rollfeld verlassen und war zum Stehen gekommen, stürmten drei Carabinieri hinein. Sie sprachen in schnellem Italienisch mit dem Piloten und dem Flugbegleiter, gaben einige Anweisungen und befahlen dann ein geordnetes Verlassen der Maschine. Der Professor war als Letzter ausgestiegen, direkt nach ihm hatten zwei der Beamten dann den Leichnam aus der Maschine gehievt.

Erst eine Viertelstunde vor der Landung war der Tod bekannt geworden, und das auch nur, weil der Pilot eine starke Kurve fliegen musste. Der Körper war über die Armlehne gefallen und hatte einen gellenden Schrei der am nächsten sitzenden Mitreisenden ausgelöst. Endlich hatte auch Schönberg einen Blick auf den Toten erhascht. Von dem grauen Umschlag fehlte jede Spur, und er konnte beim besten Willen keine Anzeichen erkennen, die einen Rückschluss auf die Herkunft des Mannes erlaubten.

Als die Tür des engen, karg möblierten Raumes aufgestoßen wurde, zuckte er zusammen. Noch mehr Wachen und noch mehr unangenehme Fragen? Bevor Anton Schönberg sich umdrehen konnte, war bereits ein energischer Wortwechsel im Gange. Er blickte ohne auch nur ein einziges der wütenden Worte zu verstehen zwischen den wild gestikulierenden Männern hin und her, dann verebbte der Disput. Während der Commissario sich müde auf die Tischkante stützte, sprach einer der beiden Fremden in beinahe akzentfreiem Deutsch zu ihm.

»Kommen Sie, Signor Schönberg. Wir sind hier fertig.«

Im Schlepptau der beiden Unbekannten verließ Anton Schönberg den Sicherheitsbereich des Flughafens, und sie erreichten nach wenigen Minuten einen Parkplatz und steuerten auf eine schwarze Mercedes-Limousine zu. Schönberg vermutete, dass die SS auch hier in Rom ihre Agenten hatte.

Niemand erwartete ihn jedoch. Der Mercedes wirkte, als hätte man ihn soeben aus der Fabrik geliefert. Es saß auch kein Chauffeur hinter dem Steuer. Als seine beiden Begleiter ihn freundlich in den mit samtverhangenen Scheiben ausgestatteten Fond gebeten und anschließend schweigend vorne Platz genommen hatten, konnte Schönberg seine Anspannung nicht länger ertragen.

»Können Sie mir bitte endlich erklären, was hier los ist?«

»Signor, wir können Ihnen zur Zeit nicht viel mehr sagen, als Sie ohnehin schon wissen oder mitbekommen haben. Bitte haben Sie noch ein wenig Geduld, Sie werden nach unserer Ankunft in der Vatikanstadt umgehend und umfassend informiert werden.«

»Ja, vertrauen sie uns«, fügte der andere Mann hinzu. »Sie sind jetzt bei den Guten.«

KAPITEL 17

Remoulins, Gegenwart

Der alte, silberne Duschkopf ließ sowohl harte, heiße Strahlen als auch dicke, deutlich kühlere Wassertropfen auf ihren Rükken plätschern. Nach einem Kampf mit der ebenso antiken Mischbatterie, die nur zwei Temperaturen zuließ – eiskalt und kochend heiß –, stand Marlene nun hinter dem altrosafarbenen Duschvorhang und massierte sich die eingeschäumten Haare.

Man neigt dazu, seltsame Dinge zu tun, wenn man Stresssituationen ausgesetzt ist.

Für diese Erkenntnis musste man nicht Psychologie studiert haben. Doch war es nur eine überstürzte Laune gewesen? Marlene wollte den Augenblick genießen, wollte Roberts Zärtlichkeiten nicht als kurzlebige Flucht vor der Realität abtun. Er war ein attraktiver Mann, der es nicht nötig hatte, einer Frau etwas vorzumachen. Er hatte neben seinem Charme – und seinem verdammt guten Aussehen – auch Intellekt, Wagemut und eine gesunde Beharrlichkeit. Diese Eigenschaften hatten sie zusammengeführt, und schließlich war *er* es gewesen, der ihre Nummer gewählt hatte.

»Lena?«

Der Name hörte sich ganz anders an, als wenn ihre Mutter ihn rief. Das E klang hoch und akzentuiert, das A war kurz, beinahe nasal.

Sie wusch sich die Augen aus und zuckte leicht zusammen. Roberts Gesicht lugte lächelnd durch den Vorhang.

Marlene drehte sich zur Seite.

»Entschuldige, man fragt vorher, bevor man eine Dame unter der Dusche erschreckt.«

Robert lachte. »Dann wäre es ja keine Überraschung mehr. Aber es hat einen Grund, warum ich dich rufe.«

Marlene stellte das Wasser ab und griff nach dem Handtuch, das neben der Dusche bereithing. Sie wickelte ihr Haar ein, danach warf sie sich einen Frottee-Bademantel über und lächelte Robert auffordernd an.

»So. *Jetzt* höre ich dir gerne zu.«

Robert griff nach ihrer Hand. »Komm schnell mit nach unten. Ich muss dir etwas zeigen.«

Als Marlene das Wohnzimmer erreichte, schob Robert sie in Richtung Couch.

»Hey, ich hoffe für dich, dass dies kein Trick ist«, scherzte sie.

Doch Roberts Blick war völlig ernst geworden. Er zog Marlene neben sich und drehte sie sanft, so dass ihr Blick auf den Kamin und das darüberhängende Bild gerichtet war.

»Schau genau hin! Erkennst du etwas?«

Marlene lächelte. »Bereitet sein strafender Blick dir etwa Unbehagen, weil du eine harmlose Touristin vor seinen Augen verführt hast?« Da Roberts Blick ernst blieb, fügte Marlene hinzu: »Nein, im Ernst, *was* soll mir denn auffallen?«

»Siehst du die Bischofskrumme, die er im Arm hält?«

Marlene musterte den verzierten Stab. Er lag auf der Beuge des linken Armes und ragte über die Schulter des Mannes. Bevor der Stab in die elegante Krümmung überging, war er reichhaltig geschmückt. Etwas schien in den Stiel eingearbeitet zu sein, prachtvoll umrahmt und für jeden sichtbar. Doch es war keine geweihte Hostie.

»Siehst du das Herzstück der Krumme?«

»Ja. Sieht aus wie eine Medaille, nein … eher wie eine *Münze*!«

Robert griff in seine Hosentasche und zog ein Blatt Papier hervor.

»Es sieht genauso aus wie die Münze auf der Zeichnung aus unserem Safe!«

Marlene ließ sich auf die Couch fallen und griff nach dem Papier. Tatsächlich glich die Risszeichnung bei genauer Betrachtung der kunstvollen Darstellung des Gemäldes.

»Sie sieht außerdem exakt wie der Abdruck neben dem päpstlichen Siegel aus, das wir im Palast gefunden haben!« Robert atmete schnell. »Weißt du, was das für uns bedeuten könnte? Wenn diese Münze tatsächlich existiert und sie meinem Urahnen gehört hat …«

Marlene griff nach Roberts Arm und zog ihn zu sich. »… dann müssen nichts weiter tun, als sie nach siebenhundert Jahren zu finden.«

Robert sank neben ihr in das Polster. »Ich meine ja nicht, dass es einfach wird. Aber wir wissen nun wenigstens, wonach wir suchen, oder?«

Marlene nickte. »Entschuldige, du hast völlig recht. Wir haben tatsächlich einen entscheidenden Vorteil. In all meinen Nachforschungen ist mir niemals die Erwähnung einer solchen Münze begegnet. Und solange niemand davon weiß, kommt uns niemand in die Quere.«

Rom, 21. September 1943

Der Mercedes wand sich elegant durch die immer enger werden Straßen Roms und fuhr schließlich durch das streng bewachte Tor in das von Mauern umgebene Areal des vatikanischen Hügels. Auch wenn ihm der Vergleich blasphemisch vorkam, erkannte der Professor in der Farbenpracht und feierlichen Selbstinszenierung gewisse Parallelen zum Machtzentrum Berlins. Nur dass das *Tausendjährige Reich* auf komplettem Wahnsinn basierte, während der Kirchenstaat auf eine beinahe 2000-jährige Tradition zurückblickte.

Die Türen wurden von Schweizergardisten geöffnet, und als die beiden Männer mit den Wachen zu tuscheln begannen, führte man den Professor unter Höflichkeitsbekundungen und freundlichen Willkommensgesten ins Innere des nächstgelegenen Gebäudes. Irgendwo zwischen den Bogengängen und langen Zwischenhallen verlor Anton Schönberg die letzte Orientierung. Sie schienen sich jedoch in immer besser abgesicherte Bereiche zu bewegen, da in geringer werdenden Abständen Wachen, meist Gardisten, standen. Zweimal wurde Schönberg abgetastet, und kurz bevor er ein elegantes Vorzimmer mit dickem Teppichboden erreichte, traten schweigend zwei Kardinäle hinzu.

Die beeindruckende Tür, sicherlich doppelt so hoch wie die Türen seines Berliner Hauses, schwang nach innen, und bevor der Professor so recht wusste, wie ihm geschah, stand er inmitten der päpstlichen Gemächer. Während im Hintergrund des achteckigen Raumes einige Türen in weitere Räume führten, befand sich im vorderen Teil ein alter Eichentisch, an dessen langen Seiten jeweils drei mit rotem Samt bezogene Sessel standen. Der Stuhl am Kopfende glich mehr einem kaiserlichen Thron – er hatte eine deutlich höhere Lehne und war übersät mit kunstvollen Schnitzereien. Es gab noch weiteres Mobiliar, Schränke, eine Sitzecke und einen separaten Arbeitsbereich, doch seine Aufmerksamkeit verweilte bei dem Tisch und den Personen, die bereits daran Platz genommen hatten.

Die beiden Kardinäle ließen sich ebenfalls nieder. Ihnen gegenüber saßen zwei Männer mittleren Alters und südländischen Typs am Tisch, die der Professor weder kannte noch einer bestimmten Funktion zuordnen konnte. Neben den Kardinälen saß ein Novize – zumindest war der Mann zu jung für einen Mönch, doch trug er eine ähnliche Kleidung. Er wirkte nervös und zwischen den Würdenträgern etwas deplatziert. Vor ihm lag ein kleiner Stapel Papier und ein Notizblock. Vielleicht der Protokollant, dachte Schönberg. Auch ihm war nicht wohl inmitten dieser Runde. Zwischen allen Anwesenden war nur noch ein Stuhl frei, der letzte Platz, eingerahmt von Kardinälen, Fremden und – dem auf seinem beinahe himmlischen Thron schwebenden Papst Pius XII.

Anton Schönberg wäre am liebsten im Erdboden versunken.

Nach den üblichen Floskeln über die Anreise und einer kurzen Vorstellungsrunde, geleitet von Kardinal Abati, der zur Linken des Heiligen Vaters saß, ergriff der Papst selbst das Wort. Schönberg musterte den hageren Mann, dessen schmales Gesicht so überhaupt nicht zu dem Bild der fülligen Päpste vergangener Jahrhunderte passte. Überhaupt war Pius XII. stets ein sehr rastloser Mensch gewesen – Dekadenz und Völlerei schienen ihm fremd zu sein.

»Signor Schönberg, ich freue mich, dass Sie nun hier sind«, erklärte der Papst.

Schönberg senkte den Kopf. Trotz allen Unbehagens fühlte er sich in den Mauern des Vatikans zum ersten Mal seit vielen Stunden sicher.

»Ihre beiden Kollegen sind bereits gestern in Rom eingetroffen, sie hatten einen kürzeren Anreiseweg«, fuhr der Papst fort. Er sprach völlig natürlich, und trotzdem durchlief den Professor ein warmer Schauer.

»Ihr Name ist hier im Vatikan nicht unbekannt. Ich war lange genug in Berlin, um Ihre Arbeiten, aber auch Ihre Einstellung zum *Führer* zu kennen. Deshalb haben wir letzten Endes auch Sie ausgewählt und nicht einen der beiden anderen Kandidaten. Was wir nicht gebrauchen können, ist, dass Hitler unsere Arbeiten für seine Propaganda missbraucht. Wir sind ohnehin zurzeit ziemlich machtlos, sonst würden wir nicht in dieser Runde hier beieinander sitzen.«

Offene Worte eines Mannes, der Millionen von Katholiken auf der ganzen Welt vorstand. Trotzdem hatte er den Krieg nicht verhindern können. Anton Schönberg konnte den päpstlichen Standpunkt nachvollziehen. Bevor er zum Papst gewählt wurde, war Monsignore Pacelli bereits Apostolischer Nuntius in Deutschland gewesen – und er kannte das Land und seine Mächtigen und Eliten besser, als es den derzeitigen Führungsriegen lieb war. Umso leichter fiel es dem Professor dann auch, sich den vor ihm liegenden Aufgaben zu widmen. Er tat es für den Glauben und die katholische Kirche – und gegen die Nazis.

Leider würde er mit niemandem, auch nicht mit seiner Frau, darüber sprechen dürfen. Das war eine der wenigen Bedingungen seines Auftrags.

Mit Spitzhacken und Schaufeln, Gasleuchten und Taschenlampen, Pergamenten und Notizbüchern sowie jeder Menge weiterer archäologischer Utensilien betraten die Männer den Petersdom. Seit einigen Tagen waren zentrale Bereiche für den Publikumsverkehr gesperrt, und Kardinal Abati führte die drei Wissenschaftler zu einem abgeschirmten Bereich in der Nähe des Bernini-Baldachins, jenem heiligsten aller Plätze des Petersdomes, wo die Gläubigen das vermeintliche Grab des Apostels Petrus in Augenschein nehmen konnten.

Zwei schwere Marmorplatten von je etwa einem guten Meter Kantenlänge waren aus dem Boden gelöst worden und lagen abseits auf einigen Kanthölzern. Abati leuchtete in die dunkle Öffnung, aus der eine schmale Holzleiter ragte. Er machte eine einladende Geste.

»Bitte, nach Ihnen.«

Schönberg, der ihm am nächsten stand, zögerte nur einen Augenblick. Er legte seine sperrigen Gerätschaften auf den Boden neben der Öffnung und trat mutig hinab in die kühle, feuchte Luft. Ihm folgten seine beiden anderen Kollegen, die sich ihm als *Professori* Chiodega und Fulci von den Universitäten in Rom und Bologna vorgestellt hatten. Auch Kardinal Abati ließ nicht lange auf sich warten.

»Meine Herren, wir befinden uns hier an einem Zugang zu einer zweitausend Jahre alten Begräbnisstätte. Die unter uns liegende Nekropole ist die am besten erhaltene der Geschichte, und trotz unzähliger Entdeckungen, die hier möglich sind, sollten wir unser Hauptziel nicht aus den Augen verlieren. Ich versichere Ihnen, dass Sie auch alle anderen Dinge in Ruhe erforschen können, doch bitte folgen Sie mir zunächst hier entlang.«

Seine Anweisungen waren eindeutig, und jeder der Männer war mit ihnen einverstanden. Alle waren dankbar dafür, überhaupt ein Teil dieser Mission sein zu dürfen.

Remoulins, Gegenwart

»Bist du soweit?«

Robert stand ungeduldig in der Schlafzimmertür. Marlene hatte den Kleiderschrank durchsucht und betrachtete sich zweifelnd im Spiegel. Nach langem Suchen hatte sie inmitten der Kleider und grellen Blusen endlich eine einfache schwarze Stoffhose und ein helles Oberteil gefunden.

»Très chic!«, kommentierte Robert. Er spürte, dass Marlene es verabscheute, sich in fremden Kleiderschränken zu bedienen.

»Danke. Und jetzt erkläre mir bitte endlich, was du dir von unserem Ausflug nach Spanien erhoffst. Immerhin sollten wir davon ausgehen, dass wir beobachtet oder sogar verfolgt werden. Und dieser Gedanke gefällt mir überhaupt nicht.«

Robert runzelte die Stirn. »Deshalb habe ich uns ja auch einen ganz alltäglichen Mietwagen kommen lassen. Da ich davon ausgehe, dass man die Zufahrt beobachtet, verlassen wir das Anwesen nachher über einen Wirtschaftsweg, der erst kurz vor Remoulins in die Landstraße mündet. Wer auch immer vor dem Tor auf der Lauer liegt, wird dort vergeblich auf uns warten. Außerdem haben wir noch immer den Vorteil, dass wohl niemand unser nächstes Ziel kennt. Ich hätte ja selbst nicht im Traum daran gedacht, dass Vaters Telefonate nach Spanien etwas mit unseren Nachforschungen zu tun haben könnten. Wir haben nie darüber gesprochen, doch er muss die Münze auf dem Porträt ebenfalls wiedererkannt haben.«

»Und du glaubst, in der letzten Residenz der Gegenpäpste in Peñíscola etwas Brauchbares zu entdecken?«

»Wir werden sehen«, brummte Robert. »Mein Vater schien diese Möglichkeit jedenfalls in Betracht gezogen zu haben.«

Marlene und Robert zogen die Haustür zu und verstauten ihr Gepäck in dem kleinen Kofferraum des silberfarbenen Peugeot-Cabriolets.

»Es tut mir leid, dass wir nicht in dein Hotel können. Charles wird sich um deine Sachen kümmern.«

Marlene erinnerte sich. Nach ihrer Entdeckung auf dem Gemälde hatte Robert noch erleichtert zu berichten gewusst, dass Charles sich endlich gemeldet hatte. Er hatte Bedenken gehabt, verfolgt oder sogar elektronisch überwacht zu werden, deshalb seine späte Meldung.

»Aber wenn Charles hier eintrifft, sind wir doch schon lange weg«, gab Marlene zu bedenken.

Robert schüttelte den Kopf. »Das macht nichts. Ich habe dafür gesorgt, dass er uns finden wird. Morgen um diese Zeit hast du deine eigene Ausstattung wieder.«

Marlene blickte an sich herab und seufzte. »Na dann los. Auf an die Costa del Azahar!«

Mit einem Ruck schwang Robert die Fahrertür auf und ließ sich in den tiefliegenden Sportsitz fallen. Sofort bereute er diese leichtsinnige Geste mit einem Stöhnen.

»Mon Dieu, wenn man nur Vans und Geländewagen gewöhnt ist, sollte man beim Einstieg in einen solchen Flitzer doch vorsichtiger sein.«

Dieser Kindskopf! Marlene bedachte ihn mit einem ironischen Kommentar: »Tja, wir sind eben keine zwanzig mehr.«

Doch in Wirklichkeit fühlten beide die verjüngende Wirkung der großen Herausforderung, die vor ihnen lag.

Etwa einen Kilometer entfernt, im Schatten einer alten Scheune, parkte Bertrands Wagen. Robert hatte ihn mit seinem Fernglas nicht sehen können, als er vom Dachfenster des Anwesens aus die Gegend ausgespäht hatte. Verdeckt von dem Ziegeldach auf einem der letzten übriggebliebenen Dachbalken verharrend, hatte Bertrand sich seit Stunden kaum bewegt. Er verfluchte es, auf diesem Posten zu sein. Wenn es nach ihm gegangen wäre, hätte er die beiden längst irgendwo in den Fluss geworfen. Doch wie so oft hatte sein Dienstherr andere Pläne gehabt.

Vor einiger Zeit war ein silbernes Cabriolet die Einfahrt des Anwesens hochgefahren, danach hatte ein Fremder das Haupttor verlassen und war zu einem anderen ins Auto gestiegen. Mitarbeiter einer Mietwagenagentur. Bertrand hatte diesen Schachzug vorausgesehen und mit einem müden Lächeln reagiert. Auf diese Weise also würden die beiden das Anwesen verlassen.

Bertrand hob den Feldstecher wieder vor seine Augen. Sein Blick wanderte suchend über den Zufahrtsweg, die niedrigen Mauern der Veranda und über das beinahe vollständig vom Haupthaus verdeckte Cabriolet, von dem er nur das Heck erkennen konnte. *Das Heck.*

Schweißperlen bildeten sich auf seiner Stirn, und Bertrand suchte einmal mehr das von seiner Position aus einsehbare Gelände ab. Das Fahrzeug stand nicht mehr an seinem Platz.

Villeneuve-lès-Avignon

Henry lief seit nunmehr zwei Stunden zwischen der Bibliothek und dem Arbeitszimmer hin und her. Er schleppte Bücher, blätterte darin, brachte sie wieder zurück und holte neue. Im Gegensatz zu Claude verspürte er keine innere Ruhe, um einfach nur ruhig da zu sitzen und den Dingen ihren Lauf zu lassen.

»*Du* bist der Jurist«, hatte er ihn angefahren. »Warum kümmerst du dich nicht um deinen Teil der Geschichte?«

Doch beide Männer wussten, dass ihnen zum Weitermachen ein entscheidendes Teil des Puzzles fehlte. Deshalb musste Henry wohl oder übel weiter Bücher heranschleppen und darauf hoffen, irgendwo *den* Anhaltspunkt zu finden, den auch der Einbrecher vor einigen Tagen hier gesucht hatte.

»Ich habe etwas!«, rief Henry plötzlich.

Er überflog die alten, teils ausgeblichenen oder verwaschen erscheinenden Buchstaben. Das Schriftstück war eine Sammlung von Abschriften zeitgenössischer Dokumente und Überlieferungen aus der Ära der Avignoner Päpste. Neben Listen, die den Prunk und die Genusssucht enthüllten, wussten die Quellen auch von unzähligen Konkubinen, Intrigen, Vetternwirtschaft und Gift- und Meuchelmorden zu berichten. Mit Sicherheit war mehr als nur einer der Schreiber einst der Ketzerei bezichtigt worden und hatte für dieses nun so wertvolle Dokument mit seinem Leben bezahlt.

Henry musste unwillkürlich an den deutschen *Pfaffenspiegel* oder ähnliche Schmähschriften denken. Die Kirche hatte sich damals bei weiten Teilen der einfachen Bevölkerung lächerlich gemacht. Doch anstatt der Dekadenz zu entsagen, lud man die Schuld daran stets anderen auf. So auch auf uns *Cathares*.

Doch nun sollte … *würde* die Kirche endlich bezahlen.

»Es geht hier um eine spöttische Geste des Papstes in Avignon gegen seinen Gegner Urban in Rom. Urban hatte zwar die Macht an sich gerissen und sich Legitimität erpresst, doch die *wahre Insignie* – wie man sie hier nennt – verblieb in Avignon. Der vorhergehende Papst hatte sie in weiser Voraussicht dort verborgen gehalten.«

Claude lauschte Henrys Zusammenfassung. Nach allen Hinweisen konnte es sich bei dieser Insignie tatsächlich um die verschollene Münze des Petrus handeln. Doch er hoffte auf einen noch eindeutigeren Beleg.

»Weiter steht hier, dass der Papst unserer Stadt seinen Erzfeind im Vatikan exkommuniziert hat, und zwar mit einer Bulle, welcher er neben seinem päpstlichen Siegel eben diese Münze aufdrückte. Von diesem Tage an war sich Urban bewusst, dass er zeit seines Lebens nicht in den Besitz der Münze gelangen und er bei jeder Gelegenheit damit brüskiert würde.«

Claude schnaubte verächtlich. »Vielleicht war er deshalb so

ein Ekel. Du weißt ja, was namhafte Persönlichkeiten von ihm hielten.«

Henry nickte.

Urban VI., der Henkerspapst.

Dann klingelte das Telefon.

KAPITEL 18

»Wenn wir gut durchkommen, dürften wir am späten Abend da sein. Nach der Grenze sind es noch etwa dreihundert Kilometer«, erklärte Robert und lächelte sie abenteuerlustig an.

Marlene dachte zurück an die Zeiten ihrer ersten Urlaubserinnerungen. Passkontrollen, Gepäckinspektion, Spürhunde und ellenlange Warteschlangen gehörten damals zum Reisealltag, gleichgültig, in welche Richtung man unterwegs war. Heute hingegen war das Reisen mit dem Auto die mit Abstand beste Methode, unerkannt quer durch Europa reisen zu können.

Sie dachte an Charles. *Er* würde die nächstbeste Chartermaschine nehmen, sollte sich ein passender Flug finden. An kleinen Verkehrsflughäfen mangelte es im Mittelmeerraum ja auch nicht. Unangenehm könnte es für ihn nur werden, wenn der Grenzschutz seine Reisetasche voller Damenkleidung inspizieren würde. Doch auch hierfür gäbe es ausreichend plausible Ausreden. Treffpunkt war dann schließlich ein von Robert ausgewähltes Hotel in der Küstenstadt Peñíscola, ihrem Reiseziel.

Sie hatten eine Weile schweigend nebeneinander gesessen, unterbrochen nur gelegentlich durch Roberts Hinweise auf besondere Sehenswürdigkeiten und Kulturstätten. Lächelnd nahm Marlene all diese Informationen auf, vieles kannte sie durch ihre zahlreichen Urlaubsreisen bereits selbst, doch es war stets interessant zu sehen, was Einheimische für besonders sehenswert hielten.

Mittlerweile hatten sie die Stadt Carcassonne passiert, und Robert hatte es nicht versäumt, sie darauf hinzuweisen, dass sich hier vor beinahe 700 Jahren das Zentrum der Inquisition befunden hatte. Wieder wies Robert in ihre Richtung.

»Rennes-le-Château. Der letzte kirchenhistorische Punkt vor der Grenze. Ich nehme an, du kennst die Geschichte von Maria Magdalena besser als ich.«

Marlene nickte. »Ich kenne die meisten Theorien, glaube jedoch lieber an das, was ich … *sehe.*«

»Erklär mir das bitte«, forderte Robert beharrlich. Es war die alte Debatte um reinen Glauben und wilde Spekulation, und Marlene hatte befürchtet, dass sie sich früher oder später damit auseinandersetzen musste.

»Ach, Robert, wie soll ich das denn erklären? Ich bin Historikerin und habe mehr als einmal festgestellt, dass beinahe jeder Fund – egal, ob in Sachen Kultur, Religion oder Politik – mindestens zwei widersprüchliche Möglichkeiten der Interpretation zulässt.«

»Du meinst also, man *weiß* eigentlich nichts mit Bestimmtheit?«

»Genauso ist es.«

»Aber ist dein Beruf dann nicht absurd?«

Das hatten Freunde sie zu Beginn ihres Studiums auch gefragt.

»Nun, nicht direkt. Unsere Aufgabe ist es – zumindest verstehe ich das so –, Funde auf eine Weise zu interpretieren, dass man durch sie einen Einblick in die Zeit ihrer Herkunft bekommt. Dann stellt man sich die Frage, was die Menschen dieser Zeit dazu bewog, etwas darzustellen, zu notieren oder anzufertigen. Letztlich ist das der Spiegel, in dem wir Veränderungen erkennen können.«

Robert schnaufte, aber dann nickte er. »Verstehe. Von dieser Seite habe ich es noch nicht betrachtet. Aber jetzt kann ich noch viel besser nachvollziehen, warum du dein Buch ausgerechnet über dieses Konzil geschrieben hast. Mit dem Glauben und der Kirche verhält es sich nämlich genauso.«

Marlene lächelte. »Es ging mir nie um einen Angriff auf den Vatikan oder die Legitimität der Päpste. Wenn man aber die Geschichte betrachtet, so kommt man nicht umhin, dass der Vatikan seine weltliche Macht erhalten *musste*, um auch als geistliche Oberinstanz anerkannt zu bleiben. Da heiligte der Zweck oftmals die Mittel, und die christliche Mission im Sinne der Taufe war erst sekundäres Ziel. Das einzig Ketzerische, was man mir vorwerfen könnte, ist, dass ich diese rücksichtslose Selbsterhaltung schonungslos entzaubert habe. Das Konzil von Konstanz war nichts weiter als das, was man heute als Politpoker bezeichnen würde. Da war nichts … *Göttliches* im Spiel. Es hätte durchaus auch ganz anders ausgehen können.«

Robert nickte. Er verlangsamte die Fahrt, um an einer Raststätte herauszufahren. »Und genau hier liegt auch meine Hoffnung.«

Villeneuve-lès-Avignon

»Was bedeutet das – die beiden *sind weg*?«, fauchte Claude. »Wohin sind sie denn verschwunden, und warum stehen *Sie* noch in meinem Wohnzimmer, anstatt ihnen zu folgen?«

Bertrand machte einen ziemlich bekümmerten Eindruck, er war plötzlich nicht mehr der düstere Entführer, sondern eher der verschüchterte Chauffeur, der seinem Dienstherren ein klägliches Versagen zu beichten hatte.

»Monsieur, bitte gestatten Sie mir eine Erklärung.«

Während er in kurzen Sätzen das plötzliche Verschwinden des Peugeots schilderte, zog Bertrand einen Notizblock aus der Hosentasche und trennte den oberen Zettel ab.

»Sie müssen über einen Feldweg entkommen sein, aber hier ist das Kennzeichen ihres Mietwagens. Ich habe unter seinem Namen bei der Autovermietung nachgefragt. Garnier hat dort angegeben, ins Ausland reisen zu wollen. Sie haben Reisegepäck eingeladen und sind nach Remoulins auf die Autobahn in Richtung Süden gefahren. Ich bin daraufhin ins Haus eingedrungen und habe *diese* Informationen sichergestellt.«

Claude nahm den Zettel und brummte nachdenklich. Es war die Abschrift einer Nachricht, die Robert Garnier offensichtlich seinem Anwalt auf dem eigenen Anrufbeantworter hinterlassen hatte. Ein guter Einfall, wenn man darüber nachdachte. Sicherer zwar als ein handschriftlicher Vermerk oder eine E-Mail, aber dennoch nicht gut genug für Bertrands Spürsinn.

»Nun, da haben Sie ja noch einmal Glück gehabt. Und jetzt gehen Sie und bereiten alles für unsere Abreise vor.«

Bertrand nickte und verließ den Raum. Mehr an Entschuldigung würde er von seinem Chef nicht zu erwarten haben.

»Warst du nicht etwas hart zu ihm?«

Henry hatte sich dezent zurückgehalten, solange der Chauffeur im Zimmer war, doch nun, da Claude sich wieder beruhigt hatte, musste er den armen Mann in Schutz nehmen.

Claude jedoch winkte ab. »Er ist ein guter Mann, und das weiß er auch. Ich habe ihm nie vorgemacht, ein freundlicher Herr zu sein, zahle ihm dafür jedoch auch eine Menge. Hin und wieder muss ich ihm aber einfach mal in Erinnerung rufen, *wer* hier die Entscheidungen trifft.«

Claude warf Henry einen prüfenden Blick zu und lächelte

dann, als er zwei Gläser auf den Tisch stellte und ihnen einen Cognac eingoss.

»Er ist ein Mann ohne Gewissen, der sich bedingungslos unserer Sache verschrieben hat. Das sollten wir uns zunutze machen.«

Peñíscola,
etwa eine Autostunde nördlich von Valencia

Während Robert das Cabriolet von der *Autopista del Mediterrani* auf die Landstraße lenkte, dachte er einmal mehr über Marlenes Worte nach. Vor etwa zwei Stunden hatten sie ihre letzte Rast gemacht und sich wegen des kühlen Abendwindes dazu entschlossen, das Verdeck zu schließen. Die Dämmerung hatte bereits eingesetzt, und Marlene war kurze Zeit später eingenickt und räkelte sich nun in ihrem Sitz.

»Na, ausgeschlafen?« Robert lächelte zu ihr hinüber.

Marlene blinzelte und sah sich um. »Ich fühle mich wie gerädert. Wo sind wir?«

»So gut wie da.«

Marlene nickte erleichtert.

Robert wollte noch etwas loswerden. »Ich habe über diese Geschichte in Rom nachgedacht.«

Kurz bevor sie die spanische Grenze überquert hatten, war Marlene auf ihren Großvater zu sprechen gekommen und seine Forschungsarbeiten im Auftrag des Vatikans. Nachdem sie einige Zeit später eingeschlafen war, fielen Robert plötzlich etliche Fragen ein, auf die er nun gerne eine Antwort bekommen würde.

Marlene nickte auffordernd. »Bitte, schieß los. Doch vergiss nicht – ich habe meinen Großvater nie kennengelernt, und das Material ist sehr dürftig.«

»*Je sais.* Aber vielleicht können wir gemeinsam einige Lükken schließen. Findest du es nicht merkwürdig, dass ausgerechnet während des Zweiten Weltkriegs mit der Suche nach dem Petrusgrab begonnen wurde?«

Marlene überlegte kurz. »Also wenn ich mich recht entsinne, gab es sogar schon einige Jahre vorher erste Ausgrabungen. Man zog nur erst 1943 Experten von außerhalb hinzu. Das hat mein Vater einmal erwähnt, als ich an meiner Doktorarbeit schrieb und wir auf Großvater zu sprechen kamen.«

»Dann eben schon in den dreißiger Jahren, aber das macht keinen großen Unterschied«, sagte Robert. »Mich wundert es, dass diese Suche nach dem Petrusgrab, das man ja ohnehin unter dem Petersdom wähnte, genau in Hitlers Machtperiode begann. Er stand mit dem Vatikan doch anfangs auf recht gutem Fuß, nicht wahr?«

Marlene hob die Hand. »Das ist ein etwas zu einfacher Standpunkt. Es lohnt sich durchaus, diesen Papst etwas differenzierter zu betrachten. Man sollte ihn nicht nur auf sein langes Schweigen zu vielen Missständen reduzieren.«

Robert lachte. »Genau deshalb möchte ich mich ja *mit dir* darüber unterhalten.« Dann wurde er wieder ernst. »Ich nehme an, du kennst Hitlers Hang zum Mystischen. Er hat überall in Europa nach Relikten und Legenden forschen lassen, die er für seine Propaganda nutzen konnte.«

Marlene seufzte. »Ja, ich weiß. Aber worauf willst du denn hinaus?«

»Nun, einmal angenommen, Hitler hätte alle seine Schlachten gewonnen. Wäre er nicht trotzdem der Besatzer, der grausame Tyrann geblieben? Wenn er sich jedoch erfolgreich als eine Art *göttlicher Heerführer* hätte inszenieren können – wäre ihm dies nicht äußerst nützlich gewesen?«

Marlene strich sich nachdenklich über das Kinn. »Nun, ich

würde sagen, dass solche Gedanken als durchaus plausibel erschienen sein könnten«, überlegte sie laut.

»Siehst du – und *genau das* hat man im Vatikan gewusst, und genau deshalb brauchte man etwas Spektakuläres, zum Beispiel das Petrusgrab. Die Präsentation des obersten Apostels hätte der Kirche in diesen Zeiten eine neue symbolische Stärke verliehen.«

Marlene nickte. »So etwas in der Art hat Großvater wohl auch vermutet. Er lebte damals in der Schweiz und wollte von dort eigentlich meiner Großmutter nach England folgen. Im Deutschen Reich waren beide nicht mehr sicher gewesen, und den Abstecher nach Rom unternahm Großvater wohl hauptsächlich aus Geldnot.«

Mit einem leichten Ruck parkte Robert den Wagen vor einem hell erleuchteten Hotel.

»Geschafft, wir sind da.«

Marlene atmete aus, erleichtert, endlich ihren Autositz gegen eine – hoffentlich nicht zu weiche – Matratze eintauschen zu können.

»Schade, dass es ihnen damals nicht gelang. Mein Großvater hat die Ausgrabungen jedenfalls nach einigen Monaten verlassen, doch die Ergebnisse wurden erst fünf Jahre nach Kriegsende der Öffentlichkeit präsentiert. Nicht dass man in dieser Zeit eine solche Hoffnung nicht zu würdigen wusste – für Hitler jedoch wäre sie selbst 1943 oder 44 schon zu spät gekommen.«

Robert schaute sie an. »Vielleicht hat man im Vatikan bereits 1943 genau dasselbe gedacht.«

»Monsignore, Telefon.«

Die von dem kleinen Lautsprecher auf seinem Schreibtisch ziemlich verzerrte Stimme aus dem Vorzimmer riss den Kardinal jäh aus seiner Mittagsruhe. Nichts liebte er mehr, als nach einem guten Essen für exakt fünfundzwanzig Minuten die Augen zu schließen.

Mit den Worten »Hoffentlich ist es auch wichtig« nahm er das Gespräch an, so, als ob er den ohnehin völlig verunsicherten Novizen vor der Tür damit abstrafen wollte.

Kardinal Montanelli war ein großer, stämmiger Mann mit einem beeindruckenden Nacken und einem grimmigen Blick. Nicht ohne Grund bezeichnete man ihn hinter vorgehaltener Hand als *Il Toro*. Gewiss hatten ihn die rund sechs Jahrzehnte, die er inzwischen im Dienste des Vatikans verbrachte, schon etwas gelassener gemacht. Doch es mangelte ihm weder an Agilität noch Hingabe. Sein Temperament hatte schon so manchen zarten Klosterschüler zum Erschaudern gebracht, und selbst wenn er versuchte, freundlich zu sein, trieb es den meisten seiner Gäste den Schweiß auf die Stirn. Hier, in dem beeindruckenden Büro in unmittelbarer Nähe der Gemächer des Heiligen Vaters, war jeder Besucher nicht mehr als ein Bittsteller am unteren Ende einer langen Treppe.

Tatsächlich hatte der junge Mönchsanwärter seine Sache gut gemacht. Montanelli hatte eine eindeutige Anweisung bezüglich seiner Mittagsruhe gegeben, noch deutlicher jedoch die wenigen zulässigen Ausnahmen benannt. Neben dem Heiligen Vater selbst standen auf der sehr kurzen Liste gerade ein halbes Dutzend Namen. Mit einer dieser Personen war er nun verbunden.

»Warum melden Sie sich nicht zu den vereinbarten Zeiten?«, schnaubte der Kardinal wie ein wütender Stier in den Hörer.

»Bedaure, Monsignore«, begann Bruder Leopold zu erklären, »ich durfte die beiden nicht aus den Augen lassen und hätte mich sonst verraten.«

Seit ihrem ersten Telefonat hatten die beiden Männer zwei weitere Gespräche geführt. Montanelli wusste von dem Einbruch in den Papstpalast und von den beiden Forschern in Remoulins.

»Die beiden sind nach Spanien abgereist.«

»Spanien? Was um alles in der Welt …«

Während der Kardinal noch überlegte, fügte Leopold schnell hinzu: »Um genau zu sein – sie sind in Peñíscola.«

Peñíscola.

Langsam begriff der Kardinal. Er wusste nun, was zu tun war.

Peñíscola

Das *Hotel Castilla* hatte keine zwanzig Zimmer, war trotz seiner Schlichtheit aber der beste Platz für ihr Vorhaben. Es gab hier keinen Raum für unbemerkte Besucher und unerwünschte Gäste. Das Zimmer lag im ersten Stock, zur Straße hin, der Weg zum Aufzug und Treppenaufgang führte in unmittelbarer Nähe an der Rezeption vorbei. Der Peugeot hatte einen Platz in der überaus engen Hotelgarage hinter dem Haus gefunden.

Bevor sie das Zimmer erreichten, fasste Robert Marlene sanft am Arm. Sie hatten sich für den bequemen Weg per Lift entschieden, und Marlene hatte bereits während des Hochfahrens gespürt, dass Robert noch etwas auf dem Herzen hatte.

»Hör zu«, begann er, »es gab … keine zwei Einzelzimmer mehr, deshalb musste ich uns ein Doppelzimmer nehmen.«

Mittlerweile standen sie vor der Tür, und Marlene entriegelte das Schloss. Robert ließ die schweren Koffer auf den Boden gleiten und keuchte.

»Ich meine, nicht dass du denkst … Also, wir können die Betten ja auseinanderziehen.«

Marlene lächelte und drückte die Tür von innen zu. Sie legte ihrem Begleiter sanft ihren Zeigefinger auf die Lippen und zog ihn eng an sich.

»Warum so kompliziert?«, hauchte sie ihm ins Ohr.

KAPITEL 19

Der klare, helle Sonnenaufgang versprach einen langen und heißen Sommertag. Marlene war sehr früh aufgewacht und stand nun bereits angezogen am Fenster, während Robert gerade schlaftrunken seinen Weg ins Badezimmer gefunden hatte. Das Frühstücksbuffet wurde ab 7.30 Uhr eröffnet, und sie würden mit Sicherheit die ersten Gäste sein.

»Ich schlage vor, wir besuchen zuerst die Festung.«

Als Marlene ihn mit gespieltem Entsetzen ansah, fügte Robert beschwichtigend hinzu: »Und zwar tagsüber und ganz ordnungsgemäß mit gültigen Eintrittskarten.«

Keiner von ihnen wusste so recht, was sie erwarten würde, denn sie suchten eine siebenhundert Jahre alte Fährte.

»Meinst du tatsächlich, wir finden irgendeinen Hinweis, den bisher niemand gefunden hat? Avignon war ja doch ein ziemlicher Glücksfall. So etwas widerfährt den wenigsten meiner Kollegen.«

Robert zuckte mit seinen Schultern und blickte ins Leere. »Vielleicht haben wir den Vorteil, dass wir den Hinweis – sollte er existieren – richtig erkennen und deuten können. Warum sonst, wenn es keine Spuren gäbe, sollte unsere Nachforschung plötzlich so weite Kreise ziehen?«

Marlene musste ihm recht geben. Doch etwas störte sie. »Unser Entführer schien aber auch nicht weiterzukommen. Die beiden Herren setzten jedenfalls alle Hoffnung auf die beiden Dokumente, doch die allein werden sie wohl kaum hierherführen.«

»Hoffen wir es. Denn gefolgt ist uns offenbar niemand. Darauf habe ich geachtet. Leider habe ich keine Ahnung, mit wem hier unten mein Vater in Kontakt war. Und ich habe noch keinen blassen Schimmer, wie ich das herausfinden soll.«

Mit gepackten Rucksäcken machten Robert und Marlene sich auf den Weg zu der alten Templerfestung, die auf dem ins Meer ragenden Felsen thronte, der das kleine Städtchen so malerisch und beliebt machte.

Der Fußmarsch führte die beiden zunächst am Hafen vorbei, an dessen Kaimauern reges Treiben herrschte. Alte Männer saßen mit ihren Angeln nebeneinander. Einige Fischer entwirrten ihre Netze, die meisten von ihnen würden jedoch erst in einigen Stunden mit ihren Booten zurückkehren. Auf einem beachtlichen Dreimaster räkelten sich zwei junge Frauen im Bikini, irgendwo unter Deck riefen sich zwei Männer etwas zu. Dutzende von Möwen kreisten wagemutig nahe über ihren Köpfen, stets in guter Hoffnung auf einen Leckerbissen – sei es Brot, Fischreste oder einfach nur Olivenkerne.

»Wie idyllisch es hier ist«, schwärmte Marlene und hakte sich bei Robert ein.

Er sah sie an und blieb stehen. »Stimmt. Dafür, dass dies einer der beliebtesten spanischen Urlaubsorte ist, hat es an Charme kaum eingebüßt. Allerdings«, er deutete landeinwärts, »gibt es besonders im küstennahen Umland Dutzende von Touristenbunkern und Betonfallen. Das meiste davon wahllos in die Landschaft gestellt.«

In der Altstadt folgten sie malerischen Gässchen, die zumeist aus einer Zeit stammten, in denen man weder Gehsteige noch Automobile kannte. Ausgetretene Steinstufen und unebenes Kopfsteinpflaster – was in jeder modernen Innenstadt ein unhaltbarer Zustand gewesen wäre, rundete an diesem Ort das Bild auf liebevolle Weise ab. Mit jedem Schritt schienen sie weiter in die Vergangenheit zu reisen, und als Marlene auf den Eingangsstufen der Festung stand, meinte sie beinahe das Klappern von Hufen und das Rasseln von Ketten zu hören. Es hätte sie nicht im Geringsten irritiert, wenn plötzlich ein Tempelritter auf einem weißen Ross durch den Torbogen galoppiert wäre.

»Träumst du etwa?« Robert stieß Marlene leicht in die Seite.

»Oh, Verzeihung.« Sie lächelte verlegen. »Ich fühle mich nur weit zurück in die Vergangenheit versetzt. Es ist beinahe, als hätten wir eine echte Audienz.«

»Nun«, entgegnete Robert, »dann kannst du den Papst ja gleich fragen, wo er seine Münze versteckt hält. Das erspart uns eine Menge Arbeit.«

Lachend traten beide ein, um sich Eintrittskarten zu lösen.

In allen Räumen der Festung, die Hinweise auf Gegenpapst Benedikt XIII. enthielten, fühlte man, wie verbunden man noch heute diesem bedeutenden geschichtlichen Ereignis war.

Marlene und Robert lauschten den Worten einer vorbeiziehenden Führung. In verhältnismäßig gutem Englisch führte die Museumsangestellte etwa ein Dutzend staunender Besucher in die Historie dieses Ortes ein.

Während Rom und Avignon ins Chaos fielen, hatte man hier im mächtigen Aragon den Papst. Versprengte Templer oder ihnen nahestehende Personen und Persönlichkeiten fanden in der Festung ebenso Aufnahme wie die großen Familien des Königreiches. Aus einer von ihnen stammte Papst Pedro de Luna selbst, ein wesentlicher Grund, sich hinter den Oberhirten zu stellen. Urban war fern, ein böser Mensch – de Luna hingegen, ein gebildeter Mann, in unmittelbarer Nähe. Kein Konzil dieser Welt konnte dem Stellvertreter Gottes gefährlich werden.

Marlene musste unwillkürlich lächeln. So ähnlich hatte sie sich an einer Stelle ihrer Dissertation auch ausgedrückt. Sie hatte das Ergebnis des Konzils zwar nicht zu widerlegen versucht, hatte jedoch auf berechtigte Zweifel hingewiesen. Es hatte damals zu viele Zusammenkünfte dieser Art gegeben, und viel zu oft war die Entscheidung, welche Beschlüsse nun anerkannt wurden und welche nicht, von widrigen Faktoren abhängig – Macht und Geld einmal außer Acht gelassen.

Robert durchbrach ihre Gedanken. Er war einmal quer durch den Raum gewandelt, hatte die Porträts gemustert, die Objekte in den Vitrinen und einen deutsch- und französischsprachigen Prospekt besorgt.

»Ich sehe hier überall *Papa Luna*, also Benedikt XIII., doch es gibt nirgendwo einen Hinweis auf unsere *Nummer 14*. Hast du schon etwas gesichtet?«

Marlene schüttelte den Kopf. »Ich wollte in meiner Arbeit ursprünglich ein Kapitel zu deinem Ahnherren aufnehmen. Doch ich habe beim Recherchieren schnell feststellen müssen, dass man so gut wie nichts über ihn findet. Keine Biographie, keine Informationen zur Amtszeit und vor allem keine Dokumente.«

»Was bedeutet das?«, fragte Robert mit echtem Interesse. Er hatte in ihrer Dissertation tatsächlich eine etwas ausführlichere Erwähnung Bernard Garniers erwartet, doch musste er sich schließlich mit Marlenes Fußnote zufriedengeben, dass es über den Letzten in der Reihe von Päpsten und Gegenpäpsten einfach nichts Handfestes gab.

»Nun, ich habe mir nie viel dabei gedacht«, sagte Marlene, »doch mir kommt da ein Kommentar in den Sinn, den ich vom Geheimarchiv des Vatikans erhielt.«

»Was für einen Kommentar meinst du?«

»Mir wurde gesagt, dass seinerzeit vonseiten der vatikanischen Machthaber alles versucht wurde, posthum jegliche Spuren ihrer unliebsamen Widersacher zu beseitigen.«

Robert runzelte seine Stirn. »Also hatten sie Angst vor ihnen.«

Marlene neigte ihren Kopf zur Seite. »Vielleicht ist *Angst* nicht das richtige Wort. Nennen wir es Unsicherheit. Immerhin konnte man die Geschichte ja nicht einfach ungeschehen machen. Jeder Papst, die Gegenpäpste eingeschlossen, hatte Bischöfe ernannt, Bullen erlassen und nicht zuletzt auch politischen Einfluss genommen. Um des Friedens willen ließ man viele dieser Entscheidungen, besonders die personellen, unangetastet. Gute Leute waren ohnehin selten.«

Robert versuchte zu begreifen. »Man hat also die Gegenspieler abgesetzt, doch ihre Funktionäre erhalten?«

»So in etwa. Das gilt auch für Landkäufe und politische Geschäfte.« Marlene hob ihre Augenbrauen und fügte hinzu: »Deshalb ist mein Buch auch so umfangreich. Die Verstrikkungen, oft über Generationen hinweg, sind zuweilen sehr beeindruckend.«

»So genau habe ich es dann nun auch wieder nicht gelesen«, gestand Robert. Doch auch ohne die zahlreichen Details erinnerte er sich an Charles' Worte: *Wenn es einen Präzedenzfall gibt, so finde ich ihn.*

Ax-les-Thermes

Henry stieg als Erster aus dem Auto. Er streckte seine Arme in die Luft und seufzte. Er wurde langsam alt, doch im Geiste fühlte er sich frischer denn je. Wie ausgelöscht war die müde Eintönigkeit des Familienbetriebes, dessen Geschäfte ihn nie wirklich interessiert hatten. Seit seinem Besuch in Avignon jedoch wusste er, wofür er all die Prüfungen seines bisherigen Lebens durchgestanden hatte.

»Hier hat sich *nichts* verändert, oder?«

Claude blickte sich kopfschüttelnd um, und Henry erkannte, wie sehr sein Freund das einfache Leben in den Bergen verachtete. Mit den mürrischen Worten »Sei doch froh. Nichts anderes schulden wir unserer Kultur« trat er auf den verschlossenen Eingang des Anwesens zu. Er brauchte seinen Schlüssel nicht hervorzuholen, denn gerade als er seine Hand in die Tasche fahren ließ, schlug der alte Luc die Tür von innen auf.

»Henry!«

»Luc!«

Die beiden Männer begrüßten sich mit einer schnellen Umarmung. Über die Schulter des alten Bergschäfers erblickte Henry außerdem Marc, der am Tisch saß und winkte.

»Salut, Marc!«

»Salut!«

»Erinnert ihr euch noch an Claude?«

Die beiden Männer kniffen ihre Augen zusammen, darüber nachdenkend, wann sie den eben ins Haus tretenden Mann zum letzten Mal gesehen hatten. Es musste vor vielen Jahren gewesen sein.

Nachdem alle sich begrüßt hatten, erkundigte sich Luc: »Habt ihr noch Gepäck auszuladen?«

»Non, merci. Alles, was wir brauchen, trage ich hier bei mir. Um den Rest kümmert sich Claudes Fahrer.«

Stolz zog Henry die alten Dokumente hervor, die er in einer Papprolle verwahrte. Außerdem legte Claude noch einige Papiere auf den Tisch, und während Bertrand verschiedene Gepäckstücke im Haus verstaute, steckten die vier Männer ihre Köpfe zusammen.

»Bringen uns die Dokumente weiter?«

»Was habt ihr mit dem Erben gemacht?«

»Wie gehen wir jetzt vor?«

Auf jede der zahlreichen Fragen sollte an diesem Abend eine Antwort gefunden werden. Die Dokumente brachten sie tatsächlich weiter, den Erben hatte man vorerst auf freien Fuß gesetzt, da man nicht abschätzen konnte, ob er noch von Nutzen sein würde oder nicht.

Über das weitere Vorgehen referierte schließlich Claude: »Brüder, wir haben die alte Vorsehung, wie es scheint, falsch interpretiert. Lasst uns gemeinsam die Überlieferung ansehen, und dann erläutere ich unsere neuen Erkenntnisse.«

Henry hatte sich erhoben und war zu einem großen Landschaftsgemälde geschritten. Mit einem Klicken löste er einen versteckten Mechanismus aus, und das Bild schwang zur Seite. In die Natursteinwand dahinter war ein Tresor eingelassen, dessen Stahltür Henry quietschend öffnete und eine Ledermappe entnahm. Auf dem Weg zurück zu den Männern zog er aus der Mappe einige Pergamentstücke hervor und legte sie auf den Tisch.

Die einzelnen Schriftstücke waren in einem schlechten Zustand, deshalb hatte Henry sie vor einigen Jahren in dünnes Plastik einschweißen lassen. Diese Textfragmente waren alles, was ihnen an schriftlichen Überlieferungen von dem Vernichtungskreuzzug gegen die Katharer erhalten geblieben war.

Festung Montségur, östliche Pyrenäen,
15. März 1244

Tötet sie alle! Gott wird die Seinen erkennen!

Seit ein päpstlicher Legat mit diesen Worten den von Innozenz ausgerufenen Katharer-Kreuzzug vor vier Jahrzehnten beschrieben hatte, waren Unmengen von Blut vergossen worden. Dies sollte nun endlich aufhören.

Es war nur ein vermeintlicher Frieden, der die Waffen seit vierzehn Tagen schweigen ließ. Darüber hatte Bischof Marty seine Gemeinde im Inneren der Burgmauern nicht im Unklaren gelassen. Den beinahe dreihundert Menschen, zu denen zahlreiche Frauen, Kinder und Greise zählten, stand es frei, der Ketzerei abzuschwören und sich der Inquisition zu ergeben. Der Erzbischof von Narbonne hatte ihnen freies Geleit zugesichert, als er vor zwei Tagen eingetroffen war. Vor den Toren der Bergfestung und in den umliegenden Bergen lagen zehntausend Männer, *Kreuzritter*, wie sie sich nannten. Die meisten von ihnen verharrten hier seit beinahe einem Jahr.

Als Bischof Marty mit seinem treuen Freund Charles Autier über den Innenhof schritt, wussten beide, dass mit dem Ausklingen des Tages auch ihr eigenes Schicksal besiegelt sein würde.

»Du kannst dem Erzbischof nicht trauen«, sagte Autier.

Marty seufzte. »Aber was habe ich für eine Wahl? Es sind meine Freunde, meine Familie, und wenn nur einer von ihnen überlebt, so wird unser Opfer nicht sinnlos gewesen sein.«

»Natürlich, du hast recht. Die Hoffnung ist das Letzte, was uns bleibt. Wie viele, denkst du, werden gehen?«

Der Bischof der *reinen, vollkommenen Kirche* der Katharer ließ seinen Blick über die zahllosen Menschen wandern, die sich im Burghof aufhielten.

»Hoffentlich alle.«

Doch es sollte nicht einmal die Hälfte sein. Als am nächsten Morgen der Erzbischof von Narbonne die Kapitulation entgegennahm, standen ihm keine verzweifelten, ausgehungerten Reumütigen gegenüber. Hier, im Inneren jener Burg, die er so oft als Sonnentempel verspottet hatte, traten ihm gläubige

Männer und Frauen entgegen, für die es außerhalb dieser Mauern nur die Finsternis der Inquisition gab.

Während die Nachmittagssonne ein letztes Mal ihren goldenen Schein über den letzten großen Widerstand der *Cathares* legte, zog der Geruch von verbranntem Fleisch und Unmengen qualmenden Holzes hinab ins Tal.

225 Menschen starben in den Flammen. Für die einen war es ein lang ersehnter Sieg, für die anderen bedeutete der Tod ihre Erlösung.

KAPITEL 20

Peñíscola, Gegenwart

Ein Stück neben dem Hotel gab es ein weiteres Haus, in dem ein Zimmer frei geworden war. Hier hatte sich Charles eingemietet, anstatt ein weiteres Bett in das Zimmer von Robert und Marlene stellen zu lassen. Marlene war sich nicht sicher, ob Charles ihre Beziehung zu Robert bereits stillschweigend erkannt hatte oder es ihn einfach nicht interessierte; jedenfalls war sie froh darüber, dass keine langen Erklärungen erforderlich waren.

Während ihres Marsches hinab durch die Gassen der Altstadt hatte eine Turmuhr Mittag geschlagen, und nachdem Charles die nötigen Formalitäten des Hotels erledigt hatte, waren sie dort im Restaurant zusammengekommen, um gemeinsam zu essen.

Noch bevor der dampfende Topf und das Körbchen mit Weißbrot auf dem Tisch standen, hatten Robert und Charles sich in schnellen französischen Sätzen über die jeweiligen Ereignisse informiert. Marlene konnte sich nur immer wieder darüber wundern, wie schnell die beiden Franzosen sich in ihrer Muttersprache unterhielten. Sie konnte ihnen kaum folgen und warf Robert einen fragenden Blick zu. Als der Kellner eine Karaffe Rosé auf den Tisch stellte, wandte sich Robert zu Marlene und sagte lächelnd: »Pardon. Wir wechseln besser wieder ins Englische. Charles hat etwas Spannendes zu berichten.«

Unterbrochen lediglich von der Frage des Kellners, ob alles den Wünschen entsprechend sei, berichtete Charles von seinen neuesten Erkenntnissen.

»Ich wurde überhaupt nicht verfolgt, wie ich eigentlich vermutet hatte, zumindest gab es keinerlei Anzeichen dafür. Daher habe ich mich zunächst um Organisatorisches gekümmert und anschließend meine Kanzlei aufgesucht. Dort erledigte ich einige Anrufe, versuchte herauszubekommen, *wie sehr* man von Roberts Unschuld überzeugt sei. Es sieht so aus, als hinge alles am seidenen Faden – leider wich man mir ständig aus. Die ganze Sache stinkt gewaltig, doch für den Moment können wir nichts dagegen tun. Viel interessanter ist, was geschah, nachdem ich meine Kanzlei wieder verlassen hatte. Ich besuchte das Archiv der Diözese in Aix-en-Provence. Ich habe gelesen, verglichen, abgeschrieben und kopiert – etwa drei Stunden lang. Als ich das Gebäude verließ, erinnere ich mich nur noch an eine Bande Jugendlicher auf Mofas, dann muss mir jemand eins über den Kopf gezogen haben. Zu mir kam ich schließlich wieder auf einer nahe gelegenen Bank, Passanten haben mich versorgt. Das Interessante dabei ist: Mein Notebook und mein Geldbeutel waren nicht abhandengekommen, lediglich die Mappe mit meinen Unterlagen.«

»Riecht für mich ziemlich verdächtig danach, dass die Jugendlichen nur Handlanger waren und die Dokumente ganz gezielt entwendet haben«, folgerte Robert.

»Offensichtlich«, meinte Marlene. »Aber was genau hatten Sie denn in der Mappe?«

Charles hob den Zeigefinger und beugte sich geheimnisvoll um sich blickend vor. »Ich habe im Archiv eine historische Akte gefunden, die uns von Nutzen sein könnte. Es ging dabei unter anderem um Wiedergutmachung seitens der Kirche in einigen Regionen des Languedoc. In meiner Mappe befanden sich Kopien davon und einige Aufzeichnungen zu diesem Thema.«

»Wie gewonnen so zerronnen«, kommentierte Marlene zerknirscht. »Können Sie die Informationen rekonstruieren?«

Charles zuckte mit den Schultern. »Ich werde es jedenfalls versuchen.«

Den Nachmittag verbrachten die drei getrennt voneinander. Robert wollte sich eine Weile ausruhen und etwas Schlaf nachholen, während Charles über seinen Unterlagen saß. Marlene schlenderte an der Strandpromenade entlang und versuchte ebenfalls, ein wenig zur Ruhe zu kommen.

»Fräulein Schönberg?«

Erschrocken zuckte Marlene zusammen und fuhr herum. Sie schirmte ihre Augen ab, da sie durch das grelle Licht der Sonne geblendet wurde. Neben ihr stand ein Mann, der etwa einen halben Kopf kleiner war als sie.

»Ja … wer sind Sie? Kennen wir uns?«

Sie hatte den Fremden, der sie irritierenderweise in ihrer Muttersprache angesprochen hatte, noch nie zuvor gesehen.

»Bitte verzeihen Sie mir diesen Überfall. Gestatten, dass ich mich Ihnen vorstelle? Mein Name ist Matthias Leopold, ich bin ein Gesandter aus Rom.«

Seine Stimme klang friedfertig und ruhig. Marlene musterte den seltsamen Fremden von Kopf bis Fuß. Er trug zwar keinen Habit oder besondere Symbole, abgesehen von einem Kruzifix, dennoch war sie sich sicher, dass er aus einem ganz bestimmten Teil Roms kam. Ebenso wie zweifellos auch seine Auftraggeber.

»Nun, Herr Leopold, da Sie mich ja bereits zu kennen scheinen, bitte ich Sie, mir nun den Grund Ihres Besuches zu verraten. Außerdem würde ich gerne wissen, wer Sie ausgerechnet hierher schickt.« Marlene klang ausgesprochen kühl und abweisend. Es war ihr weniger die Person an sich unheimlich als viel mehr die Tatsache, dass kaum jemand ihren Aufenthaltsort kennen konnte.

»Was halten Sie von einem kleinen Spaziergang oder einem Kaffee?«, schlug der Besucher vor. »Ich versichere Ihnen, Sie haben von mir nichts zu befürchten. Ein gemeinsamer … Bekannter – wenn man es so nennen kann – hat Ihren Namen erwähnt. Luciano Bodini, erinnern Sie sich an ihn?«

Bodini.

Marlene musste tief in ihrem Gedächtnis graben, bis sie endlich ein Gesicht mit dem Namen verbinden konnte. Kein Wunder, sie war dem *Hüter des Geheimarchivs*, wie sie ihn scherzhaft genannt hatte, lediglich zwei oder drei Male begegnet.

Noch immer argwöhnisch, entschied sie sich dazu, den Fremden vorerst anzuhören, jedoch nur das Nötigste von sich preiszugeben.

»Luciano Bodini – natürlich«, sagte Marlene, »wie könnte man ihn je vergessen!«

Dieser Leopold – falls er tatsächlich so hieß – brauchte nicht zu wissen, wie gut oder schlecht sie den Archivar kannte.

Sie nahmen in der erstbesten Bar Platz, und Marlene bestellte sich einen *Café Solo*. Für Alkohol war es entschieden zu früh, doch sie hatte das Gefühl, etwas Starkes zu brauchen. Ihr Begleiter, an dessen Bewegungen und Gesten Marlene erfolglos zu erkennen versucht hatte, ob es sich eher um einen harmlosen Mönch oder einen eiskalten Auftragskiller handelte, bestellte spontan das Gleiche, außerdem eine Karaffe Eiswasser. Bei dieser Gelegenheit fiel ihr auf, dass der Mann einwandfrei Spanisch sprach.

»Ich möchte vorab etwas klarstellen«, begann Marlene, noch immer recht kühl. »Gestern um diese Zeit war mir kaum selbst bewusst, dass es mich nach Spanien verschlagen würde, geschweige denn, wohin genau. Der Kreis der Eingeweihten war erdenklich klein, und dennoch sitzen Sie hier seelenruhig vor mir, als wäre das das Natürlichste auf der Welt.«

Marlenes Blick wich dabei nicht von dem unverbindlich freundlichen Gesichtsausdruck ihres Gegenübers. Er verzog keine Miene.

»Eines möchte ich noch hinzufügen«, sagte sie schnell. »In den vergangenen Tagen sind einige ungewöhnliche Dinge geschehen – um mich vorsichtig auszudrücken. Ich hoffe also, dass Sie eine wirklich gute Erklärung haben, denn ich bin nicht bereit, Ihnen mehr als diese eine Gelegenheit dazu zu geben.«

Leopold lehnte sich zurück, um der Bedienung Platz zu schaffen, die beiden Tassen und das Wasser auf den kleinen runden Tisch zu stellen. Er lächelte dabei – seine erste offensichtliche Gefühlsregung. Es war kein höhnisches Lächeln, wie Marlene feststellte, sondern eher ein verständnisvolles.

»Sie haben Ihren Standpunkt sehr deutlich gemacht«, begann er, »dafür danke ich Ihnen. Ich bin kein Freund von Floskeln und Ausflüchten, daher beschränke auch ich mich auf den Kern der Sache. Sie sind auf der Suche nach etwas, das es laut offiziellem Standpunkt meines Auftraggebers nicht gibt. Nicht *mehr* gibt, um genau zu sein.«

Marlene erinnerte sich an die Worte des Hüters Bodini. Der Vatikan hatte über Generationen hinweg alles getan, um die Spuren unliebsamer Zeitgenossen zu tilgen. Man hatte Kunstgegenstände, Pergamente und sogar ganze Enzyklopädien vernichtet, nur um alle Spuren von bestimmten geistlichen Gegnern und politischen Widersachern auszulöschen. Sie ahnte, worauf Leopold hinauswollte.

»Deshalb schickte man Sie, um mich einzuschüchtern?«

Es war beinahe schon ein Zischen, das ihre Worte unterlegte, doch Matthias Leopold – wohl doch eher ein Mönch als ein Killer – hob beschwichtigend seine Hände.

»Nein, warten Sie. Wir möchten Sie überhaupt nicht von Ihrer Suche abhalten. Im Gegenteil, ich bin hier, um Ihnen zu helfen.«

Marlene traute ihren Ohren kaum.

»*Sie* … ich meine der Vatikan will … *uns* unterstützen?«

Leopold schüttelte den Kopf. »Nein, nicht der Vatikan. Offiziell gibt es keine Münze und folglich keine Unterstützung. Stellen Sie sich nur vor, was geschähe, wenn der Heilige Vater zu einer derartigen Jagd rufen würde. Meine Aufgabe ist es, die Suche diskret zu unterstützen …«

»… um hinterher alles unter den Teppich zu kehren. Jetzt habe ich begriffen.«

Marlenes Wut kehrte zurück, doch wieder schien Leopold sie korrigieren zu wollen.

»Ich habe Verständnis für Ihr Misstrauen, doch Sie irren sich. Es kommt uns nur darauf an, wer die Münze findet, beziehungsweise was er damit vorhat. Erinnern Sie sich an die Sache mit dem Judas-Evangelium?«

Natürlich kannte Marlene diesen bedeutsamen Fund. Auf geheimnisvollen Wegen hatte man einen Kodex zusammengetragen, als dessen Verfasser der von aller Welt als Verräter verachtete Judas Iskariot galt. Seinen Worten nach hatte er Jesus zwar seinerzeit verraten, folgte jedoch bei diesem Verrat der göttlichen Vorsehung, was ihn in gewisser Weise entlastete. Kaum waren die ersten Sätze übersetzt und veröffentlicht, so hatten die Klatschpresse, aber auch wissenschaftliche Journale lauthals eine Erschütterung der Grundmanifeste der Christenheit prophezeit. Letzten Endes allerdings musste man dem sogenannten *Evangelium* zugestehen, dass es die biblischen Überlieferungen maximal bereichern, nicht aber widerlegen konnte. Es gab ja keinerlei fundamentalen Widersprüche.

Matthias Leopold sah Marlene an. »Sehen Sie, die katholische Kirche konnte sich zwar stets ganz gut gegen die weltliche Meinungsmache behaupten, doch sofern es sich vermeiden lässt, sollten wir auf diese Art von Publicity möglichst verzichten. Stellen Sie sich nur vor, wie viele militante Fanatiker dann plötzlich auf den Plan treten. Brauchen wir das wirklich? Und wenn wir tatsächlich etwas finden sollten, dann wird der Heilige Vater schon damit umzugehen wissen.«

Als sie schließlich eine weitere Runde spanischen Espressos getrunken hatten, war Marlene bereit, Robert mit *Bruder Matthias* bekannt zu machen.

Ax-les-Thermes

Henry, der zum Priester berufene Tischler, Marc, der Fischer, der sich ihm einst angeschlossen hatte, und Luc, der Hirte mit dem weisen Blick für seine Herde – sie alle wussten, welche Aufgaben ihnen nun zuteil wurden. Schweigend verließen sie das alte Anwesen. Während Henry die Tür verriegelte, verschlossen die anderen beiden die Fensterläden.

Claude beobachtete die drei aus dem Fond seines Wagens. Bertrand hatte das Gepäck bereits verstaut und programmierte das Navigationssystem. Gleich würden sie die geschlungene Straße hinabgleiten in Richtung Autobahn, und in wenigen Stunden schließlich würden sie ihr Ziel erreichen.

Henry trat herbei und klopfte auf das Wagendach.

»Wir machen uns auf den Weg. Soll ich dich nicht doch lieber begleiten?«

Claude schüttelte den Kopf. »Non, das wäre keine gute Idee. Je weniger wir sind, desto besser. Schließlich habe ich Bertrand, und ihr braucht da oben bestimmt jede Hand.«

Damit hatte er nicht ganz unrecht, wie Henry genau wusste. Gerade seine Fähigkeiten waren in Montaillou von großem Nutzen, auch wenn er nur zu gerne mitgefahren wäre.

Er seufzte. »Trotzdem schade. Aber wenn ihr wieder zu uns stoßt, wird alles vorbereitet sein.«

Dann trennten sich ihre Wege.

Peñíscola

Robert hatte ähnlich misstrauisch reagiert wie sie selbst, doch letzten Endes konnte Marlene ihn überzeugen, Matthias Leopold anzuhören. Dennoch hatte Robert es vorgezogen, den Fremden nicht im Hotel zu treffen, und so saßen sie zu dritt am Tisch der kleinen Bar. Nach knappen Begrüßungsfloskeln kamen sie direkt zum Thema.

Marlene hatte sich die ganze Zeit über gefragt, für welche Sprache sich der fraglos deutschstämmige Geistliche Robert gegenüber entscheiden würde. Tatsächlich wählte er nach einer tadellosen Begrüßung auf Französisch der Einfachheit halber das universale Englisch.

»Wie Sie vielleicht wissen«, leitete Leopold über, »wurde das Konklave in seiner heutigen Form erst im 13. Jahrhundert entwickelt. Und den sogenannten Fischerring als Insignie gibt es auch erst seit dem 14. Jahrhundert. Natürlich gab es vorher ebenfalls Wahlrituale, doch der Papst selbst hatte einen deutlich größeren Einfluss auf die Bestimmung seines Nachfolgers. Heute würde man das zuweilen gerne wieder so sehen, andererseits ist in unserem Zeitalter das mit einem

Konklave verbundene Medienspektakel eine perfekte … *Werbung* für unsere Institution.«

Marlene wollte dem nicht ungeteilt zustimmen. »Es ist doch viel mehr als das. Früher zeugten sich die Päpste ihre Nachfolger gezielt selbst, wo liegt denn darin der Sinn? Abgesehen davon wurden Kardinäle und Fürsten gekauft oder bedroht – ein Beleg für schamloses politisches Kalkül.«

Leopold musste unwillkürlich schmunzeln. »Sie haben durchaus recht. Gewiss gab es Verfehlungen, aber wo gibt es die über einen so langen Zeitraum nicht? Jesus von Nazareth bestimmte seinen Nachfolger, akzeptierte damit unweigerlich dessen eventuelle menschliche Schwächen, denn auch er war ja immerhin für einige Jahrzehnte *nur* ein Mensch. Petrus tat es ihm gleich, und auch wenn er vielleicht keinen direkten Jünger ansprach, so fand das Symbol seiner Führungsrolle nach seinem Tode zu einem treuen Mitglied der Gemeinde. Diesen Ritus setzte man folglich fort, und ein Papst bestimmte zu geeigneter Zeit einen Nachfolger. Dieser erhielt zu Amtsbeginn eine heilige und einzigartige Reliquie, die der ersten Generation von Christen einst als schlichte Erkennungsmarke gedient hatte. Im Gegensatz zur reinen Symbolik des späteren Fischerringes war diese Reliquie die letzte *echte* Brücke zurück zum Ursprung der katholischen Kirche.«

Die Münze des Petrus.

»Sehen Sie«, fuhr Leopold fort, »für die Menschen hier ist es leicht, ihren *Papa Luna* als letzte glanzvolle Persönlichkeit dieser bewegten Epoche des frühen 15. Jahrhunderts zu achten. Er war ihnen der sprichwörtliche Fels in der Brandung, und seine Gegner konnten ihm nichts anhaben. Er hatte die Münze und gab sie auch nicht her, denn er erhielt sie auf dem rechtmäßigen Wege.«

Marlene nickte. Sie erinnerte sich nur zu gut an die Verstrickungen zu Beginn des 15. Jahrhunderts. Während Papst

Gregor in Rom und Gegenpapst Benedikt in Avignon um die kirchliche Macht kämpften, sahen die Könige ihre eigenen weltlichen Interessen gefährdet und schlugen sich auf dessen Seite, der ihnen am meisten versprach. Letzten Endes musste Benedikt Avignon verlassen, trotz Frankreichs eindeutiger Anerkennung seiner päpstlichen Würde. Es gab verzweifelte und zweifelhafte Konzile in Perpignan und Pisa und sogar einen dritten Papst. Benedikt fand schließlich in seiner Heimat, dem Königreich Aragon, Zuflucht. Von Peñíscola aus führte er sein Amt unbeugsam fort bis zu seinem Tod im Jahre 1423.

Leopold sah, dass Marlene über die historischen Zusammenhänge unterrichtet war. Ohne sich an Nebensächlichkeiten aufzuhalten, fuhr er fort: »Pedro de Luna wusste sehr gut, was ihm zustand. Schließlich war er vor seinem päpstlichen Amt Professor des Kirchenrechtes und erster Kardinal unter zumindest einem Papst, dessen Legitimität in der Geschichtsschreibung nicht angezweifelt wird. Er behauptete stets, ein Schisma sei nur zu beenden, wenn beide konkurrierenden Päpste zustimmen würden. Ein Rechtsexperte eben. Verschenken wollte er Amt und Würden zwar nicht, doch seine Bereitschaft, gemeinsam mit dem römischen Kontrahenten zugunsten eines Nachfolgers abzudanken, ist belegt. Leider verweigerte Rom ihm jegliche Kooperation, also blieb alles beim Alten und gipfelte schließlich im Konzil von Konstanz. Ein verzweifelter Akt, die Einheit der Kirche zu erzwingen.«

»Pedro de Luna war tatsächlich davon überzeugt, der *echte* Papst zu sein. Auch *nach* dem Konzil.« Marlene wunderte sich, wie viel Toleranz ausgerechnet ein Vertreter des Vatikans hier zeigte.

»Leider wissen das nicht mehr viele«, seufzte Leopold. »Oder sie wollen es nicht wahrhaben, denn die Geschichtsschreibung urteilte immerhin nicht zu Lunas Gunsten.«

Für einen Moment schwiegen die drei nachdenklich. Dann ergriff Leopold wieder das Wort. »Sehen Sie … Päpste mögen vielleicht unfehlbar sein, aber allwissend sind sie mit Sicherheit nicht.«

»Wie meinen Sie das?«, fragte Robert. Ihm gefiel es überhaupt nicht, dass Matthias Leopold sich immer mehr in Rätseln zu verlieren schien. Doch der Geistliche ließ sich nicht beirren.

»Ohne uns besonders hervorzutun, haben wir Archivare über zwei Jahrtausende hinweg gesammelt, gesichtet und abgelegt. Jeder unserer 265 Oberhäupter, wobei ich nur reguläre Päpste einrechne, hatte besondere Interessen an bestimmten Unterlagen, sie entweder zu nutzen oder verschwinden zu lassen, doch keiner von ihnen wusste letztlich genau über den Bestand Bescheid.« Er lächelte matt. »Das wissen nicht einmal wir.«

Marlene wusste, wovon er sprach. Immerhin hatte sie dem Archiv bereits ihren Besuch abgestattet und war nach diesem Erlebnis förmlich überwältigt gewesen. Wenn das Archiv ihres Freiburger Museums schon völlig überladen war, so gab es für die Dimension der vatikanischen Bücherkeller keine Bezeichnung, die ihr auch nur annähernd gerecht wurde.

Leopold zog einen Umschlag aus seinem leichten Leinenjackett. Geheimnisvoll legte er ihn auf die Tischplatte und ließ seine Hand darauf ruhen.

»Den Inhalt dieses Schreibens haben Sie nicht von mir, so viel vorab. Ich kenne ihn, habe ihn jedoch *offiziell* nie gesehen. Kein Außenstehender weiß von seiner Existenz.«

»Verraten Sie uns nun auch, um was es sich handelt?« Robert platzte beinahe vor Neugier.

»Natürlich«, antwortete Leopold kühl. »Doch ich bewege mich hier auf schmalem Grat und möchte mich absichern. Mein Ziel ist es, diese Zeilen Ihnen zugänglich zu machen, bevor andere sie in die Hände kriegen. Dennoch muss ich mich nach der – ich wiederhole: inoffiziellen – Übergabe wieder rasch von Ihnen entfernen.«

Dann erhob er sich schnell, warf einen Blick auf die leeren Tassen und legte einen grauen Fünf-Euro-Schein auf den Tisch.

»Nun können Sie sich den Inhalt des Kuverts ansehen. Es ist eines der wenigen Dinge, die von ihrem Vorfahren erhalten geblieben sind. Alles andere wurde systematisch zerstört. Die letzten Schriftsätze ließ der *echte* Papst Benedikt XIV. um 1740 vernichten, nachdem er mit der Wahl seines päpstlichen Namens die letzte Brücke zu den unliebsamen Gegenpäpsten zerstört hatte. Seitdem hat man in Rom nie wieder von Bernard Garnier gesprochen.«

Er nickte den beiden ein letztes Mal zu.

»Adieu – und viel Erfolg.«

Dann verschwand er schnellen Schrittes und bog in die nächstgelegene Seitengasse ab.

Kaum waren seine Worte verklungen, hatte Marlene schon den Umschlag geöffnet. Sie zog ein verkohltes Stück Pergament heraus, kaum größer als eine Postkarte. Möglicherweise handelte es sich um einen zweckentfremdeten Bucheinband, jedenfalls schien seine besondere Stärke das Papier vor der Zerstörung gerettet zu haben. Mit raschen Blicken versuchte Marlene, die wenigen lateinischen Worte zu lesen.

»Robert, hast du einen Stift bei dir?«

Er nickte und zog einen Kugelschreiber hervor.

»Was hast du da eigentlich dabei?«

»Nur etwas zum Schreiben. Hier ist auch Papier.«

»Danke.« Marlene beugte sich erneut über das Pergament. Es dauerte einige Minuten, dann begann sie zu schreiben. Angestrengt versuchte Robert, in ihren Worten einen Sinn zu erkennen, doch sie strich hier und dort Worte und Zeilen und ersetzte sie durch andere. Manche Stellen blieben leer, wurden mit Fragezeichen versehen oder dick unterstrichen.

Robert sagte kein Wort, er wollte Marlene unter keinen Umständen stören.

Nach weiteren, für Robert unendlich langen Minuten hob Marlene ihren Kopf und drehte das Papier zu ihm.

»*Was* in aller Welt bedeutet das?«

»Es ist eine Art Vers, hauptsächlich aus einfachem Latein, jedoch mit spanischen Einschüben. Viele Begriffe sind nicht ganz eindeutig, doch sinngemäß müsste es so stimmen.«

Wo Sonne und Mond
sich für die Ewigkeit vereinen
wird weder Nacht noch Raum
den Glanz ihres Seins verschlingen

KAPITEL 21

Peñíscola, Mai 1423

Der selbst für mediterrane Verhältnisse recht heiße Frühling versprach einen langen, noch viel heißeren Sommer. Seit dem Osterfest waren gut drei Wochen vergangen, und Pedro de Luna fragte sich, ob er Pfingsten noch erleben würde. Seit drei Tagen konnte er, Benedikt XIII., der Heilige Vater, verleugnet und verdammt im aragonischen Exil, seine Bettstatt nicht mehr verlassen. Von dem erlesenen Dutzend, das ihm als Kardinäle Treue und Ergebenheit geschworen hatte, war kaum eine Handvoll geblieben. Im orangefarbenen Schein des kräftig lodernden Kaminfeuers hatten drei von ihnen Platz genommen.

Mit leiser Stimme wiederholte der müde gewordene Papst seine letzten Instruktionen. Der in unmittelbarer Nähe seiner Liege sitzende Schreiber notierte die Punkte. Das *letzte Protokoll*, eine alte Formalität, richtungweisend für das Konklave, dessen Tag schon sehr bald kommen würde.

»Ich bin Benedikt XIII., Pontifex Maximus der Heiligen Katholischen Kirche. Die Ausübung meines Amtes mag mich zwar in die sichere Festung meiner Heimat gezwungen haben, nicht aber wankt mein Auftrag im Dienste des Heiligen Schöpfers und seines Fleisch gewordenen Sohnes. Am Tag meines Dahinscheidens übergebe ich das Amt einem treuen und bescheidenen Diener, den mein Legat sodann benennen wird.«

Keiner der Anwesenden verzog eine Miene. Der Papst mochte alt und schwach sein, er war jedoch nicht dumm oder gar senil. Die drei Kardinäle wussten genau, dass der Legat niemals rechtzeitig zurückkehren würde.

Es verging eine ganze Woche und noch eine halbe, bevor Pedro de Luna endlich seinen letzten Atemzug tat. Kaum dass sein vertrauter Kammerdiener aus den Gemächern gestürzt war und der herbeigerufene Leibarzt seinen Tod festgestellt hatte, fielen die drei Kardinäle in sein Allerheiligstes ein. Irgendwo musste er die Münze verborgen haben, sei es eingebettet in seiner Bischofskrumme oder irgendwo in seiner privaten Schatzkammer.

Doch der reichlich geschmückte und mit Glas besetzte Hohlraum seines Hirtenstabes war leer, ebenso wie die Kassetten und Schatullen seiner persönlichen Habe. Unter zahllosen verschiedenen Münzen aus aller Welt aus Kupfer, Silber und Gold fanden die drei Kardinäle nicht den einen schlichten Sesterz, nach dem sie und ihre Hintermänner in Rom so gierig trachteten.

Es dauerte kaum zwei Wochen, bis man einen päpstlichen Nachfolger gewählt hatte. Die Abwesenheit des Legaten ausnutzend, bestimmten die drei Kardinäle auf Druck des Königs den Dompropst von Valencia, Gil Sánchez Muñoz, zu Lunas Nachfolger. Entgegen den Überzeugungen seines Vorgängers führte dieser unter dem Namen Clemens III. das Amt nur noch pro forma und mit dem Ziel, sich seine Abdankung teuer abkaufen zu lassen. Am 26. Juli 1429 gab er das Amt des Pontifex Maximus an den römischen Papst Martin V. zurück und verbrachte die letzten Lebensjahre als Bischof von Mallorca. Der Sohn des spanischen Königs wurde vom nächsten Papst außerdem zum König von Neapel berufen.

Das Geschäft wäre beinahe aufgegangen, hätte nicht Papa

Lunas Legat, Jean Carrier, im November 1425 die *eine Münze* an dessen tatsächlich gewünschten Nachfolger Bernard Garnier weitergereicht.

Peñíscola, Gegenwart

Um ungestört arbeiten zu können, hatten Marlene und Robert es vorgezogen, sich ins Hotel zurück zu begeben. Inmitten von Papieren saß Marlene auf dem breiten Bett, neben ihr hockte Robert, sein Notebook auf den Knien.

»Ich komme einfach nicht klar mit diesen Reimen«, seufzte Marlene. »Der Verfasser benutzt für beinahe jedes Wort ein Synonym – Scheibe für Sonne, Sichel für Mond … und dann erst der sonderbare Glanz, eine Kombination aus *aureolus* und *solaris*. Es könnte also auch *herzallerliebster Sonnenglanz* sein – sehr rätselhaft.«

»Ich würde dir ja gerne helfen, doch weder mein Latein noch mein Spanisch dürften hierfür ausreichen«, erwiderte Robert.

Er hatte parallel zwei Websites aufgerufen, wo er spanische und lateinische Begriffe übersetzen lassen konnte. Aufgrund der einfachen Artikel hatten sie als Zielsprache das Englische gewählt, ihre Notizen jedoch machte Marlene in ihrer Muttersprache.

»Wusstest du, dass in beinahe jeder europäischen Sprache der Begriff Mond mit *luna*, *lune* oder so ähnlich übersetzt wird? Deutsch und Englisch bilden da die Ausnahme.«

Marlene hatte auch schon in diese Richtung gedacht. Ein Schriftsatz aus der Zeit *Pedro de Lunas*, in denen der Mond nicht wie üblich als luna, sondern als sicilicula, kleine Sichel, umschrieben worden war.

Aber wäre das nicht zu einfach?

»Nur einmal angenommen, es wäre eine versteckte Anspielung auf den Papst – was ist dann das andere, die Sonne?«

»Eine feurige Scheibe – mit lieblichem Glanz …«

Marlene ließ das Papier fallen.

»Eine in der Sonne funkelnde Scheibe mit goldenem Glanz!«

Beinahe gleichzeitig sprachen sie: »Eine Münze!«

»Okay, weiter im Text!«

Robert und Marlene hatten tatsächlich richtig gedacht. Die Hinweise waren logisch und doch nicht zu offensichtlich. Ohne den engen historischen Rahmen, der sich ihnen aufgrund des fehlenden, verbrannten Seitenrandes nicht erschließen ließ und den sie nur durch Matthias Leopolds Information kannten, wäre es nichts als ein Reim gewesen.

»Wenn sich Luna und die Münze für die Ewigkeit vereinen.« Marlene strich sich über das Kinn. Nirgendwo auf Erden gab es einen Ort ewiger Einheit. »Es muss vom Jenseits die Rede sein«, folgerte sie, »jedenfalls ist nichts Irdisches von ewiger Dauer.«

»Meinst du *nach dem Tode* vereint?«

»Könnte sein. Jedenfalls spricht einiges dafür, zum Beispiel die seltsame Bezeichnung für Dunkelheit. *cavum nocte* ist demnach nicht der Schleier der Nacht, sondern die Höhle der Finsternis. Möglicherweise ein Sarg oder eine Gruft.«

Marlene nahm einen neuen Bogen Papier und legte ihn vor sich. »Also noch mal.«

Vater Mond/Papa Luna und Die Güldene Scheibe
vereint für die Ewigkeit in finsterer Gruft
die Glanz und Macht verschlungen hat.

Robert nahm den ersten Zettel zum Vergleich. »Zwei völlig unterschiedliche Inhalte, zumindest auf den ersten Blick.«

»Ja, du hast recht. Der Schlüssel liegt in der zeitlichen und örtlichen Einordnung, was wieder einmal beweist, dass man alte Texte nie übersetzen darf, ohne den historischen Rahmen zu kennen.«

Sie lächelten sich an.

»Was nun?«, fragte Robert. »Führt uns dieser Hinweis zurück in die Festung?«

Marlene nickte langsam und verdrehte dann ihre Augen. »Solange wir keinen Hinweis auf die Kontaktperson deines Vaters haben, bleibt uns nichts anderes übrig. Ich komme wohl also um einen weiteren nächtlichen Ausflug mit dir nicht herum.«

KAPITEL 22

Es war Charles' Einfall gewesen, die Nachforschungen innerhalb der stolzen Templerburg von zwei Seiten anzugehen. Sein Einfluss als Anwalt war hier im Ausland gleich null, und er hatte Bedenken geäußert, was geschähe, wenn die beiden als Eindringlinge gefasst und inhaftiert werden würden.

»Ich kann euch dann nicht rausholen«, waren seine Worte gewesen.

Während also Marlene und Robert ganz offiziell am späten Nachmittag erneut zwei Tickets für den Eintritt lösten, suchte Charles die örtlichen Behörden auf, um eine Genehmigung für archäologische Arbeiten innerhalb der Basilika zu erhalten. Nach einem kurzfristigen Termin im Haus des Bürgermeisters saß Charles zur Kaffeezeit bereits in der Altstadt mit einem alten Priester zusammen, der in jüngeren Jahren selbst Führungen durch das Kastell geleitet hatte.

Ganz in der Nähe untersuchten Robert und seine Begleiterin die Hinweise auf *Papa Luna*.

»Überall das Wappen mit dem Halbmond«, stöhnte Marlene. »Man schätzt ihn über alle Maßen.«

»Nun, er bringt noch heute die Kassen zum Klingeln – und in jedem Reiseführer ist die Stadt als Papstresidenz erwähnt, nicht etwa als *Gegenpapst*residenz.«

»Ist das in Avignon nicht ähnlich?« Robert schmunzelte.

»Da hast du recht.«

Er deutete auf den Eingang zu der rechteckigen Basilika. In ihrem Inneren ruhten die Gebeine von Pedro de Luna – in einer Gruft, in ewiger Dunkelheit – so, wie es die Verse umschrieben.

»Im Vergleich zu heute war unsere Expedition unter den Papstpalast doch viel einfacher.«

Marlene schnaubte verächtlich. »Wieso? Weil wir hier nicht einfach den Meißel auspacken können? Dafür werden wir auch nicht entführt und mit Drogen vollgepumpt.«

»Ja, stimmt schon. Aber wenn wir keine Genehmigung bekommen, bleibt uns nichts anderes übrig, als die Grabstätte aufzubrechen.«

»Señor Garnier?«

Eine tiefe, freundlich klingende Stimme hallte durch den Raum. Marlene und Robert fuhren erschrocken herum. Im Eingangsportal stand ein etwas untersetzter Mann, Spanier, bestimmt jenseits der siebzig. Sein Teint sowie sein Haar waren dunkel. Er stützte sich auf einen Gehstock, und als er auf die beiden zutrat, konnten sie sehen, dass sein linkes Bein steif war. Als nur noch wenige Schritte sie trennten, streckte der Fremde lächelnd seine Hand aus, und in Englisch mit einem starken spanischen Akzent sagte er: »Herzlich willkommen in Peñíscola! Ich bin etwas verwundert, aber zugleich hocherfreut, dass Sie nun doch den Weg zu uns gefunden haben und wir uns endlich einmal persönlich kennenlernen.«

Robert verstand nicht, was der alte Spanier meinte. Hilfesuchend blickte er sich um und hoffte, dass Charles den Alten begleitete, doch es war niemand da – nur sie drei.

Marlene rettete die Situation, indem sie nach vorne trat und sagte: »Buenos dias, Señor, mein Name ist Doktor Marlene Schönberg, wir kennen uns noch nicht. Mit wem habe ich das Vergnügen?«

Strahlend ergriff der Spanier ihre Hand und schüttelte sie eifrig. »Angenehm, Rufio Álcarez. Ich gehöre dem – wie würden Sie sagen? – Stadtrat an, ich bin verantwortlich für Kultur und Geschichte. Señor Garnier hat Ihnen bestimmt von unserer guten Zusammenarbeit berichtet.«

Noch bevor Marlene etwas erwidern konnte, hatte Señor Álcarez seinen Kopf bereits zurück zu Robert gewandt. »Sagen Sie, warum kommen Sie ausgerechnet jetzt? Und warum haben Sie mir nicht Bescheid gesagt?«

Robert kam ein Verdacht. Mit ernstem Blick sagte er: »Pardon, Señor, ich habe, um ehrlich zu sein, leider nicht die geringste Ahnung, *wer* Sie sind und *woher* Sie mich kennen. Ich vermute, es liegt eine Verwechslung vor.«

Mit zusammengekniffenen Augen versuchte der alte Mann zunächst auszumachen, ob Robert scherze. Doch er erkannte keine Anzeichen dafür. Er klang beinahe etwas enttäuscht, als er fragte: »Sind Sie nicht der Winzer *Pierre* Garnier aus Avignon?«

Nun musste Robert unwillkürlich lächeln. »Ah, Sie sprechen von meinem Vater. Ich bin *Robert* Garnier, Pierres Sohn.«

Auch wenn der Irrtum nun aufgeklärt war, blieb die Frage offen, in welcher Beziehung Roberts Vater zu dem Spanier gestanden hatte.

»Sie sagten, Sie haben mit meinem Vater … *zusammengearbeitet*?«

Der alte Mann wies mit seiner Hand auf eine der Steinbänke. »Kommen Sie! Ich bin nicht mehr so gut zu Fuß. Lassen Sie uns dort drüben Platz nehmen, dann erzähle ich Ihnen alles. Und dann möchte ich natürlich wissen, was Sie letzten Endes hierhergeführt hat!«

In kurzen Worten berichtete Robert vom plötzlichen Tod seines Vaters und enthüllte danach die wesentlichen Puzzleteile ihrer Schatzsuche. Dabei wählte er seine Worte mit Bedacht, denn er war noch nicht bereit, jemandem außer Charles oder Marlene zu trauen. Er verschwieg das Treffen mit Matthias Leopold ebenso wie den Einbruch in den Papstpalast und die Entführung.

Rufio Álcarez wiederum berichtete von den Telefonaten und Briefen, die er mit Pierre Garnier ausgetauscht hatte. Vor einigen Monaten bereits war Roberts Vater bei seinen Recherchen auf ihn gestoßen, und es hatte sich ein regelmäßiger Kontakt daraus entwickelt. Rufio hatte Pierre alle möglichen Informationen über die drei letzten Gegenpäpste zukommen lassen – Benedikt XIII., Clemens III. und Benedikt XIV. Doch im Gegensatz zu Robert hatte sein Vater noch keine Reise nach Spanien geplant – ihm hatte die entscheidende Spur gefehlt. Robert spürte, dass er dem alten Spanier noch mehr verraten musste.

»Wir haben jedenfalls Grund zu der Annahme«, begann er zögernd, »dass sich im Inneren der Basilika Hinweise auf den Verbleib einer Reliquie befinden. Deshalb sind wir hier. Seit dem Tod meines Vaters haben wir einige Informationen dazu gewonnen.«

Rufio Álcarez seufzte und schüttelte dann den Kopf. »Ihr Vater wusste sogar mehr als Sie. Deshalb entschied er sich wohl auch gegen eine Forschungsreise hierher. Passen Sie auf, ich berichte Ihnen, was ich bereits ihm erzählt habe.«

Gespannt lauschten Marlene und Robert den Ausführungen des alten Mannes, dessen lebendige Stimme sie in eine andere Zeit zurückversetzte.

»Ich glaube, ich war zwölf Jahre alt, der Krieg war schon vorbei, und wir Kinder haben uns bald jeden Tag hier oben aufgehalten. Damals gab es nicht viel anderes zu tun, zum Fischen durften wir erst mit fünfzehn, und die Ruine war sowieso viel interessanter als heute. Man konnte bei niedrigem

Wasser noch in die alten Geheimgänge, heute ist ja alles vermauert und versperrt. Jedenfalls hatte sich um Ostern das Gerücht verbreitet, dass geheimnisvolle Besucher aus dem Vatikan in der Basilika und den Grüften herumstöbern würden. Wir haben uns also dorthin geschlichen und sie heimlich beobachtet.«

Der alte Mann verschnaufte kurz und zog einen kleinen, verbeulten Flachmann aus dem Innenfutter seiner abgetragenen, ärmellosen Filzweste. Nach einem kurzen Schluck aus der Flasche setzte er seine Erzählung fort.

»Viel gab es ja für uns nicht zu sehen – die Leute aus dem Vatikan haben höllisch aufgepasst. Doch eines kann ich Ihnen mit Gewissheit sagen: Das Grab von Papa Luna war so leer … so leer wie das Grab unseres Herrn Jesus Christus einst war.«

Als würde ihm dieser Vergleich Unbehagen bereiten, bekreuzigte er sich hastig.

Marlene blickte Robert entgeistert an. *Deshalb* hatte ihnen Leopold den Hinweis zukommen lassen. Wenn es damals tatsächlich Kirchenmänner gewesen waren, die das Grab geöffnet hatten, so wusste Leopold als Angehöriger des Vatikans mit Sicherheit davon. Sie wandte sich wieder an Álcarez. »Wollen Sie damit sagen, dass die ominösen Forscher damals das Grab *ausgeräumt* haben?«

»Nein. Ich will damit sagen, dass das Grab damals bereits leer war. Was auch immer die Männer dort gesucht haben mögen – sie haben es nicht gefunden.«

Obwohl die Enttäuschung tief saß, eine vielversprechende Spur gleich wieder verloren zu haben, verabredeten sich Marlene und Robert mit dem alten Mann zum Essen, in dessen Verlauf Robert nun auch seine ganze Geschichte preisgab. Im Gegenzug berichtete Rufio Álcarez ausführlich von Pierre

Garniers Nachforschungen. Wie es schien, hatte Roberts Vater in der Festung hier tatsächlich keine brauchbaren Hinweise vermutet. Ihm genügte der Austausch mit dem alten Mann, er hatte sich besonders für dessen Erzählung aus der Kindheit und weitere Legenden um Pedro de Lunas Grabstätte interessiert.

»Sehen Sie, Papa Luna ist sehr wichtig für uns. Schon früher war das der Amtskirche ein Dorn im Auge, aber was sollten sie machen? Unsere Burg gehört zum Weltkulturerbe – zerstörende Ausgrabungen sind somit höchst unwahrscheinlich. Für die meisten von uns sind es seine Gebeine, die wir hier verehren – und letzte Wahrheiten gibt es in Glaubensfragen ja schließlich nicht. Was Pierre – Gott habe ihn selig – suchte, muss allerdings woanders sein. Nach Papa Luna wurde hier kein Papst mehr bestattet.«

Marlene erinnerte sich an ihre Nachforschungen. Der alte Spanier hatte recht, denn de Lunas erster Nachfolger ruhte in Palma de Mallorca, und über den Verbleib Bernard Garniers schwieg sich die Geschichte aus.

»Wo, meinen Sie, ist er hingegangen?« Rufio legte seinen Kopf zu Seite und blinzelte Marlene an.

»Wenn Sie mich fragen, ist er zurück nach Hause gegangen. Das habe ich auch meinem Freund Pierre gesagt.«

Robert richtete sich gespannt auf. »Wenn *nach Hause* bedeutet, dass er zurück in seine Heimat zog – dann glaube ich zu wissen, wo das ist.« Als Marlene ihm einen fragenden Blick zuwarf, fügte er schnell hinzu: »Bernard Garnier, so zumindest steht es in den alten Notizen, stammte doch aus der gleichen Region, in der wir noch heute leben.«

Der Abschied fiel so kurz aus, wie die Höflichkeit es gebot, und glücklicherweise zeigte Rufio Álcarez Verständnis für die plötzliche Eile der beiden.

»Gehen Sie und finden Sie, was Ihr Vater nicht mehr zu finden vermochte«, waren seine letzten Worte. Während Marlene bereits auf halbem Weg aus der Tür des Restaurants war, griff der Alte noch einmal nach Roberts Arm und flüsterte ihm etwas zu. Als Marlene sich noch einmal umdrehte, sah sie ihn lächelnd winken.

»Charles, du wirst es nicht glauben!«

Erfreut, dass sein alter Freund bereits im Hotel auf sie wartete, berichtete Robert in schnellen Sätzen von den jüngsten Ereignissen und Erkenntnissen, während Marlene ihre wenigen Sachen und Kleidungsstücke in die Reisetasche packte. Sie war kaum fertig, da betrat auch Robert das Zimmer.

»Ah, bien, du hast schon angefangen.«

Marlene zog den Reißverschluss ihrer Tasche zu und richtete sich auf. »Ich bin sogar schon fertig. Eines muss man dir lassen, Robert Garnier, mit dir wird einem nicht langweilig.«

Robert trat hinter sie und begann langsam ihre Schultern zu massieren. »Ich weiß«, seufzte er, »aber sollen wir *jetzt* etwa aufhören?«

Mit ernstem Blick entwand Marlene sich seinen Händen und sah ihm in die Augen. »Solange du mich davon überzeugen kannst, dass wir keinem Phantom nachjagen, bin ich dabei. Aber versprich mir bitte, dich nicht endlos zu verrennen.«

Robert nickte. Neben einer gewissen Müdigkeit meinte er, noch etwas anderes erkennen zu können. »Du hast Angst vor den Katharern, oder wie sie sich auch selbst nennen mögen, richtig? Aber Remoulins ist nun einmal mein Zuhause. Ich verspreche dir, wenn diese Spur nichts bringt, lasse ich es bleiben.« Er blickte ins Leere. Dann sprach er das aus, was er von Anfang an nicht zu denken gewagt hatte. »Weitere Hinweise gibt es ohnehin nicht, aber wenn diese Spur tatsächlich ins Nichts führt, haben wir die Münze verloren und mit ihr alles, wofür mein Vater sterben musste.«

Montaillou

Henry fröstelte leicht, als er nach außen trat. Die sanfte Abendbrise konnte hier oben in den Bergen selbst im Sommer empfindlich kühl werden. Er rieb sich mit den Händen einige Male über seine Oberarme. Dann drückte er auf seinem Mobiltelefon die Wiederwahltaste. Vor einigen Minuten hatte er nicht schnell genug auf das Vibrieren des Gerätes reagiert, doch Claudes erfolgloser Versuch hatte zumindest seine Nummer auf dem Display hinterlassen.

»Oui, Henry, was liegt an?«

»Pardon, ich war vorhin nicht schnell genug. Und hier oben ist der Empfang sehr schlecht. Du hattest angerufen?«

»Wir kommen wohl doch nicht so schnell zurück wie gedacht.«

»Warum denn das? Verzögert sich die Suche?«

»Kann man sagen. Die drei brechen in diesem Moment auf, und es sieht nicht so aus, als hätten sie vor, wiederzukommen.«

Henry überlegte kurz. »Aber wenn sie aufbrechen … meinst du, sie haben schon …?«

Claudes Stimme klang sehr energisch. »Non. Eben nicht! Sie haben ja nicht einmal richtig gesucht!«

Was auch immer das bedeuten mochte – es schien nicht erfreulich zu sein. Henry blickte sich um, sah all die Arbeit, all die Mühen. Er versuchte, optimistisch zu sein. *Nur eine Verzögerung.*

Im Notfall mussten sie ohne die geheimnisvolle Münze ihre Pläne verfolgen. Die alte Prophezeiung ließ ohnehin viele Spekulationen zu, doch die Münze hätte für die bevorstehende Inszenierung eine einzigartige symbolische Bereicherung bedeutet. *Die Sonne, dem Mond entrissen, wieder im Zenit über dem Tempel.*

»Nun gut, dann bleibt an ihnen dran. Wir warten hier. Oder brauchst du Unterstützung?«

Claude brummte: »Wird schon gehen. Ich melde mich.«

Unweit der spanisch-französischen Grenze

Das Cabriolet war nicht für eine längere Reise von mehr als zwei Personen nebst Gepäck konzipiert, so viel musste Charles feststellen, als er nach drei Stunden auf der Rückbank seinen Rücken schmerzhaft spürte. Inmitten der Gepäckstücke, die nicht mehr in den engen Kofferraum passten, versuchte er ein wenig Schlaf zu bekommen. Leider bisher ohne Erfolg.

»Ich will mich ja nicht beklagen, Robert, aber würdest du mich hinter der Grenze ein Stück ans Steuer lassen?«

Robert hatte den Wagen, nachdem ihre Gespräche nach und nach verstummt waren, die letzten beiden Stunden gedankenverloren durch die Dunkelheit gesteuert. Obwohl sie keine Eile hatten, kamen sie schneller voran als gedacht, da der nächtliche Verkehr hauptsächlich in die Gegenrichtung floss. Marlene döste neben ihm, und er warf seinem Freund im Rückspiegel einen Blick zu.

»Na klar. Ich werde dann da hinten mal mein Glück versuchen – ist es sehr unbequem?«

Charles lachte. »Nicht so sehr, als dass ich es dir ohne Skrupel zumuten würde.«

Nachdem sie eine gute Viertelstunde später schweigend ihre Positionen gewechselt hatten, ging die Reise zügig weiter zurück nach Remoulins. Wenn alles gut lief, würden sie im Morgengrauen ankommen.

Zu diesem Schluss kam auch Bertrand, der seine dunkle Limousine im Schutz der Nacht unbemerkt und beharrlich an die Rücklichter des silbernen Peugeot geheftet hatte.

Remoulins

»Wenn wir noch eine Stunde herumfahren, können wir in unserem bewährten McDonald's zum Frühstück einlaufen.«

Es war wohl mehr scherzhaft gemeint, doch Marlene hätte es nicht einmal schlimm gefunden. Sie blickte auf die Digitalanzeige des Autoradios, es war kurz vor fünf Uhr. Sie wunderte sich zunächst, dass Charles am Steuer saß, erinnerte sich dann jedoch vage an den Wechsel vor einiger Zeit. Marlene streckte sich. Vorn ächzte Robert mit schlaftrunkener Stimme: »Merde! Ich fühle mich wie gesteinigt.«

Charles drehte sich kurz um und verzog seine Lippen. »Siehst du, alles halb so wild. Man erholt sich recht schnell davon, ich spreche aus Erfahrung.«

Eine Viertelstunde später rollte der Peugeot durch die beiden gemauerten Pfosten auf den geschotterten Weg, der hinauf zum Haupthaus der Garniers führte. Um diese Zeit war auf dem Anwesen noch alles ruhig und friedlich, und die drei beschlossen, sich zuerst noch etwas Schlaf zu gönnen.

»Heute ist Donnerstag, nicht wahr? Dann solltest du Marie eine Notiz schreiben.«

Robert überlegte kurz. Er erinnerte sich, dass Charles ihm

bei seiner Ankunft in Spanien berichtet hatte, dass er die alte Haushälterin Marie darum gebeten hatte, zweimal pro Woche nach dem Rechten zu sehen – montags und donnerstags.

»Ach, sie kommt heute, nicht wahr? Gut, dass du daran gedacht hast. Sie würde sich wohl zu Tode erschrecken, wenn sie uns hier unangemeldet vorfinden würde.«

Charles lachte. »Eine gute Seele. Sie macht sich große Sorgen um dich.«

Während Robert hastig einige Worte auf einen Notizblock kritzelte, fragte Marlene: »Wie geht es denn nun eigentlich weiter?«

Charles, der Marlene mit verschränkten Armen gegenübersaß und Robert beobachtet hatte, lehnte sich nach vorn und strich sich mit der Hand über sein markantes Kinn. »Wenn ich Roberts Gedankengängen richtig gefolgt bin, dann suchen wir ein altes Gebäude, das aber nicht mehr existiert. Stimmt das so in etwa, Robert?«

»Ja, ich denke schon«, sagte Robert schließlich, »doch ich habe leider selbst keine Ahnung, wo die Fakten aufhören und die Legende beginnt. Ich erzähle euch einfach all das, was ich im Laufe der Jahre so aufgeschnappt und mir zusammengereimt habe. Mein Urgroßvater starb doch damals an den Folgen einer Schussverletzung, die er sich beim Duell mit seinem Erzfeind zugezogen hatte. Sein Gegner, dem die benachbarten Ländereien gehörten, erlag ebenfalls seiner Verletzung. Die Familie Duchont ging fort oder starb aus, so genau weiß ich das nicht, jedenfalls gilt die Fehde seit damals als beendet. Die alten Leute im Ort wissen noch etwas darüber, doch niemand außerhalb der Familie kennt die wahre Ursache.«

Robert zögerte kurz, um nachzudenken; er entnahm den Blicken seiner beiden Gefährten jedoch, dass er besser zügig fortfahren sollte.

»Mein Vater jedenfalls hat herausgefunden, dass es sich um

einen Grundstücksstreit handelte, irgendwann im 18. Jahrhundert. Die Duchonts erwarben von der Gemeinde ein Stück ehemaliges Kirchenland, das zwischen unseren Familienanwesen lag. Dort stand eine Kapelle, die der Patriarch der Duchonts dem Boden gleichmachte, um dort einen Stall zu bauen. Unser Familienoberhaupt war entzürnt über diese Gottlosigkeit und Brüskierung und ging dagegen vor. Die Baugenehmigung wurde entzogen, die Kapelle jedoch war zerstört. Über Generationen hinweg mussten die Garniers daher mit ansehen, wie das Land bestellt wurde und die Trümmer nach und nach verschwanden. Die Duchonts hingegen nutzten ihre Überlegenheit aus und weigerten sich vehement, das Land zu verkaufen, obwohl die Angebote der Garniers beachtlich gewesen sein müssen.« Robert gähnte. »Das war die Geschichte meiner Vorfahren. So, und nun möchte ich endlich für ein paar Stunden schlafen.«

Marlene schüttelte, obwohl sie selbst völlig erschöpft war, vorwurfsvoll ihren Kopf. »Wie kannst du jetzt nur ans Schlafen denken? Du verschweigst uns doch den wesentlichen Teil dieser … alten Legende.«

»… oder zumindest deine Schlussfolgerungen«, ergänzte Charles.

Robert sah erst Marlene an, dann seinen Freund. »Es ist nicht mehr als eine Vermutung, doch ich habe eine Heidenangst davor, dass sie sich nicht bewahrheiten könnte. Ich muss es euch zeigen, nachher am Tag, wenn wir aufgestanden sind.«

KAPITEL 23

Charles trug dunkelgrüne Gummistiefel, für Marlene hatte es in ihrer Größe nur ein Paar Wanderstiefel gegeben. Marie, die Haushälterin, hatte die Kleiderschränke nach alten Kitteln und Arbeitshosen durchsucht und die beiden Gäste ihres Hausherrn so gut es ging ausgestattet. Sie hatte Robert innig umarmt und war beinahe in Tränen ausgebrochen vor Erleichterung. Seit seiner Verhaftung hatte sie ihn nicht mehr gesehen und war von seiner Unschuld überzeugt. Auf Charles' Empfehlung hin hatte sie ihre beiden Söhne, kräftige Hünen, die sonst in den Weinbergen arbeiteten, gebeten, das Haupthaus zu bewachen. Von Polizeischutz hielt Robert nichts, immerhin galt er noch immer als möglicher Mörder seines Vaters.

Marlene hatte sich im Vorbeigehen in dem großen Wandspiegel erblickt und sich beinahe erschreckt. Als Vogelscheuche könnte man mich so zwischen die Reben stellen, dachte sie. Dabei sah Charles in seinem karierten Holzfällerhemd und der fleckigen Latzhose mindestens genau so verwegen aus wie sie. Der einzige normal Gekleidete unter ihnen war Robert, beinahe schon elegant in seiner Arbeitskluft des Juniorchefs der alteingesessenen Winzerei. Zum *Maître Vigneron* mochte es noch ein langer Weg sein, doch Marlene zweifelte nicht daran, dass Robert sich seiner Verantwortung als Familienerbe auch in dieser Hinsicht bewusst war.

»Noch etwa einen Kilometer!«, rief Robert, der die Führung übernommen hatte. Das Gras war feucht vom Tau, teilweise kniehoch gewuchert, doch es gab keinen besseren Weg. Wo einst ein ausgetretener Pfad gewesen sein mochte, wuchsen heute Lavendel und unzählige duftende Wildblumen. Nicht weit schlängelte sich der Gardons durch die Niederungen, vereinzelt staksten Fischreiher durch das ruhige Uferwasser.

Nach einer kleinen Steigung wurde das Gelände ebener und das Gras kürzer. In der Ferne vernahm Marlene bekannte Geräusche – eine Schafherde weidete zwischen den Obsthainen. Ihr hatten sie das abgefressene Gras zu verdanken, und als Robert plötzlich mit einer ausladenden Geste stehen blieb, wusste Marlene, dass der Schäfer ihnen den wahrscheinlich besten Dienst erwiesen hatte, den man sich in dieser Situation wünschen konnte.

»Hier, dieser Streifen«, Robert deutete auf eine Baumgruppe in der Nähe des Flusses und eine Reihe Obstbäume in der entgegengesetzten Richtung, »vom Fluss bis zu den Bäumen und etwa zehn oder fünfzehn Meter breit.«

So einfach die Rechnung war, so entmutigend klang das Ergebnis: Die von Robert beschriebene Fläche maß etwa einen Hektar.

Auf einer Anhöhe unweit des gegenüberliegenden Flussufers kauerte Bertrand abgestützt auf den knorrigen Stamm eines entwurzelten Baumes. Er nahm seinen Feldstecher von den Augen und hängte ihn zwischen die Äste. Dann zog er sein Mobiltelefon heraus und wählte die Nummer seines Chefs.

»Oui?«

»Sie sind eine halbe Stunde den Fluss entlangmarschiert, und nun scheint es, als wollten sie etwas ausgraben.«

»Montanelli!«

Matthias Leopold war einer der wenigen Männer, die keine Angst vor der bellenden Stimme des Kardinals hatten. Er wusste nur zu gut, dass dieser sprichwörtliche Hund tatsächlich nicht zu beißen pflegte – und ihn schon gar nicht.

»Hier Bruder Matthias«, sagte er ruhig in den Apparat. »Es gibt neue Entwicklungen, die wir nicht vorhergesehen haben.«

Der Kardinal schnaufte. »Was ist denn? Sind sie nun verhaftet oder gescheitert oder was?«

Es war ein guter Plan gewesen. Montanelli erinnerte sich an die Weisungen: *einen Köder auswerfen, um Robert Garnier und die deutsche Frau in die Irre zu führen.* Im Idealfall hätte der Franzose dann in der spanischen Basilika etwas beschädigt oder zerstört, und man hätte ihn gleich vor Ort von den Behörden dingfest machen lassen können. Und dann war da ja noch der Mordverdacht. Doch die Dinge hatten sich anscheinend anders entwickelt.

Leopold berichtete von dem Kontakt zu einem Einheimischen und der schnellen Abreise der drei Forscher. Montanelli hätte nur zu gerne gewusst, was das alles zu bedeuten hatte.

»Es gibt noch etwas«, sagte Leopold. »Als die drei abfuhren, folgte ihnen ein dunkler Wagen. Ich habe ihn zwar aus den Augen verloren, doch bin mir sicher, dass er sich nicht weit entfernt hat.«

Montanelli gefiel das Ganze immer weniger. »Gut, ruf mich an, sobald sich etwas Neues ergibt.«

Es war Charles, der über die Grundsteine stolperte. Ungefähr in der Mitte des Streifens, den sich die drei zur systematischen Suche in viereckige Parzellen aufgeteilt hatten, stand er rufend und mit erhobenen Armen im Gras. Marlene erreichte ihn zuerst, vermochte jedoch noch nichts zu erkennen. Erst als sie direkt neben Charles stand, sah sie die Umrisse eines von Moos und Unkraut überwucherten Steinquaders.

»Hast du es? Ist es hier?« Robert keuchte völlig außer Atem und doch voller Elan.

Charles nickte und wischte sich die Schweißperlen von der Stirn. Er deutete auf eine Steinplatte.

»Man kann nur einen Teil sehen«, sagte er.

»Wir müssen zuerst die Grundfläche freilegen«, schlug Marlene vor. Da sie – zumindest theoretisch – mit archäologischen Techniken am besten vertraut war, hatte niemand etwas einzuwenden.

Die vier Grundpfeiler umsäumten eine nahezu quadratische Fläche von rund vier mal vier Metern. Zahlreiche Steine des Bodens fehlten, sie mussten ebenso wie der restliche Teil der einstigen Kapelle als Baumaterial fortgeschafft worden sein. Teilweise hoben die Spaten der beiden Männer Schutt und Geröll aus, letzte Zeugen für den schnellen Abriss einer mühevoll errichteten Stätte des Glaubens. An drei Stellen legten sie außerdem rechteckige Platten frei, denen Marlenes besondere Aufmerksamkeit galt.

»Lange bevor man Priester auf Friedhöfen beisetzte, wurden sie gemäß ihren Wünschen in Gotteshäusern bestattet«, erklärte sie. »Dabei war ein Platz neben den Familiengrüften der Adeligen besonders angenehm, doch manch einer, der es sich leisten konnte, zog die Abgeschiedenheit in einer eigenen kleinen Kapelle vor.«

Robert war hinter sie getreten und beobachtete, wie sie das Moos und das Erdreich aus den Rillen der Steinplatten schabte.

»Hat jemand von euch ein Taschenmesser einstecken?«, fragte Marlene.

»Natürlich.« Robert gab ihr sein Klappmesser.

»Danke. Ich meine, dass es durchaus möglich ist, hier auf Grabplatten oder sogar eine kleine Gruft zu stoßen. Glücklicherweise hat man hier damals nicht jeden Stein entfernt.«

Charles kniete sich ebenfalls nieder und musterte den Stein. »Nun, abgesehen von seiner sperrigen Form hatten die Leute wohl wenigstens einen letzten Rest von Pietät. Ich jedenfalls hätte nicht gern einen geweihten Grabstein in meiner Hauswand vermauert.«

Robert lachte. »Und das sagt ausgerechnet ein Atheist wie du!«

Marlene zog die Klinge langsam und vorsichtig die Furchen entlang, nicht wissend, ob es sich um einen natürlichen Riss oder etwas Gemeißeltes handelte. Nach einer endlosen Zeit des Kratzens und Fühlens sagte sie müde: »Keine Schrift, keine Zeichen. Nur eine ganz normale Bodenplatte.«

Robert und Charles griffen zu ihren Spaten.

»Heben wir sie an. Sicher ist sicher.«

Marlene zuckte mit den Schultern, hatte aber keinen Einwand.

Mit beiden Spaten versuchten die Männer ihr Glück. Schließlich hob sich die Platte tatsächlich aus ihren Erdfugen, und Marlene trieb hastig einen Steinbrocken als Keil dazwischen. Ein Tausendfüßler suchte empört seinen Weg ins Dunkel des Grases, zwei Regenwürmer wanden sich erschrokken und zogen sich in ihre Löcher zurück. Außer feuchter, platt gedrückter Erde und einer Menge lichtscheuen Getiers gab es jedoch nichts zu sehen.

»Na dann auf zur nächsten«, seufzte Marlene und kroch auf allen vieren zu der zweiten Platte.

Die Klinge des Messers fuhr durch eine lange gerade Rille, gleichmäßig genug, um von Menschenhand sein zu können. Tatsächlich konnte man bald mit etwas Phantasie die Konturen eines Kreuzes erkennen, und es dauerte nicht lange, bis Marlene ein liebevoll eingemeißeltes Kruzifix freigelegt hatte. Noch bevor sie die beiden anderen herbeirufen konnte, vernahm sie Roberts Stimme.

»Lena, komm schnell! Wir haben etwas gefunden!«

Als sie sich umwandte, sah sie Robert und Charles über die dritte Platte gebeugt. Sie hatten mit den Fingern begonnen, den Stein zu säubern. Er hatte eine andere Farbe, beinahe wie roter Sandstein, und seine Oberfläche schien einen tiefen Sprung zu haben. Marlene musste sich aufrichten, um zu erkennen, was die beiden freigelegt hatten. Es waren eindeutig Schriftzeichen. Voller Tatendrang kniete sie nieder und legte mit dem Messer ebenfalls einige Buchstaben frei. Schon bald konnte man erkennen, dass es sich um Namen handeln musste, außerdem befand sich eine Art Symbol in der Mitte.

S CT P RRE

AD MC XX V

Der Riss im Stein hatte einige der Zeichen zerstört, andere waren im Laufe der Zeit abgeschliffen worden. Während Robert noch angespannt überlegte, deutete Marlene bereits die Zeichen.

»Es handelt sich jedenfalls um eine Jahreszahl, *anno domini* – im Jahre 13xx oder 14xx.«

Sie schnaufte und fügte desillusionierend hinzu: »Leider

fehlen mir die entscheidenden Stellen. Es könnte also ziemlich alles zwischen 1374 und 1438 sein.«

»Was ist mit dem Zeichen und mit der obersten Zeile?« Robert hatte sich auf die Mitte des Steines gestützt und betrachtete angespannt das runde Ornament. Mochte es allerdings einst eine stolze Zierde gewesen sein, so war es nun kaum mehr als ein verrotteter Kreis.

»Ich könnte mich täuschen, aber man könnte es als *sanct pierre* lesen. Diese Bezeichnung ist nicht unüblich in der Gegend.«

Robert seufzte enttäuscht. »St. Pierre? Dann kann es sich aber kaum um eine Grabplatte handeln.«

Charles griff zu seinem Spaten. »Warum finden wir es nicht einfach heraus?«

Sie lösten zuerst einen Teil der gebrochenen Platte. Der Boden war lehmig und beherbergte beinahe eben so viele Tiere wie das Erdreich unter dem ersten Stein.

Marlene wartete nicht länger und machte sich wieder an die Arbeit an dem Kruzifix. Auch hier ließen sich Buchstaben vermuten, und noch bevor die beiden Männer keuchend den größeren zweiten Teil ihres Steines hochstemmten, lagen ihre Finger bereits in einer Furche. Im Gegensatz zu der ersten Platte schienen die Zeichen besser erhalten zu sein. Als Marlene die Erde entfernte, erkannte sie auch den Grund; die Furchen waren deutlich tiefer und die Schriftzeichen kantiger. Lediglich das Ende der Reihe konnte sie nicht eindeutig entziffern.

MCDXXX.. III oder IV oder VI

Dennoch grenzte das den Zeitrahmen weitaus mehr ein als zuvor. Sie hörte die beiden Männer murmeln und sagte laut: »He, ihr beiden. Was haltet ihr von 1433, 34 oder 36?«

Robert sprang aufgeregt herbei. »1433 klingt gut. Steht noch mehr da?«

»Es ist schwer zu lesen – *pater sacrum* oder so ähnlich. Ich gebe zu, eine etwas sonderbare Kombination. Entweder der eingesegnete Leichnam eines Priesters …«

»… oder ein *Heiliger Vater*!«

Noch bevor Marlene etwas erwidern konnte, war Robert bereits zu seinem Spaten gesprungen.

»Los, Charles, Lena, greift euch Spaten und Hacke!«

Erst beim dritten Versuch löste sich der Stein knirschend, gab jedoch noch nicht endgültig nach.

»Wir müssen ihn freilegen!«, keuchte Charles.

Nach und nach gruben sich die beiden Spaten entlang der Steinplatte in die Erde, und Marlene hob die sie umgebenden Steine nacheinander aus dem gelockerten Boden. Es verging beinahe eine halbe Stunde, bis der größte Teil des Randes der Platte einige Zentimeter abgetragen war. An zwei der vier Ekken schaufelten die beiden Männer so tief sie konnten. Unter der Platte stießen sie auf flache Steine, die eine Art Auflage bildeten. Erneut setzten sie die Spaten an und stießen in die Fugen.

»Eins, zwei … drei!«

Nichts geschah.

»Noch mal!«

Mit einem lauten Knirschen bewegte sich die Platte um einige Zentimeter.

»Weiter, weiter!«

Zu dritt stemmten sie sich mit vereinten Kräften gegen den Stein, und es bedurfte eines halben Dutzends weiterer Versuche, bis der Spalt groß genug war, um den freigegebenen Hohlraum auszuleuchten.

»Es ist eine kleine gemauerte Gruft.«

Aufgeregt ließ Marlene den Lichtkegel durch das Innere gleiten, steckte ihren Kopf so weit in den Spalt, wie sie konnte, und roch die muffige Luft.

»Was siehst du?«

»Das Grab ist jedenfalls *nicht* leer.« Marlene fröstelte, doch sie ließ sich nicht beirren. »Ich erkenne eine Rippe, möglicherweise auch einen Beckenknochen. Und jede Menge Staub.«

Sie wollte ihren Kopf schon wieder zurückziehen, da fiel der Lichtstrahl auf einen Gegenstand, der das Licht zu reflektieren schien. Erschrocken zuckte sie zusammen, und unsicher suchte sie die Stelle erneut. Marlene legte die Lampe auf den Boden des Sarkophags und tastete in Richtung der Stelle, wo sie das Leuchten vernommen hatte. Bei der Vorstellung, in den Gebeinen eines Menschen herumzutasten, war ihr nicht besonders wohl, doch plötzlich fühlte sie einen kühlen, runden Gegenstand.

Rasch umschloss Marlene ihn mit ihrer Faust und richtete sich so schnell auf, dass ihr schwindelig wurde.

»Seht her, was das Grab uns preisgegeben hat!«

Sie öffnete langsam ihre Handfläche, und die Nachmittagssonne spiegelte sich im Glanz der kleinen goldenen Münze, auf deren Oberfläche Marlene einen Fisch und einige Schriftzeichen zu erkennen glaubte.

DRITTER TEIL

Noch im zwölften Jahr nach dem Konzil von Konstanz hielt Gil Sánchez Muñoz als Clemens VIII. auf seiner Felsenburg in Peñíscola unbeirrbar an seinem päpstlichen Amte fest. Dann jedoch versammelte er den neuen Papst Martin samt seinen Kardinälen um sich und erklärte in ihrer aller Beisein seinen Rücktritt.

Er verließ den Raum, legte seine päpstliche Kleidung und Insignien ab und trat wieder ein in seiner regulären Kleidung als Dompropst von Valencia. Er richtete seine Worte an die Kardinäle: »Ich lade Euch dazu ein, den sehr würdigen Herrn Oddo di Colonna, den die Römer Martin V. nennen, zum neuen Papst zu wählen!«

Und die Kardinäle taten, wie ihnen geheißen wurde.

Überlieferung des *letzten päpstlichen Protokolls*,
Peñíscola, 26. Juli 1429

KAPITEL 24

Vatikan, 11. Februar 1944

Liebe Ellie.

Es regnet hier seit Tagen, und auch in meinem Herzen ist es finster und trübe. Nach den Weihnachtstagen und dem Jahreswechsel ohne Dich spricht man hier nun davon, uns auch das gemeinsame Osterfest zu verwehren. Ich darf Dir noch immer nicht berichten, was genau wir hier machen, doch Du brauchst Dich nicht um mich zu sorgen. Kümmere Dich um unser Kind, das ich bedauerlicherweise noch nicht gesehen habe, und achte darauf, dass Ihr diesen erbitterten Krieg gut übersteht. Hier heißt es, dass er nicht mehr lange dauern wird, was auch immer das bedeuten mag.

Ich melde mich wieder, sobald ich kann, und möchte Dich meiner unendlichen Liebe und Sehnsucht versichern.

Dein Anton.

Anton Schönberg legte den Füllfederhalter neben das Papier und las die kurzen Zeilen. Er spürte eine Träne, die sich aus seinem rechten Auge löste und sich behutsam einen Weg über die Wange suchte.

Ein halbes Jahr waren er und seine Kollegen nun bereits in Rom, abgeschottet von der Welt außerhalb der Mauern der Heiligen Stadt. Untergebracht waren sie in einem Trakt schlichter Zellen, in denen sonst Mönche wohnten. Außer einem Schreibtisch, einer Gebetsecke, einem schlichten

Schrank und einem Bett hatte der schmucklose Raum nichts zu bieten als trostlose Enge. Anton schätzte die Grundfläche auf vier mal drei Meter.

»Anton, bist du da?«

Es pochte laut von außen an die Tür. Schnell ließ der Professor den Brief an seine Frau in einem Kuvert verschwinden.

»Ja, komm rein.«

Die Tür schwang auf, und Luigi betrat eilig den Raum. Er war gerade einmal zwanzig Jahre alt, halb so alt wie Schönberg, und dennoch der Einzige, zu dem der Professor einen engeren Kontakt pflegte. Luigi war so etwas wie Kardinal Abatis persönlicher Protegé, ihm fiel unter anderem die Aufgabe zu, alles ordentlich zu dokumentieren und Ordonnanzdienste zu leisten. Luigi selbst bezeichnete sich gerne als Abatis rechte Hand. Einen Nachnamen hatte Luigi nie genannt, denn obwohl er kein Mönchshabit trug, war er für alle stets nur *Bruder Luigi*. Professor Schönberg erkannte sich gelegentlich nur allzu gut selbst in dem quirligen Italiener wieder, und er beneidete ihn manchmal sogar um seinen Status. Schönberg hatte in den wechselhaften Jahren zwischen den beiden Kriegen bei weitem keine angenehme Studienzeit gehabt. In diesen Tagen war ein Leben im Schutze des Vatikans vielleicht nicht das schlechteste, zumindest solange man keine Familie in unerreichbarer Ferne hatte.

Luigi war ziemlich außer Atem und schien außerdem hochgradig erregt zu sein.

»Nun«, sagte Anton Schönberg mit einem auffordernden Lächeln, »du läufst ja herum wie ein aufgescheuchtes Huhn. Was ist denn los?«

»Denk nur«, noch immer bebte die Stimme des jungen Italieners, »wir sind mit unserem Fund tatsächlich auf der richtigen Spur. Es ist eine Inschrift, die auf *Neros Circus* hinweist!«

Anton war überrascht, wie schnell dieses Ergebnis vorlag. Jede Entdeckung wurde in der Regel von den Wissenschaftlern untersucht und bewertet. Danach reichte man die Ergebnisse über Abati an eine Kommission von Kardinälen weiter, die dann schließlich ihre Empfehlung für das weitere Vorgehen aussprach. Erst am Anfang der Woche hatten sie etwa ein Dutzend leerer Nischen freigelegt, ohne Zweifel handelte es sich dabei um sehr alte Grabstätten. Die Inschrift hatten sie vorgestern entdeckt.

»Und was sagen die Kardinäle dazu?«, fragte Anton Schönberg. Üblicherweise war Luigi nämlich der Laufbursche zwischen Abati und den Kardinälen.

Luigi grinste. »Ich habe ihre Antwort gerade zu Abati gebracht. Wir wissen also jetzt, dass die Reste von Neros Circus sich tatsächlich direkt unter uns befinden, und wir haben die Erlaubnis, zügig weiterzumachen.«

Das genügte dem Professor. *Zügig* bedeutete, dass die Suche nun etwas anders verlaufen würde. Bislang hatten sie häufig nachts gearbeitet, da man den Petersdom nicht wochenlang tagsüber für Besucher sperren konnte. Gerade in diesen düsteren Zeiten strömten die Menschen besonders zahlreich in die Heilige Stadt; ein nicht ungefährliches Unterfangen, wie Schönberg fand. Er blickte auf die Uhr, es war früher Nachmittag.

»Wir sollen also gleich loslegen?«

Als Luigi nickte, erhob Schönberg sich und griff nach seinem Kittel und dem Schutzhelm.

»Gut. Dann lass uns hinabsteigen und endlich dieses vermaledeite Grab finden.«

Die Steinplatte machte keinerlei Anstalten, sich zu lösen. Es blieb den Männern nichts übrig, als sie mit Hammer und Meißel zu bearbeiten, bis sie aus der Höhlung brach.

Sie befanden sich einige Meter unter der Stelle, an der man die Inschrift gefunden hatte, und tatsächlich schien es sich um eine weitere Grabkammer zu handeln. Im Gegensatz zu den anderen Nischen, die zumeist links und rechts der Gänge einfach in die Wände gehöhlt waren, waren sie hier auf einen verborgenen Raum gestoßen. Eher zufällig hatten die Männer ihn entdeckt, als sie den Gang schon als eine weitere von vielen Sackgassen bezeichnen wollten. Die Steinplatte und der dahinter verborgene Raum waren ohnehin gut getarnt gewesen, und zwei Jahrtausende von Feuchtigkeit, Geröll und Ablagerungen hatten das Übrige getan.

Ein blonder, stämmiger Mann in einem langen, ziemlich abgetragenen grauen Mantel trat wie aus dem Nichts herbei. Seine Stimme klang hart und klar, trotz der dumpfen Atmosphäre der Katakomben.

»Ist es das Petrusgrab?«, fragte er.

Die Wissenschaftler tauschten beunruhigte Blicke aus. Zum einen waren sie sich dessen noch nicht sicher, und zum anderen war der Fremde offensichtlich ein deutscher Offizier.

Anton Schönberg schüttelte heftig den Kopf. »Das können wir Ihnen zu diesem Zeitpunkt noch nicht beantworten.«

Trotz seiner Annahme, dass sie das Grab des obersten Apostels nun tatsächlich gefunden hatten, weigerte der Professor sich, dies zu bejahen. Irgendetwas an dem Fremden war ihm unheimlich.

»Meine Herren, ich möchte Ihnen Friedrich Schneydt vorstellen, Kontaktoffizier der *Panzerdivision Hermann Göring.*« Abati war neben den Deutschen getreten und hielt ein Schriftstück in der Hand. »Ein Konvoi unter dem Kommando dieser Division ist soeben mit den Kunstschätzen des Klosters Monte Cassino in der Engelsburg eingetroffen. Hierzu wurde mir als Bestätigung ein entsprechendes Begleitschreiben des Abtes übermittelt. Herr Schneydt wird der Ausgrabung für die Dauer seines Aufenthaltes als Gast beiwohnen.«

Abatis Ausführungen zufolge hatte Friedrich Schneydt den Abtransport der Kunstschätze aus dem umkämpften Gebiet Monte Cassinos beinahe mit dem Leben bezahlt. Neben feindlichem Beschuss hätte ihn und seinen Kommandanten fast ein Trupp SS-Offiziere standrechtlich hingerichtet, da sich auch ranghohe deutsche Politiker für einige der wertvollen Gegenstände interessierten und ihre Überführung in den neutralen Bereich des Vatikans als Akt von Verrat betrachteten. Abati wiederum war sofort bereit gewesen, den Soldaten des Konvois Asyl zu gewähren, was Schneydt dankend angenommen hatte.

Der Professor fragte sich im Stillen, ob Abati nur naiv oder vielleicht ganz bewusst gehandelt hatte, als er dem Deutschen Zutritt zu ihrer weitgehend im Geheimen stattfindenden Ausgrabung gewährte.

Remoulins, Gegenwart

Erschöpft und doch ungemein erleichtert über ihren Fund hatten sich die drei ins Gras fallen lassen. Marlene hatte die Münze mit einem Taschentuch vorsichtig poliert. Tatsächlich zeigte der Sesterz das Konterfei Kaiser Neros auf der einen Seite und die geheimen christlichen Symbole auf der anderen.

»Es war eine grandiose Idee«, murmelte Marlene.

Robert nickte. Die ersten Christen hatten ein beeindrukkendes System von geheimen Zellen geschaffen, das ihnen das Überleben in der feindlichen Umgebung sicherte. Losungen und Erkennungsmerkmale mussten so gewählt sein, dass sie kein Außenstehender entdeckte und jeder Eingeweihte sie wiedererkennen konnte. Im Gegensatz zu Jerusalem wurde man in der glänzenden Metropole Rom als Mann ohne Geldmittel schnell als Bettler oder gar Sklave abgestempelt und verschwand von der Bildfläche. Petrus hatte das perfekte Erkennungszeichen gefunden, so offensichtlich und zugleich subtil, dass er eine Organisation aufbauen konnte, die schnell an Einfluss gewann.

Etwas abseits von Marlene und Robert hatte Charles sich für einen Moment auf den Rücken gelegt. Er beobachtete nachdenklich einige Wolkenfetzen, die scheinbar bewegungslos über ihm am Himmel standen. Es war geschafft, sie hatten tatsächlich die Münze gefunden, wegen der es schon so viel Ärger gegeben hatte. Doch jetzt würde es erst richtig losgehen. Charles setzte sich ruckartig wieder auf und schob dabei schnell einige trübsinnige und düstere Gedanken beiseite.

Robert ließ die Münze von einer Hand in die andere gleiten und wieder zurück, beinahe so, als schätze er das Gewicht. Die Münze maß drei oder vier Zentimeter im Durchmesser und war weder rund noch oval. Doch vielleicht machte genau das ihre Anmut und Schönheit aus.

»Was geschieht nun?«, fragte er unsicher. Gehörte die Münze nur alleine deshalb ihm, weil *er* sie gefunden hatte, oder gehörte sie einem Museum, weil es ein historischer Fund war? Konnte die Gemeinde Anspruch erheben, da es eben nicht mehr ganz das Land der Garniers war, oder musste er diese Münze am Ende in die Hände der katholischen Kirche geben?

Marlene ahnte, dass Robert sich diese Fragen stellte, und wunderte sich, dass Charles nicht sofort einige Paragraphen zitierte. Doch als Wissenschaftlerin kannte sie ebenso die rechtlichen und moralischen Aspekte solcher Funde. Sie beschloss, ihre Antwort so zu formulieren, dass Robert am Ende selbst eine Entscheidung treffen konnte.

»Betrachten wir es einmal ganz sachlich. Du hast eine Stammtafel, die dich als Nachfahren von Bernard Garnier ausweist. Im Grab deines Ahnen fandest du einen prinzipiell weltlichen Gegenstand, der dir sowohl als Finder als auch als direkter, erstgeborener Erbe zusteht. Darauf kommt es an, denn es wird schließlich irgendwo weitere Familienzweige geben. Über die französische Rechtslage bezüglich antiker Funde kann dir sicher Charles Auskunft geben, da kenne ich mich nicht aus. Aber ich weiß, dass du nicht die uns entwendeten Pergamente aus dem Papstpalast benötigst, denn auch ohne sie ist die Sachlage eindeutig. Selbst wenn sich die Münze nun durch solche Schriftstücke als eine Art Kirchenrelikt herausstellt, bleibst du als Erbnehmer der Eigner mit der höchsten Legitimität. Der Vatikan müsste außerdem die Existenz der Münze erst einmal zugeben und seinen Anspruch erklären. Bis dahin bleibt sie ein Familienerbstück, und es kann sie dir niemand streitig machen.«

»Mit solchen Aussagen wäre ich sehr vorsichtig!«

Erschrocken fuhren die drei herum. Einige Schritte hinter ihnen stand Bertrand. In seiner rechten Hand lag seine schwere Pistole.

Bertrand trat auf die kleine Gruppe zu.

»Bitte händigen Sie mir die Münze aus, ohne Schwierigkeiten zu machen. Ich habe nicht die geringste Lust, Sie alle zu erschießen, doch es liegt allein an Ihnen.«

Marlene zweifelte keinen Augenblick an diesen Worten und blickte fragend in Roberts Richtung. In seinem Blick lag Enttäuschung, aber auch Hilflosigkeit und Wut.

Charles schien völlig erstarrt zu sein, er atmete flach und wartete auf das, was als Nächstes geschehen würde. Robert drehte seinen Kopf langsam in seine Richtung und brummte: »Das ist der Kerl aus dem Palais. Ein Handlanger dieser *Katharer* – oder was auch immer sie vorgeben zu sein.«

Charles deutete ein Nicken an und hauchte: »Gib ihm die Münze! Er sieht nicht so aus, als würde er scherzen.«

Bertrand stand nun unmittelbar hinter ihnen und streckte seine linke Hand vor.

»Legen Sie die Münze langsam in meine Hand! Und die anderen verhalten sich ganz ruhig.«

Roberts Hand zitterte. Vor seinen Augen zogen die letzten Tage ihrer Suche vorbei, der Verlust des Vaters und dann wieder das Bild der Münze. Doch war sie drei weitere Leben wert? Er öffnete widerwillig seine Hand.

Rasch umklammerte Bertrand die Münze und zog sich einen Schritt zurück. Hastig wandte er sich um, als plötzlich ein kalter, brennender Schmerz in seiner Wade ihn zu übermannen drohte. Sein Knie knickte ein, und in einem reflexartigen Impuls zog er den Abzug seiner Waffe. Noch bevor der Schuss verhallt war, traf ein gezielter Tritt Bertrands Brust und warf ihn endgültig zu Boden. Über ihm keuchte Charles, dessen Messer noch immer in der Wade seines Widersachers steckte.

Weder Marlene noch Charles bemerkten in diesem Augenblick, dass Robert sich schmerzverzerrt an die Brust griff und zusammensackte. Marlene nahm, kreidebleich vor Angst und Entsetzen, das Geschehen nur wie in Trance wahr. Erst nach einer halben Ewigkeit gellte ihr Schrei über die Wiese, und sie stürzte sich auf ihren niedergeschossenen Freund.

Kaum drei Meter entfernt hatte Charles es mittlerweile geschafft, Bertrand die Waffe aus der Hand zu schlagen, und schnürte nun mit festem Griff den Kehlkopf seines Rivalen zu. Bertrands Gesicht war bereits rot angelaufen, er röchelte, und seine Augen traten mit panischem Blick aus den Höhlen hervor. Dennoch schaffte er es mit letzter Kraft, sein Bein ruckartig anzuwinkeln und das Knie Charles in dessen Unterleib zu stoßen. Als dieser völlig überrascht von dem unerwarteten Schmerz für einen kurzen Augenblick seinen Griff lokkerte, löste sich Bertrand schnell aus der Umklammerung und wuchtete seine Faust unter Charles' Kinn.

Einige Sekunden später rappelte Bertrand sich auf. Humpelnd suchte er das Weite. Im Schutz des Dickichts am Flussufer, als er sich in ausreichender Distanz endlich in Sicherheit wähnte, zog er seinen Gürtel aus der Hose und spannte ihn unterhalb des Knies um die blutende Wade. Mit dem Wasser des Flusses tränkte Bertrand ein schmales Stück Stoff, das er von seiner Hose abgerissen hatte. Er schlang es knapp unterhalb des Gürtels um seine Wade und stöhnte erleichtert, als die kühlende Wirkung den heißen Schmerz zumindest für einen kurzen Moment erträglich machte.

Dann humpelte Bertrand zurück zu seinem Beobachtungsposten. Er brauchte sein Mobiltelefon – *dringend.* Und eine Waffe. Obwohl es keine hundert Meter entfernt war, verfluchte er jeden einzelnen Schritt.

Vatikan

Im Amtszimmer von Kardinal Montanelli herrschte helle Aufregung. Binnen der letzten zwei Stunden hatte der *Anschluss für besondere Angelegenheiten* dreimal schrill geklingelt. Montanelli hatte nach Leopolds erstem Anruf sämtliche anderen Leitungen blockiert. Wenn nicht der Heilige Vater selbst zum Hörer greifen würde, so war der heiße Draht exklusiv seinem Gesandten mit dem heiklen Auftrag reserviert. Nichts war sonst von Bedeutung, dessen wurde der Kardinal sich erst bewusst, als er länger darüber nachdachte.

Er war – entgegen der Einschätzung seiner Untergebenen – kein machtgieriger Mensch und vor allem keiner, der sich gerne im Rampenlicht der Öffentlichkeit sah. Montanellis Interesse galt viel mehr der, wie er es gern bezeichnete, *Administration im Hintergrund*, ein Bereich, in dem er seine Stärken voll entfalten konnte. Auch wenn es spätestens seit der Inquisition und ihrer Nachfolgeorganisation, der *Kongregation für die Glaubensfragen*, offiziell keine verborgenen Mächte mehr im Vatikan gab, so war es in den vergangenen beiden Jahrhunderten wichtiger denn je gewesen, die inneren Strukturen zu schützen.

Industrialisierung, Kapital, Revolution, Weltkrieg – die Liste der globalen Gefahren war lang. Auch wenn die katholische Kirche nur all zu oft auf den ersten Blick wie eine Vereinigung Ewiggestriger erscheinen mochte, so war sie ihm bei genauerer Betrachtung ein letztes Bollwerk der Gemeinschaft, ein Fels in der Brandung im Namen und im Sinne Jesu.

Auf diesen Felsen werde ich meine Kirche bauen.

Der zweite Anruf von Bruder Matthias Leopold hatte Kardinal Montanelli in große Freude versetzt. Er hatte sich bereits an den Gedanken gewöhnt, dass die Münze für alle Zeit verschollen bleiben würde. Überaus gründlich hatte Papst Urban seinerzeit sämtliche Aufzeichnungen vernichten lassen, hatte mit Argusaugen über die Archivare gewacht, welche Papier für Papier den Flammen übergaben. Argwöhnische Päpste waren sich schon sehr früh der Macht der Archive und deren Mitarbeiter bewusst, denn schließlich war es einst die Feder gewesen, die dem Schwert als Waffe ebenbürtig war.

Doch Urbans Macht war auf den Vatikan beschränkt, und nun, Jahrhunderte später, wuchs aus einer alten, verloren geglaubten Legende wieder eine gefährliche Frucht der Erkenntnis. Der Stuhl des obersten Hirten drohte einmal mehr ins Wanken zu geraten. Als Kardinal war es Montanellis oberste Pflicht, alles zu tun, um das Schlimmste abzuwenden.

Umso verzweifelter nahm er die Botschaft des dritten, nur wenige Minuten später erfolgten Anrufes auf.

»Ver… verloren?«, stammelte er und musste sich erst einmal setzen. Er lauschte Leopolds Bericht und saß nach dem kurzen Gespräch regungslos da und beobachtete das Pendel der antiken, hölzernen Wanduhr.

Die Reliquie hatte ihren Weg zwar zurück ans Licht gefunden, doch war sie dabei in die Hände der *falschen* Erleuchteten geraten. *Dreimal hat einst der Hahn gekräht*, erinnerte sich Montanelli.

Dann läutete das Telefon – ein viertes Mal.

KAPITEL 25

Remoulins

Marlenes Augen schienen verhangen, nur undeutlich konnte sie Roberts regungslosen Körper neben sich auf der frischen, von ihnen gelockerten Erde liegen sehen. Er war zur Seite gefallen, ohne sich dabei mit den Armen zu schützen. Alles war so schnell gegangen.

Marlene spürte Roberts kühle, feuchte Finger in ihrer linken Hand und wartete darauf, dass sie sich endlich regten. Doch nichts geschah. Zeigefinger und Mittelfinger ihrer rechten Hand legten sich auf Roberts Handgelenk. Sein Puls war kaum zu spüren, kam jedoch zum Glück gleichmäßig. Marlene erinnerte sich an ihren viel zu weit zurückliegenden Erste-Hilfe-Kurs. Vorsichtig richtete sie ihn auf. Plötzlich vernahm sie ein leises Röcheln, dann ein Husten. Sie lehnte Roberts Oberkörper an ihre Brust und hielt mit der rechten Hand seinen Arm. Irgendwo dort musste eine wichtige Ader verletzt sein.

Zwischen Rippen, Herz und Lunge lagen nur wenige Zentimeter, und diese Zentimeter würden darüber entscheiden, ob Robert Garnier leben oder sterben sollte.

Sollte sich in diesen Tagen ein Tourist in das kleine, abgelegene Pyrenäendorf verirren, so käme es einer Zeitreise gleich. Schon seit Jahren galt der Ort als eine Art Geheimtipp, wenn man abseits der Massen auf den Pfaden der Katharer wandern wollte. Die Besucherströme hatten mit der Verbreitung von Verschwörungstheorien über das Internet stark zugenommen. Glücksritter und Schatzsucher träumten vom legendären Gold der Templer oder sogar vom heiligen Gral, den sie hier zu finden hofften.

So unterschiedlich ihre Beweggründe jedoch sein mochten, aus denen sie gekommen waren, gemeinsam hatten sie alle eines: Sie zogen mit gesenktem Haupt und leeren Taschen wieder hinab ins Tal.

Nach dieser ersten Phase wurde es wieder etwas ruhiger, nun kamen die Lehrer und Gelehrten, vom Theologen bis hin zum Architekten. Und Künstler jeder Art. Wie nur wenige andere Dörfer bot Montaillou eine Fülle von Inspiration und Atmosphäre. Das Leben der letzten überlebenden, in die Berge geflüchteten Glaubensbrüder war hier anscheinend noch allgegenwärtig. Es kam sogar vor, dass in stillen Abendstunden ihre Gesänge über die Gipfel zu klingen schienen.

In Wahrheit jedoch war das Dorf nichts weiter als eine Ansammlung von Künstlern und Romantikern, die hier oben ihren Frieden fanden, den die städtische Welt ihnen nicht zu geben vermochte. Das meiste der mittelalterlichen Atmosphäre verdankte es dem Anstrich, den Henry, Claude, Luc und der alte Lucien ihm verpasst hatten. Überall in den Fenstern und Hauseingängen waren Blumen und Gestecke zu sehen, den Kirchplatz zierte ein farbenfrohes, riesiges Beet, das auf weißem Blütenmeer das landestypische rote Kreuz der Templer mit seinen acht Spitzen zeigte. Der Rand war gesäumt von

Lilien, der edlen Wappenblume Frankreichs, und an den Masten waren abwechselnd strahlendweiße und dazwischen die rotgelben Flaggen in den Landesfarben des Languedoc angebracht.

Den optischen Höhepunkt jedoch boten in der Dorfmitte drei imposante, säuberlich aufgeschichtete Holzstapel, von denen die beiden äußeren in ihrer Mitte jeweils einen Pfahl aufwiesen. Den mittleren zierten eine schlichte Holztreppe und ein einfaches Podest aus Brettern. Am helllichten Tage wirkte dieses Szenario nicht furchteinflößend, dafür sorgte die es umgebende Farbenpracht. Wenn sich allerdings die Dämmerung über die Berge legte und das Zwielicht auf den Marktplatz fiel, stachen die drei Scheiterhaufen nur allzu deutlich hervor und ließen die Phantasien von schreienden, langsam verbrennenden Menschen auf beklemmende Art und Weise lebendig werden.

Claude und Henry lehnten an der groben Bruchsteinmauer des einstigen Pfarrhauses. Das kleine, ziemlich baufällig wirkende Gebäude gehörte der Familie des alten Hirten Lucien. Dieser lebte jedoch die meiste Zeit des Jahres in den Bergen, auf Wanderschaft mit seiner Herde, und hatte außerdem eine Hütte am Rand des Dorfes. Niemand also hielt das Haus instand. Henry hatte schließlich den Vorschlag gemacht, sich darum zu kümmern – *hinterher* –, und Lucien war sofort einverstanden gewesen. Er hatte nichts dagegen, das Haus als eine Art Zentrale einzurichten.

Mit einem prüfenden Blick musterte Claude die Kulisse des Dorfes.

»Es ist perfekt geworden. Schade nur, dass wir kaum *echtes* Publikum haben werden.«

Henry schwieg. Sie hatten lange über diesen Punkt debattiert und waren schließlich übereingekommen, die Inszenierung via *Uplink* über einen Satelliten an eine Sendestation weiterzuleiten. Von dort aus würden die Bild- und Tonsignale auf sicherem Wege weitere Verbreitung finden, doch bliebe das Geschehen in Montaillou ungestört. Auch wenn Henry nach wie vor überzeugt davon war, dass man wenigstens eine Auswahl an nahestehenden Glaubensbrüdern hätte zulassen können, hatte er sich dieser Entscheidung gebeugt. Es stand zu viel auf dem Spiel.

Sehr nachdenklich sagte er: »Ja, Claude, wir haben es beinahe geschafft. Ich hoffe nur, dein Chauffeur weiß, was er zu tun hat.«

Claude griff in seine Hemdtasche und zog eine schmale Packung Gitanes heraus. Er bot sie zuerst schweigend seinem alten Freund an, war aber doch verwundert, als Henry tatsächlich zugriff. Hustend nahm Henry einen ersten Zug, und zufrieden lächelnd entflammte Claude ein zweites Zündholz und sog, bevor er antwortete, selbst einige Male kräftig an seiner Zigarette.

»Bertrand ist viel mehr als ein Chauffeur«, sagte er mit gedämpfter Stimme, »und ich vertraue ihm Aufträge dieser Art ohne jeglichen Vorbehalt an.«

Henry warf seine Zigarette zu Boden und trat sie aus. Er hatte in seinem Leben vielleicht zehn oder fünfzehn Mal geraucht, so genau konnte er sich nicht mehr erinnern, nur daran, dass es meistens nicht geschmeckt hatte. Heute ekelte er sich sogar. Er runzelte die Stirn, durchsuchte seine Taschen erfolglos nach einem Bonbon oder Kaugummi und brummte: »Mag ja alles sein, doch er hat statt der Münze derzeit nur einen Messerstich in seiner Wade vorzuweisen, richtig?«

Claude legte seine Hand auf Henrys Unterarm. »Entspanne dich! Das war nur der erste Akt. Wir haben bei weitem noch nicht alle Register gezogen.«

»Qu'est-ce … qui s'est passé?«

Marlene hatte Roberts bleiches Gesicht getätschelt, bis seine Wangen langsam ihre Farbe zurückbekamen. Das Projektil des Querschlägers war zwischen seinem eng am Oberkörper liegenden Oberarm und der nächstgelegenen Rippe durchgegangen und hatte damit sowohl den Arm als auch den Brustkorb verletzt. Während die Wunde am Oberkörper jedoch mehr einer Schürfwunde glich, war sein Oberarm schwerer in Mitleidenschaft gezogen worden.

Trotz alledem hätte Marlene jubeln können, als ihr Freund endlich die Augen aufschlug. Auch wenn sein Blick gläsern wirkte, klangen seine Worte verhältnismäßig klar.

»Du bist angeschossen worden, *das* ist passiert.«

Robert sah an sich herab, und beim Anblick der blutgetränkten Kleidung schwanden ihm erneut für einen kurzen Moment die Sinne.

»He, es ist nicht so schlimm, wie es aussieht!«

Marlene hatte in seiner Hosentasche ein Stofftaschentuch gefunden und es durch das feuchte Gras gezogen. Sie tupfte ihm die Stirn und wartete, bis Robert seine Augen wieder öffnete.

»Fühlt sich auch nicht so schlimm an, glaube ich. Es ist nur so«, er hielt kurz inne, »… ich kann kein Blut sehen.«

Marlene konnte ein erleichtertes Grinsen nicht unterdrükken. In den endlosen Minuten des Bangens war ihr klar geworden, wie sehr ihr der Franzose ans Herz gewachsen war. Sie brauchte Robert, hing an ihm – vielleicht, weil er so natürlich, direkt und ehrlich war.

»Merci. Danke.«

»Keine Ursache«, sagte sie sanft. »Ich hoffe, meine verstaubten Erste-Hilfe-Kenntnisse verursachen keine Spätschäden.«

»Zumindest fühlt sich alles … *richtig* an«, meinte ihr Patient.

»Das beruhigt mich. Doch wir sollten trotzdem einen Arzt aufsuchen.« Marlenes Blick wurde wieder ernst. »Meinst du, du schaffst es aufzustehen?«

Mit einem langen, angestrengten Stöhnen machte Charles auf sich aufmerksam. Bevor sie sich sorgenvoll um Robert gekümmert hatte, hatte Marlene sich vergewissert, dass ihm nichts Ernstes passiert war. Benommen hatte er die letzten Minuten im Gras gelegen.

Noch etwas unsicher und mit hämmerndem Schmerz in der Stirn stemmte er zunächst seinen Oberkörper in die Höhe, danach zog er die Beine an und hielt auf alle viere gestützt für einen Moment inne. Charles drehte seinen Kopf zu den anderen. Marlene saß, Roberts Oberkörper auf ihren Schoß gebettet, halb mit dem Rücken zu ihm und schien Robert ihre ganze Aufmerksamkeit zu widmen.

Der Schuss. Charles rief sich die letzten Bilder von Bertrand und ihrem erbitterten Kampf in Erinnerung. Als Marlene sein gequältes Stöhnen vernahm, drehte sie sich um.

»Charles! Alles in Ordnung bei Ihnen?«

»Oui, merci. Alles bestens.«

Das Sprechen fiel ihm schwer. Der Kopf schmerzte, ebenso der Hals, die Schultern und der Brustkorb. Doch ein erster Check zeigte, dass keine seiner lebenswichtigen Körperfunktionen ernsthaft beeinträchtigt war.

Während Charles sich sammelte, um sich endgültig aufzurichten, fiel sein Blick auf die glänzende Metallscheibe, die vor ihm im Gras lag.

Die Münze. Dieser Bastard hatte sie tatsächlich fallen lassen.

Mit einem verstohlenen Blick auf Marlene, die ihren Kopf jedoch wieder gesenkt hatte, um Robert anzuschauen, bewegte sich Charles auf die Münze zu und umschloss sie dann schnell mit seiner rechten Hand. Noch bevor er sich erhob, war das glänzende Metall in seiner Hosentasche verschwunden.

»Können Sie mir kurz zur Hand gehen? Ich möchte Robert aufhelfen. Wir müssen seine Wunde behandeln lassen.«

Marlenes Ruf ließ Charles zusammenfahren wie einen Schuljungen, den man beim Abschreiben erwischt hatte. Doch weder in Marlenes noch in Roberts Blick war etwas zu erkennen, was darauf deutete, dass sie ihn beobachtet hatten.

»Bien. Warten Sie!«

Mit einem kräftigen Ruck zog Charles seinen Freund hoch. Tapfer und doch unverkennbar unter großen Schmerzen machte Robert einen ersten Schritt, hielt sich dabei seine verwundete Seite und stützte sich auf Marlene.

»So geht es, merci, ich komme schon klar.«

Marlene warf einen letzten Blick zurück auf ihre Ausgrabung.

»Nun ja, wie es scheint, hätte es uns trotz allem *noch* schlimmer erwischen können.« Robert musterte sie fragend, so dass sie hinzufügte: »Wir leben immerhin und können alle drei noch mehr oder weniger gut laufen. Und außerdem«, sie warf Charles einen vielsagenden Blick zu, »haben wir die Münze noch.«

Roberts Miene erhellte sich. »Du meinst, Bertrand hat die Münze nicht entwendet?«

Marlene lächelte erneut. »Nein, er hat es zwar versucht, doch Charles hat ihn schließlich verjagt und dein Eigentum gerettet – nicht wahr, Charles?«

Charles blieb unvermittelt stehen, und als Marlene ebenfalls mit fragendem Blick ihre Schritte verlangsamte, sah er die beiden mit ernstem Blick an.

»Stimmt – in gewisser Weise.«

Ein kurzes Schweigen folgte.

»Wie … meinen Sie das?«, fragte Marlene dann. Sie ahnte nichts Gutes.

Charles hob seine Hand. »Stellen Sie keine Fragen, bitte, tun Sie uns allen diesen Gefallen. Ich werde jetzt gehen … und die Münze nehme ich mit.«

Mit diesen Worten ließ Charles die beiden anderen stehen.

KAPITEL 26

Aéroport d'Avignon

Kardinal Montanelli blinzelte in die helle Nachmittagssonne. Bei seinem Abflug in Rom hatte es geregnet, doch hier begann er schon jetzt, in seinen langen Ärmeln zu schwitzen. Langsam schritt er die ausgeklappte Treppe der gecharterten Cessna hinab, die ihn und einige weitere, ihm fremde Passagiere, allesamt Geschäftsleute, von Rom hierhergeflogen hatte.

Der letzte Anruf hatte ihm diese unerwartete Reise eingebrockt. Es war der Papst persönlich gewesen. Es sei ein *ganz spezieller* Auftrag, eine Überprüfung von Anliegen einer Katharer-Gemeinschaft, deren Sprecher gezielt nach Kardinal Montanelli verlangt hatten.

Er umklammerte seinen Aktenkoffer und überprüfte, ob sein schwarzer Anzug korrekt saß. Auf den weißen Kragen hätte er nur all zu gerne verzichtet, doch der Vatikan war in Sachen geheimer Aufträge vorsichtig geworden. Man konnte und wollte sich nicht mehr viele Schlagzeilen leisten.

Montanelli war im Begriff, sein Mobiltelefon einzuschalten, da hörte er eine Stimme, die seinen Namen rief.

»Monsignore, hallo, ich bin hier drüben!«

Er musterte das knappe Dutzend Menschen, das sich hinter der Absperrung des Einganges befand. Man konnte das Gebäude des kleinen Flughafens eigentlich nicht als *Terminal* bezeichnen.

Montanelli bemerkte Matthias Leopold, der ihm zuwinkte. Auch wenn die beiden Männer altersmäßig viele Jahre auseinanderlagen, so schätzte Montanelli Leopolds klare Sichtweise und sein Eintreten für die Sache sehr.

»Ich hätte dich hier nicht erwartet. Weshalb bist du denn nicht in Remoulins geblieben?«

Sie saßen in dem anthrazitfarbenen Renault, den Matthias Leopold bereits vor Tagen gemietet hatte. Kardinal Montanelli hatte auf dem Beifahrersitz Platz genommen und betrachtete die Landschaft. Hier also hatte ein halbes Dutzend Päpste den Kirchenstaat über Jahrzehnte hinweg boykottiert.

»Es gibt in Remoulins für mich allein nichts mehr zu tun. Ich hielt es für angebrachter, dass wir Signor Garnier gemeinsam aufsuchen.«

Leopold starrte vor sich hin. Der französische Verkehr war jedoch bei weitem nicht so gefährlich, wie man es im Ausland behauptete. Außerdem hatte Leopold genügend Fahrpraxis in Rom angesammelt, um mit nahezu jeder Herausforderung zurechtzukommen.

»Dann ist es also wahr. Du hast die Münze verloren.« Montanellis Stimme klang vorwurfsvoll. Leopold hatte von ihm zwar die Direktive bekommen, sich so weit wie möglich im Hintergrund zu halten, doch spätestens seit dem Auftauchen der Reliquie war eine viel wichtigere Direktive in Kraft getreten.

Inbesitznahme um jeden Preis.

Matthias Leopold nutzte die Gelegenheit für einen kurzen Blick ins Gesicht seines Beifahrers. Der Kardinal erwartete eine Entschuldigung und eine gute Erklärung. Doch er würde etwas ganz anderes bekommen. Leopold lächelte vor sich hin.

»Ich habe die Münze nicht entwendet, der Lakai der Katharer aber auch nicht. Sie befindet sich aktuell – so würde ich sagen – nicht in den schlechtesten Händen. Sobald der Anwalt uns mit seinen Paragraphen kommt, werden *unsere* Argumente ihn wohl schachmatt setzen.«

Remoulins

Marie hatte ihnen neue Kleidung zurechtgelegt und ein reichhaltiges Essen bereitet, obwohl weder Marlene noch Robert Appetit verspürten. Der eilig herbeigerufene Arzt hatte Roberts Wunde gereinigt und verbunden. Der Arm musste zwar bandagiert werden und hing nun in einer Schlaufe, tatsächlich war die Verletzung selbst aber nicht so schlimm. Der Doktor meinte, die Wunde würde in einigen Tagen verheilt sein.

Mit seiner gesunden Hand stocherte Robert in den Fleischstücken herum, es gab kleine Medaillons vom Schwein mit einer hervorragenden grünbraunen Pfeffersoße. Der Reis war nicht zu weich, und das Gemüse hatte Marlene gestern selbst auf dem Markt gekauft.

Nach einigen schweigsamen Minuten seufzte Marlene: »Was hast du nur für seltsame Freunde?«

Robert hob seinen Blick und wirkte müde, als er antwortete. »Ich habe keine Ahnung, was in ihn gefahren ist. Ich weiß nur eines: Ich hätte Charles seit unserer gemeinsamen Schulzeit jederzeit bedingungslos mein Leben anvertraut. Aber vielleicht hatte mein Großvater doch recht.«

»Wie meinst du das?«, fragte Marlene.

»Nun, er meinte immer, dass Charles … nicht so richtig zu mir passt. Ich konnte mir da nie einen Reim darauf machen, und als ich Jahre später meinen Vater fragte, wusste er es auch nicht. Vielleicht hat es mit Charles' Elternhaus zu tun.«

»Was ist mit seinem Elternhaus?«

»Angeblich ist seine Mutter eine halbe Deutsche – eines der Kinder eben, die im Krieg aus einer Verbindung deutscher Soldaten und französischer Mädchen hervorgingen.«

Marlene rechnete kurz nach. »Da ist doch nichts dabei. Was meinst du, wie viele solcher Kinder es damals gab?«

»Ja, aber mein Großvater hatte da eben einen anderen Standpunkt.«

Das konnte Marlene verstehen. Immerhin waren ihre beiden Großväter selbst Teile dieses dunklen Kapitels der Weltgeschichte gewesen, jedoch auf unterschiedlichen Seiten. Ihrem Großvater mütterlicherseits jedenfalls hatte Marlene es nie verzeihen können, sich nicht gegen die Verbrechen seiner Kameraden erhoben zu haben. Vielleicht hing sie deshalb so an der beinahe schon mystischen Gestalt des Anton Schönberg, in dessen Fußstapfen sie immerhin wandelte.

»Monsieur Robert?«

Als Maries kräftige Stimme erklang, hatten er und Marlene ihre Mahlzeit schon fast beendet.

»Oui, Marie. Qu'est-ce que s'est?«

»Hier ist jemand, der Sie sprechen möchte«, entgegnete die Haushälterin und blickte in den Flur. »Es sind zwei Herren … und einer von ihnen«, sie bekreuzigte sich schnell, »ist ein Geistlicher.«

Robert blickte erstaunt zu Marlene, die ebenso überrascht wirkte und dann hastig auffordernd nickte.

»Alors, dann bitten Sie sie herein«, sagte er nickend zu Marie.

Robert, der halb mit dem Rücken zur Tür saß, konnte an Marlenes Gesichtsausdruck erkennen, dass es sich tatsächlich um besonderen Besuch handeln musste.

»Leopold«, hauchte sie kaum hörbar. »Was in aller Welt machen *Sie* denn hier?«

Robert betrachtete den unerwarteten Gast argwöhnisch.

Hinter Bruder Leopold trat eine weitere Person in das hell erleuchtete Esszimmer. Es handelte sich um einen sehr kräftigen Mann südländischen Typs mit fleischigem, errötetem Kopf. Matthias Leopold trat ganz nah an den Tisch und erhob besänftigend seine Hände.

»Ich bitte Sie vielmals um Verzeihung. Geben Sie mir einmal mehr einen Vertrauensvorschuss – dann werde ich versuchen, alle Ihre Fragen zu beantworten.«

Nach einem kurzen Blickkontakt mit Marlene nickte Robert.

»Nun gut, nehmen Sie bitte Platz.«

Leopold und sein Begleiter setzten sich an die langen Seiten des Esstischs. Robert und Marlene blieben auf ihren Plätzen, und Marie eilte herbei und räumte hastig das Geschirr ab.

»Gestatten Sie mir zunächst, Ihnen Seine Eminenz, Kardinal Montanelli, vorzustellen.«

Marlene erinnerte sich dunkel, dass Leopold bei ihrem letzten Treffen einen Kardinal erwähnt hatte.

»Ich bin sehr erfreut, Sie kennenzulernen«, sagte Montanelli. »Bruder Leopold war so freundlich, mich auf unser Treffen vorzubereiten. Wir können also gleich zur Sache kommen.«

Robert beugte sich nach vorn und stützte sich mit seinem gesunden Arm auf den Tisch. »Das käme mit durchaus gelegen, wenn ich ehrlich bin. Wie Sie sehen, habe ich die vergangenen Tage nicht unbeschadet überstanden. Mir werden die vielen unbekannten und, verzeihen Sie, *zwielichtigen* Personen langsam zu viel.«

Matthias Leopold musterte sie und Robert abwechselnd und suchte anschließend den Blick des Kardinals.

»Monsignore, ich denke, wir sollten mit den beiden zusammenarbeiten. Ich bin bereit, ihnen zu vertrauen, und wir können gemeinsam viel mehr erreichen.«

Montanelli nickte. Er spielte mit der auf dem Tisch verbliebenen, unbenutzten Serviette. Langsam begann er zu sprechen.

»Wir wissen alle, um welche Reliquie es hier geht, ich komme also zum Kern der Angelegenheit. Ich bin päpstlicher Sonderbeauftragter, aber nicht in offizieller Mission unterwegs. Für den Heiligen Stuhl existiert die Münze *noch* nicht, das bedeutet, sie wird dies erst tun, wenn sie sich in unserem Besitz befindet.«

Marlene und Robert schwiegen erwartungsvoll.

»Nun«, fuhr Montanelli fort, »ich möchte jedenfalls besagte Münze an ihren rechtmäßigen Platz überführen.«

»Ihren *rechtmäßigen* Platz?« Marlenes Stimme klang energischer, als sie beabsichtigt hatte. »Rechtmäßig ist eine Definition, über die sich hier wohl streiten lässt! Jedenfalls raubt man keinem Erben sein Erbe … egal, von wem es einst stammte.«

Robert musste unwillkürlich darüber lächeln, wie mutig Marlene hier für ihn Partei ergriff. Er glaubte zwar nicht, dass der Kardinal mit Charles unter einer Decke steckte, doch es war eine gute Gelegenheit, sich einmal Luft zu machen.

Montanelli zeigte sich unbeeindruckt. »Sehen Sie, ich betrachte das Ganze etwas … pragmatischer. Es handelt sich um eine Münze von niemand anderem als dem heiligen Apostel Petrus. Er nahm sie einst mit ins Grab, und der heiligen katholischen Kirche gefällt der Gedanke, dass sie … dorthin wieder zurückfinden könnte.«

Jetzt verstanden die beiden. Vielleicht hatten sie Montanelli unrecht getan. Robert runzelte die Stirn.

»Sie haben also nicht vor, die Münze einfach … zu entwenden?«

»Im Gegenteil.« Montanelli lächelte. »Ich bin sogar dazu bevollmächtigt, mit Ihnen über eine überaus angemessene Entschädigung zu verhandeln.«

Marlene wirkte noch immer skeptisch, als sie zu bedenken

gab: »Sie sollten dabei nur eines nicht vergessen: *Wir* haben die Münze nicht mehr. Sie wurde uns gestohlen.«

Leopold schürzte nachdenklich seine Lippen. »Ich will ganz offen sein«, begann er. »Das ist uns bereits bekannt.« Er zögerte. »Ich habe in den vergangenen Tagen einiges mehr mitbekommen, als Sie vielleicht ahnen.« Als er Marlenes entgeisterten Blick wahrnahm, beugte er sich ein wenig in ihre Richtung. »Ich war neulich sogar in Cassis. Sie verstehen? Leider verlor ich Sie nach dem Restaurant aus den Augen.«

Marlene schluckte.

Robert spürte, wie Zorn in ihm aufkeimte. »Dann haben also auch Sie uns die ganze Zeit hintergangen?«

Mit einer abwehrenden Geste entgegnete Leopold: »Nein, bei Gott, ich hätte nicht davon angefangen, wenn ich etwas zu verbergen hätte! Ich wollte lediglich offen zu Ihnen sein. Mein Weg hat mich schon vor drei Wochen hier in die Gegend geführt, dann erfuhr ich von dieser Sache in Avignon. Auf diese Weise bin ich da mit hineingeraten. Den Rest koordinierte ich mit Kardinal Montanelli.«

»Dann haben Sie also nichts mit der Verfolgungsjagd auf der Straße nach Marseille zu tun?«

Marlenes Stimme klang noch immer misstrauisch, doch Leopold schüttelte energisch seinen Kopf. »Wirklich nicht. Das ist nicht unser *Stil.* Vielleicht interessiert es Sie aber, dass Charles an diesem Tag auch in Cassis war.«

Avignon

»Charles?«

Die alte Dame hatte in ihrem Ohrensessel gedöst, als Charles leise die Haustür aufschloss. Da sie schon seit langem keinen anderen Besuch mehr erwartete, freute sich die hochbetagte Justine stets über ihren *Enkel.*

Im Grunde stimmte diese Bezeichnung nicht ganz, Charles war eigentlich der Enkel ihrer verstorbenen Großtante und damit ihr Urgroßneffe. Nach Victor Duchonts Tod hatte es nicht lange gedauert, und dann war auch dessen letzte Schwester verstorben. Sie hinterließ zwei junge Mädchen, die in der Obhut von Ordensfrauen aufwuchsen. Während die ältere von beiden, Justine, eine gute Entwicklung nahm und ein bescheidenes Leben führte, versuchte sich ihre Schwester bald als Sängerin und Tänzerin in zwielichtigen Etablissements von Avignon und Arles. Bevor sie ihren Traum, nach Amerika zu gehen, verwirklichen konnte, wurde sie von einem deutschen Soldaten schwanger und stand mittellos und verzweifelt vor Justines Tür.

Auch wenn sie selbst nicht viel zu geben hatte, sorgte Justine sich um das Neugeborene und brachte ihre zunehmend verwirrte Schwester in dem Ordenshaus unter, wo man ihr und später auch ihrem Kind Fürsorge und eine gute Erziehung angedeihen ließ. Es waren keine leichten Zeiten damals für eine nicht verheiratete Mutter und ein unehelich gezeugtes Kind.

Kaum zwanzig Jahre später erlag Justines Schwester der Schwindsucht, und bald hielt die zu einer adretten jungen Frau herangewachsene Tochter nichts und niemand mehr in der Einöde der Klostermauern. Sie brannte mit einem stadtbekannten Lebemann durch, und eines Tages, nach einem schrecklichen Unfall, entband man noch an der Unglücksstelle den kleinen Charles nach nur sieben Monaten ungewollter Schwangerschaft. Wieder sprang Großtante Justine ein, und um den Jungen zu schützen, behielt sie die genauen, unschönen Umstände seiner Geburt zunächst für sich.

Charles wuchs heran, gedieh und entwickelte sich prächtig. Wenngleich er in der Obhut von Schwestern aufwachsen musste, da seine Großtante sich nicht mehr allein in der Lage fühlte, ein Kleinkind angemessen zu erziehen, entwickelte sich an den Wochenenden und in den Ferien eine enge Verbindung zwischen den beiden.

Über all diese Dinge hatte Charles nie gesprochen, er hatte nach außen hin eine völlig normale, glückliche Kindheit gehabt, und seit dem Tag ihrer Einschulung hatte sich eine enge Freundschaft zu dem Winzersohn der Familie Garnier entwickelt.

»*Salut*, Tante Justine. Schön, dass du wieder hier bist.«

Charles ließ sich gegenüber dem Ohrensessel auf ein bequemes Sofa fallen.

Die alte Dame runzelte wohlwollend ihre Stirn. »Sag, was habt ihr denn eigentlich hier für eine Unordnung hinterlassen?«

Charles beugte sich nach vorn und tätschelte ihr sanft die Hand. »Das ist eine lange Geschichte. Aber glaube mir … es lohnt sich, sie zu hören!«

KAPITEL 27

Remoulins

Robert hatte seine Gäste ins Wohnzimmer gebeten, wo sie bei Tee und Gebäck an dem niedrigen Sofatisch saßen. Unter dem prüfenden Blick des in Öl verewigten Gegenpapstes Bernard Garnier tauschten sie Informationen aus und schmiedeten Pläne. Dabei hielt Montanelli eine Überraschung bereit, die Marlene völlig unerwartet traf.

»Unsere Familien arbeiten, wenn ich das einmal so sagen darf, übrigens nicht zum ersten Mal zusammen.«

Marlene blickte den Kardinal fragend an. »Wie meinen Sie das?«

»Nun, es war damals, während des Krieges …«

»Sprechen Sie von meinem Großvater?«, fragte sie mit wild klopfendem Herzen.

»Kein Grund zur Sorge«, sagte Montanelli, »er war ein standhafter und loyaler Mann – das ist weitaus mehr, als wir es uns von manchem eigenen Mitarbeiter zu erhoffen wagen.«

»Können Sie mir erzählen, was genau damals geschehen ist?«

Marlene hoffte, nun endlich ein wenig Licht ins Dunkel der Familiengeschichte bringen zu können. Es gab von ihrem Großvater keine Aufzeichnungen, und selbst die Kenntnisse ihres Vaters waren mehr als dürftig.

Montanelli drehte seinen Kopf zu Leopold und nickte auffordernd. »Erzählen Sie es ihr.«

Vatikanstadt, 1. März 1944

Anton Schönberg ließ sich nach hinten fallen – wohl wissend, dass ihn dort eine jahrtausendealte Mauer stützen würde. Er hatte nie von sich behauptet, ein besonders vorbildlicher Christ zu sein, und hielt auch nichts von ständigen Kirchenbesuchen. Nicht, dass Professor Schönberg ein Mann ohne Glaube oder Hoffnung war, doch er nahm das Schicksal in der Regel lieber selbst in die Hand.

Seit Hitler schon sehr frühzeitig versucht hatte, sich in seinem Reich als neuer Heilsbringer zu inszenieren, war das christliche Gemeindeleben in der Hauptstadt ohnehin empfindlich gestört worden. Ellie, die sich trotz ihrer jüdischen Großmutter schon als Kind für den Katholizismus entschieden hatte, wollte sich die Besuche im Gottesdienst zwar nicht nehmen lassen, doch niemand außer ihr hatte Anton dort wirklich vermisst.

Er wusste nicht, welches Gefühl er höher bewerten sollte – die freudige Erleichterung und Begeisterung über den jüngsten Fund oder aber die seltsam anmutende Scham, dass ausgerechnet *ihm* diese Ehre zuteil geworden war. Ellie hätte alles dafür gegeben, hieran teilhaben zu dürfen – und Anton durfte es ihr gegenüber nicht einmal erwähnen.

Es lag bald schon zwei Wochen zurück, dass sie das Grab freigelegt hatten. Der Leichnam hatte nun sämtliche Untersuchungen überstanden und lag friedlich in seiner Nische, beinahe so, als könne ihn selbst das größte Chaos der Welt nicht aus der Ruhe bringen.

»Ein bewegender Anblick, nicht wahr?«

Luigis Frage holte Anton Schönberg wieder zurück in die Gegenwart. Er zuckte leicht zusammen, und es fröstelte ihn. Nicht weit hinter dem jungen Italiener stand der bleiche Deutsche.

»Ja, irgendwie schon«, entgegnete Schönberg. Dann senkte er seine Stimme und zischte: »Was macht *der* denn schon wieder hier?«

Noch bevor weitere Worte fielen, trat der Deutsche an das Grab, und aus dem Schatten der Katakombe eilte Kardinal Abati hinzu.

»Um Gottes willen – *nicht* berühren!«

»Keine Angst«, brummte Friedrich Schneydt und zog aus seiner Umhängetasche einen riesigen Fotoapparat hervor. »Ich möchte den Fund nur rasch dokumentieren.«

Abati wirkte ungewöhnlich nervös, konnte diesem Ansinnen jedoch offenbar nichts entgegensetzen. Schönberg fühlte sich einmal mehr bestätigt in seinem Misstrauen. Der Kardinal hätte den Deutschen gar nicht erst hier hinunterführen dürfen.

Abati ließ den Fremden gewähren, erleichtert, dass er in dem halbwegs ausgeleuchteten Raum nicht mit grellem Blitzlicht arbeitete. Die Kamera klickte drei oder vier Mal, danach verstaute der Mann sie wieder umständlich in der Tasche. Ohne neben dem Kardinal stehenzubleiben, sagte er auf seinem Weg in die Katakomben im Vorbeigehen: »Nur einige Aufnahmen für den Führer. Um den Rest wird sich Fräulein Riefenstahl dann mit ihren Leuten kümmern.«

Als seine Schritte verhallt waren, blickte Kardinal Abati hilfesuchend zu den beiden Forschern.

»Was Sie hier eben gesehen und gehört haben, darf diesen heiligen Ort unter keinen Umständen verlassen.«

Professor Schönberg runzelte die Stirn und deutete in Richtung des Ganges, durch den der Deutsche verschwunden war.

»Das hätten sie besser *ihm* sagen sollen, finde ich. Hitler schwimmen an allen Fronten die Felle davon. Was, glauben Sie, wird er tun, wenn er von unserem Fund erfährt?«

Ein schmales, doch unerwartet zuversichtliches Lächeln zog sich über das Gesicht des Kardinals. Sein linkes Auge zuckte nervös, doch seine Stimme klang völlig ruhig, als er schließlich sagte: »Sie können ganz beruhigt sein, meine Herren. *Das* – und darauf gebe ich Ihnen mein Wort – werden wir zu verhindern wissen!«

Statt eines weiteren Konvois durch umkämpftes Gebiet wartete dieses Mal eine Ju-52 auf ihn. So schnell konnte man zum *reichswichtigen Informanten* aufsteigen. Friedrich konnte sich ein Grinsen nicht verkneifen. Seine Mission war höchst geheim, denn von ihrem Erfolg versprach man sich in der Hauptstadt seines Reiches viel. Insgeheim versuchte er sich auszumalen, wie verzweifelt die Lage wohl war. Doch Friedrich wusste, dass die Propagandamaschinerie bereits mit Hochdruck an einer Verwertung der neuesten Funde arbeitete, und ihre Arbeiten waren bislang stets von großem Erfolg gekrönt gewesen.

Schade nur, dass Kamerad Johann dies alles nicht mehr miterleben konnte. Friedrich dachte in den letzten Tagen wieder öfter an seinen Kameraden, dessen Leben so sinnlos hatte enden müssen. Zwei volle Jahre an Deutschlands Fronten hatten die beiden ohne nennenswerte Verletzungen überstanden, dann diese Geschichte in dem französischen Waldstück.

Eine sonderbare Karriere, dachte Friedrich. Vom einfachen Soldaten zum Sonderbeauftragten einer Unterorganisation des Geheimdienstes. Offiziell gab es keine Anbindung an die Gestapo oder die SS, doch Friedrich war sich darüber im Klaren, dass die schwarzen Mercedes-Limousinen und Ledermäntel die gleichen waren, die auch die Geheimpolizei benutzte.

Vor einem halben Jahr hatte es dann ausgerechnet Johann erwischt – irgendjemand hatte ihn auf dem Flug nach Rom hinterrücks erledigt. Doch wenn Adolf Hitler tatsächlich vorhatte, sich der Weltöffentlichkeit als eine Art neue *Lichtgestalt* zu offenbaren, dann hätte sich das Opfer schlussendlich gelohnt.

Zufrieden erklomm Friedrich die Stufen hinauf in die Maschine und wunderte sich, wie elegant und geräumig das Innere doch war. Er hatte in seinem Wehrdienst genügend beklemmende Cockpits von Kampfflugzeugen gesehen. Die Ledersitze der Junkers allerdings luden ein zu entspannten Stunden über den Wolken, zumindest solange der Pilot eine halbwegs sichere Flugroute flog. Die Maschine hatte zwar eine diplomatische Kennzeichnung, doch auf diese etwas zu oft genutzte Strategie war kein Verlass.

Außer Friedrich selbst waren nur noch zwei Passagiere an Bord. Gemeldet seien noch weitere, doch der Pilot hatte strikte Anweisung, nach Friedrichs Eintreffen pünktlich zu starten. Es war in diesen Tagen ohnehin riskant genug, hier in Rom mit einem deutschen Flugzeug zu stehen. Viel zu wichtig war die Rückkehr in die Heimat. Der Pilot informierte Friedrich, dass er in Berchtesgaden zwischenlanden würde. Hitler befinde sich in seinem *Berghof* auf dem Obersalzberg.

Der Start verlief ohne Komplikationen, doch noch bevor die Maschine ihre endgültige Reisehöhe erreicht hatte, sackte Friedrich von einem Giftpfeil getroffen tot in seinem Sitz zusammen.

Remoulins, Gegenwart

Kardinal Montanelli leerte seine Teetasse und stellte sie vorsichtig zurück auf den Tisch. Das Porzellan klapperte, es war das erste Geräusch in der angespannten Stille.

»Bitte stellen Sie mir Ihre Fragen«, forderte er Marlene nach einem Blick in die Runde auf.

Marlene jedoch war noch weit entfernt in einer Vergangenheit, die sie noch nie in einem derart persönlichen Licht wahrgenommen hatte. Es war Eingeweihten bekannt, dass in den vierziger Jahren Wissenschaftler unter dem Petersdom das Petrusgrab freigelegt und für authentisch befunden hatten. Die Weltöffentlichkeit hatte hiervon erst einige Jahre später erfahren.

Marlene wusste außerdem, dass ihr Großvater damals dabei gewesen war, bevor er nach London ging. Er hatte Deutschland schweren Herzens den Rücken gekehrt, als er spürte, was mit dem Land geschah. Niemals hätte er mit den Nazis gemeinsame Sache gemacht und sich von ihnen benutzen lassen.

»Woher wissen Sie das alles?«, hauchte sie nur. Sie bemerkte den schnellen Blick, den Montanelli und Leopold austauschten, bevor der Kardinal endlich antwortete: »Weil mein älterer Bruder Luigi damals als Protokollant mit dabei war.«

Dann griff der Kardinal zur Teekanne, um sich seine Tasse erneut zu füllen.

»Er war Jungnovize im ersten Jahr, und ich war noch ein Kleinkind. Bis zu seinem Tode hat er der Kirche treu gedient, doch als ihn dann mit gerade einmal vierzig Jahren der Krebs zerfraß, hat er sein Schweigegelübde gebrochen und mir alles erzählt. Ich ging zu dieser Zeit denselben Weg wie er, war gerade am Ende meines Noviziats. Ich bin überzeugt, dass mir sein Wissen so manche Tür geöffnet hat.«

Montaillou

»Wollen wir alles noch einmal durchgehen?«

Henry hatte sich mit Luc, dem kleinen, rundlichen Fischer, auf einer Bank am Rande des Kirchplatzes niedergelassen. In seiner Hand raschelten einige Kopien und Schriftsätze.

Luc schnaufte, als er sich erhob. Auch wenn er sich außerhalb von Hafen und Fischerboot nur ungern bewegte, so fühlte er sich auf und ab schreitend irgendwie sicherer. Er wollte Boden unter seinen Füßen spüren, statt regungslos auf einer Steinbank zu verharren.

»Ich glaube, es ist alles klar soweit. Solange mich niemand unterbricht, kann ich den Fall kurz und verständlich vortragen.«

Henry überlegte kurz, ob Luc der Rolle des Anwaltes tatsächlich gewachsen war. Die Gäste, obgleich eine überschaubare Gesellschaft, würden ihn kaum stillschweigend gewähren lassen, wenn er ihnen eine Angriffsfläche bot. Immerhin würde der Fischer als Anwalt seiner Gemeinschaft gegen einen mächtigen Gegner zu Felde ziehen, Katharer gegen Katholiken – die einst als Ketzer Gezeichneten als neue Inquisitoren gegen das eigentliche Böse. Spätestens wenn Luc einen beeindruckenden Präzedenzfall zitieren würde und im Anschluss seine Forderungen stellte, würde das Auditorium … *durchdrehen*.

Auch war Luc bestmöglich vorbereitet und strahlte die Souveränität eines einfachen, glaubhaften Mannes aus.

Henry lächelte. Ein wenig spektakulär durfte es außerdem ruhig sein – es geschah ja immerhin nicht alle Tage, dass eine so eindrucksvolle Stadt wie Avignon einem neuen Besitzer zugesprochen wurde. *Weltlich wie geistlich.*

Remoulins

Marlene war selten so aufgeregt gewesen. Ihr familiengeschichtliches Interesse reichte kaum weiter als bis zu ihren Großeltern, sehr zum Bedauern ihres Vaters, der sich über viele Jahre mit der genealogischen Erforschung seiner Herkunft befasst hatte. Manchmal vermutete Marlene den einfachen Wunsch nach einem Stammhalter hinter der Fassade, doch im Gegensatz zu ihrer Mutter sprach ihr Vater diesen Wunsch nie direkt aus.

Nun fühlte sie sich plötzlich mit ihrem Großvater Anton verbunden, hatte jemanden getroffen, der ihn nicht nur gekannt, sondern auch eine Weile begleitet hatte. Leider erfuhr sie nur noch wenig Neues, zumindest in privater Hinsicht. Man hatte den Professor in der Schweiz angeworben, ziemlich kurzfristig, doch das hatte ihm gut gepasst. Nach Ostern 1944 reiste er weiter nach London, wo seine Frau auf ihn wartete, die bereits im Winter Marlenes Vater entbunden hatte. Im Vatikan hielt man die Neuigkeiten zurück und wartete das Kriegsende ab, denn in erster Linie galt es dem Papst nun, für die zahllosen Gestrandeten da zu sein. Leider schlüpften dabei auch viel zu viele Täter mit durch das sorgfältig ausgebaute Netzwerk.

»Hitler wartete vergeblich«, schloss Montanelli seine Ausführungen. »Er erfuhr nichts von dem Petrusgrab, und für die Suche nach einer weiteren Reliquie hier in Frankreich blieb erst recht keine Zeit. Remoulins lag damals zwar im Bereich des Vichy-Regimes, doch das letzte Kriegsjahr bot keinen Raum mehr für Expeditionen. Für uns übrigens auch nicht, denn das Grab in Peñíscola war ohnehin leer, und im Gegensatz zu Ihnen wusste damals ja keiner, wonach *genau* zu suchen war.«

»Zum Glück«, flüsterte Marlene.

»Glück für uns!«

Robert hatte dem Gespräch schweigend gelauscht. Er spürte, wie wichtig bestimmte Informationen für Marlene waren, bemerkte ebenso ihre Angst davor, das Ansehen ihres Großvaters könnte beschmutzt werden. Glücklicherweise war dies nicht geschehen, und Robert hoffte, dass Montanelli auch die Wahrheit sagte.

»Die Frage ist nur: Was machen wir jetzt? Gibt es irgendwelche Anhaltspunkte, was Charles mit der Münze anfangen könnte?«

Die beiden Herren aus Rom hatten sich zweifelsohne die gleiche Frage gestellt. Beide hoben ratlos ihre Schultern.

Die Standuhr draußen im Flur verkündete, dass es Zeit zum Abendessen war, und beinahe im selben Moment lag ein sanfter Duft von Käse und frischem Brot in der Luft.

Marie betrat den Raum und bat alle Anwesenden zu Tisch. Ohne ihr zu widersprechen, standen sie auf und begaben sich ins Esszimmer.

»Wir sollten bei Tisch klären, wie wir nun weiter vorgehen«, sagte Robert, bevor sie den Flur betraten. »Der Tag neigt sich. Ich würde sie gerne als Gäste hier im Hause behalten.«

»Dieses Angebot müssen wir dankend ablehnen«, antwortete Leopold schnell, »aber wir haben im Ort ein Hotel reserviert.«

»Ach, dann melde uns doch einfach wieder ab«, brummte Montanelli und sagte etwas freundlicher zu Robert: »Signor Garnier, wir nehmen ihr Angebot sehr gerne an. Und bis morgen früh entwickeln wir einen Plan, wie wir weiter vorgehen werden.«

KAPITEL 28

Remoulins

Auf dem Frühstückstisch lag eine Ausgabe des *Midi libre*, der wichtigsten regionalen Zeitung des Südens. Bezugnehmend auf eine angeblich *gut informierte Quelle*, hatte ein Journalist den mutmaßlichen Vatermord, den Robert Garnier begangen haben sollte, mit den Geschehnissen in Avignon und Umgebung in Verbindung gebracht. Er erwähnte hierbei nicht nur den Einbruch in den Papstpalast, sondern gleichermaßen den Diebstahl wertvoller Dokumente. Der Bericht schloss mit folgendem Absatz:

Wie uns aus gut unterrichteten Kreisen mitgeteilt wurde, haben Forscher auf den Spuren der Gegenpäpste in Avignon neue Erkenntnisse gewonnen, die den Vatikan in eine schwere Krise stürzen könnten. Basierend auf einer wissenschaftlichen Arbeit der deutschen Historikerin Marlene Schönberg, die laut unbestätigten Quellen selbst vor Ort weilt, und dem Fund eines lange verschollenen Artefaktes, seien Zweifel an den Entscheidungen des Konzils von Konstanz durchaus angebracht. Dieses Konzil stellte 1418 allen Gegenspielern zum Trotz die Macht des Vatikans wieder her.

Alle Spuren führen derzeit in eine Gemeinde in den Pyrenäen, deren Einwohner sich auf ihre katharische Herkunft berufen, einem Orden, der im Namen der Inquisition vor 700 Jahren ausgelöscht werden sollte. Immer wieder machten An-

hänger dieser Gemeinschaft in den vergangenen Jahren von sich reden, und bis zu dessen Tod im Jahr 1975 stellte eine kleine Gruppe im Languedoc sogar einen eigenen (selbsternannten) Gegenpapst. Auch wenn uns noch keine offizielle Stellungnahme vorliegt, heißt es, dass ihre Vertreter sich in Kürze mit ihren Forderungen an den Vatikan auch an die Öffentlichkeit wenden werden.

Robert seufzte. Er saß mit Marlene alleine am Tisch, von den beiden Geistlichen war noch nichts zu sehen. Es war eine neue Hetzjagd, zweifelsohne inszeniert von den Entführern jenseits der Rhône.

»Soll ich es dir im Detail übersetzen?«

»Nein, ich glaube nicht. Danke.« Marlene legte ihren Arm um Robert. »Das Wesentliche habe ich verstanden. Bitte nimm es dir nicht so zu Herzen, es ist nur ein kleiner Klatschreporter auf der Suche nach seinem großen Durchbruch.«

Robert versteifte sich. Plötzlich kam ihm eine Idee. »Sag mal, was spricht eigentlich dagegen, dass wir diesem Journalisten seine große Story geben? Immerhin besser, als wenn er sich selbst etwas zusammenreimt, oder?«

Marlene brauchte einen Moment, um nachzudenken. Es war natürlich riskant – die Polizei hatte noch immer ein wachsames Auge auf Robert, auch wenn es keine Beweise gab. Doch andererseits konnte eine Flucht nach vorn sie vielleicht vor den Intrigen der Gegenseite schützen.

»Wie offen, denkst du, sollten wir ihm gegenüber sein?«

Robert schien sich gedanklich bereits einige Schritte weiter zu befinden. Er lächelte, und sein Ton klang bittersüß.

»Ich denke da an *totale* Enthüllung.«

In dem kleinen Büro des Lokalreporters Philippe Ohly klingelte bereits zum dritten Mal an diesem Morgen das Telefon. Er runzelte die Stirn und wunderte sich, wie viele Menschen es doch zu geben schien, die vor ihm den Tag begannen. Es war nicht einmal halb neun, und wenn er durch sein Fenster hinab auf die Rhône blickte, sah er im Ufergras sogar noch vereinzelte Dunstschwaden. Müde beugte sich er sich über die mit Papieren überladene Platte seines Schreibtischs und suchte den drahtlosen Apparat.

Der erste Anruf war aus der Redaktion gekommen, gerade, als er den engen, überfüllten Raum im ersten Stock des alten Hauses betreten hatte. Noch immer war Philippe sich nicht ganz sicher, ob sein Artikel *denen dort* nun gefallen oder sie abgeschreckt hatte. Letzten Endes war das jedoch egal, denn sie hatten ihn ja gedruckt. Der Anruf würde im Zweifelsfall gegen ihn verwendet werden, weil *die* dann sagen konnten, dass sie ihren freien Mitarbeiter umgehend zur Rechenschaft gezogen hatten.

Kurz darauf hatte seine Schwester angerufen, sie schien Frühdienst zu haben und hatte die Zeitung demnach vor mindestens zwei Stunden gelesen. Sie kannte Philippes Rituale und hatte brav gewartet, bis er um acht Uhr das Büro betreten, den Knopf der Kaffeemaschine gedrückt und zwölf Minuten später seine erste Tasse Café au lait und zwei Croissants zu sich genommen hatte. Sie wollte ihn nicht lange stören, fand seinen Artikel aber ganz toll und spannend. Philippe wusste das zu schätzen, blieb trotzdem wortkarg und beendete auch dieses Gespräch so schnell es ging.

»Allô?«

Am anderen Ende der Leitung räusperte sich nach einigen Sekunden ein Mann und erkundigte sich, ob er mit dem *richtigen* Monsieur Ohly verbunden war.

Philippe verdrehte die Augen. Er war nicht gerade ein kontaktfreudiger Mensch, deshalb arbeitete er ja auch hier, in einem privaten Büro. »Oui, Philippe Ohly, freier Journalist mit einer Menge Arbeit. Was wollen Sie von mir?«

Als der Anrufer begann, seine Geschichte zu erzählen, erhellte sich Ohlys Miene, und auf seiner Stirn bildeten sich kleine Schweißtropfen vor Aufregung.

Kaum dreihundert Meter entfernt vom Büro des Reporters hustete Tante Justine in ihrem kleinen Appartement in der Altstadt mit gequältem Gesicht in das frische Taschentuch, das ihr Großneffe ihr hastig gereicht hatte.

»So schlimm?« Charles klang sehr besorgt.

»Es wird jeden Tag schlimmer«, keuchte sie.

»Kann ich etwas für dich tun?«

Die ernst gemeinte Sorge rührte die alte Dame, doch sie wusste, dass es nichts mehr gab, was ihr helfen konnte. Der Krebs hatte sich in ihrem Brustkorb ausgebreitet.

»Ach, Charles!« Sie ergriff seine Rechte und umschloss sie mit beiden Händen. »Ich habe mein Leben gelebt, und auch meinen Frieden mit der Welt habe ich bereits gemacht. Meine Schmerzen sind erträglich, doch es gibt noch diese eine Sache, die ich dir sagen möchte. Sie bedeutet mir sehr viel.«

Da Justine das Sprechen schwerfiel, wartete Charles geduldig, was sie zu sagen hatte.

»Mein Junge, du trägst etwas sehr Wichtiges bei dir. Damit meine ich nicht nur die Münze, sondern vielmehr das, was *dich selbst* ausmacht. Wie du weißt, bist du der einzige Nachkomme, den ich habe, der einzige Nachkomme der gesamten Familie sogar. Wenn ich nicht mehr bin, wirst du alleine die Zukunft in der Hand haben. Doch ich vertraue darauf, dass du weißt, wie du mit den Dingen umzugehen hast.«

Charles lauschte geduldig der alten Dame, die einen weiten Bogen zurück in die Geschichte schlug. Satz für Satz klang ihre Stimme kraftvoller und deutlicher. Charles fasste einen Entschluss: Er würde es nicht zulassen, dass Robert, ein *Garnier*, ihm, dem letzten Nachkommen der stolzen Familie *Duchont*, die Macht der Münze ein weiteres Mal entriss.

Remoulins, Gegenwart

»Halten Sie das wirklich für eine gute Idee?« Es gefiel Matthias Leopold überhaupt nicht, dass der Franzose die Presse informieren wollte.

Robert wirkte kühl und beherrscht. »Die Presse wird mein einziger Verbündeter sein. Für die Obrigkeit bin ich noch immer ein Dieb und der mutmaßliche Mörder meines Vaters.«

Marlene hatte das Gefühl, Robert unterstützen zu müssen. »Ich sehe das genauso. Wäre es nicht auch für *Sie* besser, eine offizielle Stellungnahme abzugeben?«

Kardinal Montanelli schüttelte energisch den Kopf. »Nein, auf keinen Fall! Zumindest noch nicht jetzt.«

Robert schnaubte verächtlich. »Sehen Sie, genau deshalb wirft man Ihrem *Verein* seit Jahrhunderten eine Verschleierungs- und Hinhaltetaktik vor.«

Matthias Leopold lächelte beschwichtigend. »Wir sollten unsere Standpunkte akzeptieren. Immerhin bleibt die Frage offen, aus welchem Kreis der ungenannte Informant stammt. Solange diese Quelle nicht versiegt, sitzen wir alle auf einem Pulverfass.«

»Aber was genau können wir denn dagegen tun?«

Marlene verstand Leopolds Befürchtung, auch wenn er sie nicht direkt ausgesprochen hatte. Der Informant könnte tatsächlich überall sitzen – auch im Vatikan selbst. Wenn dem so wäre, dann wären sämtliche offiziellen Dementi oder voreiligen Statements nutzlos, denn die Gegenseite würde noch vor der Veröffentlichung darauf reagieren können.

Für Robert war die Antwort nicht schwer zu finden. »Wir stechen einfach auf gut Glück ins sprichwörtliche Wespennest und verursachen einen richtig großen Wirbel. Das könnte bereits genügen.«

Leopold hob seinen rechten Zeigefinger und fuhr sich damit über den Mund. »Wenn wir es gekonnt anstellen, könnte es sogar funktionieren.«

Montanelli klang alles andere als überzeugt. »Das bedeutet im Klartext?«

»Nun, wenn Signor Garnier von einer *totalen* Enthüllung spricht, dann sollten wir ebenfalls dazu beitragen. Wir müssen ja nicht alles preisgeben, aber dem Reporter alles geben, was er braucht, um die Fakten korrekt und nicht zu unseren Ungunsten darzustellen.«

Montanelli deutete ein Nicken an. »Dann legen wir also unsere Karten einmal auf den Tisch, bevor uns der Gegner ins Blatt schauen kann.«

KAPITEL 29

»Wie zum Teufel kamen Sie denn nun eigentlich zu Ihren Schlussfolgerungen?«, fragte Robert nervös.

Philippe Ohly war direkt nach dem Telefonat mit Robert aufgebrochen und hatte es sich nun nach einer kurzen Vorstellungsrunde zwischen den vieren bequem gemacht.

»Na ja, mein Informant war recht offen, und ich habe einfach meiner inneren Stimme vertraut. Es war für mich irgendwie so naheliegend, dass der Vatikan aus Avignon nichts Gutes zu erwarten hat.«

Er genoss diesen Seitenhieb auf die links von ihm sitzenden Herren aus Rom und warf ihnen einen herausfordernden Blick zu. Mit der Kirche hatte Ohly nicht viel am Hut, das hatte er ohne viele Worte verständlich gemacht. Nachdem niemand auf seine Anspielung reagierte, fuhr er fort: »Immerhin ist ihr Vater *direkt* vor dem Papstpalast ermordet worden, und Ihnen warf man außerdem vor, in eine Privatbibliothek eingedrungen zu sein. In Rom oder Berlin mag das niemand mitbekommen haben – aber ich sitze direkt in Avignon, da macht man sich schon so seine Gedanken.«

»Sie hätten wenigstens erwähnen können, dass man mich mangels Beweisen aus der Untersuchungshaft entlassen musste. Nun hält mich die halbe Provence für einen Mörder, und ich würde mich nicht wundern, wenn die Polizei bald wieder vor der Tür steht.«

Philippe Ohly schluckte. Robert Garnier hatte vollkommen recht, er hätte diesen Teil seines Artikels weniger reißerisch verfassen sollen. In seinen beinahe zwanzig Berufsjahren war Ohly stets seiner Maxime treu geblieben, die Wahrheit nicht übermäßig zu strapazieren. Ein guter Journalist musste aus Fakten eine vernünftige Story bauen können, *ohne* sich dabei in Lügen zu verlieren. In Roberts Fall jedoch war er in dieser Hinsicht nicht sehr gewissenhaft gewesen.

»Hören Sie«, begann Philippe Ohly, »es tut mir leid, wenn ich Ihnen damit Schwierigkeiten bereitet habe. Das lag nicht in meiner Absicht. Aber vielleicht können wir dieses Zusammentreffen auch dazu nutzen, um dieses … *Missverständnis* aus der Welt zu räumen. Wie hatten Sie sich unsere Kooperation denn vorgestellt?«

Hierüber hatten Robert, Marlene und ihre beiden Gäste lange beraten.

»Wir, das heißt Kardinal Montanelli und ich, werden Ihnen Rede und Antwort stehen. Meine Partnerin, Frau Schönberg, und der Vertraute des Kardinals, Herr Leopold, werden uns unterstützen. Das gilt sowohl für die Antworten als auch für Ihre Fragen.«

Ungewöhnlich, dachte Ohly, aber interessant – nur …

»Wie meinen Sie das mit den Fragen?«

Marlene kam Robert mit der Antwort zuvor. »*Wir* werden dafür sorgen, dass Sie die *richtigen* Fragen zu stellen wissen.«

Jeder von ihnen griff noch einmal zu Wasserglas oder Kaffeetasse, außerdem stellte Philippe mit fragendem Blick ein Tonbandgerät auf den niedrigen Tisch. Erleichtert registrierte er, dass niemand etwas einzuwenden hatte. Üblicherweise verweigerten die meisten Interviewpartner die Aufzeichnung ihrer Gespräche, denn kaum jemand ließ sich gerne auf klare Standpunkte festlegen. Philippe befürchtete in diesem Falle jedoch zu recht, dass das Gespräch für Notizen zu komplex werden würde.

Es dauerte in der Tat keine fünf Minuten, bis er merkte, dass seine diesbezüglichen Erwartungen bei weitem übertroffen wurden.

Montpellier

Die späte Nachmittagssonne tauchte die Glasfassade des modernen Gebäudes der Hauptgeschäftsstelle der Zeitung *Midi libre* in gleißendes Orangerot. Von den leitenden Angestellten war kaum einer mehr im Haus, die wichtigsten von ihnen drehten zu dieser Zeit eine Runde im *Golf Club Montpellier Massane,* rechtzeitig bevor der Feierabendbetrieb einsetzte. Der etwas außerhalb gelegene Club war neuer und wesentlich ruhiger als die Anlage *Fontcaude* im Westen der Stadt.

Doch heute ruhte der Golfbag des stellvertretenden Chefredakteurs Alphonse Marceau im Kofferraum seines Citroën. Das gefiel dem durchtrainierten Mittfünfziger überhaupt nicht. Vor zwei Tagen hatte er nach zweifach verzögertem Liefertermin endlich seinen Satz maßgefertigter Graphitschläger und einen neuen Driver erhalten. Ausgerechnet jetzt, wo er endlich ausprobieren konnte, ob das Set seine 1500 Euro wirklich wert war, musste ihn dieser Provinzreporter in Beschlag nehmen. Wenn es nach Marceau gegangen wäre, hätte das Blatt besser die Finger von Philippe Ohlys Spekulationen gelassen.

Die beiden Männer saßen in einer kleinen Bar im Herzen der Stadt, umgeben von Dutzenden Studenten, die nur darauf zu warten schienen, sich endlich ins Nachtleben stürzen zu können, und ebenso vielen Touristen und Einheimischen. Eine bunt gemischte Menge von Menschen also, von denen keiner sie beachtete außer der jungen Bedienung, die soeben die zweite Runde Pastis brachte. Beide brauchten etwas Starkes, so viel stand fest.

»Nun«, setzte Marceau an, nachdem er dem höchst erregten Ohly zu Ende gelauscht hatte, »was glauben Sie, wer uns allein bis morgen Mittag bereits alles verklagt hat, wenn ich das abdrucke?«

»Das sehe ich nicht so schwarz«, antwortete Ohly schnell. »Ich berufe mich auf Quellen, die jeweils offiziell ihren Standpunkt darzustellen bereit waren. Noch besser sogar: *Die* haben *mich* zu dem Gespräch eingeladen.«

»Das mag ja sein, aber Ihre … *Quellen* werden dadurch nicht zwingend glaubwürdiger. Es erscheint mir zudem sehr fraglich, ob ein italienischer Kardinal, der nur zu Gast in Remoulins ist, eine offizielle Stellungnahme abgeben darf.«

Philippe Ohly lächelte. »Montanelli hat es sich telefonisch bestätigen lassen. Das reicht mir, denn so wird *er* im Zweifelsfall seinen Kopf hinhalten müssen.«

Tatsächlich schien Marceau bereit zu sein, diesem Argument zuzustimmen. Ohly nutzte sein Schweigen, um noch etwas hinzuzufügen.

»Außerdem – wann hat man schon einmal so eine Gelegenheit? Ich wurde quasi zur Dokumentation einer Stellungnahme bestellt, und alles Gesagte liegt auf Band vor. Für mich sieht es so aus, als läge dem Kardinal sehr viel daran, die Dinge klarzustellen, bevor eine Veröffentlichung dieser geheimnisvollen *Cathares* erfolgt. Was sollte denn da für uns schon schiefgehen?«

»Schon gut«, brummte Marceau, »Sie haben gewonnen. Doch vergessen Sie nicht, dass *wir* hier zu Hause sind und dieser Montanelli sich, sobald er hier fertig ist, wieder in den Vatikan zurückziehen wird.«

Ohly lächelte und nickte. Doch Marceau hatte noch etwas auf dem Herzen. Ganz ruhig faltete er seine Hände und kniff die Augen zusammen.

»Jetzt mal unter uns. Was halten *Sie* denn von dem Ganzen? Klingt ja schon ziemlich … abgehoben, oder?«

Philippe Ohly hatte bereits während seiner gesamten Autofahrt über diese Frage nachgedacht. Und Marceau wusste ja noch nicht *alles* …

Remoulins

Es galt nun abzuwarten, was der Journalist aus der Geschichte machen würde.

Marlene und Robert schlenderten Hand in Hand über den Uferbogen, den der Gardon inmitten alter Bäume und wilder Sträucher schlug. Das gegenüberliegende Ufer war lehmig und steil. Marlene wäre gerne einmal durch den Fluss gewatet und hatte es Robert kaum glauben wollen, dass es in der Mitte des so seicht und ruhig wirkenden Wassers eine beinahe drei Meter tiefe Rinne gab. Vor vielen Jahren hatte Robert beim Schwimmen einmal einen Krampf in beiden Waden bekommen und hatte sich nur mit Mühe an das Steilufer retten können.

Plötzlich vernahmen sie eine entfernte Stimme.

»Signor Garnier? Signora Schönberg?«

Es musste einer der beiden Priester sein, wahrscheinlich der junge Leopold. Tatsächlich dauerte es nicht lange, bis dieser sich mit beiden Händen einen Weg durch das Dickicht bahnte.

»Ich bitte um Verzeihung für diesen Überfall«, keuchte Leopold, der den ganzen Weg gerannt sein musste.

Marlene lugte hinter Robert hervor. »Hallo! Was gibt es denn?«

»Sie werden es kaum glauben … aber wir haben eine neue Spur!«

Montaillou

»Hast du ihn endlich erreicht?«

Bertrand brummte einige unverständliche Worte in seinen Dreitagebart. Statt seinen Einsatz einmal zu würdigen, hatte Claude in den vergangenen Tagen permanent etwas zu mäkeln. *Soll er die Drecksarbeit mal selbst machen*, dachte der Chauffeur.

»Oui. Ich habe die Informationen übermittelt. Alles verläuft planmäßig.«

»Das werden wir erst noch sehen«, seufzte Claude, und plötzlich hatte Bertrand wieder einen Anflug von Mitgefühl mit seinem Chef. Was die Männer hier oben geleistet hatten, war in der Tat bemerkenswert. Alles war bis ins Detail geplant, doch blieb es ein großes Wagnis. Der gesamte Aufbau und die penible Planung, die schon mehr einer Choreographie glich, konnten bereits durch den geringsten Vorfall empfindlich gestört werden. Auch Bertrand wusste das, doch er hatte all seine Aufgaben gewissenhaft erledigt. *Bis auf eine.*

Seine Wade erinnerte ihn schmerzhaft an dieses eine Mal, *dieses entscheidende Mal*, als er versagt hatte. Doch diesen Fehler hatte Bertrand, wenn alles glatt lief, soeben korrigiert.

Avignon

»Willst du noch einmal weg?«

Justine Duchont lag unter einer warmen Sommerdecke, ihre Stimme klang heiser. Charles nickte der Schwester freundlich zu, die jeden Tag für einige Stunden zu seiner Großtante kam. Sein Beruf hatte es ihm nicht ermöglicht, die Versorgung seiner einzigen Verwandten zu übernehmen, so gern er es auch manchmal getan hätte. Stattdessen verteidigte er Mörder und Vergewaltiger, um eine Schwester und gute Ärzte finanzieren zu können. Justine hatte ihm daraus jedoch nie einen Vorwurf gemacht – sie wäre lieber gleich gestorben, als ihrem Großneffen zur Last zu fallen.

»Oui, Tante Justine. Ich habe einen Klienten unten im Languedoc. Es wird wohl zwei oder drei Tage dauern.«

Die alte Frau hustete. »Salut, mein Junge. Pass auf dich auf.«

»Salut! Versprochen.«

Charles lächelte und verließ das Zimmer. Die Schwester würde sich um alles kümmern. Er brauchte sich keine Sorgen um Justine zu machen – doch dafür hatte er umso mehr auf sich selbst zu achten. Auch wenn sie ihn seit vier Jahrzehnten dazu anhielt, auf sich aufzupassen – heute hatte sie damit mehr recht, als sie je erfahren würde.

Als Charles eilig seine Sachen in den Kofferraum des Wagens lud, dachte er an Robert. Es war seinerzeit ein besonderer Winkelzug des Schicksals gewesen, der Charles am Tage seiner Einschulung beim Gruppenfoto auf der Schultreppe neben den Sohn des größten Winzerbetriebes der Region stolpern ließ. Ihre Brotdosen waren klappernd die Stufen hinabgesprungen, und sie hatten eine gehörige Rüge erhalten. Obwohl die beiden so unterschiedlich waren wie Tag und Nacht und ohne viel voneinander zu wissen, wurden sie die besten Freunde.

Robert Victor Garnier und *Charles Albert Delahaye.*

Tante Justine hatte ihn unter dem Mädchennamen seiner Mutter angemeldet.

Charles wischte die Gedanken zur Seite. Er wusste schon seit vielen Jahren von der alten Fehde, doch er hatte nie einen Ansatzpunkt gefunden, und solange Robert ihn nicht mit dem beinahe ausgestorbenen Clan der Duchonts in Verbindung brachte, hatte Charles auch keinen Grund gesehen, ihre Freundschaft aufzugeben. Man konnte nie wissen, wann sie einmal von Nutzen sein würde. Mit dieser Einstellung konnte Charles gut leben, dann jedoch war der entscheidende Moment ganz plötzlich gekommen. Die Münze hatte vor ihm im Gras gelegen, ausgerechnet auf dem Land, dessen Erde einst mit dem Blut ihrer Urgroßväter getränkt worden war. Damit war die Münze zum Symbol der Generationen währenden Feindschaft geworden. Seit dem Beginn ihrer Suche hatte Charles diese einmalige Chance erkannt und sich auf diesen Moment der Abrechnung vorbereitet. Doch dann überwältigte es ihn doch. Eine Welle von Hass durchzog ihn. *Er*, der in einfachen Verhältnissen und ohne Eltern aufgewachsene Junge, und ihm gegenüber *der andere*, Besitzer eines imposanten Anwesens, eines Familienunternehmens. Stand all dies nicht ebenso *seiner* Familie zu?

Das Gespräch mit Tante Justine jedenfalls hatte sämtliche verbleibenden Zweifel ausgeräumt.

Remoulins

»Montaillou?«

Robert konnte sich nicht erinnern, diesen Namen schon einmal gehört zu haben. Auch Leopold selbst schien nicht auf Anhieb Bescheid gewusst zu haben. Sie waren also zum Haus zurückgekehrt und darauf vertröstet worden, was Kardinal Montanelli zu berichten hatte.

»Sehen Sie, mein offizieller Auftrag lautet, Kontakt zu Vertretern einer Gruppe von Katharern aufzunehmen. Es geht um verschiedene rechtliche Fragen, deren genauen Inhalt ich noch nicht kenne. Den Ort und Zeitpunkt der geheimen Zusammenkunft wollte man mir kurzfristig mitteilen, was gerade geschehen ist.«

Montanelli nannte zwar keinen Namen, doch Robert genügte bereits ein viel wichtigeres Detail.

Katharer. Immer wieder.

»Die Inquisition hat damals keine halben Sachen gemacht. Als man Jahrzehnte später in eben diesem Dorf einige Familien fand, die das wilde Treiben überlebt hatten, war man ziemlich erstaunt. Dies sollte nicht noch einmal geschehen, die *Cathares* waren eine nicht zu unterschätzende Sekte von Unruhestiftern mit regem Zulauf gewesen. Angeblich handelte es sich sogar um Überlebende von Montségur, also ganz besonders gläubige Anhänger ihrer Gemeinschaft. Die Scheiterhaufen brannten zwei Tage lang. Danach hat man nie wieder etwas von ihnen gehört.« Montanelli schnaufte. »Nun, nicht gerade ein Glanzstück unserer Geschichte – das wissen wir heute.«

»Sagen Sie das nicht mir, sagen Sie das der Öffentlichkeit!«

Marlene hätte sich am liebsten auf die Unterlippe gebissen. Das hatte Montanelli nicht verdient, immerhin war nicht er es gewesen, der die Flammen entfacht hatte. Doch ihre Recherchen hatten ihr zwangsläufig eine Menge hässlicher Verfehlungen der Kirche offenbart.

»Lena. Nun lass ihn doch einmal ausreden«, raunte ihr Robert zu.

Der Kardinal hatte es ebenfalls gehört und winkte rasch ab. »Nein, nein, lassen Sie nur! Sie haben recht. Wir haben uns sehr schwer damit getan, Fehler einzugestehen. Doch seit dem Krieg – das müssen sie uns zugestehen – gehen wir in kleinen Schritten in die richtige Richtung. Vielleicht sogar mehr, als es nach außen hin aussehen mag.«

»Wie meinen Sie das?«

Marlene war froh, dass der Kardinal trotz seines hohen Alters bereit war, sich reflektiert mit seiner Kirche auseinanderzusetzen.

»Nun, wir stehen kurz davor, bestimmte … *Abkommen* zu treffen. Dazu gehört auch die Rückgabe verschiedener … *Objekte*, die im Laufe der Jahrhunderte auf fragwürdige Weise in unseren Besitz gelangt sind.«

Marlene horchte auf. *Entschädigungszahlungen?* Bevor sie jedoch genauer nachfragen konnte, ergriff Matthias Leopold bereits das Wort.

»Moment. Eines nach dem anderen. So sehr ins Detail gehen unsere Pläne dann doch wieder nicht. Aber schließlich gibt es nun ja auch noch eine zweite *Mission* zu erfüllen.«

Die Münze. Robert ließ den Blick nicht von Montanelli, der offenbar noch mehr sagen wollte, sich dann aber anders entschied.

»Wir sind jedenfalls … *eingeladen* nach Montaillou, um dort Vertreter der Gruppe zu treffen, die sich als *wahre Katharer* bezeichnen. Es liegt nun an uns, die Verhältnisse zu prüfen.«

Robert erhob sich. »Wenn Sie nach Montaillou fahren … werden *wir* Sie dorthin begleiten!«

KAPITEL 30

Schnell waren die beiden Autos mit dem notwendigen Gepäck beladen, und Marie brachte noch vier belegte Baguettes und zwei Thermoskannen Kaffee nach draußen. Da sich Robert und Marlene den Besuch in Montaillou nicht hatten ausreden lassen, war beschlossen worden, mit zwei Wagen anzureisen. Roberts Leihwagen war ohnehin nur für zwei Personen ausgelegt, daher schien diese Idee vernünftig. Marlene spürte allerdings, dass es da noch andere Gründe gab, und folgte Robert noch einmal ins Haus.

Mit schnellen Schritten eilte er auf die drei Stufen zu, die zu dem etwas höher liegenden Eingangsbereich des Hauses führten. Es war vor vielen Generationen ein Zeichen besonderer Klasse gewesen, in einem Anwesen nicht ganz ebenerdig zu wohnen. Eine reichverzierte steinerne Mauer, welche die schmale Terrasse links und rechts des Hauses säumte, erinnerte daran, wie wichtig es stets gewesen war, sich vor anderen in Szene zu setzen. Robert zweifelte keinen Augenblick daran, dass aus genau solchen selbstdarstellerischen Trieben seinerzeit die unselige Fehde mit den Duchonts stetig neue Nahrung gefunden hatte.

Er durchquerte das Arbeitszimmer und machte erst vor der beeindruckenden Schrankwand halt, deren oberste Fächer nur mit einer Stehleiter zu erreichen waren. Doch Robert kniete sich zu Boden und zog ein kleines Schubfach heraus.

»Was suchst du denn?«, fragte Marlene.

»Warte.«

Robert stellte die Holzlade neben sich und verdrehte dann seinen Oberkörper, um in die leere Öffnung zu greifen. Bald steckte er bis zum Oberarm darin. Es sah von Marlenes Position ziemlich ulkig aus.

Etwas klapperte, und Robert rief: »Voilà! Wusste ich es doch, dass er sie hier versteckt hat.«

Marlene traute ihren Augen kaum, als er eine Pappschachtel zutage förderte.

Während Robert die Schublade wieder zurück in die Öffnung schob, kniete sich Marlene neben ihn und hob vorsichtig den Deckel des Kartons an. In seinem Inneren lag eine anthrazitfarbene Pistole mit schwarzer Griffschale, auf deren abgegriffener Oberfläche der geschwungene Schriftzug *WALTHER* zu lesen war.

»Verdammt, Robert«, flüsterte sie, »was willst du denn damit?«

Robert legte seinen Arm um ihre Schulter. »Glaub mir, ich verabscheue diese Dinger ebenso wie du. Aber wenn wir beide in den Bergen auf dieselben Leute treffen wie in Avignon, dann möchte ich vorbereitet sein.«

»Aber was willst du denn tun? Alle über den Haufen schießen? Ich darf dich daran erinnern, dass du bereits unter Mordverdacht stehst!«

»Deshalb werde ich ja auch ganz besonders vorsichtig sein.« Robert schloss den Deckel des Kartons. »Wenn wir beide nun nach Montaillou fahren und dir dort oben etwas geschehen würde, nur weil ich dich nicht beschützen konnte … ich würde meines Lebens nicht mehr froh werden. Ich habe nur einen gesunden Arm zur Verfügung, doch ich werde nicht zulassen, dass sie uns ein drittes Mal überrumpeln.«

Autoroute »La Languedocienne«, westlich von Remoulins

Marlene erinnerte sich an die Auffahrt. Zweimal bereits waren sie hier gewesen, einmal auf ihrer Fahrt nach Avignon und dann wieder, als es nach Spanien ging.

Robert hatte es sich nicht nehmen lassen, selbst zu fahren. Er hatte seine Halsschlinge gegen zwei feste Verbände getauscht, welche die Wunden an Brust und Oberarm ausreichend schützten. Marlene hatte es aufgegeben, gegen seinen französischen Sturkopf anzukämpfen. Tatsächlich war es ihr sogar lieber, wenn Robert sich auf diese Weise sicherer fühlte. Umso weniger käme er so auf die Idee, nach der unseligen Waffe zu greifen, die geladen mit sechs Patronen im Handschuhfach lag.

Robert steuerte den kleinen Peugeot vor die gelb-schwarze Schranke der Durchfahrt. Aus dem mannshohen grünen Blechkasten schnellte ein kleiner Streifen Papier. Beim Verlassen der Autobahn oder einem Wechsel auf eine andere Strecke würde dieses Stück Papier an einem *Poste de péage* gelesen und daraus der entsprechende Betrag für ihre Strecke errechnet werden.

Ankommen würden sie in ungefähr drei Stunden, immerhin war knapp die Hälfte der gut 300 Kilometer auf Nebenstraßen zu bestreiten.

Zwei Plätze neben ihnen hob sich die Schranke vor Kardinal Montanellis Auto, an dessen Steuer Matthias Leopold saß. Der dunkle Renault würde deutlich schneller am Ziel sein, doch das machte nichts. Da sie nicht genau wussten, *wer* und *was* sie in dem Bergdorf erwarten würde, hatten Robert und Marlene mit den beiden Kirchenmännern vereinbart, dass sie vorerst nicht gemeinsam in Erscheinung treten würden.

Als auch ihre Schranke sich öffnete und sie sich ruckartig in Bewegung setzten, näherte sich ein weiterer Wagen einer der Buchten. Geräuschlos spuckte der Automat einen weiteren Papierstreifen aus und wartete darauf, dass der Fahrer ihn aus dem Schlitz zog. Danach klappte die Schranke ein weiteres Mal nach oben, und auch Charles konnte seine Reise auf der A 9 in Richtung Süden beginnen.

Montaillou

Es war bereits finstere Nacht. Die Silhouette des Ortes lag in einen warmen, gelbroten Schein getaucht vor ihnen. Als Matthias Leopold seine Wagentür öffnete, stieg ihm sofort der Geruch von Holzfeuer in die Nase. Auf der Zufahrtsstraße waren ihm zwei schwarzgekleidete Männer aufgefallen, Wachen möglicherweise. Er schritt um die Limousine herum und öffnete dem Kardinal. Auch dieser bemerkte den markanten Duft und sah Rauchschwaden zwischen den Dächern aufsteigen.

»Eminenz?«

Aus dem Dunkel eilte ein Fremder herbei.

»Kardinal Montanelli, Sonderbeauftragter des Vatikan.«

Leopold trat instinktiv schützend vor den alten Mann. Doch der Fremde lächelte nur und streckte seine rechte Hand aus.

»Angenehm, wir haben Sie bereits erwartet. Darf ich mich vorstellen? *Frère Henry.*«

Der Kardinal trat neben Leopold und musterte den Mann. Er trug kein Habit und wirkte auch sonst eher weltlich. Dennoch erwiderte er zunächst den warmen und herzlichen Händedruck.

»Sie sagten, *Bruder* Henry? Welchem Orden dienen Sie, wenn ich fragen darf?«

Henry grinste breit. »Nun, um das herauszufinden, sind wir schließlich alle heute hier, oder?«

Die Serpentinen wurden steiler und enger. Charles hasste es, sich in der Dunkelheit auf schlecht befestigten Straßen im Nirgendwo herumtreiben zu müssen. Erstaunlicherweise ließ ihn die freundliche Stimme seines Navigationsgerätes selbst hier oben nicht im Stich. Das Display zeigte zuverlässig, dass er sich auf dem richtigen Weg befand.

Plötzlich schrak er zusammen, und ein eisiger Schauer durchfuhr ihn. Charles trat heftig auf die Bremse. Vor ihm, mitten auf dem Weg, standen zwei Männer, dunkel gekleidet, und machten keinerlei Anstalten, zur Seite zu treten. Das Schlimmste dabei jedoch war, dass sie automatische Waffen umhängen hatten.

Kaum dass Charles die Türen von innen verriegelt hatte, war einer der beiden auch schon an die Fahrerseite getreten und bedeutete ihm, das Fenster zu öffnen. Die Mündung der Waffe auf Augenhöhe, entschied Charles sich widerwillig zur Kooperation und senkte das Glas um fünfzehn Zentimeter herab.

»Bonsoir, Monsieur. Ihre Papiere bitte.«

Eine Fahrzeugkontrolle?

»Eh, bien sûr … un moment …«, stammelte Charles und nestelte umständlich sein Portemonnaie hervor.

Er zog seinen Ausweis heraus und legte ihn in die Hand des Fremden. Noch bevor er den Führerschein aus dem hinteren Teil der Geldbörse entnommen hatte, sagte die Stimme: »Merci, Monsieur Delahaye, Sie können passieren. Entschuldigen Sie die Unannehmlichkeiten.«

Charles nickte und ließ das Fenster wieder nach oben gleiten. Man erwartete ihn also tatsächlich – so, wie Bertrand es ihm angekündigt hatte. *Immer wieder dieser Bertrand.*

»Licht aus, schnell!«

Geistesgegenwärtig bremste Robert ab und schaltete die Scheinwerfer seines Wagens aus. Hinter der weitläufigen Linksbiegung schimmerte rotes Licht. Vorsichtig ließ Robert den Peugeot gerade so weit nach vorne rollen, dass Marlene sich aus dem Fenster lehnend einen schnellen Überblick verschaffen konnte.

»Stopp, das reicht schon.«

Marlene kniff die Augen zusammen. Der Wagen schien zu halten, die Bremsleuchten leuchteten auf. Das Auto kam ihr bekannt vor, ebenso der Umriss des Fahrers, dessen Bewegung sie im Schein der Lichter vernahm. Es liefen Männer mit Taschenlampen um das Fahrzeug herum. Marlene war sich nicht sicher, doch einer von ihnen schien eine Waffe umhängen zu haben.

»Schnell, setze wieder zurück!«, zischte sie.

Robert legte den Schalthebel um, blickte nach hinten und gab sanft Gas. Nach einigen Metern kamen sie zum Stehen.

»Was hast du gesehen?«

»Da waren Männer … mit Waffen. Und ich bin mir beinahe sicher, dass ich Charles' Renault gesehen habe.«

Charles. Robert überlegte. Er hatte bereits mit der Möglichkeit gerechnet, in Montaillou dem Mann wiederzubegegnen, den er seit so vielen Jahren als engen Freund betrachtet hatte. Aber was hatten bewaffnete Männer nachts auf einer einsamen Straße zu einem verschlafenen Nest in den Bergen zu suchen?

Er strich Marlene über die Wange. »Keine Angst. Ich werde kein Risiko eingehen. Würdest du mir die Karte reichen?«

Marlene kramte in der Seitentasche und zog schließlich die

zerfledderte Landkarte hervor, die sie kurz vor ihrer Abfahrt dort verstaut hatte. Robert hatte sie ihr gegeben, während er das Handschuhfach eingerichtet hatte.

Nach einem kurzen Studieren des passenden Kartenblattes schürzte Robert die Lippen und hob seine Augenbrauen. Marlene ahnte, was nun kommen würde, und tatsächlich fragte er: »Na, Lust auf ein Abenteuer?«

Fünf Minuten später, als sie den Wagen dreihundert Meter weiter bergab in einen steinigen Feldweg gelenkt hatten, wo man ihn zumindest nachts von der Straße aus nicht auf den ersten Blick sah, begannen die beiden ihre nächtliche Wanderung.

KAPITEL 31

Marlene spürte in der kalten Nachtluft die Feuchtigkeit ihrer verschwitzten Kleidung, die unangenehm auf der Haut klebte. Seit einer halben Stunde überquerten sie nun rutschiges Gras, tückische Gräben, knorrige Wurzeln und spitze Weidezäune. Der Mond hatte sich wie auf Kommando hinter einen milchigen Wolkenschleier geflüchtet, und der schwache Schein von Roberts Taschenlampe zeigte ihnen zwar ein Stück des vor ihnen liegenden Weges, nicht aber die zahlreichen Unebenheiten.

Robert wiederum ging es nicht viel besser, er hatte die Vorhut übernommen, und es war ein Wunder, dass er nicht bereits ein halbes Dutzend Mal der Länge nach hingeschlagen war.

Endlich erreichten die beiden die Kuppe des Hügels, die offenbar als Weideland für Schafe oder Ziegen dienten, wie man aus den vielen niedrigen Zäunen schließen konnte.

Noch zehn Schritte … fünf, vier, drei.

Doch statt eines Weges, der irgendwo am Ende des Hügels wieder hinab zur Straße führte, lag vor ihnen nur ein weiteres Tal und ein weiterer Hügel.

»Merde«, fluchte Robert. »Ich hätte schwören können, dass wir die beiden Wachen nun umrundet haben und einen Weg zurück zur Straße finden würden.«

»Und nun?«

»Nach dieser Kuppe müsste das Dorf direkt vor uns liegen.

Siehst du den Schein? Es gibt hier weit und breit nichts anderes – wir werden es also nicht verfehlen.« Robert reichte Marlene die Lampe. »Hier. Halte sie eng vor dich und schirme sie mit der rechten Hand ein wenig ab. Wir dürfen auf keinen Fall entdeckt werden.«

Sie begannen den Abstieg, der deutlich schwieriger war als der Weg hinauf. Nach einigen Minuten jedoch stießen sie auf eine Art Trampelpfad.

»Wir sollten so lange wie möglich diesem Weg folgen«, hörte Marlene ihren Begleiter hinter sich keuchen. »Wenn wir Glück haben, führt er uns genau da hin, wo wir wollen.«

Tatsächlich schien der gut einen Meter breite Pfad auf leicht geschwungenem Weg über die Kuppe zu führen. Er leitete sie zunächst jedoch über eine Brücke, die aus drei groben Planken bestand, die man über einen schmalen Gebirgsbach gelegt hatte. Kurz nach diesem einfachen Übergang säumte ein Wegstein den Pfad.

Vorsichtig ließ Marlene den Lichtstrahl über ihn gleiten. Es war ein stark bemooster, grob geschlagener Stein. Nach oben hin waren vier saubere Kanten herausgearbeitet, so dass sich die Form eines Quaders ergab. Die Kopfseite zierte ein kunstvoll eingemeißeltes Muster, das Marlene schon öfter gesehen hatte – einfache Linien, die ähnlich einer gespreizten Hand von einer Basislinie ausstrahlten.

Das Symbol der Jakobsmuschel.

»Robert, sieh dir das an!«

Neugierig beugte sich Robert über Marlenes Schulter und fuhr dann mit dem Finger über den kühlen Stein. Er küsste Marlene sanft auf die Wange und griff ihre Hand.

»Komm, wir gehen weiter. Wir befinden uns auf einem der Nebenpfade des *Camino de Santiago*. Er wird uns geradewegs nach Montaillou führen.«

Charles traute seinen Augen nicht. Kaum hatte er seinen Wagen abgestellt, da hatte man ihn bereits in Empfang genommen. *Frère Luc* – zu welchem Orden er auch immer gehören mochte – hatte ihn eilig durch die beeindruckende Kulisse des alten Dorfes manövriert. Während im Licht unzähliger Fackeln, unterstützt durch dezent platzierte Scheinwerfer, die jahrhundertealten Häuser auf eine ganz eigene Art und Weise erstrahlten, erhoben sich drei aufgeschichtete Holzhaufen bedrohlich, auf dessen mittlerem ein Podest mit einem schmalen Tisch und fünf Sitzplätzen errichtet war.

Wenn Charles es nicht besser gewusst hätte, er wäre sich vorgekommen wie vor einem alten Femegericht – jenen gefürchteten Verfahren des späten Mittelalters, die für den Beklagten selten mit einem Freispruch endeten. Doch noch waren die hölzernen Stühle verwaist. Er sah sich um. Abgesehen von dem üppigen Blumenschmuck und den Fahnenmasten war der Dorfplatz leer. An der den Scheiterhaufen gegenüberliegenden Hausfassade waren zwei Podeste mit Kameras und Richtmikrofonen installiert, dahinter die dafür nötige Verkabelung und einige Funkantennen sowie eine Satellitenschüssel. Was auch immer sich hier in den nächsten Stunden abspielen sollte, würde über diesen Weg in die Außenwelt getragen werden.

»Nehmen Sie Platz!«, zischte der untersetzte Franzose, dessen Anwesenheit Charles schon ganz vergessen hatte, und deutete auf eine der Bänke. »Wir rufen Sie dann.«

Kardinal Montanelli war müde. Es hatte gute Gründe, warum er in den letzten Jahren kaum noch weite Reisen unternommen hatte. Im Herbst würde er seinen 70. Geburtstag feiern. Sieben Päpste hatte es in dieser Zeit gegeben, und er hatte nach seinem Eintritt in die Klosterschule fünfen davon treu gedient. Nun, da er selbst es bis – beinahe – ganz oben geschafft hatte und am Ende seines Weges stand, brauchte der Heilige Vater einmal mehr seine Unterstützung. Ein *letztes Mal* vielleicht.

»Sehen Sie nur!«

Energisch zupfte Matthias Leopold an Montanellis Ärmel. Der Kardinal wandte sich, aus seinen Erinnerungen gerissen, zu seinem jungen Begleiter um.

»Was ist denn?«

»Dort drüben sitzt dieser Anwalt – *Charles.*«

»Sie meinen …?«

»Ja, genau. *Er* ist der Mann, der die Münze an sich gebracht hat.«

Als die Dächer des Dorfes hinter der Kuppe erschienen, verlangsamte Robert, der wieder die Führung übernommen hatte, seine Schritte. Hinter einer wilden, hoch gewachsenen Hecke kam er schließlich zum Stehen und zog Marlene zu sich.

»Wir sollten nun ganz besonders vorsichtig sein. Wer weiß, wie viele dieser schwarzen Gestalten sich hier rund um das Dorf aufhalten.«

Er tastete über seine leichte Stoffjacke, bis er die Ausbeulung spürte, welche die schwere, klobige Pistole hinterließ. Trotz der Dunkelheit spürte Robert Marlenes Blick ganz genau.

»Ich verspreche dir, sie nur im absoluten Notfall zu benutzen.«

»Verehrte Anwesende!«

Gerade, als Robert zum Weitergehen ansetzte, klang, verzerrt durch eine Lautsprecheranlage, eine Stimme, die den beiden auf sonderbare Weise bekannt vorkam, durch die Nacht. Sie verharrten im Schutz des Gestrüpps.

Der unnatürliche Widerhall und die schnelle Abfolge der

Worte machten die folgenden Sätze schwer verständlich. Es schien eine Begrüßungsrede zu sein, wie bei Theatervorstellungen im Sommer unter freiem Himmel. Vielleicht erklärte das auch den ungewöhnlich hellen Schein, der über dem Dorf lag.

Worte der Begrüßung … Marlene konnte ihnen nicht schnell genug folgen, und selbst Robert vermochte nicht alles zu verstehen.

»*Vite*, wir gehen näher heran!«

Robert ergriff Marlenes Hand, und sie eilten den breiter werdenden Weg hinab, bis sie das erste Gebäude erreicht hatten. Es war ein verfallener Holzschuppen, ehemals ein Stall oder Lagerraum für Futter oder Landmaschinen.

Vorsichtig stiegen die beiden über Brennnesseln und wild wuchernde Disteln, tasteten sich eine niedrige Mauer entlang und erreichten so das Haupthaus. Von der ehemals massiven Holztür hingen nur noch die Scharniere und einige Splitter im Rahmen. Robert schaltete für wenige Sekunden die Taschenlampe ein und leuchtete mit abgedämpftem Licht den Raum aus.

»Alles in Ordnung – keine Gefahr!«

Am Ende des Raumes stieß er eine besser erhaltene Tür auf, aus deren Ritzen Lichtschein zu sehen war. Marlene ahnte, dass Robert sich von einem Fenster aus einen Überblick über das Geschehen verschaffen wollte.

Irgendwo nicht weit entfernt klapperte es. Sie zuckte zusammen und sah, dass auch Robert es gehört hatte. Wie versteinert hielten sie inne und warteten, ob sich das Geräusch wiederholte.

Nichts geschah.

»Ein Hund vielleicht«, flüsterte Robert und bedeutete seiner Gefährtin, dass sie langsam nachkommen solle. Marlene, die erst zwei Schritte tief im ersten Raum verharrte, nickte und schlich behutsam weiter. Glücklicherweise stand das Haus auf Lehmboden und hatte keine knarrenden Dielen.

Die sonore Stimme tönte noch immer, und noch bevor sie das Fenster erreicht hatte, nahm Marlene bereits das Schattenspiel der Bewegungen wahr, die sich draußen abspielten. Sie sah sich um, es musste einmal der Küchen- und Essbereich des Hauses gewesen sein. Ein alter gusseiserner Ofen lag umgestürzt in der Ecke neben der Tür, neben ihm waren zerschlagene Teller oder Schüsseln zu sehen. Dann war sie am Fenster.

Staunend betrachteten Robert und Marlene die aufwendig in Szene gesetzte Vorstellung, die an mittelalterliches Treiben erinnerte. Der Dorfplatz war festlich geschmückt, überall brannten Fackeln; sie schienen mitten in ein historisches Schauspiel geraten zu sein.

Jeanne d'Arc vielleicht oder auch eine alte Kreuzrittergeschichte. Die Franzosen liebten derartige Theaterinszenierungen, wie Marlene aus ihrer Jugend wusste. In den beeindrukkenden Ruinen ihrer nicht minder beeindruckenden Geschichte brachten es zahlreiche Kultur- und Geschichtsvereine immer wieder auf besonders kunstvolle Weise fertig, den Zuschauer in einzigartig realer Kulisse und Atmosphäre zurück in die Vergangenheit zu entführen. Spektakel dieser Art fanden alljährlich überall im Land statt.

Vor vielen Jahren hatte Marlene im Amphitheater von Orange den Mord an Julius Cäsar gesehen. Das zweitausend Jahre alte Bauwerk im Zentrum der Stadt hatte seinen Besuchern für zwei Stunden eine derart detailreiche Darbietung geboten, dass sich nicht wenige beim Verlassen der Vorstellung erschreckt hatten, dass es draußen ja so etwas wie elektrische Straßenbeleuchtung und motorisierten Verkehr gab.

Plötzlich jedoch wurde Marlene bewusst, wie real die Kulisse tatsächlich war. Auch wenn das meiste des Geschehens durch die Mauern der Kirche verdeckt wurde, so erkannte sie deutlicher, als es ihr lieb war, den überaus authentischen Scheiterhaufen.

Fröstelnd stieß sie Robert an. »Siehst du, was ich sehe?«

»Oui. Wir sollten noch näher herangehen.«

Robert streckte seinen Kopf und spähte so weit wie möglich über die außen liegende Gasse. Sie führte in einem schmalen Bogen um die Kirche herum und mündete dann in den Marktplatz.

»Komm, wir schleichen uns hinter der Kirche vorbei. So bleiben wir im Verborgenen, können aber alles besser sehen.«

Auf leisen Sohlen verließen sie das Haus wieder und tasteten sich entlang der Wand um das Gebäude herum. Das Kopfsteinpflaster der dunklen Gasse erinnerte an den unebenen Weg über die Hügel. Obwohl der Lichtschein des Marktplatzes weit in die Gasse hineinfiel, warfen die ungleichen Mauern der sie säumenden Gebäude genug Schatten, um sich zu verbergen.

Marlene hatte Robert den Vortritt gelassen und folgte ihm, an die kühle Kirchenwand gepresst, von einem Mauervorsprung zum nächsten. Fünf große Schritte lagen zwischen den beiden, und als Robert gerade hinter dem nächsten moosbewachsenen Außenpfeiler verschwand, spürte Marlene, wie sich eine große Hand auf ihr Gesicht presste. Unfähig, auch nur den kleinsten Laut von sich zu geben, umklammerte sie auch schon ein zweiter Arm unterhalb ihrer Brust. Jeder Widerstand schien zwecklos.

»Keinen Ton!«, zischte ihr eine unbekannte Stimme ins Ohr.

Der Mann musste eine beachtliche Statur haben und lokkerte seinen Griff keinen Deut. Hilflos musste Marlene sich rückwärts durch die Gasse zerren lassen.

Holz knarrte und löste bei Robert ein unangenehmes *Déjà-vu* an seine Flucht über die Holzdielen am Abend seines Einbruches aus. »Lena, kommst du?«, flüsterte er. Als er keine Antwort erhielt, sagte er mit etwas mehr Nachdruck: »Lena! … Lena?«

Doch Marlene antwortete nicht. Robert trat einen Schritt aus seinem Mauerwinkel hervor und erschrak. Die Gasse lag wieder einsam und gespenstisch da, und Marlene war verschwunden.

Seine Panik unterdrückend, ging Robert Meter für Meter zurück. Er erinnerte sich an ein Seitenportal, das sie vor einigen Minuten passiert hatten. Doch warum sollte Marlene auf eigene Faust losziehen?

So langsam und leise wie möglich zog Robert die uralte Holztür nach außen auf, gerade so weit, dass er sich hindurchzwängen konnte. Das Innere des alten Gotteshauses war dunkel. Er wäre beinahe über eine der niedrigen Bänke gestolpert, konnte sich aber gerade noch abfangen. Von der Seite des Hauptportals her fiel das goldene Flackern der Marktplatzlichter durch die hohen Glasfenster. Er wagte es nicht, erneut nach Marlene zu rufen, suchte stattdessen den Weg zu Altar oder Kanzel, um sich einen besseren Überblick zu verschaffen.

Roberts Augen hatten sich mittlerweile an die Dunkelheit gewöhnt, dennoch sah er den Schatten nicht, der plötzlich hinter einer Säule auftauchte. Als ein Hüne von Mann Roberts Mund und Nase mit einem Tuch bedeckte, glitt seine Hand geistesgegenwärtig unter die Jacke.

Irgendwo … die Pistole …

»Denk nicht mal dran!«, zischte jemand.

Eine fremde Hand fuhr unter die Jacke und warf die Waffe auf den Holzboden zwischen den Bänken.

Der Fremde – das zumindest ließ seine Aussprache vermuten – war ein Landsmann. Beinahe empfand es Robert mit schwindenden Sinnen schon ungewohnt, wieder einmal seine Muttersprache zu hören. Er hatte sich an das Englische sehr gewöhnt, seit er seine Zeit mit Marlene verbrachte.

Lena …

Robert war benommen, doch nicht vollkommen ohnmächtig. Ein pochender Schmerz im Bereich seiner Verletzung hielt ihn wach, verursacht durch den zerrenden Griff eines der beiden Männer unter seinen Armen. Das Tuch musste schwach chloroformiert gewesen sein, denn seine Glieder waren träge und schwer. Der zweite Mann hielt Roberts Waden unter die Arme geklemmt, und so schleppten sie ihn in ein Gebäude. Irgendwann spürte er ein Stechen im Genick.

Erst nach Sekunden wurde Robert klar, dass man ihm einen Eisbeutel auf den Nacken drückte. Seine Sinne kehrten langsam zurück.

»Wir setzen darauf, dass du kooperierst – wir haben deine Freundin!«

Dieselbe Stimme wie vorhin.

Dann sagte ein anderer Mann: »Es liegt bei dir, ob sie ihre nächsten Stunden erleben wird.«

Er lachte schmutzig. Robert hätte ihm am liebsten ins Gesicht getreten, doch er war schon froh, überhaupt stehen zu können. Noch immer stützte ihn der andere.

Robert blickte sich um. Sie mussten ihn wieder zurück durch die Gasse geschleppt haben, auf der anderen Seite der Kirche vorbei und dann einen Bogen hinter den Häusern geschlagen haben. Jedenfalls befanden sie sich zwischen zwei Hauseingängen und blickten direkt auf die beeindruckende Szenerie. Die Lautsprecherstimme hallte wieder über den Platz, und noch bevor er selbst es registrierte, richteten die Blicke sich auf *ihn*, Robert Garnier, dessen Name der Mann auf dem Podest im Zentrum des Geschehens nun bereits zum dritten Male ausrief.

»Kommen Sie, Monsieur Garnier, geben Sie uns die Ehre!«

»Los, damit bist *du* gemeint!«

»Und kein Fluchtversuch – denk an deine Freundin!«

Die Männer traten zurück in den Schatten der Häuser. Robert war auf sich allein gestellt. Geblendet von dem Licht und noch immer etwas wackelig auf den Beinen, trat er Schritt für Schritt auf die Scheiterhaufen zu. Er mied die Blicke der Gäste links und rechts von sich, erkannte jedoch das schwarz-rote Habit von Kardinal Montanelli und neben ihm Matthias Leopold. Und da war noch ein Gast, der sein Gesicht schnell, doch nicht schnell genug in Richtung Boden wandte.

Charles.

KAPITEL 32

Sie hatte über das Konzil von Konstanz geschrieben, hatte ferner die Konzile von Pisa, Basel, Lyon und Florenz erforscht und war dabei tief in Geheimarchive eingedrungen. Manche Aufzeichnungen dort waren von erstaunlicher Präzision gewesen, sie enthielten Listen von Speisen sowie Vermerke über Garderobe und Befindlichkeiten der Teilnehmer. Mehr als einmal hatte Marlene sich inmitten der staubigen Regale in der Vergangenheit verloren, hatte beinahe gemeint, für einen Augenblick selbst ein Teil lang vergangener Geschichte zu sein.

Doch heute war alles ganz anders. Niemals hätte sie sich erträumt, einmal selbst einem solchen Tribunal beizuwohnen, vor allem nicht, ohne ihre eigene Rolle dabei zu kennen. Der Fremde hatte ihr die Hände auf den Rücken gefesselt und ihr einen Knebel in den Mund geschoben. Es sei zu ihrer eigenen Sicherheit, meinte er, denn wenn sie schreien würde, müsse er sie erschießen, doch eigentlich brauche man sie zu gegebener Zeit noch.

Hinter einem Fenster im oberen Geschoss des Hauses, aus dessen Schatten vor wenigen Minuten Robert getreten war, verfolgte Marlene gebannt das unheimliche Schauspiel.

Auf dem mittleren Stuhl des Podestes hatte Henry Platz genommen. Ohne Frage war er der Hauptakteur dieses Abends, und es war auch seine Stimme gewesen, die durch die Lautsprecheranlage gehallt war. An seiner schlichten Kleidung war ein kleines Steckmikrofon befestigt, damit er die Hände frei hatte. Auf der Tischplatte vor ihm lagen Papierrollen und Bücher.

Links und rechts außen saßen Claude und ein alter, Marlene nicht bekannter Mann. Er wirkte müde und abgespannt.

Die beiden freien Stühle zwischen den drei Männern schienen für Gäste reserviert zu sein, denn auf einen wies man Robert. Er entschied sich für den Platz zwischen Henry und Lucien, da er Claude als Chef Bertrands und damit Drahtzieher ihrer Entführung nicht zu nahe kommen wollte. Auch Henry bedachte Robert mit einem eisigen Blick.

»Werte Anwesende«, erhob dieser seine Stimme, »ich möchte Ihnen nun einen Mann vorstellen, dessen Namen Sie sich gut einprägen sollten!« Er erhob sich und legte Robert seine Hand auf die Schulter. »Robert Victor Garnier, Oberhaupt der erstgeborenen Nachkommenslinie von Bernard Garnier – besser bekannt unter seinem päpstlichen Namen Benedikt XIV.!«

Die wenigen nicht eingeweihten Anwesenden, so etwa der Kameramann und sein Tontechniker, horchten auf.

Papst Benedikt?

Nachkomme eines Papstes?

Die Funksignale übertrugen Bild und Ton zu einer kleinen, privaten Fernsehstation.

»Ich habe Ihnen in meiner Einleitung vom Schicksal *meiner* Vorväter erzählt – *unserer* Ahnen, deren Nachfahren seit Jahrhunderten ohne eine Geste der Entschuldigung inmitten ihrer Gräber wohnen. Auch unser Ehrengast, Monsieur Garnier, teilt ein vergleichbares Schicksal.« Henry beugte sich zu Robert hinab und raunte: »Möchten Sie von der Münze sprechen, oder soll ich das tun?«

Robert schüttelte energisch den Kopf. Er war froh, einen Augenblick sitzen und sich sammeln zu können.

Henry nickte und lächelte unverbindlich in die Menge. »Monsieur Garnier hat eine anstrengende Anreise hinter sich. Doch wenn Sie sogleich einiges aus seinem Leben erfahren, dann werden Sie verstehen. Sein Urgroßvater starb einst bei einem Duell, und vor kurzem ermordete man seinen Vater und schob es ihm in die Schuhe. Man zog ihn aus dem Verkehr, um ihn an der Suche zu hindern. Doch er war schlauer, holte sich Hilfe und fand schließlich einen Schatz, der seiner Familie seit Generationen zusteht. Aus dem seit damals unentdeckten Grab seines Urahnen hob er eine goldene Münze, die vor zweitausend Jahren niemand anderen als Simon Petrus als Oberhaupt der Christen auswies. Wie alle Apostel ereilte auch ihn das Schicksal des Martyriums, doch er war dazu auserwählt, die katholische Kirche in ihren Anfängen zu führen. Sein Erkennungszeichen, eine besondere goldene Münze, wurde später von Papst zu Papst weitergegeben. Doch in Avignon endete diese Tradition, wurde ausgelöscht von den neuen Machthabern in Rom, und das hiesige Papsttum erlosch 1433 mit dem Tod des letzten rechtmäßigen Eigners der Münze, Bernard Garnier.«

»Ich möchte doch etwas sagen.«

Während Henrys geschichtlichem Exkurs war in Robert ein Gedanke gekeimt. Wenn er schon hier auf der Bühne ein Auditorium geboten bekam – warum sollte er es nicht nutzen?

Er vernahm keinen Argwohn in Henrys Augen, als der Katharer ihm ein Funkmikrofon reichte, das er zwischen den Papieren auf dem Tisch hervorzog. Stattdessen funkelten Henrys Augen beinahe.

»Bitte sehr. Vergessen Sie Ihre Freundin nicht.«

Das hatte Robert auch nicht vor. Er blinzelte in die Scheinwerfer.

»Bonsoir. Nachdem ich ja bereits vorgestellt wurde, möchte ich gleich zur Sache kommen. Alles, was bereits gesagt wurde, entspricht der Wahrheit, doch es gibt noch zwei Punkte, die zu erwähnen sind. Erstens wurde mehrfach versucht, uns an der Suche zu hindern, und letzten Endes wurde mir die Münze tatsächlich entwendet.«

Henry verzog keine Miene, auch er hätte diesen Punkt noch angesprochen.

»Zweitens, und das liegt mir besonders am Herzen, hätte ich ohne die Hilfe der deutschen Historikerin Marlene Schönberg die Münze niemals gefunden.«

Henry rutschte etwas nervös auf seinem Sitz herum.

Robert fuhr mit klarer Stimme fort: »Sie befindet sich ebenfalls hier, und ihr steht eigentlich die ganze Ehre zu. Wir sollten sie also unbedingt zu uns bitten!«

Henry und Claude tauschten schnelle Blicke aus. Das Risiko war zwar einkalkuliert worden, würde den Ablauf jedoch unnötig komplizieren.

»Bien«, brummte Henry, nachdem Claude ein Nicken angedeutet hatte, und sprach dann laut: »Bitte geleitet Madame Schönberg zu uns!«

Robert lächelte grimmig. Sein Plan schien zu funktionieren. Plötzlich jedoch fügte Henry noch eine weitere Anweisung hinzu: »Bis Madame hier eintrifft, möchte ich unseren nächsten Gast zu uns bitten!«

Robert durchfuhr ein kalter Schauer, als ausgerechnet Charles' Name fiel.

Charles erhob sich langsam von seiner Bank und eilte dann nach vorn.

»Bonsoir, Monsieur!«

»Bonsoir.«

Robert mied den Blick seines alten Freundes. Der letzte freie Platz war für den Verräter. Auf die Frage, ob Charles selbst sich äußern wolle, verneinte dieser ebenfalls. Also lag es wieder an Henry.

»Charles Delahaye wurde geboren als Spross eines alten französischen Geschlechtes. Nach dem frühen Tod seiner Mutter wuchs er in Obhut seiner Großtante auf, deren Familiennamen er annahm. Dennoch ändert sich nichts an seiner eigentlichen Herkunft, der Familie Duchont.«

Duchont. Robert wurde blass.

»Im Gegensatz zu seinem besten Freund, Monsieur Garnier, wusste Charles Delahaye bereits sehr lange von der alten Feindschaft, die zwischen ihnen stand. Diese ging zurück bis ins 15. Jahrhundert, als Frédérique Duchont im geheimen Auftrag des französischen Königs die Münze des Petrus an den Hof schaffen sollte. Einmal mehr galt es, dem Papst in Rom die Stirn zu bieten. Doch Duchont starb, bevor er seinen Auftrag erfüllen konnte, und gab die Aufgabe an seinen Sohn weiter. Bernard Garnier war ebenfalls gestorben, und die Münze galt seitdem als verschollen. Die Duchonts ließen über die Jahre nicht von den Garniers ab, wähnten sie doch die wertvolle Reliquie noch immer in deren Besitz. Nun endlich hat die Münze ihren Weg zurück ans Tageslicht gefunden, und es ist kein anderer als Charles Delahaye – oder besser Duchont –, der sie nun besitzt.« Henry legte seine Hand auf Charles' Schulter. »Nur zu. Zeigen Sie uns die Reliquie!«

Charles erhob sich und zog langsam die goldene Münze aus seiner Tasche. Seine Hand stieg immer höher, und wie bei einem Priester, der die zum Leib Christi gewandelte Hostie in die Höhe streckt, glänzte die Petrusmünze hoch über seinem Haupt im Licht der Schweinwerfer.

Einige Meter davon entfernt betrachteten Kardinal Montanelli und Matthias Leopold ehrfürchtig die Münze.

»Was tun wir eigentlich hier?«, fragte der junge Geistliche seinen Vorgesetzten.

»Warten Sie es ab«, brummte der Kardinal, »wir werden es gleich erfahren.«

In einiger Entfernung stand auch Philippe Ohly, der das Geschehen als einzig zugelassener Reporter gebannt verfolgte. Er durfte nicht fotografieren oder aufzeichnen, dafür gab es die Kameraleute. Doch auch die Schlagzeilen würden weltweit für Furore sorgen, und es würden *seine* Worte sein, die man überall exklusiv lesen würde.

Vatikan

Die kleine Fernsehstation in Ax-les-Thermes übertrug den vom Satelliten ankommenden *Downlink* überall dort hin, wo man das Signal abrief. Es hatte auf einem lokalen Sender begonnen, und nur wenige Minuten später hatte sich der erste große Nachrichtendienst eingeklinkt.

Der Heilige Vater schenkte sich eine zweite Tasse Tee ein. Er hatte in seinen Gemächern so gut wie nie den Fernseher laufen, heute jedoch hatte ihn ein Anruf aus Südfrankreich dazu bewogen, sich *live* über den Verlauf der Ereignisse zu informieren. Er vertraute seinem langjährigen Mitarbeiter, Kardinal Montanelli, der mehr schon ein Gefährte, vielleicht sogar ein Freund war. Als dieser dann aber von der Münze berichtet hatte und von seiner Reise ins Languedoc, war der Papst hellhörig geworden. Was auch immer dort geschah – es war eine überaus delikate Angelegenheit.

Der Kardinal hatte dem Papst eindringlich abgeraten, selbst ins Languedoc zu reisen. Die Gefahr war nicht abzuschätzen, die Verbindungen der geheimnisvollen katharischen Bruderschaft nicht zu erfassen. Selbst die Motive der Männer lagen im Dunkeln, der Papst wusste lediglich, dass es ein geheimes Treffen in einem Bergdorf oberhalb von Ax-les-Thermes geben sollte.

Montaillou

»Unsere Anliegen mögen auf den ersten Blick verschieden sein, doch gibt es bei genauer Betrachtung Parallelen, die ich nun formulieren möchte.«

Eine Etage oberhalb des Geschehens hatte Marlene es aufgegeben, gegen ihre Fesseln anzukämpfen. Auch ihre Versuche, den Knebel auszuspucken, waren erfolglos geblieben. Trotz ihres Fensterplatzes vermochte sie jedoch kaum die verstärkten Stimmen unter ihr zu hören. Das doppelwandige Fenster isolierte den Schall weitaus besser als das dünne Glas in der baufälligen Küche. Sie hörte also nicht, wie Henry über die Avignoner Päpste dozierte, ihren Raubzug gegen die Katharer und den Kauf der Stadt Avignon von ihrem erbeuteten Gold. Ebenso wenig hatte sie Roberts Anliegen vernommen, sie ebenfalls nach vorn zu bitten.

Henry entrollte eine der vergilbten Papierrollen.

»Im Archiv der Diözese von Aix-en-Provence hat Monsieur Duchont eine Entdeckung gemacht, die er Ihnen nun kurz erläutern möchte.«

Charles erhob sich nickend und griff nach einem bereitliegenden Papier. Er räusperte sich kurz.

»Diese Schriftrolle gehört zu einer bedeutenden Sammlung von Prozessvermerken und außergerichtlichen Schriftwechseln. Das Beeindruckende dabei ist, dass es hierbei nie einen namentlich Beklagten gibt, sondern meist von IHM oder IHR die Rede ist. Doch in dieser einen Rolle wird deutlich, *wer* hier gemeint ist. ER ist niemand Geringeres als der Heilige Vater persönlich … und SIE steht für die gesamte Mutter Kirche!«

Henry beobachtete die Anwesenden genau. Vor allem der Kardinal saß mit geweiteten Augen da.

Charles fuhr fort: »Als Adressat wurden meist Geistliche eingesetzt, meist sogar namentlich erwähnt. Keine der Anklagen, die von Entführung und Mord bis zur schlichten Enteignung reichen, wurde jedoch ordentlich oder gar öffentlich verhandelt. Zwischen 1537 und 1576 gab es in allen vorliegenden 26 Fällen sogenannte gütliche Einigungen. Nutznießer waren primär Familien, die im Zuge der Repressalien gegen die Hugenotten zu Schaden gekommen waren.«

Nun übernahm Henry wieder. »Sie sehen also, es gab – einmalig in der Geschichte – *Wiedergutmachung* von Seiten der katholischen Kirche. Aufgrund der lückenlos dokumentierten Verbrechen an unserem Orden stehen wir heute hier und fordern ebenfalls Wiedergutmachung. Dies verbindet uns wiederum mit Monsieur Garnier, der ebenfalls Ansprüche gegen die Kirche zu erheben hat.«

Robert wäre am liebsten in seinem Stuhl versunken. Er war noch nicht bereit, dem Vatikan die Stirn zu bieten – er war sich nicht einmal sicher, ob er das überhaupt wollte. Doch er musste vorsichtig sein, denn er sah noch immer keine Spur von Marlene.

Als er im Begriff war, sich zu erheben, legte Lucien, der das Geschehen bisher schweigend verfolgt hatte, seine Hand auf Roberts Arm.

»Machen Sie sich nicht unglücklich. Ihre Freundin ist in unserer Gewalt, doch Sie haben mein Wort, dass Sie beide dies hier unbeschadet überstehen können. Geben Sie sich also einen Ruck, wir brauchen Ihre Fürsprache als Nachkomme von Papst Benedikt XIV. und dessen Erbe. Im Gegenzug rehabilitieren wir Ihr Ansehen und kümmern uns um Ihre Anklagen.«

Robert brauchte einen Moment, gab sich dann aber geschlagen. Alles, was er sich in diesem Moment wünschte, war Sicherheit und Frieden – für Marlene und sich selbst.

»Gut. Ich werde kooperieren«, raunte er.

Ein Schuss zerriss die Nacht.

»Weg, alle weg von hier!«

Entsetzt wandten sich sämtliche Blicke dem Mann zu, der schwitzend und mit gerötetem Gesicht vor ihnen stand.

»Halt! *Sie* nicht, Montanelli! Und die Kameras bleiben auch an!«

Der Kardinal blieb wie versteinert stehen, und auch Matthias Leopold verharrte an seiner Seite. Einer der beiden Männer auf dem Podest der Kameraanlage hatte schnell das Weite gesucht, doch der andere war geblieben und stellte sicher, dass den beiden Geräten kein Bild entgehen würde. Zu ihm gesellte sich Philippe Ohly.

Auch Marlene hatte den Schuss vernommen. Sie arbeitete sich mit dem Stuhl, an den ihr Bewacher sie gefesselt hatte, noch näher ans Fenster heran. Der Fremde war nach einem kurzen, prüfenden Blick auf seine Knoten eilig im Treppenabgang verschwunden.

Auf dem Podest stand Charles, zwei geladene Pistolen in den Händen, und hielt die verbliebenen Anwesenden in Schach.

KAPITEL 33

»Legen Sie das hier an. Vite!«

Charles reichte Claude drei Handschellen und beobachtete, wie sie sich der Reihe nach aneinanderketteten – zuerst Lucien, dann Robert und Henry. Sie mussten enger zusammenrücken.

»Und rufen Sie Ihre Wachleute zurück!«, rief Charles.

Henry gab, ohne zu zögern, den Befehl über das Mikrofon.

»Keine Übergriffe, dies ist ein Befehl. Es soll hier kein Blutvergießen geben.«

Dann griff Claude die an Henrys Handgelenk eingerastete Handschelle, er war an der Reihe. Doch anstatt sich selbst anzuketten, zerrte er sie hinter dem Rücken der Männer vorbei und ließ das Metall um Luciens rechtes Handgelenk schnappen.

»Claude … *Du?*«

Claudes höhnisches Lachen entsetzte Henry. Die ganze Szenerie hatte lediglich als düstere Kulisse kirchlicher Schuld dienen sollen, nicht aber dem Schaden von Personen. Noch viel mehr entsetzt war er, als Claude ihm das Mikrofon abnahm und sprach: »Ich übernehme nun die Führung. Die Männer hören ohnehin auf mein Kommando.«

Er lachte noch immer. Charles hatte mittlerweile das Podest verlassen und schritt mit hasserfülltem Blick auf Kardinal Montanelli zu.

»Zu mir, Eminenz!«

Das Wort klang kalt und verächtlich aus seinem Munde.

Langsam trat Montanelli auf ihn zu. Er schwieg und ließ es ohne ein Wort mit sich geschehen, als Charles ihn zu dem Scheiterhaufen rechts des Podestes stieß. Mit einer weiteren Handschelle fesselte er den nun zitternden Kardinal um den hölzernen Pfahl in der Mitte und sprang dann hinab.

»Brennen sollst du, Mörder!«, schrie er dann.

Leise hörte er die Stimme des Kardinals.

»Pater noster qui in caelis es … sanctificetur nomen tuum …«

»Was haben Sie von seinem Tod?«

Mutig stellte sich Matthias Leopold in den Weg, doch Charles lachte nur und stieß den schwächeren Mann zur Seite, dass dieser taumelte und beinahe zu Boden fiel. Er schritt auf die nächste Hauswand zu, wo er aus einer Metallhalterung eine Fackel griff. Gerade als er sich schwungvoll umwandte und sie auf das aufgeschichtete Holz schleudern wollte, traf ihn Leopolds Faust im Gesicht. Charles keuchte, ließ die Fackel los und fiel nach hinten, wo er heftig mit der Schulter gegen die Wand prallte. Er brauchte einen Augenblick, um sich zu sammeln, und dieser kurze Moment gestattete es Leopold, ihm einen kräftigen Tritt zu versetzen.

Dann rissen zwei starke Hände den jungen Priester zurück und brachen ihm krachend das Genick. Seltsam zusammengekrümmt stürzte Leopold auf das Pflaster.

Claude streckte Charles seine rechte Hand entgegen.

»Na komm, wir haben noch einiges zu tun.«

Charles ächzte. Er schaffte es nur mit Mühe, sich auf den Beinen zu halten.

Derweil beobachteten die drei gefesselten Männer das Geschehen hilflos. Während Claude dem übel zugerichteten Charles nach oben half, züngelten erste Flammen die Holzscheite hinauf. Die Fackel war in einem wirren Bogen geflogen und hatte schließlich den Scheiterhaufen mit dem gefesselten Kardinal verfehlt. Doch das mittlere Holz hatte sich entzündet.

»Wir müssen hier runter. Schnell!«

Sie hielten für einen Moment inne. In einem kleinen Kreis mit den Rücken aneinandergekettet, musste ihre Flucht wohldurchdacht und koordiniert sein. Um sich zu dritt nebeneinanderzustellen, waren die Arme zu kurz, einer von ihnen würde zwangsläufig rückwärts gehen müssen. Robert übernahm die Kontrolle.

»Sie beide gehen vorwärts!«

Bereits das erste Hindernis jedoch, ein umgestürzter Stuhl, brachte sie alle zum Straucheln.

»Halt, warten Sie!«

Der Rauch biss in den Augen. Der untere Teil der Treppe hatte bereits Feuer gefangen, es ging wesentlich schneller als erwartet.

»Wir müssen springen, alle zugleich. Anders kommen wir hier nicht raus.«

Lucien keuchte. Das Atmen fiel ihm schwer. Es blieb ihm kaum noch Zeit.

Charles kam ächzend auf die Beine. Bald würden die Schreie des alten Mannes ihn für seine Verbrechen entschädigen. *Ein Kardinal im Fegefeuer.* Bevor sich Charles vollständig wieder aufgerichtet hatte, bemerkte er, dass der falsche Haufen brannte. Er lächelte bitter. Nur ein kurzer Aufschub.

»Enger zusammen – Vite!«

Robert stand inmitten der Rauchschwaden, links von ihm befand sich Henry. Sie hatten sich eng aneinandergestellt, trotzdem verursachte die kurze Kette, die straff an ihren Armen zog, einen ziehenden Schmerz in ihren Schultern.

»Lucien, bist du noch da?«

Henry wusste, dass Lucien nur noch die Kraft für einen einzigen Versuch hatte. Der alte Mann hustete.

»Bien. Allez!«

Mit einem gewagten Sprung flogen die drei gerade in dem Moment von der Rückseite des Haufens, als die ersten Bodenbretter in Flammen aufgingen.

Warum brannte der mittlere Haufen?

Trotz hämmerndem Schmerz zwischen den Schläfen versuchte Charles seine Gedanken zu ordnen. Er taumelte auf den Kardinal zu, der hilflos in sich zusammengesackt war.

»Na, Eminenz, kannst du die Glut schon spüren?«

Der Kardinal blinzelte ihn müde an. »Töten Sie mich, wenn Sie meinen, einen Grund dafür zu haben. Ich bin ein alter Mann und habe meinen Frieden gefunden. Doch *Ihren* Frieden werden Sie dadurch nicht erlangen.«

»Du erinnerst dich wahrscheinlich nicht einmal an damals, oder?«

Charles' Stimme überschlug sich beinahe inmitten der vor Hitze krachenden Holzscheite. Das Feuer hatte nun auch die beiden äußeren Haufen erreicht, den zweiten Pfahl hatte Charles eigentlich für jemand anderen vorgesehen. Doch wie es schien, war das nun nicht mehr nötig.

Robert stemmte sich als Erster nach oben. Er fühlte sich schwach, spürte, wie die Wunde unter seinem Arm wieder nässte. Das Aufstehen war eine schwierige Angelegenheit, da alle drei Männer den Sprung zwar gut überstanden hatten und wie besprochen in die Hocke gegangen waren. Dann aber hatten sie das Gleichgewicht verloren und fanden sich plötzlich hilflos übereinanderliegend auf dem abschüssigen Kirchplatz wieder.

Eine steinerne Bank half den dreien, sich aufzurichten. Erleichtert stellten sie fest, dass außer einigen Abschürfungen alle unversehrt schienen. Doch als Lucien seinen ersten Schritt machen wollte, ging er mit schmerzverzerrtem Gesicht in die Knie.

»*Merde.* Sein Bein ist gebrochen«, lautete Henrys Diagnose.

Robert kam ein Gedanke. »In die Kirche. Wir müssen es nur noch in die Kirche schaffen!«

So, wie er es in unzähligen Fällen im Gerichtssaal getan hatte, begann Charles sein Plädoyer zu halten, während die Flammen sich Stück für Stück nach oben arbeiteten.

»Meinen Großvater habt Ihr auf dem Gewissen und seinen besten Freund noch gleich mit. Verdammt – sag endlich was dazu!«

Claude blickte sich um. Während Charles damit beschäftigt war, dem Kardinal in der außer Kontrolle geratenen Situation seine Schuld aufzuzeigen, hatte er registriert, dass den drei gefesselten Männern die Flucht vom Podium gelungen war. Er sah keine der beiden schwarzen Gestalten, die seine rechte Hand Bertrand verpflichtet hatte, und das ärgerte ihn. Langsam zog er ein schmales Funkgerät hinter seinem Rücken hervor und schaltete das Gerät ein.

»*Bertrand – Maurice – Gilbert?* Bitte melden!«

Es rauschte und knackte kurz.

»*Oui, Maurice ici.* Ich bin gleich da!«

Maurice, der größte der drei Hünen, hatte sich im Eingang des Hauses verborgen. Der zweite Kameramann hatte sich mittlerweile ebenfalls davongestohlen, nachdem er sichergestellt hatte, dass keines der Bilder ungesendet bleiben würde. Die Übertragung zum Funkwagen und von dort aus direkt an den Satelliten war stabil. Das wusste auch Maurice, deshalb hatte er ihn ziehen lassen. Bei Bedarf würde er selbst die Kameras unschädlich machen.

Maurice eilte zu Claude. »Bertrand geht zur Kirche, Gilbert durchsucht die Straßen.«

»*Bien. Du* holst die Frau, vielleicht brauchen wir sie hier.«

»Meine Großmutter Aurelie hatte eine Tochter, gezeugt in den Kriegsjahren von einem deutschen Soldaten. Außer ihrer älteren Schwester gab es keine Familie mehr, und diese lebte unter dem Mädchennamen ihrer Mutter in Avignon. Sie nahm sich ihrer an und ebenso ihrer Tochter, die meine Mutter war. Ich habe davon lange Zeit nichts gewusst, doch meine Großtante hat im Laufe der Zeit in Erfahrung gebracht, dass es damals kein Zufall war, der den Soldaten in die Gegend verschlagen hatte. Er war auf der Suche nach den Duchonts und erzählte ihr eine seltsame Geschichte. Bevor sie heiraten konnten, wurde er jedoch zurück nach Deutschland beordert und kehrte nie zurück. Ermordet wurde jener Friedrich, ebenso wie einer seiner Kameraden, auf Weisung eines Kardinals Abati, dessen Handlanger in diesen Tagen ein gewisser Montanelli gewesen ist. Heute wird der Gerechtigkeit nun endlich Genüge getan.«

Montanelli verstand. Er hatte es nie ganz verwinden können, dass sein Bruder an zwei Morden beteiligt gewesen war. Lediglich der Gedanke half, dass sie dem Schutze der Kirche vor etwas bedeutend Schlimmeren dienten – dem Zugriff Adolf Hitlers.

»Ich bekenne mich schuldig für meinen Bruder«, rief er, »also töten Sie mich, wenn es Ihnen Genugtuung verschafft! Doch viel größer wäre seine Schuld gewesen, wenn er mit Abati zugelassen hätte, dass die Nazis das Petrusgrab oder gar die Münze eingenommen hätten. Ich hätte zu seiner Zeit genau so gehandelt.«

Die Flammen erreichten den Pfahl.

Robert hörte das schwere Atmen Luciens. Der alte Mann brauchte dringend einen Arzt. Dieses Mal war er es, der den anderen beiden voranging und mit zusammengekniffenen Augen in die Dunkelheit starrte.

Irgendwo hier.

Ein verräterisches Glänzen konnte er zwar nicht erwarten, doch wenn sein Gehör ihn nicht getäuscht hatte, so suchte er in der richtigen Richtung. In seinem Nacken spürte er den heißen Atem von Henry, der Lucien keuchend stützte und mit sich zog.

»Sind Sie sicher, dass sie noch hier ist?«

Natürlich war Robert sich *nicht* sicher. Bevor in der Kirche seine Sinne vernebelt waren, hatte er jedenfalls nicht mitbekommen, dass die Männer sich mit etwas anderem als ihm beschäftigt hatten.

»Sie *muss* hier sein, irgendwo.«

Seine Fußspitze berührte etwas. Wenige Sekunden später hielt Robert triumphierend die Pistole seines Großvaters in den Händen.

Zwangsläufig fanden sich die Männer wieder allesamt in der Hocke sitzend wieder, und Robert überlegte kurz, wie er nun vorgehen sollte. Er blickte hinter sich zu Henry.

»*Alors*, ich ziehe jetzt meinen linken Arm so nahe es geht an mich, und Sie spannen die Kette. Dann versuche ich, eines der mittleren Kettenglieder aufzuschießen.«

»Wissen Sie auch, was Sie da tun?«, brummte Henry, der wenig begeistert klang.

»Wir haben keine andere Wahl. Also müssen wir es versuchen, es darf nur keiner wackeln.«

Robert setzte die Mündung so ruhig und exakt wie möglich auf das mittlere Glied der Kette. Die Öffnung schien gerade eng genug zu sein, um von einem 9-mm-Projektil, nicht ohne aufzuplatzen, durchdrungen werden zu können.

Robert murmelte ein Stoßgebet und drückte dann ohne Warnung ab. Der Knall war ohrenbetäubend. Einige endlose Sekunden lang schien die Zeit stillzustehen. Das schlingernde Projektil prallte von einer Bodenfliese ab und zerfetzte die Außenverkleidung einer Holzbank. Funken und Splitter stoben, dann erst bemerkte Robert, dass er seinen Arm ungehindert nach vorn ziehen konnte.

»Gratulation. Es hat tatsächlich funktioniert!«

Endlich konnten die Männer sich wieder nebeneinander stellen. Doch es mussten zwei weitere Handschellen gelöst werden.

Robert griff mit seiner freien linken Hand zur Waffe und bemerkte erst dann den Schmerz. Warmes Blut lief über den Handrücken. Der zersprungene Ring oder aber ein Splitter mussten ihm in die Haut gedrungen sein. Rasch drückte Robert die Waffe auf die Kette der zweiten Handschelle.

Diesmal verfehlte der erste Schuss seine Wirkung, erst beim zweiten Mal zersprang das Glied. Robert war frei. Er hielt Henry die Waffe vor.

»Wollen Sie es selbst versuchen? Es sind nur noch zwei oder drei Kugeln übrig, und wir müssen uns beeilen.«

»Nein, sparen Sie Ihre Munition. Gehen Sie allein, ich bleibe bei Lucien. Vergessen Sie nur nicht, uns Hilfe zu schicken.«

Robert nickte und drehte sich um.

»Viel Glück«, murmelte er und eilte davon. Bevor er die Kirche verließ, benetzte er seine rechte Hand mit Weihwasser und bekreuzigte sich.

Henry blickte ihm nach. »Möge Gott mit Ihnen sein«, murmelte der Alte.

Maurice polterte die hölzernen Stufen hinauf. Einmal mehr wunderte er sich, wie klein die Menschen früher gewesen sein mussten. Seine breiten Schultern jedenfalls stießen bei jeder Bewegung irgendwo an.

Er stieß die hölzerne Klappe des Obergeschosses auf, das kaum mehr als ein Dachboden war. Er hatte die gefesselte Deutsche unweit des Fensters platziert und beim Heruntersteigen gehört, dass sie sich noch näher an die Scheibe gearbeitet hatte. Er lächelte bitter.

Soll mir nur recht sein.

Dann wurde es dunkel um ihn.

Marlene hatte es tatsächlich geschafft. Sie schämte sich beinahe, dass sie nicht viel früher darauf gekommen war. Alles in diesem Dorf schien Jahrhunderte alt zu sein – also auch die Streben ihres Stuhles. Nach einigen schmerzhaften und erfolglosen Versuchen, die Rückenlehne an eine Kante nahe dem Fenster zu stoßen, hatte sie sich einfach umkippen lassen. Ein übler Schmerz hatte ihre Schulter durchzuckt, während das Holz der rechten Armlehne krachend zerbrochen war. Mit einigen kräftigen Bewegungen hatte sie dann die Lehne gelöst und sich auf den Rücken gestemmt. Der feste Knoten am linken Arm hatte ihr beinahe den Verstand geraubt, schließlich jedoch war auch die zweite Hand frei.

Endlich konnte sie auch den Knebel lösen. Angewidert spuckte sie aus. Dann kamen die Füße an die Reihe, dann ihr Oberkörper. Schließlich nutzte sie die Gelegenheit, eines der Stuhlbeine abzubrechen, um nicht völlig unbewaffnet zu sein.

Keine fünf Minuten später war es dieses Stuhlbein, das den Hünen Maurice zu Boden streckte. Hastig entknotete Marlene die beiden Stricke, die sie gefesselt hatten, und schlang sie um Hand- und Fußgelenke des Ohnmächtigen. Als ihr Blick an dem noch immer regungslosen Mann hinabwanderte und die

Fesseln prüfte, fiel Marlene das Schulterhalfter mit einer schweren Pistole ins Auge. Fröstelnd haderte sie mit sich selbst, doch dann griff sie hinab und nahm die kalte schwarze Waffe an sich.

Sie warf einen letzten Blick auf den gut verschnürten Riesen, dessen Körper sie nur mit Mühe und Not hatte bewegen können. Dann eilte Marlene die Holztreppe hinab. Irgendwo dort unten brauchte Robert ihre Hilfe.

Bertrand riss das Hauptportal auf. Das grelle Licht seiner Taschenlampe flammte auf und ließ den Innenraum der Kirche beinahe schon festlich erstrahlen. Gerade als er mit seiner schnellen Runde durch das Haus begann, schloss Henry leise die Tür des Beichtstuhles hinter sich und seinem alten Freund.

Robert hatte das Seitenportal gewählt und drückte sich langsam an der Mauer entlang in Richtung Kirchplatz. Er wollte nicht riskieren, zu früh entdeckt zu werden. Sein linker Oberarm schmerzte, der Verband hatte sich gelöst, und die Wunde rieb an seiner Kleidung. Außerdem pochte seine linke Hand, doch sie blutete glücklicherweise kaum mehr. Er bildete sich ein, das Geräusch der Kirchentüre zu hören, doch das Knakken und Zischen der Flammen machten eine genaue Zuordnung nicht möglich. Ohne Zeit zu verlieren, umrundete er geduckt den dritten Scheiterhaufen, dessen leerer Pfahl mittlerweile ebenfalls in Flammen stand.

»Bleib stehen!«

Er hätte die Stimme kaum wiedererkannt. *Charles.*

So hatte er seinen Freund noch nie erlebt.

»Das zweite Feuer war für dich bestimmt«, keuchte Charles, der hinkend auf Robert zukam. Mit beiden Händen umklammerte er seine Pistole und ließ keinen Blick von Robert.

»Lass die Waffe fallen! Deine Familie hat meiner Familie ihre Ehre geraubt. Dafür wirst du heute bezahlen!«

Robert schüttelte den Kopf. »Charles, das sind doch alte Geschichten. Warum hast du denn nie etwas gesagt?«

Charles spie wütend aus. »Heute ist der Tag der Abrechnung. Und nun die Waffe runter!«

Robert öffnete seine Hand langsam. Er wusste, dass er nicht schnell genug zielen und abdrücken konnte, dafür hatte Charles ihn zu gut im Visier. Vor seinem Auge erschienen plötzlich Bilder, Szenen aus den dreißig Jahren ihrer engen Freundschaft, angefangen von dem geteilten Schulbrot bis hin zu Charles' letztem Besuch im Gefängnis. Dann fiel der erste Schuss, und Roberts Pistole krachte auf das Pflaster.

Die Bilder lösten sich langsam auf. Das helle Flackern des Feuers und die von den Scheinwerfern beleuchteten Rauchschwaden schufen einen beklemmenden Rahmen. In sich zusammengefallen lag er da, kaum dass der zweite Schuss seinen Brustkorb so zerfetzt hatte, dass die letzten Schläge des zukkenden Herzens sein Blut in kleinen Fontänen über sein Gesicht und seine Schultern spritzten.

Charles Duchont war tot.

Kreidebleich vor Entsetzen ließ Marlene die Waffe fallen und übergab sich.

Robert traute seinen Augen kaum. Es hatte einen Schuss gegeben, doch nicht wie erwartet aus Charles' Pistole. Dann noch einen, und sein Gegenüber lag tot vor ihm, kaum zehn Schritte entfernt.

Aus dem Schatten des Hauses am anderen Ende des Platzes hatte Marlene die Szene betreten und ihm das Leben gerettet. Jetzt kniete sie kraftlos an einer der Bänke, und er wollte auf sie zurennen, sie umarmen, küssen – erleichtert, dass ihr nichts geschehen war.

»Achtung, Robert, hinter dir!«

Claude.

Die erste Kugel pfiff so nah an Roberts Ohr vorbei, dass er meinte, ihren Wind zu spüren. Er rollte sich ab, ein schmerzhaftes Unterfangen, da er einmal mehr auf seine verletzte linke Seite fiel. Die niedrige Mauer hinter dem mittlerweile hoch lodernden Holzhaufen bot ihm kaum Schutz, und noch im Liegen riss er seine Pistole hoch und drückte zweimal ab, bevor sein Hals platzte und er den warmen Schwall des Blutes spürte, der sich seine Brust hinab ergoss. Die Wärme durchflutete ihn langsam. Am Rande des Feuers sank er zusammen.

»Robert! *ROBERT!*«

Marlene rannte los. Sie wusste nicht, wer sich noch alles zwischen den Mauern verbarg, und es war ihr in diesem Moment auch gleichgültig. Eine von Roberts Kugeln musste Claude getroffen haben, denn er war nach hinten getaumelt und hatte sich nicht mehr aufgerichtet. Doch auch er hatte einen zweiten Schuss abgegeben.

Auf dem Marktplatz starb der einzige Mann, der ihr etwas bedeutete, und sie würde ihn nicht alleine lassen.

Als Marlene ihren Freund erreichte, sank sie schluchzend auf die Knie und bettete seinen Kopf in ihren Schoß. Der Hals war übel zugerichtet, und sie konnte nichts tun, als die Wunde abzudrücken.

Robert atmete flach. Es lag beinahe so etwas wie ein Lächeln auf seinem Gesicht, ein zufriedener Gesichtsausdruck. Marlene hatte das Gefühl, dass er spürte, dass sie bei ihm war.

Seine Augen waren geschlossen; blieben es auch, als die Suchscheinwerfer des Hubschraubers über den Platz glitten und schwerbewaffnete Einheiten zwischen den Häusern hervoreilten.

KAPITEL 34

Hôpital Sainte-Madeleine, Perpignan,
zwei Tage später

Licht.

Zwei helle weiße Lichtstrahlen waren das Erste, was seine Augen zu erkennen vermochten. Sie erhellten den Nebel, die verschwommenen Konturen. Um ihn herum war es … *grün.*

Eine Wiese vielleicht – lag er auf einer Wiese?

Robert blinzelte. Die beiden Strahlen entpuppten sich als Neonröhren. Das ihn umgebende Grün kam von den Trennwänden links und rechts und von der dünnen Bettdecke.

Seine Zunge klebte an seinem Gaumen. Robert wollte husten, konnte es jedoch nicht. Er versuchte, seinen Kopf zu drehen – vergeblich. Aus den Augenwinkeln heraus sah er zahllose Schläuche und Kabel, die neben seinem Bett hingen.

»Monsieur Garnier?«

Eine Schwester steckte ihren Kopf hinter dem Vorhang hervor.

»*Ah, bien*, Sie sind noch sehr wach.«

In ihrer Hand hielt sie eine Plastikflasche mit abgeknicktem Trinkrohr. Sie nickte fragend, trat dann ans Bett und steckte Robert das Kunststoffrohr vorsichtig in den Mund.

»Trinken Sie – langsam!«

Das Schlucken fühlte sich seltsam an. Robert vermutete, dass es etwas mit dem dicken Verband um seinen Hals zu tun hatte, der ihn auch am Drehen des Kopfes hinderte.

Dann schlief er wieder ein.

»Hallo, Robert.«

Seine Träume waren wirr gewesen, manchmal auch brutal und düster, aber plötzlich umgab ihn eine Aura des Friedens. Er brauchte nur seine Augen zu öffnen, doch seine Lider ließen sich kaum bewegen, so als hinge Blei an ihnen. Endlich schaffte er es und blinzelte.

Was er sah, gefiel ihm noch besser als die sanfte Stimme, die er vernommen hatte.

»S-salut …«, krächzte er. Dann versagte seine Stimme, und er musste husten.

»Ist schon gut.« Marlene drückte seine rechte Hand und lächelte. »Schön, dass du wach bist. Hast du Schmerzen?«

Selbst wenn ein Messer in Roberts Stirn gesteckt hätte – er hätte es in diesem Augenblick nicht gespürt. Er zog seinen Mund zu einem schiefen Lächeln und deutete ein Kopfschütteln an.

»Wasser, b-bitte …«, flüsterte er.

Marlene gab ihm etwas zu trinken, danach fiel ihm das Sprechen leichter.

»Was ist passiert?«

»Willst du das wirklich alles schon hören?«

Robert nickte und spürte dabei, wie es unter seinem Verband schmerzte. »Bitte, erzähle es mir.«

Marlene seufzte, dann erzählte sie von Montaillou. Sie begann mit dem Hubschrauber und den Männern, die plötzlich überall aufgetaucht waren. Ein alter Mann, angekettet an einen anderen, Henry, wurde vom Notarzt versorgt. Andere führten Claude und seinen Chauffeur ab, in eigenen Handschellen, außerdem einen weiteren Fremden. Irgendjemand entdeckte den Kardinal, der schwere Verbrennungen erlitten hatte. Gemeinsam mit ihm wurde Robert per Hubschrauber ins Krankenhaus geflogen. Robert bekam eine Bluttransfusion, der alte Kardinal lag im Koma. Sein Schicksal bis weiterhin unklar. Roberts Hals war verletzt, die Operation hatte vier Stunden gedauert, doch sie war gut verlaufen.

Wer die Männer gewesen waren? Polizei und Armee. Die Fernsehübertragung war irgendwann gestört gewesen, doch sie hatte dank des Satelliten weltweit für Aufregung gesorgt. Außerdem hatte ein aufgebrachter Fremder, der sich als einziger geladener Journalist vor Ort bezeichnete, die Einsatzkräfte per Handy mobilisiert und mit schwerem Geschütz nach Montaillou beordert. Dieser Ohly aus Avignon.

Als Robert wieder schlief, blieben die bizarren Träume aus. Alles hatte ein Ende gefunden. *Beinahe alles.*

Remoulins, 27. August 1433

Bernards Atem ging schnell und schwer. Sein Herz hämmerte in seiner Brust, als er die gewundenen Stufen hinauf eilte, die dort vor vielen Jahrhunderten von römischen Sklaven aus dem Fels geschlagen worden waren.

Endlich hatte er die Kuppe der Anhöhe erreicht, fünfzig Meter über der ruhig im goldenen Lichte glänzenden Oberfläche des Flusses. Wenn er sich beeilte, könnte er die Kluft mit weniger als zweihundert Schritten überwinden, schätzte er, danach würden ihm die dicht wuchernden Zypressen und wilden Olivenbäume Schutz gewähren.

Als Bernard die erste Kalksteinplatte erklommen hatte, drehte er sich um. Seine Verfolger waren weiter weg, als er es zu hoffen gewagt hatte. Er sah erst zwei ihrer Köpfe, die restlichen Männer schienen zurückgefallen zu sein. Nun galt es, keinen Fehler zu machen.

Im Laufe der Generationen seit dem Abzug der Römer hatte der *Pont du Gard*, der Aquädukt mit seinen drei beeindruckenden Etagen und 52 Bögen aus hellem, sandfarbenem Kalkstein, doch erheblich an Glanz eingebüßt. Von den zwei Meter langen Deckplatten, welche die oben liegende Rinne ähnlich einem langen Sarkophag einmal abgedeckt und gegen Schmutz geschützt hatten, fehlten etliche, andere waren zerbrochen.

Bernard dachte an seinen Sohn, den vierjährigen Jungen, der seinen Vater kaum je gesehen hatte. Trotz aller Reue schien es ihm so am besten zu sein. Was auch immer die Zukunft bringen mochte – der Junge würde die Wahrheit verstehen, wenn er ein Mann war. Dafür würde seine Mutter sorgen, das hatte sie Bernard versprochen. Sie wusste von seiner Flucht aus Aragon, hatte ihm, der als einfacher Reisender in Remoulins ankam, bereitwillig und diskret Unterkunft gewährt. Die Frucht dieses Vertrauens, das in den Wochen ihres Zusammenlebens auch körperliche Nähe hatte entstehen lassen, war Alphonse Garnier, ein gesunder, unschuldiger Junge.

Immer wieder musste Bernard innehalten. Aus den offenen Stellen der immerhin mannshohen Rinne wucherten ihm unterschiedliche Pflanzen entgegen, und der Rand war mehr als einmal so schmal, dass er den Blick hinab scheute. Jeder noch so kleine Fehler würde ihn das Leben kosten. Und ohne eigenes Zutun könnten die Häscher Duchonts ihren Lohn kassieren.

Duchont.

Bernard Garnier traute seinen Augen nicht, als er sah, was vor ihm geschah. Die Männer mussten den Aquädukt auf der unteren Ebene überquert haben, deshalb hatte er sie nicht gesehen. Ihnen voran stand niemand anderes als sein Erzfeind selbst.

Er hatte die Mitte gerade überschritten, und von hinten näherten sich die anderen beiden Verfolger. In seiner Hand umklammerte Bernard seinen wertvollsten irdischen Besitz, das kleine, runde Metall, das sowohl dem Papst, *dem anderen*, als auch dem König so ungemein wichtig war. Angeblich war die Belohnung, die man Duchont in Aussicht gestellt hatte, nahezu unermesslich. Doch man sprach nicht davon, stattdessen verbreitete man die Behauptung, es sei nur ein Gerücht. Es gab nur einen Gott und ebenso nur einen Papst, so wie es immer schon hatte sein sollen, und dieser Papst lebte in Rom.

Bernard Garnier musste sich etwas einfallen lassen, es durfte nicht auf diese Weise enden. Das hatte er Pedro de Luna, seinem Vorgänger Benedikt XIII., bereits versprochen, bevor der Heilige Vater eine Anzahl heimtückischer Giftanschläge überlebt hatte.

Für seine letzte Amtshandlung blieb nicht mehr viel Zeit, also sprang er kurzerhand hinab in die offene Rinne. Das Gestrüpp wucherte beinahe bis zur Decke, doch er konnte weit genug unter die Platten kriechen, dass er zumindest für einen Augenblick vor dem Zugriff der Männer geschützt war.

Benedikt XIV. führte seine rechte Hand langsam an den Mund. Er betete zu seinem Schöpfer, erbat sich Gnade und Vergebung und küsste dann die Münze des Fischers vom See Genezareth, die jenem einst die Autorität über eine kleine, doch schnell wachsende Gemeinde von Glaubensbrüdern verliehen hatte.

Als die Häscher ihn schließlich auf der anderen Seite der Rinne herauszogen, ließ Bernard es schweigend geschehen. Er wehrte sich auch nicht, als Duchont ihn ohrfeigte und ihn zur Herausgabe der Münze aufforderte.

Bernard griff in seine Tasche und zog nach einem langen Moment des Suchens etwas hervor. In einer unerwartet flinken Geste schnellte seine Hand hervor. Die Sonne spiegelte sich in dem goldglänzenden Widerschein des Gulden, bis die Münze schließlich im Wasser des Gardons versank.

Fassungslos starrten Duchont und seine Männer nach unten und gerade, als die Sonne rot glühend die Linie des Horizontes erreichte, nutzte Bernard Garnier ihre Unachtsamkeit und entriss sich ihrer Umklammerung. Er würde den nächsten Tag nicht mehr erleben, doch er würde es um nichts auf der Welt zulassen, dass man ihn folterte und ihm sein Geheimnis entlockte.

Er stieß sich ab, gab seinen Körper dem freien Falle hin und atmete noch einmal tief ein, den Duft von Kiefern und Lavendel, und er streckte seine Arme aus, als würde er rufen: *Hier komme ich, mein Schöpfer, nimm mich auf an Deine Seite!*

KAPITEL 35

Remoulins, Gegenwart

Marie klopfte dreimal, stieß dann die Tür auf und schob einen Servierwagen ins Zimmer.

Müde richtete Robert sich auf und gähnte laut. Seit drei Tagen war er nun zu Hause und Maries anfängliche überschwängliche Freundlichkeit, die beinahe schon an mütterliche Liebe grenzte, war einem eher mürrischen Umgangston gewichen.

»Bonjour. Petit déjeuner.«

Robert liebte es normalerweise, im Bett zu frühstücken. Ein Fenster wies zum Fluss, das andere in Richtung der Weinberge. So konnte er in dem Schlafzimmer im hintersten Teil des schmalen Anbaus sowohl den Sonnenaufgang als auch die späte Abendsonne vom Bett aus genießen.

Er war auf dem Weg gesund zu werden.

Einzig Marlene fehlte.

Robert hatte Verständnis gezeigt. Aus ihrer ursprünglich als Kurztrip geplanten Frankreichreise hatte sich ein handfestes Abenteuer ergeben, und spätestens seit den Pressemeldungen und wildesten Spekulationen mussten Marlenes Eltern am Rande eines Nervenzusammenbruchs stehen.

»Ich muss nach Berlin fliegen«, hatte sie gesagt. »Glaube mir, ich lasse dich nicht gerne zurück.«

Marlene hatte tausend gute Gründe gehabt, das musste Robert einsehen. Im Krankenhaus auf dem Wege der Genesung und sogar später, abgeschottet auf dem alten Familiensitz, war er deutlich besser geschützt vor neugierigen Reportern, als es das Ehepaar Schönberg in Berlin konnte.

Robert hatte sich dazu entschieden, es ihr nicht unnötig schwerzumachen.

Beide hatten beim Abschied Tränen in den Augen gehabt.

Dies war nun sechs Tage her.

Robert hatte keinen rechten Appetit, zwang sich jedoch, zwei Croissants zu essen, die er lustlos in seinen Café au lait tunkte. Was auch immer sie für ihn empfunden haben mochte, er war sich seit vielen Jahren nicht mehr so sicher gewesen. Mit Marlene hätte er sich eine gemeinsame Zukunft vorstellen können.

Marie hatte das Telefon und fast die gesamte Post von Robert ferngehalten und damit die strengen Auflagen des Arztes erfüllt, die seine frühzeitige Entlassung begleitet hatten. Heute allerdings – das hatte sie mit dem jungen Herrn des Hauses widerwillig vereinbart – dürfte Robert Telefongespräche entgegennehmen und seine gesamte Post durchsehen.

»Dieser Kardinal wird sich im Laufe des Tages melden«, brummte Marie, als sie Robert im Wohnzimmer empfing.

Montanelli?

Robert war erleichtert, dass der alte Kardinal anscheinend ebenfalls auf dem Weg der Genesung war. .

»Er ist seit vorgestern der penetranteste Anrufer von allen.«

Aufgrund der vielen Anrufe hatte man kurzerhand eine Geheimnummer schalten lassen. Ebenso war das Anwesen so gut wie möglich abgeriegelt. Es hatte ganze drei Tage gedauert, bis jemand findig genug gewesen war, auch die Geheimnummer in Erfahrung zu bringen.

»Was wollte Montanelli?«

»Keine Ahnung. Er sprach von einem Termin im Vatikan«, erwiderte Marie und ließ ihn wieder allein.

Robert öffnete nur die Briefe, die ihm wichtig vorkamen. Es gab auch Post aus Deutschland, doch kein Zeichen von Marlene. Enttäuscht schob er die Papiere beiseite und ging wieder nach oben, um sich anzuziehen. Er brauchte dringend frische Luft. Da der Weg zu den Weinbergen über die Hauptstraße führte, entschied Robert sich für einen Spaziergang hinunter zum Fluss. Maries Söhne nickten ihm im Vorbeigehen zu, und es beruhigte Robert, dass er wenigstens auf dem eigenen Grundstück vor fremden Blicken sicher war.

»Halten Sie die Anrufer noch ein wenig hin«, hatte er Marie zugerufen, bevor er das Haus durch den Dienstboteneingang verließ. Im Notfall, das wusste Marie, durfte sie auch die Nummer des neuen Mobiltelefons herausgeben.

Notfälle waren derzeit Montanelli … und Marlene.

Die entfernte Kirchturmuhr von Remoulins schlug zur Mittagsstunde. Robert legte seine rechte Hand an die Stirn, um die Sonne abzuschirmen. Er blickte in die weit entfernten Weinberge und betrachtete dann den Horizont. Wenn das Wetter so blieb, würde es auch in diesem Jahr wieder eine hervorragende Weinlese geben.

Als er seine Schritte um das Haus lenkte, dem er sich von der Rückseite her genähert hatte, bemerkte er ein fremdes Auto. Er konnte das Kennzeichen nicht erkennen, befürchtete jedoch, dass es sich um einen Journalisten oder Vertreter der Behörden handelte. Auch wenn es ihm nicht schmeckte, so stand Robert nun im Fokus der Öffentlichkeit und musste viele Fragen beantworten. Außerdem benötigte man in naher Zukunft seine Aussage zum Tode Charles Duchonts.

Statt durch den Haupteingang zu gehen, schlich er sich seitlich ins Haus und überraschte Marie, die mit einem großen Suppenlöffel am Herd stand.

»*Mon Dieu*, haben Sie mich aber erschreckt!« Sie lächelte und nickte in Richtung Flur. »Da ist Besuch für Sie.«

»Ich habe den Wagen gesehen. Deshalb kam ich ja hier hinten herum ins Haus. Hat es also doch jemand zu uns geschafft.«

Robert war schon beinahe aus der Küche heraus, als er sich noch einmal herumdrehte.

»Wer ist es denn eigentlich?«

Doch Marie war bereits in Richtung Speisekammer verschwunden.

»Robert?«

Als er seinen Blick wieder nach vorn richtete und schräg über den Flur in Richtung Wohnzimmer blickte, blieb ihm beinahe das Herz stehen. Er wollte schreien, weinen, lachen und jauchzen zugleich, doch stattdessen brachte er nur ein leises Wispern heraus, das sich zwischen den langen Wänden verlor.

»Lena!«

Sie machte drei große Schritte auf ihn zu und umarmte ihn.

Robert fuhr Marlene durch ihr dunkles Haar und blickte ihr in die Augen. Nach einem langen Kuss flüsterte er: »Schön, dass du da bist. Du hast mir gefehlt.«

Vatikan

Die hohe Flügeltür schwang auf. Ein junger Pfleger schob den alten Kardinal ins Amtszimmer des Papstes. Er stellte den Rollstuhl vor dem majestätischen Schreibtisch ab und verließ den Raum.

»Montanelli, schön, Sie zu sehen!«

Die Freude auf dem Gesicht des Heiligen Vaters war ehrlich. Montanelli wurde es warm ums Herz. Trotz seiner vielen Jahrzehnte in Amt und Würden hatte es von diesen herzlichen Momenten nicht viele gegeben.

Im Vergleich zu dem Mann, den man mal *Il Toro* getauft hatte, machte der Kardinal in dem schlichten Rollstuhl mit eingefallenen Wangen und einem unterhalb des Knies amputierten rechten Beines einen erbärmlichen Eindruck. Mit dieser letzten Amtshandlung würde er seinen Dienst jedoch mit einer Würde beenden, die keiner seiner Vorgänger je hatte aufweisen können. Mehr als nur einmal hatte er sich im Krankenhaus die Frage gestellt, ob es dies alles wert gewesen sei. Die Antwort war denkbar einfach: den Tod von Menschen sicherlich nicht, doch das geduldige Warten unter einem halben Dutzend Päpsten allemal.

Montanelli küsste den Fischerring und zog dann einen Umschlag aus der Tasche. Ihm entnahm er zwei digitale Fotografien, welche, stark vergrößert, die beiden Seiten der Münze zeigten. Der Papst hielt sie ins Licht und betrachtete sie lange.

»Sie ist wunderschön – auf ihre Weise.«

Montanelli nickte. »Und sie könnte ihren Weg zurück zu uns finden.«

Der Papst legte seinen Kopf zur Seite. »Eine recht optimistische Einschätzung, oder?«

»Nein, ich denke nicht. Die Öffentlichkeit verlangt nach Klarheit.«

Der Papst erhob sich und schob den Rollstuhl des Kardinals langsam um den Tisch herum. Auf der anderen Seite erwartete Montanelli eine Auswahl von Schlagzeilen und Leitartikeln der vergangenen Tage. Die Christen in aller Welt wollten genau wissen, was der Fund der Münze bedeutete.

»Die eine Hälfte will meinen Kopf rollen sehen, und der anderen bin ich ohnehin gleichgültig. Warum, meinen Sie, denkt der Franzose anders?«, fragte der Papst.

»Wenn ich hier eines gelernt habe«, sagte Montanelli, »dann, dass aus chaotischsten Zeiten heraus langfristig betrachtet die größte Stärke wächst. Die Kirche jedenfalls hat weitaus Schlimmeres überstanden, zumal ich mir sicher bin, dass Signor Garnier zu Verhandlungen bereit ist.«

Der Papst trat an eines der schmalen Fenster und blickte hinaus in den blauen Himmel. Es war heiß über Rom, doch selbst Temperaturen über 40 Grad hielten die frommen Pilgerscharen nicht fern.

Der Papst griff zum Telefonhörer.

Remoulins

»Monsieur, Monsieur!«

Marie war völlig außer sich. Sie stürmte mit dem schnurlosen Apparat auf Robert und Marlene zu, die Arm in Arm auf dem Sofa saßen.

Wenige Minuten vorher hatte Robert die Schublade wieder richtig eingesetzt, die seit ihrem Aufbruch nach Montaillou schief in ihrer Halterung gesteckt hatte.

Robert hatte die Gelegenheit genutzt, um Marlene eine Sache zu fragen, die er viel zu lange vor sich hergeschoben hatte.

»Was ist das eigentlich für eine Geschichte mit den Pistolen? Es ist mir schon aufgefallen, als uns Bertrand in Avignon damit vor der Nase herumfuchtelte.«

Marlene hatte kurz überlegt, ob sie ausweichen sollte. Doch dann hatte sie alles erzählt, von damals, als sie ein junges Mädchen gewesen war und ihr Großvater mütterlicherseits noch bei ihnen gewohnt hatte. Er war der einzig verbliebene Großelternteil gewesen, ein verbitterter alter Kauz, in dessen Kopf *das Tausendjährige Reich* nie enden würde. Er hatte im Krieg schreckliche Dinge getan, und als eines Tages ein wichtiger Brief gekommen war, hatte sich der Großvater in sein Zimmer verzogen und etwas von *KZ* und *Wiesenthal* und *Rechtsanwalt* gebrummt. Marlene war ihm nachgelaufen, keiner hatte sie gesehen, und als sie gerade die Tür öffnete, zerriss mit einem markerschütternden Knall das Projektil einer Luger die Schädeldecke ihres Großvaters.

Robert war erschüttert, schämte sich beinahe, dass er überhaupt nachgefragt hatte. Schweigend hatte er Marlene ganz fest in den Arm genommen.

Dann kam Marie. »Telefon für Sie!«

»Wer ist es denn?«

Marie wurde rot und geriet ins Stottern. »Also … da schwört einer Stein und Bein, aus dem Vatikan anzurufen und … der Papst persönlich zu sein.«

Robert nahm erstaunt den Hörer und lauschte der fremden Stimme, die ihm doch auf gewisse Weise vertraut vorkam. Marlene streckte sich und lauschte, doch sie konnte beim besten Willen nichts verstehen außer Roberts Antworten.

»Oui. Wann? – Schon morgen? – Bien.«

Er drückte auf den roten Knopf und beendete das Gespräch.

»Nun erzähl schon, wer war dran?« Marlene rutschte unruhig auf der Couch hin und her.

Robert grinste breit. »Es war tatsächlich der Papst am Apparat, dann außerdem Kardinal Montanelli.«

Marlene sprang auf. »Echt? Ist ja der Wahnsinn! Darauf warten zwei Milliarden Menschen ihr ganzes Leben vergeblich. Was wollte er denn?«

Robert legte den Apparat auf den Tisch und setzte sich wieder neben seine Freundin.

»Ich wurde nach Rom gebeten, um die Sache mit dem Erbe zu besprechen.« Er nahm ihre Hände, blickte ihr in die Augen und fügte hinzu: »Und ich möchte, dass du mich begleitest.«

KAPITEL 36

Vatikan

Robert und Marlene waren beeindruckt. Für die deutsche Historikerin war ein Besuch im Vatikan zwar nichts Neues, doch bis in diese Etage hatte auch sie es bislang nicht geschafft. Sie fragte sich, wie viele Frauen das überhaupt in den vergangenen Jahrzehnten getan hatten.

Für Robert war bereits die Fahrt durch die Altstadt Roms und das ganze Ambiente innerhalb der vatikanischen Mauern überwältigend gewesen, doch das Wichtigste und Aufregendste stand den beiden noch bevor.

Sie hatten auf gepolsterten barocken Stühlen Platz genommen – in dem Vorzimmer, einem pompösen Wartesaal zu den päpstlichen Gemächern. Schweigend saßen die beiden dort nebeneinander und musterten die Wandtäfelung.

»Signora Schönberg, Signor Garnier, schön, Sie zu sehen!«

Der erste Anblick Kardinal Montanellis war ein Schock für beide. Ein junger Mann schob ihn in einem Rollstuhl auf sie zu, Montanellis rechtes Bein fehlte zum großen Teil, und sein vormals deutlich fülligeres Gesicht war eingefallen. Doch er lächelte.

»Bitte verzeihen Sie, dass ich mich nicht erhebe.« Er schüttelte beiden die Hände, erst Marlene, dann Robert.

»Schön, Sie zu sehen«, sagte Robert. »Die haben Ihnen noch schlimmer mitgespielt als mir.«

»Ja, Ihre Freundin war auch meine Rettung, hat man mir erzählt. Ich kann mich selbst leider an nichts erinnern.«

»Vielleicht ist das auch besser so«, sagte Marlene. »Ich würde auch gerne einiges vergessen. Doch was dort oben geschehen ist, wird uns alle wohl noch sehr lange verfolgen.«

Montanelli nickte traurig. »Das hat niemand kommen sehen. Es begann alles so harmlos. Ich glaube, selbst die anderen beiden Katharer, Henry und Lucien, waren letzten Endes schockiert darüber, zu welcher Brutalität dieser Claude und sein Diener bereit waren. Dies entspricht nicht gerade dem historischen Bild der *Reinen*.«

Robert schnaubte. »Ich habe nie geglaubt, dass ihre Motive ehrlich waren.«

»Sie haben an und für sich vernünftige Standpunkte. Ich hoffe, Sie verzeihen mir, dass wir auch Henry zum Gespräch gebeten haben. Er ist ebenfalls auf dem Weg hierher.«

Das überraschte die beiden, doch sie wussten, dass Montanelli nicht ganz unrecht hatte. Offensichtlich schwang auch eine Portion Unsicherheit mit, denn immerhin hatten die Katharer neben allem anderen ja durchaus interessante Dokumente vorzuweisen gehabt, was ihre Forderungen nach Wiedergutmachung anging. Diese Ansprüche konnte der Vatikan im Fokus der Öffentlichkeit jedenfalls nicht kommentarlos unter den Tisch fallen lassen.

Die Tür zu den päpstlichen Gemächern schwang auf.

»Wir sollten jetzt hineingehen«, sagte Montanelli. »*Er* erwartet uns.«

Robert und Marlene betraten ehrfürchtig das Amtszimmer, aufgeregt und zugleich gespannt, was der Heilige Vater von ihrem Vorschlag halten würde.

Aula delle Udienze Pontificie, am nächsten Nachmittag

In der päpstlichen Audienzhalle, eines der jüngeren Bauwerke auf dem vatikanischen Gelände, drängten sich Tausende von Menschen. Ausgelegt für 12000 Personen, hatte man jedoch nur 10000 Gläubigen Zugang gewährt. Entgegen den Empfehlungen seiner Sicherheitsberater, die dringlich zu einer Zeremonie unter Ausschluss der Öffentlichkeit geraten hatten, hatte der Papst sich für einen festlichen Akt inmitten vieler einfacher Pilger und einer Reihe eilig geladener Gäste entschieden.

»Keine weiteren Geheimabkommen und keine verborgenen Machtspiele mehr«, hatte er zur Begründung gesagt.

Robert und Marlene hatten diese Entscheidung begrüßt. Wenigstens einmal sollte die Presse etwas aus erster Hand berichten können. Dann wäre, so hofften beide inständig, auch endlich Schluss mit den leidigen Spekulationen.

Um 13.00 Uhr öffnete die Halle ihre Pforten für die Pilger. Jeder von ihnen musste sich einer intensiven Sicherheitsüberprüfung unterziehen, und es dauerte beinahe zweieinhalb Stunden, bis all die Menschen ihren Platz eingenommen hatten. Eine halbe Stunde vor Beginn der Feier, um 15.30 Uhr, geleiteten persönliche Betreuer die angereiste Prominenz auf ihre Plätze. Unterhalb der exklusiven Sitzgelegenheiten durften Kamerateams ihre Gerätschaften aufstellen, streng überwacht von einigen Gardisten. Jedes Mikrofon und Objektiv wurde genau in Augenschein genommen. Zutritt bekamen nur Reporter, deren Namen in einer – offiziell nicht existierenden – Sicherheitskartei mit einem Unbedenklichkeitsvermerk geführt wurden. Im eigenen Interesse stimmten die großen Nachrichtenagenturen diese Liste in regelmäßigem Zyklus mit dem vatikanischen Geheimdienst ab.

Um 16.00 Uhr betrat der Papst, gefolgt von seinem Stab wichtigster Kardinäle, die Tribüne. Die Sonne tauchte den Raum in ein feierlich goldenes Licht.

Das Raunen Tausender Stimmen verebbte, als der Heilige Vater den Segen sprach. Man schien in der plötzlichen Stille nun überall das Knistern der Spannung zu hören, was nun hier geschehen würde.

Der Heilige Vater hob die Hand.

Stille.

»Liebe Schwestern und Brüder. Ebenso wie ich selbst kennt jeder hier im Raum die schrecklichen Ereignisse, die sich vorletzte Woche in Frankreich ereignet haben. Es gibt hierzu einige offene Fragen, und heute möchten wir nach einer angemessenen Zeit der Beratung und Sondierung unsere Antworten dazu geben.«

Der Papst wandte sich nach rechts, von wo er Marlene, Robert und Henry zu sich winkte. Marlene schob außerdem den Rollstuhl Kardinal Montanellis. Die vier reihten sich um den Papst herum auf.

»Die Hauptbeteiligten der Ereignisse sind allen hier bekannt. Beginnen möchte ich mit dem besonderen Anliegen der *Bruderschaft der verbliebenen Katharer*, die der ihnen vorstehende Frère Henry vertritt. Nachdem die *Kongregation für Glaubensfragen* unter Administration von Kardinal Montanelli die Herkunft, Struktur und innere Ordnung der Gemeinschaft intensiv geprüft hat, sind wir bereit, ihnen in verschiedenen Bereichen strukturelle Unterstützung und Kooperation anzubieten. Eine Anerkennung als offizieller Orden der katholischen Kirche jedoch steht in diesem Stadium noch nicht zur Debatte.«

Der Papst ließ den Anwesenden einige Augenblicke Zeit. Allgemein ging man davon aus, dass es keine direkten Nachfahren der Katharer gab, und falls doch, so unterschied sich die damalige Glaubensgemeinschaft so fundamental von der katholischen Kirche, dass es kaum zu glauben war, was der Heilige Vater soeben verkündet hatte.

»Sowohl die Amtskirche als auch die Gemeinschaft derer, die heute in Nachfolge der Katharer stehen, haben sich weiterentwickelt«, fuhr der Papst fort. »Im Sinne einer christlichen Ökumene haben wir daher beschlossen, eine beiden Seiten förderliche Zusammenarbeit einzugehen. Nicht rechtsverbindlich sind jedoch die Forderungen nach finanziellem oder territorialem Ausgleich, da die vorliegenden Präzedenzfälle aus der Zeit der Hugenottenverfolgung ausnahmslos Rechtsvorgänge innerhalb der Französischen Hierarchie waren. Bereits Jahrhunderte vor der Französischen Revolution wurde der Arm der Kirche in Frankreich maßgeblich vom französischen König gesteuert. Die erfolgten sogenannten Entschädigungszahlungen waren in Wirklichkeit nichts weiter als Schweigegelder und keine offiziellen Kirchenakte. Dies erkennt auch die Bruderschaft nach intensiver rechtlicher Überprüfung an.« Der Papst räusperte sich. »Ich gebe nun das Wort an Robert Garnier.«

Langsam und in einfachem Englisch begann Robert zu sprechen. Seine Stimme klang weitaus weniger sicher als die des Papstes, immerhin hatte Robert weder Erfahrung im Auftreten als Hauptakteur bei Massenveranstaltungen, noch fühlte er sich wohl in seiner Rolle.

»Ich … muss Ihnen sicherlich nicht sagen, wer oder was ich bin. Man hat mich in den vergangenen zwei Wochen mit allen möglichen Namen und Positionen bedacht, vom Judas bis hin zum Petrus. Gleich vorab möchte ich Ihnen eines versichern. Ich habe zunächst einmal nicht mehr getan, als auf der Suche nach den Gründen für die Ermordung meines Vaters ein altes Familiengeheimnis zu lüften. Hierbei stieß ich mit Hilfe meiner … *Kollegin* Marlene Schönberg auf das

Grab Bernard Garniers, in dessen Gebeinen wir diese Münze fanden.«

Robert zog die goldene Münze des Petrus hervor und hielt sie zwischen Daumen und Zeigefinger hoch. Die Menschen bekreuzigten sich oder ließen staunende Geräusche vernehmen. Dann verschwand die Münze wieder in Roberts Faust.

»Es handelt sich, wie die Presse und auch eine offizielle Verlautbarung des Vatikans bereits ausführlich darlegte, um einen goldenen Sesterz aus der Zeit des Kaisers Nero, also der Zeit, in der auch Petrus und Paulus in Rom wirkten. Da Petrus als führender Kopf des geheimen Bundes der *Chrestianer*, jener römischen Urchristen, aus denen unsere katholische Kirche erwuchs, sich stets im Geheimen bewegen musste, benötigte er eine Art Erkennungsmarke – unauffällig und doch einzigartig. Man prägte diese Münze, die auf den ersten Blick nichts weiter war als ein Stück Währung. Um den Bund nicht zu gefährden, so spricht die Legende, verschluckte Petrus vor seiner Hinrichtung die Münze, und sie verschwand unbemerkt vor den Augen der Römer, bis sie ein Jahr nach seinem Tod in seinen Gebeinen gefunden wurde.«

Robert hielt kurz inne, und seine Stimme klang deutlich mutiger und dramatischer, als er fortfuhr.

»Denselben Weg nahm die Münze, als ihr letzter legitimer Besitzer, mein Urahn Bernard Garnier, sie seinerzeit vor dem Zugriff durch die Häscher von König und Papst zu schützen versuchte. Bernard starb – ebenso wie alle anderen Gegenpäpste seit *Urban dem Grausamen* – in der Überzeugung, selbst der legitime Nachfolger auf dem Stuhle Petri zu sein. Seit jenen Tagen wurden sämtliche Legenden um die Münze aus der Geschichte getilgt. Und heute stehe ich hier vor Ihnen und halte genau diese Münze in meinen Händen.«

Robert nickte Marlene zu, und diese übernahm die weitere Ansprache. Die Menschen waren äußerst beunruhigt, wie man dem lauter werdenden Raunen vernehmen konnte, und sie winkte beschwichtigend mit beiden Armen.

»Wenn wir bitte noch einen Moment um Aufmerksamkeit bitten dürfen! Vielen Dank. Wahrscheinlich ist den wenigsten von Ihnen meine Arbeit über das Konzil von Konstanz bekannt, und ich möchte Sie auch nicht mit Details langweilen. Fakt ist zum einen, dass die Papstlinie an manchen Stellen der Geschichte sehr brüchig ist und viele Lücken aufweist. Historisch relevant jedoch ist der Großmut eines Mannes, der bereit war, nicht im Sinne seiner eigenen Macht, sondern im Sinne der Kirche zu handeln. Ich meine den Gegenpapst und späteren Bischof von Mallorca, Clemens VIII. Er hatte das Pontifikat an sich gebracht, und mit ihm meinte die römische Kirche, einen guten Handel abschließen zu können. Clemens war willens, den Konziliarbeschluss zugunsten Martins V. zu akzeptieren, und trat zurück. Der einzige Schönheitsfehler dabei war, dass nicht Clemens, sondern Benedikt XIV. der rechtmäßige Eigner der Münze war. Und Bernard Garnier war mitsamt dieser Münze verschwunden. Dieser Kreis soll sich nun endlich mit dem heutigem Tage schließen.«

Robert trat vor den Papst, der ihm seine Hände entgegenhielt, wie Jesus sie einst beim Abendmahl gehalten hatte. Die Handflächen zeigten nach oben, eine Geste von Vertrauen und Friedfertigkeit. Robert legte die Münze in die rechte Hand des Papstes und schloss diese dann mit der seinen. Dann wandte er sich um zu den Menschen.

»Mit der Übergabe der Münze des Petrus an den Heiligen Vater verzichte ich, Robert Garnier, Erbe des Gegenpapstes Benedikt XIV. auf den Besitz und sämtliche Ansprüche dieser Reliquie und führe diese goldene Münze zurück an den Ort, an dem ihr erster Besitzer, Simon Petrus, seine letzte Ruhe fand. Als Entdecker und Überbringer der Münze drücke ich meinen Wunsch aus, dass sie ebenda ihren Platz einnehmen soll.«

Mit diesen Worten kniete Robert in einem Blitzlichtgewitter vor dem Papst nieder und küsste den Fischerring. In der geschlossenen Faust befand sich noch immer die fest umklammerte Münze.

KAPITEL 37

Corniche de l'Estérel,
wenige Kilometer südwestlich von Cannes

Von all den Feierlichkeiten im Anschluss an die Übergabe der Münze bekamen Robert und Marlene nicht mehr viel mit. Nach einer kurzen, aber innigen Verabschiedung von Kardinal Montanelli hatten sie sich schnell und diskret aus der ewigen Stadt geleiten lassen. Anstatt jedoch auf einen Flug zu warten, hatten sie sich dann kurzerhand einen Mietwagen organisiert und am späten Abend bereits in einem kleinen Hotel in Genua übernachtet.

Nach einem schnellen Frühstück waren sie dann aufgebrochen und ohne Halt bis nach Cannes durchgefahren. Hier verließ Robert die Autobahn A 8 und bog auf eine kleine Landstraße ab, die sich direkt an der im frühen Mittagslicht wunderbar leuchtenden Côte-d'Azur entlangschlängelte. Die berühmte Küstenstraße, deren 40 Kilometer bis Saint-Raphaël zu den schönsten Routen Frankreichs gehört, versetzte Marlene in Staunen.

Robert fuhr hinab in die Bucht von Pointe de la Baumette. Er öffnete Marlene die Tür des dunkelblauen Alfa Romeo und ließ ihre Hand nicht los, bis sie den Leuchtturm umrundet hatten.

»Wo führst du mich hin?«, fragte Marlene neugierig.

»Vertrau mir«, sagte Robert nur.

Sie gelangten zu einem Denkmal, das Marlene bei näherem Hinsehen als Andenken an den französischen Schriftsteller

Antoine de Saint-Éxupery erkannte. An dieser Stelle Südfrankreichs war sie noch nie zuvor gewesen.

»Es ist so ruhig hier … so friedlich«, flüsterte sie.

»Exupéry war ein Mann, der den Frieden liebte«, sagte Robert. Dann schloss er sie fest in seine Arme.

»Robert?«, fragte Marlene dann.

»Oui, Lena.«

»Exupéry hat doch einmal geschrieben, dass man Wesentliches statt mit den Augen nur mit dem Herzen erkennen könne.«

»Ja, so ähnlich hat er sich ausgedrückt.«

»Ich habe ein wenig Angst, dir das zu verraten, doch wenn ich meine Augen schließe, dann sieht mein Herz … immer nur uns beide.«

Robert drehte Marlene sanft zu sich und küsste sie auf den Mund.

»Hab keine Angst, Lena. Mein Herz sieht dasselbe.«

EPILOG

Mont d'Alion, südliche Pyrenäen

Luciens Schritte waren langsamer geworden. Hier oben in den Pyrenäen nahmen viele Dinge einen wesentlich bedächtigeren Lauf, doch es war nicht nur das. Er war müde, er grämte sich, er suchte in der Abgeschiedenheit Trost und Frieden.

Lucien beugte sich herab und legte einen Strauß Wildblumen auf die frisch umgegrabene Erde. Hier ruhte er nun, der Sohn, der seinen Vater nie richtig kennengelernt hatte. Schon in jungen Jahren, als ihm klargeworden war, dass sein Vater die Berge nie verlassen würde, war er hinab in die Stadt gegangen, hatte dann gedient und war danach für einige Jahre wie vom Erdboden verschluckt. *Die Legion.*

Die Polizei hatte kurz nach ihrem Eintreffen in Montaillou die beiden schwarzen Söldner so schnell überwältigt, dass sie kaum realisieren konnten, was mit ihnen geschah. Bertrand allerdings hatte es kommen sehen, wusste, was ihn bei einer Verhaftung erwartete. Noch bevor ihn jemand zu Gesicht bekam, hatte er seine Pistole gegen sich selbst gerichtet.

Lucien betete schweigend und ließ seinen Blick über die schneebedeckten Gipfel gleiten.

Möge Bertrand nun endlich seinen Frieden finden.

Er war nicht nur Bertrand kein guter Vater gewesen, er hatte auch selbst einen Vater getötet, der ihm vertraut hatte. Diese Schuld, die er Robert nie von Angesicht zu Angesicht gestehen würde, nagte an ihm. Lucien tastete unter sein Hemd, wo sich in einem Kuvert ein kurzer Brief an den Erben des Hauses Garnier befand. Vielleicht würde Robert ihm eines Tages verzeihen, vielleicht würde auch Gott ihm diese unendliche Schuld vergeben.

Dann glitt Luciens Hand hinab in seinen Ledergürtel. Er hatte Robert Garniers Waffe an sich genommen, die dem angeschossenen Franzosen aus der Hand geglitten und in das Blumenbeet am Rande des Kirchplatzes gefallen war. Es musste Zufall sein oder auch eine Weisung des Schicksals, dass Lucien nun hier oben, wo seine Vorfahren und nun auch sein Sohn beerdigt waren, mit der Waffe des Mannes saß, dessen Vater er getötet hatte.

In seinem Brief an Robert hatte er es so ausgedrückt:

… so wird schließlich Deine Waffe Gerechtigkeit schaffen, ohne dass Du dabei selbst zum Mörder werden musst.

NACHWORT

Während die Orte und die kirchenhistorischen Ereignisse einen realen Rahmen für meine Erzählung bilden, sind die Handlung und die Personen selbst frei erfunden. Ich habe weiterhin sämtliche historischen Aspekte zwar mit dem notwendigen Respekt, wohl aber mit dichterischer Freiheit interpretiert. Man möge mir dies nachsehen.

Die Exkurse in die Zeit des Zweiten Weltkrieges sind insofern fiktiv, als dass es sich auch hier um erfundene Personen handelt. Die Bestrebungen Hitlers, das christliche Glaubensbild zugunsten eines auf ihn gerichteten Personenkultes zu verfälschen, gehören jedoch tatsächlich zu den wahnwitzigen Ideen dieser Zeit. Die zitierte Notiz ist authentisch. Ebenso führten geheime Expeditionen unter anderem nach Montségur, aber auch zu verschiedenen europäischen Kultstätten, um mystische Kräfte und Symbole zu finden.

Ebenfalls belegt sind ab dem Jahre 1939 ernsthafte Bestrebungen des Vatikans, das historische Petrusgrab zu finden, wenngleich es bereits über Jahrhunderte hinweg unter dem Petersdom vermutet worden war. In den folgenden Jahren legte man unter der Basilika zahlreiche Gräber einer antiken Nekropole frei, von denen eines als die letzte Ruhestätte des Apostels identifiziert wurde.

Während die Existenz einer wie von mir beschriebenen Petrusmünze nicht ausdrücklich belegt ist, so gab es doch unter den ersten Christen eine ganze Reihe ausgeklügelter Erkennungszeichen, so etwa frühe Graffiti auf dem Tempelberg Jerusalems und natürlich in Rom. Hierzu zählen unter anderem das sogenannte Christusmonogramm XP (Chi-Rho) oder auch das einfache Symbol eines Fisches. Beide Zeichen sind bis heute untrennbar mit dem Christentum verbunden.

Wer heute Südfrankreich bereist, der stößt auf beeindrukkende kulturelle und historische Monumente. Neben den römischen Bauwerken sind es vor allem die Burgen der Katharer und die Bauwerke aus der Zeit der französischen Päpste und Gegenpäpste. Wenngleich man heute geneigt ist, die Jahrzehnte der Kirchenspaltung auf eine Phase dekadenten Machtkampfes zu reduzieren, so waren sie doch bedeutend mehr. Nicht alle dieser Männer waren lediglich Marionetten des französischen Adels, sie waren ebenso Würdenträger und ernstzunehmende Persönlichkeiten. Bereits damals gab es ein umfassendes Kirchenrecht, das auch rückblickend die Machtansprüche der Gegenpäpste nicht als illegitim ansieht.

Mit dem großen abendländischen Schisma eine dunkle Epoche der Kirchengeschichte aufzugreifen und aufzuzeigen, wie anders an so vielen Stellen die Geschichte seinerzeit hätte verlaufen können, war eine meiner Intentionen, diesen Roman zu schreiben. Darüber hinaus wollte ich das Land zwischen Avignon und den Pyrenäen beschreiben – eine der schönsten Regionen des Abendlandes, wo man überall auf Sagen und Legenden stößt.

Neben dem reinen Schreiben eines Buches schafft ein Autor sich ein Helfernetzwerk, ohne das er sein Werk oftmals gar nicht vollenden könnte. Erst wenn er nach der letzten Seite, ähnlich einem Marionettenspieler, die Fäden aus der Hand legt, bemerkt er, dass auch sein Umfeld erleichtert durchatmet.

Sämtlichen Wegbereitern und Begleitern, nicht zuletzt auch meiner Schriftstellerkollegin Martina André und dem Buchplaner Dirk Meynecke, danke ich für umfassende Information, Motivation und vor allem eine große Menge Geduld.

In der Camargue findet man beinahe überall das Symbol eines Ankers, dessen Zentrum ein Herz bildet und dessen Spitze ein Kreuz darstellt. Zum Ausdruck gebracht werden hier die drei paulinischen Kardinaltugenden *Glaube*, *Hoffnung* und *Liebe*.

Ich danke all jenen,
die an mich glauben,
durch die ich hoffe
und die ich liebe.

Ohne meine Familie, allen voran meine wundervolle Ehefrau Julia, wäre dieses Buch niemals entstanden.

Ian Caldwell
Das geheime Evangelium
Thriller
Aus dem Englischen von
Wolfgang Thon
560 Seiten
ISBN 978-3-352-00666-1
Auch als E-Book erhältlich

Ein Vatikanthriller – »Meisterhaft« David Baldacci

Der griechisch-orthodoxe Priester Simon will sich in den Gärten von Castel Gandolfo heimlich mit dem Kurator einer Ausstellung treffen, die die Geschichte der Kirche verändern soll. Doch vor Ort findet er dessen Leiche. Schnell stellt sich heraus: Es war Mord – und Simon wird verdächtigt. Gleichzeitig wird in die Wohnung seines Bruders Alex eingebrochen. Alex versucht, einen Zusammenhang zwischen den Verbrechen herzustellen. Ist das geheime Evangelium, das ausgestellt werden sollte, der Grund? Alex ahnt, dass er der Wahrheit immer näherkommt, denn plötzlich wird er selbst gejagt.

Ein Vatikanthriller von einem internationalen Bestsellerautor.

Regelmäßige Informationen erhalten Sie über unseren Newsletter. Jetzt anmelden unter: www.aufbau-verlag.de/newsletter

rütten & loening